U0626774

北京宣传文化引导基金
BEIJING CULTURE GUIDING FUND
北京宣传文化引导基金资助项目

京西故事集

凸 凹 著

北 京 出 版 集 团
北京十月文艺出版社

图书在版编目 (CIP) 数据

京西故事集 / 凸凹著. — 北京：北京十月文艺出
版社，2024.5
ISBN 978-7-5302-2354-3

Ⅰ. ①京… Ⅱ. ①凸… Ⅲ. ①短篇小说—小说集—中
国—当代 Ⅳ. ①I247.7

中国国家版本馆 CIP 数据核字 (2024) 第 040604 号

京西故事集
JINGXI GUSHIJI
凸凹 著

出　　版　北 京 出 版 集 团
　　　　　北京十月文艺出版社
地　　址　北京北三环中路 6 号
邮　　编　100120
网　　址　www.bph.com.cn
发　　行　新经典发行有限公司
　　　　　电话 010-68423599
经　　销　新华书店
印　　刷　河北鹏润印刷有限公司
版　　次　2024 年 5 月第 1 版
印　　次　2024 年 5 月第 1 次印刷
开　　本　880 毫米 ×1230 毫米　1/32
印　　张　15
字　　数　362 千字
书　　号　ISBN 978-7-5302-2354-3
定　　价　62.00 元
如有印装质量问题，由本社负责调换
质量监督电话　010-58572393

乡土文学的扛鼎之作

邱华栋

多年前，在凸凹的长篇小说《玄武》出版之时，我就曾情不自禁地说过，继浩然、刘绍棠、刘恒之后，凸凹是北京地域文学的一个十分突出的符号性存在。《玄武》气势恢宏，纵横捭阖，接续了由鲁迅开创的中国乡土文学的大文脉，是一部史诗性作品。我的判断，后来不断得到验证——当代很多评论家几乎都给予了很高的评价。比如，解玺璋就认为《玄武》一反已有的政治划界、田园牧歌等固有样式，开创了一种深入土地内部，本真呈现人的生存的新写作范式，具有划时代意义。白烨也把《玄武》和蒋子龙的《农民帝国》一道列入了年度（2008年）农村题材的代表性作品。陈晓明在《南方周末》中也称《玄武》"有全新品质，值得关注"。更让人惊喜的是，建国六十周年北京文艺评奖，《玄武》一路过关斩将，一举摘得了长篇小说的头奖，毋庸置疑地获得了北京本土代表性作品的地位。

接下来，凸凹在不断推出长篇小说的同时，也致力于中短篇小说的创作，在作家出版社出版了中短篇小说集《神医》，旋即由中国作协创研部、北京作协和房山区委宣传部联合举办了作品研讨会，形成了一个"凸凹现象"。从此，他势头不减，持续发力，又写出了大量的短篇小说，在各大刊物上时有发表，有的还被《小说选刊》《作品与争鸣》等重要刊物选载。眼下，他的这些作品结集成《京西故事集》交由著名的北京十月文艺出版社出版，其写作实力之强劲、创作成果之繁盛，更是让我感佩不已。

我一直以为，长篇小说的成功，基本上取决于"写什么"和"怎么写"，靠题材取胜，也要靠结构艺术取胜。形式和内容最好完美结合。而中短篇才接近于刀锋一样的写作，大多要靠"怎么写"立身。"怎么写"代表了文学技巧的含量，更能呈现出艺术品质。所以，我对他的《京西故事集》，在阅读上是更加用心的，而且还带着几分挑剔的目光。读过之后，对他的叙事技巧与能力心悦诚服。在小说创作普遍推崇技术至上的风潮下，凸凹的《京西故事集》以足够的自信，进行了一种反其道而行之的"朴实"叙事，描写民间人物的"常态生活"，揭示人性最本质的部分——内心的温柔，足可以抵御外界的峻嶒与浇薄；精神的自守，足可以冲破物质的包围与挤压——生活的美好，最根本的，是取决于人的精神驱动和人性之善。《京西故事集》从始至终洋溢着温暖、和谐的色调，让人从内心里生出欢悦，感到阴霾里仍有明媚的光。对于文学当下的处境来说，这部小说集更像是对人性崇高的一次次凭吊，它的理想主义色彩让人心绪激荡，因为它如此鲜明地对照出现实中文学与人间生活的隔膜，以及人们对于诗书之美的漠然。它也冲荡了当下小说的"阴私之气"，表现出对世道人心抚慰和浸润的社会责任和人文关怀，因而是当下小说中难得的一抹亮色。

小说集中的作品，整体淡雅，叙述从容，语言俊洁，其氛围、气韵、笔致以及语调都有汪曾祺之风，但与汪曾祺相比，作者不淡化环境、不回避现实，表现出在入世中"出世"的全新品格。因而具有了时代的光泽和旨归。可以说，是对汪曾祺叙事传统的弘扬与拓展，更是对浩然、刘绍棠写作品质的审视与超越，具有独特的文本贡献。

进一步说来，凸凹的小说是土地上的生命叙事，能让读者找到自己的来路——虽荒山野土，蛮人陋事，却是人性生成和繁盛的地方。在阅读的同时，作者能够把读者带入"共同生活"的状态，因而建立起一种在"无罪之罪"中承担"共同犯罪"之责的文学伦理。

王国维认为，人生总的来说是一场悲剧，悲剧的形成有三种样相——

> 第一种之悲剧，由极恶之人，极其所有之能力以交构之者。第二种，由于盲目的运命者。第三种之悲剧，由于剧中之人物之位置及关系而不得不然者；非必有蛇蝎之性质与意外之变故也，但由普通之人物，普通之境遇，逼之不得不如是；彼等明知其害，交施之而交受之，各加以力而各不任其咎。此种悲剧，其感人贤于前二者远甚。何则？彼示人生最大之不幸，非例外之事，而人生之固有故也……

我看凸凹的小说呈现的就是第三种悲剧。一切的悲情与怨事，都非由"蛇蝎之人"所造成，也非盲目的命运使然，而是由乡土中的每一个人制造的——他们都不是坏人，也根本没有制造悲剧的本意，他们只是本分地扮演着生活"分配"给他们的角色，每个人都有为何如此行事、如此处世的理由，每个人的理由也都符合社会确立的人情与伦理——一切都是顺乎自然的发展，无可无不可，无是也无非，既无善恶之对立，也无因果之轮回；然而，正是这种自然状况下的"无罪之罪"，这些"通常之人情"，毫无预谋地制造了一个又一个的悲剧。

以中国的叙事传统，即惩恶扬善、因果报应的陈旧模式作比，凸凹提供了一个超越是非、善恶的道德评价，而进入到经验的内部、人性的深处的全新文本。他的文字，有很深的情理，然而却是家常的。正因为是家常的，便有了质朴而准确的价值趣味，即人情之真、人性之真。

凸凹在长篇小说《玄武》的跋中曾经说过这样一句话："每束阳光都有照耀的理由！"这实际上是解读他作品的一把钥匙，他的写作追求，就是要用最柔软的方式，建立一种道德之上的道德、伦理之上的伦理。

凸凹也曾经跟我说过，一个写作者，不是规则的制定者，也不是生活的评判者，而是人间信息的记述者和传递者，要按照生活的"逻辑"写作，而不是把自己的理由强加给生活，也没有必要采取高高在上的姿态，能够准确地呈现人间的真相便是写作的意义了。

所以在凸凹的笔下，乡间人事，既原始又开放，即固守又旷达，既质朴又复杂，既高贵又卑贱，既宽容又褊狭，既正经又戏谑，既善良又顽劣……总之，都体现着对生活的照拂与尊重，好像是让"天道人心"自己说话。

凸凹生活在京西，《京西故事集》中的小说，自然对京西的历史、风情、传奇多有描绘，因而也可以说是京味文学的最新收获。但小说风格独具，人的欲望和土地上的生态浑然交融，既描摹世象，又揭示人性，而且以悲悯的审视和批判为底色，深刻地揭示了中国民间的生存状态、情感样相和生活智慧，呈现出特有的文化眼光，与果戈里描写乌克兰风情的经典小说《狄康卡近乡夜话》有相同的品质，超越了地域，是解读乡土中国，对大地道德、乡村哲学进行时代性呈现的形象读本。从这个意义上说，凸凹作为北京乡土文学的代表人物，不辱使命，为北京文学争得了新的光荣，也使自己具有了更加鲜明的"符号"价值。

是为序。

目录

001 　美　满

023 　温　暖

035 　端　庄

049 　断　指

075 　淘　金

095 　皮　实

119 　晌　熟

139 　银　音

145 　土　灶

161 　日　子

177 　丘　山

201 　檐　滴

217 　安　娜

239 　桑　麦

271 　琥　珀

289 　村　画

311 　书　香

341 　偶　然

363 　模　样

391 　情　度

417 　笃　定

433 　文　玩

458 　对谈：每个人

　　　 都有一座村庄

美
满

武爱兰在邻居家打麻将。

她今天的手气好极了，在庄上已连和了三把。她喜在心上，面部表情却很平静。人生经历告诉她，再大的快乐也要隐忍，否则会遭旁人嫉恨。

人说，事不过三。这第四把，她就不抱希望了。谁知却猛上牌，不一会儿就凑成了七小对和的阵势。她的心猛地跳了起来，预感到，幸运又非自己莫属了。果然土堤不挡大水，竟摸上一张会儿——这是一把大和，赢冒了！但她捏着牌的手，却僵在空中，面部抽搐了一下。

因为她眼睛的余光，从厨房的门缝，瞥见自家的小狗被下厨的美英用锅铲重重地打了一下，也分明听到了狗的一声呜咻。她的心被剜了一下。

以往，她没有张扬的做派，摸牌时总是轻拿轻放。这次，她啪地把牌往桌上一拍，"他妈的，我和了！"

牌桌上的人被吓了一跳，"爱兰，你今天是怎么了？"

"没怎么，不玩了。"她站起身来。

按牌场的讲究，赢家要是中途退场，其他人是可以不结账的，所以，那三个人也乐得顺水推舟，纷纷把各自桌面上的票子收回囊中，打着哈哈。

"结账。"武爱兰冷冷地说。

"爱兰，你今天是怎么了？"牌友们都愣了。

"少废话，结账！"她的声音竟锐利得很陌生了。

牌友们很不情愿地付出钱款，谁也不说话了。

这时，小狗适时地钻到她的脚下，她一把抱了起来，连个招呼也不打，深阴着脸子，走了。

美英从厨房走了出来，"爱兰怎么走了？夜宵都做好了。"

武爱兰在沙发上悉心地翻弄小狗的体毛，她在查找伤口。果然在小狗的脖颈上，找到了一条青痕，"该死的刘美英！"她把脸贴在小狗的脸上，竟滚下两颗泪来。

丈夫李铁锤睡得很沉，鼾声阵阵。她愤怒了，提起他的一只脚，又重重地摔下去。李铁锤被折腾醒了，猛地坐了起来。"怎么，你是不是又输了？"以往，只要是武爱兰输了钱，总是拿李铁锤撒气，已成了条件反射。

"你看看咱们小童。"武爱兰把小狗塞给他。

李铁锤象征性地抚摸了一下，"它不是挺好的吗？"

武爱兰瞪了他一眼，撩开小狗脖颈上的软毛，指给他看。

只是浅浅的一道青痕。他觉得武爱兰真是小题大做，但是却表现出十分的义愤，"这是谁干的？"

"还有谁？只有刘美英那小婊子才做得出来。"

"我去找她。"李铁锤知道，自己必须做出这样的姿态，否则，这一晚，他就甭想再睡了。

武爱兰把他探出床外的身子，狠狠地摁了回去，"你总是这么冒失。"

狗被打的过程，她是从门缝里觑见的，狗在当时又没叫出声来，怎么能明确指认是她干的呢？

"那我该怎么办？"李铁锤不安地看着她。

"你记住刘美英那女人不是好东西就成了。"武爱兰的话中是有含意的，因为有刘美英的场合，李铁锤的目光总是游移不定，有些时候，还一剜一剜的，让武爱兰感到不舒服。

"行。"李铁锤只简洁地说了一个字，便重重地把身子挪回床上去了。

"怎么，不乐意？"

"无聊。"

李铁锤很快又打起了鼾，小童也在他们中间睡得很香甜，可是武爱兰却怎么也睡不着。对小童的怜惜，让她心潮难平。她开始埋怨自己，怨自己在驯养小童时，用心太过。小童刚进家门时，爱叫闹，饿了叫，磕碰了也叫，这让她很不舒服。她觉得，小童是爱尔兰的珍贵犬种，应该有一副高贵的样子，在快乐和痛苦面前，应该隐忍，不能大喊大叫。所以，只要它叫嚷，武爱兰就把它拴起来，停水停饭，让它在肉体的困厄中进行反思。狗终究是通人性的，它很快就理解了主人的意图，养成了温驯、淑静的品性，即便是受了再大的委屈，也安恬如初，不叫出声来。亲朋好友都夸它性情好，武爱兰很自豪，觉得很有面子。

但是，如果不是这样，刘美英就不敢在暗中下黑手了。狗一叫，主人跳。狗的叫声是一种预警信号，针对旁人的黑手，它有规避作用。

想着想着，武爱兰既忧伤又懊丧，睡意全无。

她不能容忍李铁锤那粗俗的鼾声，稍一沉吟，便一拳把他捣醒了，"就知道睡！"

"为什么不睡？"李铁锤咕哝了一句。

"你这个人真是太自私了。"武爱兰在他最要命的地方揪了一把。

李铁锤得到一种启示，不情愿地支起身子，"那好，我就伺候伺候你。"

"缺你？"武爱兰嘴上虽然这么说，但身子却有了一个姿态。

李铁锤开始在武爱兰胖大的身子上鼓捣事情。

李铁锤身材瘦小，站立的时候比武爱兰还矮半头，在这个时候，他的样子就更加滑稽。武爱兰合着眼睛，不忍看他。他苦笑着，在自卑中，认真地履行着做丈夫的职责。从始至终，武爱兰的表情毫无变化，好像这种特别的激情事业与自己无关。其实快感来得很强烈，但她也只是眉头不易察觉地抖了抖。这是她多年来的习惯，耻于表露痛苦与欢乐。

李铁锤一点成就感都没有，身子一顿，败下阵来。他仰望着明暗飘忽的天花板，对身边的女人隐隐地恨着。

武爱兰出生在一个农家，穷得连院墙都垒不起，父亲用秸秆插了一道简易的篱笆，有了一个象征性的院落。她身下有两个弟弟，食量大得惊人，粮食总是不够吃。为了对付肚子，他们家很少吃干的，即便是喝粥，也多是掺杂了大量的瓜菜、树叶之类。整个粥锅都见了底，两个弟弟还没有饱的感觉，便为刮锅底的结痂而撕破了脸皮。在大呼小叫中，她不说一句话，呆呆地坐在门槛上，望着远处。她看到篱笆上稀稀落落地爬了几株牵牛花，花朵悄悄地开着，很鲜艳，但是她看不出一点儿美来，只感到很寒酸。

初中毕业，她就主动辍学了，到队上挣些工分，帮衬一些口粮。但是弟弟们还是吃不饱，对她这个做出自我牺牲的姐姐，一点儿也不亲热。好像她本来就应该这样似的。她很伤心，愈加郁郁寡欢。但是这并没影响她像野草一样向上拔节，身量高出家里所有的人，身板虽然单薄，但也亭亭玉立。

母亲看着她发愁，说高个女人一般都没有好命。

姑娘大了，惦记的人就多。虽然说媒的人踏破了门槛儿，她始终不吐口。她心中有数，因为那些人家儿都是农民。

武爱兰家门前有条土道，虽然狭窄，却是官道。三乡四邻的人都会从这里出出进进。其中有个小个子男人每当从这里路过，都要情不自禁地往篱笆墙里瞭上两眼，他在捕捉武爱兰的身影。因为他长得很不起眼，武爱兰虽然与他面熟了，却从来不搭话，好像从来就没有这个人似的。

武爱兰的漠视，让这个叫李铁锤的青年生出一股志在必得的勇气。有一天，武爱兰正在戽斗上压水，背对着他投来的视线。她的身子一起一伏的，两片臀瓣儿很鲜明。他有一种莫名的冲动，破篱而入。

听到声响，武爱兰转过身来，并不吃惊，平静地说："知道就是你。"

李铁锤嘿嘿地笑着，竟不知道说什么好了。

武爱兰发现，他的牙齿很白，区别于有牙锈的村里人，就正眼看了他一眼。仅这一眼，她又发现了他的一个优点：虽然脸庞很小，但是很清秀。一丝好感涌上心头，武爱兰把刚戽上来的清水舀了一瓢递给他。

他慌忙接过来，咕咚咕咚地全喝了。

一瓢凉水垫底，他从容了很多。"自我介绍一下，我叫李铁锤，是国营窦店砖瓦厂的正式职工。"

这突兀的开场白，让武爱兰愣了一下，"不远。"她竟说。

李铁锤点点头，"离这儿也就二里来地。"

接下来就无话可说了。武爱兰接着戽水。

"我想送你一辆自行车。"他的声音怯怯的，却很清晰。

武爱兰顿在那里，"凭什么？"

"你自己知道。"

对这没头没脑的话，武爱兰不知道怎么回答，她埋下身去舀水，搜寻着适当的词句，好不容易找到了一个句子，转过身来，发现那个人已经走远了。那扇篱笆门，忽悠忽悠地动着，竟一点儿声音都没有。

"这究竟是怎么回事呢？"武爱兰的心绪乱了，用刚舀上来的水冲脚。冲着冲着，竟觉得脚上有冲不净的泥巴，直至把水都用光了。

第二天，李铁锤竟真的推来一辆崭新的自行车。"永久"加重型，当时最好的品牌。

武爱兰的脑袋蒙了一下，愣在那里。

她母亲看出一点儿门道，抢前两步，往屋里让着客人。

李铁锤笑着说："我还有事，先走了。"

李铁锤走后，她母亲试探着问她："闺女，这小伙子是不是有那个意思了？"

"什么意思？"武爱兰没好气地反问道。

"他是干什么的？"

"砖瓦厂的一个破工人。"

"你真是烧包，就咱家这条件，能有个吃商品粮的送上门来，是你的造化，千万别不当回事。"

"是我嫁人还是你嫁人？"

"别没大没小的，小心我让你爸用鞋底子把你打出门去。"

一句话，戳到了武爱兰的痛处——从毕业的那天起，她就感到，自己再辛苦，再顾家，在父母，特别是在两个弟弟眼里，总像是个吃闲饭的人。她心头一酸，泪下来了。

在那个时候，自行车对农村的人来说是个稀罕物件。两个弟弟见到之后，无论武爱兰如何阻拦，他俩都要骑弄一番，磕磕碰碰的，让她很恼火。

"弄坏了，让我还怎么还人家！"

"你这个人真是奇怪，是他主动送的，又不是咱伸手要的，你就是看不上他，他也没脸再要回去。"弟弟说。

她更是来气，"人家是送我的，你们凭什么就这么硬气？要骑，也轮不到你们呀。"

武爱兰抓住车把不撒手，弄得两个弟弟没办法，"你真小气！"撂下这么一句话，弟弟们悻悻而去。

武爱兰毕竟是个孩子，漂亮的自行车放在那里，她也稀罕，也冲动。最终还是管不住自己，试着骑了起来。她真是聪明又机灵，不到半天的工夫就学会了。她极其兴奋，摇摇晃晃地骑到大街上去，在众人羡慕的眼光中，她觉得自己长大了，是个女人了。

那天清早，她骑着自行车去邻村买小猪崽儿。往年去一趟，得用去半天的时间，这一次，转眼之间就到了，太阳才刚刚开始爬高，真是方便得很。往回骑的时候，她高兴地唱起歌，觉得生活很妩媚。得意忘形之中，她蹬得快了一些，以至于在下坡的时候，有些刹不住闸了。正巧迎面来了一辆小驴车，她心里一慌，自行车偏出了路面。车轱辘轧在鹅卵石上，一蹦一跳的，马上就要摔倒了。这时，车架子上的篾筐里，小猪尖叫了两声。在慌乱中，她竟有了一个极清醒的意识：两只小猪崽是家里攒了半年的鸡蛋才换来的，牵扯着全年的生计！她猛地转过身去，抓牢了篾筐。车子摔倒之后，她重重地跌坐在鹅卵石上，怀里却紧紧地抱着那个篾筐。小猪崽安然无恙，但她的整个臀却一点知觉都没有了，无论怎么努力，就是站不起来。再尝试一下，她就听到腰椎部位咯吱响了一声，"完了！"她放声大哭。

乡间人稀，总也不见一个人影，她的哭声一点意义都没有，便戛然而止了。在绝望中，像要跟谁斗狠似的，她愤然挺举了一下身子，居然站了起来。她呵呵地笑了，连自己都感到奇怪，怎么在这个时候，还有心思笑？虽然腰部不敢动弹，腿竟然还能抬起来，她阴沉的心便闪出一丝光亮。她艰难地把簸箩放稳在车架上，推着车子往前走，一瘸一拐的，但意志坚定。因为她发现，只要自己一怜惜自己，腰就疼得厉害；一旦豁出去，一切都还可以承受。虽然到了下午的光景，她才挪到熟悉的篱墙跟前，但是心中的忧伤竟在路上渐渐地被稀释掉了，见了母亲，她很平静地说了一句："猪苗儿我拿回来了。"

在家里的土炕上窝了半个月，她终于能下地了，对前来探望她的李铁锤说："你备份厚礼送过来，我跟你了。"

虽然没有落下什么明显的残疾，但腰腿已不像从前那样灵活了。他李铁锤得负这个责任！她在心中无奈地说道。

虽然做了男女的事，但李铁锤竟一点睡意都没有了。而武爱兰很快就进入了梦乡，粗重地打着鼾。这让他厌恶不已。一个女人家的，睡得跟男人似的，一点美感都没有。但是他竟忍受了几十年，一句抱怨的话都没说过。在睡梦中，武爱兰竟咯咯地笑了起来，重重地翻了一个身，被子滑到一边，整个腰臀都露了出来。因为农村生活的习惯，她喜欢一丝不挂地睡。从侧面看去，在微光中，她的屁股无边地阔大，他的目光无法逾越。他不禁哀叹了一声。依常理，大屁股女人是善生育的，但她却一个孩子都没给他生。平时，只要他一露出遗憾的意思，她便瞪大了眼睛训他：还不都是怨你！她有不可辩驳的理由：就像雹子打过的花盘不结果一样，她"坐果"的地方被他的破自行车伤了。由于不可辩驳，他把目光移开了，心里骂了一句：真他妈的不知羞耻！

那只叫小童的小狗此时也没睡，好像理解他的寂寞一样，凑到他的肚子下，温湿的舌头还在他肚皮上体贴地舔着。他很难受，很反感，一把将它推出去。小童愣了愣，依旧贴过来——它没有人类那么复杂的情感，察觉不到其中的敌意。李铁锤恼了，掐着它的脖子把它提了起来，恶狠狠地扔到床下。受了这样的虐待，小童却一声不吭，抖了抖被摔疼了的身子，又爬上床来。好像是明白了什么，这一次，小童在他眼前一个适宜的距离蹲着，用幽幽的眼神盯着他。狗的忍耐让他有些惭愧，他闭上了眼睛。但心中的不平却越来越强烈了，他想，在一个适当的机会，一定要好好收拾它一下。

因为是独子，与武爱兰成亲之后，起初是跟他的父母一起过的。父母有个大宅院，有坐北朝南的正房四间，东、西厢房各两间，南面是院墙，竖着一个巨大的影壁，上边嵌着一条大龙，整个院落气势不凡。他的父母是老实巴交的农民，武爱兰这样一朵鲜花，能开进这么一个院落，他们自然觉得脸上有光，他们一切都顺着她。他们让出了自己住的正房，心甘情愿地搬进东厢房，颇有儿女在上的意思。但是，不到半年，武爱兰却以不容商量的口气对他说，咱得盖一座自己的房子。

李铁锤也没多想，笑着说："盖什么盖，等老人们过世了，整座宅院还不是咱俩的？"

"谁知道他们什么时候死？"武爱兰气哼哼地说。

这么妖媚的一个女子，居然说出这么不通情理的话，李铁锤很是吃惊。父母正值壮年，身板很是硬朗，那一天的到来，的确是很遥远，但是做儿女的也不能这么说话呀！他一气之下不理她了。武爱兰也不理他，吃饭的时候也不露面。公公看出点儿苗头，主动来请她，闺女，该吃饭了。武爱兰转过身去，把后背晾给他。公公不知怎么好，运了一口气，自己咽了下去，悄悄地走了。后来婆婆来了，说，爱兰，铁锤让我们给惯坏了，你甭跟他致气，看在妈的面子上，你来吃饭吧。这一次，武爱兰可不像对公公那样客气了。她冷冷地说，喊，咱什么样的饭没吃过？婆婆被噎了回去。她想让李铁锤亲自来请，但他就是不出场，她伤心极了，一怒之下回娘家了。到了娘家，弟弟们也并不给她好脸色看——嫁出去的女儿，泼出去的水嘛。他们年纪虽小，但观念很老。她待得很窝囊，对李铁锤就又怨，又期盼。

李铁锤到底是来请她了。到了院里，也不进屋，只是不停地摇自行车的铃。她很来气，你是在招呼狗呢？便依旧"阴"在屋里。她联想到乡下的一种蘑菇——雨后猝然从麦秸垛中长出来，又白又大，但是只要天一放晴，阳光一照，就突然抽缩得很小。她不能像那蘑菇一样，给点儿阳光就落架子。

李铁锤只好把车子支在地上，自己钻进屋去，什么也不说，硬是把她抱了出来。他那么一个小个子，哪儿来的这般力气！惊奇覆盖了怨气，她顺从地任他把自己放到自行车后架上。等醒悟过来的时候，他已经把车子推出了院子。她想跳下来，但看到有一伙邻居在看热闹，便把身子往牢靠里坐了坐，做出享受的样子。她不想露出破绽，她要让邻居们嫉妒。出了村口，她跳了下来，"我凭什么跟你走？"李铁锤很想说因为你是我媳妇，但是那会助长她的气焰，便摇摇头独自推车朝前走了。"哎，你站住！"武爱兰吼道。她看到男人的背影是那么矮小、猥琐，油然而生的一种怜悯使她很难受。李铁锤又趔了回来。"你要是让我跟你回去也成，但你得再把我抱到车上去。"武爱兰说。李铁锤懂得她的心思，给了她这个台阶。

行进在路上，李铁锤问她盖房的理由。

她告诉他，因为她看不惯那座影壁，更准确地说，是看不惯影壁上的那条大龙。

"我要是生不了龙子怎么办，我还甭进你家门了？"这时的武爱兰就已经认定自己不会生育了。

"嘻，既然是这样，咱就把它铲了。"李铁锤说。

"行。"武爱兰把头伏在男人的后背上，有些爱情的感觉了。

李铁锤把这个打算跟父亲一说，父亲像被抽了一鞭子似的，脸部抽搐了一阵子，然后把疼痛忍住了，略带忧伤地说："要铲也行，等我死了吧。"

李铁锤熟悉父亲的脾气，他隐忍痛苦，也隐忍幸福，但就是不委屈自己的心。所以，老爷子虽然没有发作，绵软里藏的可是不可动摇的坚定。

他觉得自己真是不孝，因为父亲信奉风水，那个影壁是在风水先生的指定下做的，他根本就不应该提那样的要求。

"这个臭娘儿们！"从父亲那里出来，他心里弥漫着这么一种情绪。但一见到媳妇因期盼而更加清秀的脸，他讨好地笑笑，"爸同意咱盖房。"

李铁锤在砖瓦厂里干的是力气活儿，下班的时候已经很累了，但回到家里还要自己架着小驴车去拉砖，心里很不是滋味。哼，我怎么就娶了她？要是娶一个工人，哪怕是商店售货员，按当下的政策，双职工可以分到福利房，我也不会受这个洋罪了。武爱兰心里也不喜悦，她得帮着自己的丈夫去装砖。虽然农家女不怕卖力气，但浸过厚厚的线手套，指甲里嵌上了怎么洗也洗不掉的粉末，使光鲜的小媳妇变成了邋遢的丑婆娘，她觉得自己的命不好。哼，怎么嫁了这么一个窝囊废？本来是被人羡慕的，竟还要受这份不可言说的累！

装满了砖的车子是很重的，但武爱兰还要坐在车子的辕杆上，让李铁锤拉着她走。矮小的男人深陷在车辕下，高个儿的女人还盘腿坐在车上，风景奇特。李铁锤腾出一只手来，费力地擦了一把汗，"真有你的，难道我是你的牲口？"

武爱兰撇了撇嘴，"难道你不是？"

他们都不满意对方，但一遇见旁人，会同时做出灿烂的表情，让人家感到，他们这个样子是因为美满，是出于心甘情愿。

李铁锤虽然是工人，但是收入不高，心里总希望武爱兰算计着过日子。武爱兰可不管这个，从一进门就讲吃讲穿。她有充分的理由：我之所以嫁给你，唯一可以在人前显摆的，就是你的工人身份，不吃好一点儿，穿好一点儿，怎么看出我是工人家属？

这个理由绝好。因为它既属于武爱兰，也属于李铁锤：它能让他感受到最后的一点地位——你武爱兰也没什么了不起的，好歹我是个工人，能给你好日子过。

武爱兰单薄的身子日渐丰满了，有了美妇的韵味。别的男人见了她，总往她身上瞟。她心里也很热，觉得自己守着这么一个不起眼的男人真是亏了。她真想跟一个魁梧的男人发生点什么。但是，也就是想一想。她并不是为了守住妇德，而是自尊心在起作用。那个魁梧的男人如果是个农民，传扬出去，势必会让旁人认为她武爱兰嫁给李铁锤是一时糊涂，只是图人家的钱。那个男人如果是个干部、工人之类，就咱一个农家女子，人家会真心看上你吗？只是跟你逢场作戏，玩玩而已。在乡下，这种骚情事她见多了，大多没有好结果。

出格的事，无论怎样都会伤及面子，不如不做。由于不能做，她对李铁锤更是不满，以至于每次亲热都别别扭扭。

但在李铁锤的眼里，武爱兰说不上怎么美。无非高一些，胖一些，食量大一些，屁放得响一些。有一次，他还跟武爱兰开玩笑说，如果有能忍受一个女人打比男人还粗的呼噜的男人，我会乐意把你让给他。对这种不美其美，武爱兰很伤心，男人一有动作的时候，她会把身子拧得很弯曲，你少沾我！

李铁锤开支的时候，例外。男人把工资一分不少地交给她之后，涎着笑脸提一个要求："还不犒劳一下？"

武爱兰一边点着钱，一边把自己放倒在床上。一点都不难为情。

因为她觉得，这钱真好，既证明李铁锤的价值，也证明自己的价值。

李铁锤跟她的感觉一样，在她身上纵情地拨弄，有时会亢奋地哭起来。

但是，事情一完，他立刻就像蜥蜴断了的尾巴，动弹两下，就泄气地蜷缩起来。"真没劲。"他心里说。

虽然一夜没睡好，但天一放亮他就起了床。他睡不了懒觉，只要到了以往起床的时候，如果不起来，脑袋会像灌了水一样，一窝一窝地疼。上班的时候，他起早贪黑，觉总不够睡，就期盼着退休，好好睡一睡。现在真的退了，倒睡不着了。他觉得自己的命真贱。他看了一眼身边的女人，还是头天晚上的那个睡相——恬不知耻的酣畅。那只狗竟然睡在女人的胸窝里，舒坦得连头都不见了，只是毛茸茸的一团。女人与狗都是没心没肺的东西，被人气过，被人伤过，转眼就忘了。

虽然心情不好，脑袋也沉得像灌了铅一样，但他还是认真地洗漱了一番。不是他有修养，而是出门做工养成的习惯。这一点，武爱兰就不成。她一辈子待在家里，改不了农村人的习性，从来没有像模像样地刷过一次牙。别看她身材、面相那么有样，可别张嘴说话，一张嘴，就有一股子麦糠发了酵的味道，很让人看不上。想到这，他不禁凑到女人的面前闻了闻，那股味道更浓了。他有了一种优越感，得意地笑了笑，走出门去。

他们家住的是一楼，门前有一块花园。人家的花园名副其实，种的是花花草草；而他家的花园就是菜园了，中间搭着一蓬丝瓜架，地面上侍弄的是茄子、黄瓜、西红柿。他曾对人说，他本来是个农民，不幸当了一个工人，一旦退休了，一定好好找补找补农活，把过虚空了的日子过得踏实些。说到底，是与他的婚姻有关。武爱兰没有让他感受到一点当工人的优越性，还不如找一个普通一点的女子，那样会对他恭恭敬敬、百依百顺。可惜找了一个花瓶，中看不中用，还不能说一个"不"字。唉！

黄瓜该起秧了，根子下的草也发育得繁盛。他拿了一柄短锄蹲在地上锄草。他的手真灵巧，锄刃在窄窄的垄缝间快速游走，草铲得干净，黄瓜的嫩根却一根都不伤。他得意地笑了笑，感到了做男人的自尊。在自得的劳动中，他的头脑变得清爽起来——

房子盖成之后，他们成了独立的家庭。外人很羡慕他们，一个是国家职工，有工资，有粮票，有布票，有肉票，有油票，逢年过节还发东西；一个是年轻漂亮的美妇，还聪明伶俐，只要人戳在那里，就很壮门面。但他们自己的感觉就不一样了，他们之间缺少一种东西：甜蜜。

武爱兰虽然主内，但很少有耐心把饭菜做得精致，随意弄两道菜，应付着一日三餐。李铁锤吃着不合口，但武爱兰却吃得狼吞虎咽。她的胃口好，吃什么都香。所以李铁锤也不好提意见，隐忍地吃着。有的时候，他实在想改善一下伙食，就亲自下厨房。没想到，武爱兰对此反应激烈，气哼哼地说："要做，你就天天做。"饭菜端上餐桌，她人跑得没影了，李铁锤还得寻她、哄她。这是何苦呢，他只好彻底放弃了。还有李铁锤的穿着，武爱兰从来也不上心打扮，他愿意穿什么就穿什么，反正穿什么都是那个小身块，一点气质都没有。媳妇的漠视让丈夫也没那个心情，一年四季大多都是穿着那两套工作服。可武爱兰却很爱打扮，什么时兴就穿什么。他心里有意见，嘴上却不说。但武爱兰能感觉到，因为只要她有新衣服上身，他的脸就要阴上两天。武爱兰有办法回敬他：他一想亲热一下，她就别扭他。虽然最后也把好事成就了，但因为经历了一番哄、劝、讨好之类的曲折，李铁锤的快感也打了很大的折扣。耳鬓厮磨间，他的心里竟起着褶皱。

还有一层阴影——

李铁锤的父亲喜欢喝两口，他便每月给老人家打两瓶酒。起初，武爱兰不说什么，时间长了，以开玩笑的方式就把话说了出来："你可真孝顺，不年不节的也打酒？"李铁锤心中一沉，但脸上还是堆出笑容，"谁让他就我这么一个儿子呢。"虽然酒依旧打下去，但两个人都心照不宣地给对方记下了一笔账。两三个月下来，家里积攒了不少粮票、油票，武爱兰首先想到要给娘家送过去。李铁锤心中还是一沉，身边的两个老人你怎么不惦记一下？所以，他虽然不反对，虽然脸上还挂着笑容，但是迟迟不付诸行动。武爱兰懂得他的心思，以撒娇的形式揪着他的耳朵，"嗯……你这个人真是没良心，我们家把一个如花似玉的大姑娘都给了你，你还舍不得几两粮票？"李铁锤知道躲不过，变换了一种积极的态度，"我是想等开了支，买成面再送过去。"李铁锤果然这样做了，但他心里有老大的不情愿。武爱兰装作不知道的样子，拍拍他的小屁股，"晚上我犒劳你。"李铁锤心里说："你省省吧。"但嘴上却说："这还差不多。"所以，他们晚上一边亲热地接触，一边都觉得对方很陌生。

真是机缘凑巧，这个地区大搞房地产开发，他们村的地和村民宅院都被占了，村民整体地转了户口，而且还安置青壮年就业。依照有关规定，男50岁，女45岁，就不再安置了，而是按月发给养老金。武爱兰这一年刚好45岁，虽然一辈子没参加过工作，却像工人一样，每月能拿上800元的"退休金"。退休金的说法，是武爱兰"气"李铁锤时说的，因为那一年，国家限制红机砖的生产，他所在的砖瓦厂被新建的一家轻型建材厂合并了，虽然还不到退休年龄，但本着精简效能的原则，李铁锤等一批老职工提前退了，他的退休工资也刚好800元。所以，在家里，他最后的一点优越性也没有了。更让他在武爱兰面前抬不起头的是，由于他们有自己的住宅，占地后按建筑面积一分不花地回迁到楼房上去了。如果不是这样，他们得买商品房，虽然会享受到优惠价格，但也要自己掏不小的一笔钱。依他们的收入条件，肯定是要贷款的。武爱兰说："当时我要盖房，你还老大的不情愿，你看看……"其中的潜台词是不言而喻的——他能过上舒心日子，是沾了媳妇的光。

　　衣食无忧，就剩下身体保健这一件事了。但遛弯的时候，旁人从来也没见到两个人同进同出的影子。有人在甬道上见到踽踽独行的武爱兰，问："怎么就一个人遛啊，李铁锤呢？"武爱兰随口说道："他这个人忒懒，撂下饭碗就看电视。"其实李铁锤这时也遛着，不过是在相反的一处地方。旁人也知道，她那么高大、光鲜，李铁锤那么矮小、老丑，怎么能遛到一起呢？除非这女人有一颗朴实的心，把什么都看开了。朋友聚会，武爱兰也很少带上李铁锤，弄得朋友们都觉得很对不起他。以至于再有活动，发起人会加上一个附加条件：一定要带家属。为了不招致武爱兰的反感，发邀请时均不露痕迹，具有通告性质。席间要弄酒，武爱兰总是提前就声明："我们铁锤酒量小，你们可要照顾照顾。"这与其说是对别人的提醒，不如说是对李铁锤的警告。因为在热闹的气氛中，李铁锤总是毫无顾忌地畅饮，喝到一定时候还不能自已地流泪。"瞧，多了不是。"武爱兰虽然笑着打圆场，但眼神里藏着一把一把的小刀子，直往李铁锤的肉里剜。李铁锤心里不快，但脸上傻笑着装糊涂，"没事，没事，我的酒量大着呢。"朋友们心照不宣地为李铁锤解围，"爱兰，你可别扫我们的兴，我们还都想喝点。"他们都觉得，李铁锤心中有块垒，必须让他发泄发泄。如此这般，只要有李铁锤参加的时候，男人们准都会喝多了。李铁锤喝多了之后，武爱兰会以很体贴的样子把他搀回去，但一进了家门，就把他重重地扔到床上，即便呕吐，即便口渴，她概不理睬。第二天早起，武爱兰像什么都没发生一样，一句埋怨和训斥的话都没有。这反倒让李铁锤感到难为情了，"爱兰，我昨晚是不是喝多了？"武爱兰摇摇头，不明不暗地笑笑，"男人嘛，就得喝痛快了。"李铁锤觉得有些饿，踅到厨房里，竟找不到一点吃的。他摇摇头，到了街头小摊，要了六根油条和两碗馄饨。蝇子飞来飞去，一落在碗边上，赶都赶不走。平常，武爱兰不喜欢他到这种地方吃早点，说不卫生。但是，他吃得很香，还感到那蝇子很好看，都长着大大的双眼皮。吃妥帖之后，他抽着烟在那里发呆，一个心思突然就冒出来：武爱兰哪像自己的媳妇？虽然她跟你不吵不闹，但心里冷。

　　黄瓜秧下的草锄完了，李铁锤开始给西红柿的根须培土。只有不停地做下去，他的清爽感觉才能维持下去。小童不知什么时候蹿到他的身边，两只蓝眼睛卖乖似的看着他，一副体恤男主人的样子。他朝它吐了吐舌头——连他自己都不知道为什么会做出这么亲热的表情。他一直是厌恶它的，因为它的出现使自己在武爱兰那里更没有地位了。

　　小区里的宠物突然就多了起来。小区旁边的街市上，居然出现了几家专门卖宠物食品的粮店和宠物医院。人们在给自己买蔬菜、买熟食的时候，还要掂斤掂两、讨价还价，一为宠物买东西，眼都不眨一下，出手大方得莫名其妙。让人感到，宠物这个东西，真是一股神秘的力量。

　　在没有任何先兆的情况下，武爱兰把小童领进了家门。

自从小童成了家庭成员之后，像是没有李铁锤这个人似的，她把全部爱心和精力都给了它。她虽然懒得下厨房为人烹饪，但调制狗食却不厌其精。为了检验狗食的口味，她甚至常常亲口品尝。无论是上街、打麻将，还是遛弯，她与小童形影不离。狗刚离开她一会儿，她就会大呼小叫，"小童！小童！"急迫的表情像自己的孩子走失了一样。狗身上的温度稍高了一点，她就匆匆忙忙地抱它上医院去，又是打针，又是输液，尽心极了。在街上散步，坐下来休息的时候，她怕蚊蝇叮咬小童，会不停地给它扇扇子，耐心极了。刘美英见状，跟她开玩笑说："你对小童，比对我铁锤大哥都好。"武爱兰随口答道："那是，小童给了我做女人的感觉，可李铁锤能给我什么？"刘美英还想说什么，看到武爱兰的眼神里有一种不友善的东西，便随口打着哈哈，走了。望着刘美英比她年轻的背影，武爱兰果然嘟囔了一句，"哼，一只母狗！"

　　每到临睡前，武爱兰会给狗洗澡、梳头，还要轻轻地喷上香水。怕小童感冒，她还要用电吹风把它的毛发慢慢吹干。最让李铁锤不能忍受的是，她让狗睡了原来自己的位置，把它搂在怀里，用她的大胸脯蹭弄它，"小童，吃奶。"狗起初还躲闪，后来竟真的去吮她的乳头，人和狗亲热成一团。

　　李铁锤感到很肉麻，对人怨，对狗更恨。

　　小童见李铁锤向自己吐舌头，以为男主人喜欢它，居然毫不防备地上前舔他的手。那种湿漉漉、暖融融的感觉，让他既感动，又厌烦。他犹豫了一下，轻轻地把它拨到一边。狗蹲在那里，一副迷惘的表情。

　　他继续用短锄培他的土，以为狗会知趣地离开。

　　狗恰恰是不知趣的动物，它又不声不响地前来献殷勤——依旧舔他的手。他的工作受到妨碍，只好停下来。小童是那么无知，那么可爱，他的心都要动摇了。就在这时，他听到武爱兰懒洋洋的一声哈欠。这个声音虽然很微弱，但他听得很真切，他的心情立刻就变坏了。如果自己接受了狗的问候，就等于认同了武爱兰对自己的态度。他本能地扬起短锄，给了狗一下子。

狗呜哝了一声，瘫坐在那里。一股鲜血竟汩汩地溢出来，染着毛发之后，就变黑了。他愣了：明明是象征性的一击，怎么就这么严重了？

更严重的是，小童并不叫，也不逃走，只是待在原地不停地颤抖。如果它叫出声来，武爱兰必然要登场；如果它逃走，他也绝不会穷追不舍——那样，事情的结局就不一样了。

狗哀怜的眼神刺疼了他，让他看到了自己的卑鄙，他决定救助它。但翻开狗的绒毛，发现那道伤痕很深，他无法给武爱兰一个合理的解释。他陷入了一个两难境地。正无措间，他眼前出现了刘美英的影子。刘美英曾经既同情又讥讽地对他说过："李铁锤，你是怎么混的，怎么连狗都不敢惹了？"他知道，怕伤了他的面子，刘美英是用了一个委婉的说法。李铁锤当时装出一副不以为然的样子，"嘿嘿，不就是一条狗吗？"刘美英说："倒也是。"从这以后，他发现刘美英对小童的态度，比他还厌恶。你刘美英是谁？真是莫名其妙。也正因为此，他更觉得无地自容。

想到了刘美英，李铁锤获得了一股义无反顾的力量，他抡起了短锄，沉沉地砸了下去。而且不行动则已，一旦下手了，就化成了密集的动作。怨就怨武爱兰吧。他心中有一个悲伤的声音。

最后，狗缩成一团，不动了。

李铁锤顺手挖了一个坑，把它埋了。

他坐在地上抽烟，像劳动之后必然要休息一样。

武爱兰探出头来，"你见到小童了吗？"

"它不是一直跟你在一起吗？"回答得竟如此顺理成章、自然而然，连他自己都暗暗吃惊。

接下来的故事，自然是一点悬念都没有。武爱兰东找西寻，南呼北唤，久不见小童的踪影，整个魂儿都丢了。她自言自语，哭哭笑笑，不吃不喝，嘴角起了燎泡，坐在沙发上，一晚上发呆。连续几天，一到了夜里她就发烧，她紧紧地抱着李铁锤，嘴里不停地嘟囔着，"我冷，我冷。"李铁锤很想顺势回以关心的抚摸，但伸出去的手，总是在接近目标的时候，不由自主地缩了回来。

小童不在了，俩人之间亲密相处的障碍消除了，但他依旧找不到爱对方、让对方爱的那份安妥。他觉得与武爱兰之间的心理隔膜反而更大了，而且拉大这段距离的不是对方，而是自己。

在武爱兰病态的拥抱中，他大气都不敢出一口，一动不动地躺着。

"还是离婚吧。"他居然冒出了这样的念头。

这个念头一冒出来，他心里抽了一下，紧张得一点睡意都没有了。他开始不停地检索他的家庭生活，发现自己从一开始就没弄明白什么是爱情。

想到他与武爱兰几十年来朝夕相处，从来没有吵过架，从来没有红过脸，一团美满，满庭和睦，竟至让邻居朋友人人羡慕，甚至人人嫉妒，不禁泪流满面。"×他妈的！"他向空中默默地骂了一句。

接下来，他便被无边的死寂淹没了。

在自我的迷失中，他听到了小童的骨殖在地下腐烂时，发出咝咝的声音。

2007年6月15日—7月5日

京西昊天塔下石板宅

温

暖

贾小千蹲在地上生炉子。

他觉得自己的肚子真是碍事，蹲下去之后，成堆的脂肪往上拱，挤得胸腔狭窄，心脏不敢正常跳动，他便不停地喘。他苦笑了一下，"都是好日子闹的。"他对自己说。

所谓好日子，就是每日都能吃上五花肉。五花肉最好的吃法是在铁锅里炖，能汪出油来，看着就香。他吃的时候喜欢用手抓，他觉得一边咀嚼肉块一边吮吸指头上的油，才真叫吃肉，才真叫香。

他也知道这是毛病，但是改不了了。因为这个习惯是个下意识的生理反应。小的时候，家里穷，一年下来，只有在年三十晚上才能吃上一顿炖肉。说是炖肉，其实锅里六七成以上是粉条子。但被油浸得很有样子，比肉还肉。肉锅刚离开火，他、大哥和老弟弟就围上来，看着锅里继续的沸腾，不停地咽唾液。妈"哭"了一下——他们当然知道，妈那是在笑，但是表情凄苦，比哭还难看。"真没出息，厌气！"她叹息道。厌气，是京西土话，指卑贱的馋。虽然被挖苦着，小哥仁还是幸福地傻笑着，因为他们知道，用不了多大工夫，锅里的东西会实实在在地香到自己的肚子里去。

"不要贪嘴，等你们的爸回来。"妈撂下一句话，趔出门去，瞭望他们的爸去了。

他们的爸也真不容易，白天在堰田上苦累，晚上却没有沾油腥的吃食，睡到夜半，饥肠辘辘，便摸黑到渍菜缸里捞一根腌萝卜。嚼菜根的声音过于响脆，把土炕上的人都弄醒了。以为是鼠啮板仓里的玉米，贾小千机警地拉动了灯绳。黄光之下，他们发现是光赤赤的爸惨白地蹲在菜缸跟前。爸难为情地冲醒了的一群眼睛举一举他手中的萝卜，笑一笑。他们看到瘦津津的爸那个男性物件竟出奇地肥大，都下垂到地上了，很是丑陋。心中为他难堪，哥仁几乎是一个步调，均把伸出的头缩进被窝里。他们这时觉得，这个爸真不像个爸。

肉香把胃都勾引得疼痛起来，却怎么也不见爸回来，他们竟隐隐地恨起来——既恨爸，又恨肉。真想暴动，把锅里的东西哄抢一空。妈不时地趔回来一趟，叮嘱一句："不要贪嘴，一定要等你们的爸回来。"

胃疼得有些难以忍受，小哥仁互相瞧了一眼，竟不约而同地把手伸进肉锅里。每人抓起一把狠狠地塞进嘴里。妈正巧趔回来，大叫一声，就把巴掌狠狠地打过来。贾小千站在外侧，他的后背首先承接了这巴掌。在猝然的打击之下，他喉咙里的那团肉噗地喷出来，不偏不倚，又飞回锅里。在这个瞬间，那哥俩嘴里的肉得救了，整个都吞进肚里。虽然也相继遭受了巴掌的打击，但他们一点都不委屈。贾小千委屈得不成，眼泪没法控制，竟至连眼前的那锅肉都看不见了。好像是为了找到一种平衡，一边汪着眼泪，一边开始吮吸抓过肉的手指。吮来吮去，几个手指都"大"了起来。油香淡下去的时候，他恨不得把手指咬下一根来。

病根就这样落下了，再吃肉的时候如果不抓着吃，就像无肉。

好日子来临之后，他天天吃肉，竟至吃出了一个大肚子。他媳妇曾劝他,你得学学人家城里人,正确的养生方法是少吃肉多吃素,多运动,身体健康,能长寿。贾小千说,×!少给我讲城里人那一套,他们擦嘴还用卫生纸呢。媳妇又说,电视上都说了,富人是吃菜的,只有穷人才吃肉呢。咱折子里好歹也有几个钱了,得讲点身份了。他瞪了媳妇一眼,×!我从来也感觉不到什么身份,一辈子都是穷人。

　　或许是劈柴有些湿,明明是着起来了,可一直起腰来,火就灭了。着着灭灭,炉子没生成,却弄了满屋子的烟。他已喘不均匀,拼命咳起来。很想放弃,但又怕被媳妇骂无能。媳妇在东配房里正在收拾碗炊,像宣告她勤劳一样,弄得声音很响,虽隔着两重门,也听得很真切。他便对自己说,再试一次,再他娘的不着,就甭怪我不客气了。这一次,他在炉条上放了两大把麦秸,然后再把劈柴轻轻地架上去。临点火的时候,他突然想到了什么,把火柴扔在地上,出去了。回来的时候,拎来一个二锅头酒瓶,酒瓶里有足足三两酒。略作沉吟,把酒全淋在劈柴上了。他得意地一笑,划着了火柴。轰的一声之后,烧得噼噼啪啪一阵山响,有不可遏制的势头。他阴郁地笑着,"有什么了不起的,不就是生个炉子嘛。"

　　但是,一阵旺烧之后,火渐渐地又熄了,刚形成的一点炭星,也从炉条的间隙滑落到炉盘之上。上边的劈柴被熏烤着,生死不得,吱吱地冒着青烟。

　　贾小千恼羞成怒,抄起劈木柴的斧子,对着炉子大叫:"我砸了你信不信!"

　　"我信!"从屋角传来一个声音。

　　贾小千吓了一跳,他才想起,屋里的床上还躺着一个人,是他的哥哥贾小万。

贾小万当着这个乡的乡长，是贾小千生活的靠山。贾小千原来分了五亩地，但水电、种子、化肥，包括农机作业，费用都高，辛辛苦苦一年，到了也弄不了几个现钱。所以，家底还是清浅得很，虽然集贸市场上的肉价一直不高，他还是没有想吃肉就吃肉的条件。贾小万让他把地转让了，把他安排在乡修配厂当工人，他的媳妇也进了服装厂，两个人每月的进项，加起来足足有两千元。他可以随便吃肉了。

所以，贾小千的好日子是他的哥哥贾小万给的。

贾小千心中有数，但嘴上从来不说感谢的话，他觉得一母同胞，再说那样的话，可耻得很。爸去世以后，他把妈接了过来，对贾小万和贾小百说："你们住的都是楼房，出入不方便，咱妈也住不惯，就让妈跟我过吧。"这是个顺理成章的建议，就通过了。从此，贾小千欠账的心妥帖多了，因为他觉得贾小万帮衬他，其实是在孝敬老人家儿。

因为有妈在，所以每逢双休日和节假日，贾小万都要带着全家过来，而且桑塔纳的后备厢里总是装来许多东西，包括整箱的酒、整扇的猪肉。起初他还感到过意不去，对哥哥说，你兄弟这儿什么也不缺，就别总惦记着了。贾小万嘴上说好吧好吧，但依旧是该带什么还带什么。贾小千心里很不舒服，觉得在哥俩之间，多了些亲情之外的东西。

贾小千的媳妇兰英好像没心没肺，每当贾小万来，她都要第一个冲出门去，堆着满脸的笑帮着卸东西。哥哥一家人落了座，她忙着沏茶倒水，然后转身就下厨房。起初大嫂还张罗着跟她一起置备饭菜，兰英慌忙拦下，"使不得，使不得，大哥大嫂为我们操那么大的心，还不该吃两顿现成饭？"到了后来，这一切成了理所当然的事，大嫂连表示一下的姿态都没有了，大哥喝茶抽烟，她悠闲地嗑瓜子。

"兰英，你的清炒虾仁是不是没勾芡？"大嫂的筷子停在半空中，笑着问。

兰英的脸一下子红了，"我就知道炒西蓝花得勾芡，不承想炒虾仁也要的，瞧我这人。"

贾小千也有些难为情，瞪了兰英一眼，"去回回锅。"

兰英也瞪了他一眼，"你懂什么，一回锅，虾仁就老了。"

嫂子依旧笑着说："虾仁皮实，不会老的。"

"就你事儿多，兰英怎么炒怎么好。"贾小万好像要调和一下，但说话的语气显得很不耐烦。

嫂子虽然还是笑着，但筷子却重重地摔在桌子上，"瞧你们的哥，刚当个乡长就不让人说话了。"

兰英吓坏了，"大哥大嫂，你们千万别生气，我现在就去回锅。"

虾仁重新上到桌面之后，大嫂谨慎地夹起了一只送入口内，脸上内敛着的一对酒窝马上就绽放得灿烂了。对兰英说："你看，味道就是正点。"

兰英迅速地予以回应，夹起的那只虾仁还没有完全送入口中，就呜哝着说道："嗯，没错。"

嫂子看一眼大哥，对贾小千说："小千，你尝尝。"

贾小千伸出筷子，夹起的却是一大块五花肉，"嘿嘿，嫂子，我吃不惯那个，只稀罕这个。"

嫂子被他的憨态逗乐了，贾小万的脸上却掠过一丝不易察觉的阴郁。

和美的聚餐完毕，兰英首先站起身来说："你们都别动，我来收拾碗筷。"

嫂子说："那就辛苦你了。"

兰英说："瞧您说的，咱干不了别的，还不干点这个？"

贾小千看到，嫂子把脸盆里本来很清凌的水倒掉，从水龙头那里又接了半盆新的，有模有样地净完手，打开随身带着的一个坤包，拿出一支细圆的什么膏，挤在手上，反复搓弄一番，两只手变得很白很嫩。

　　他下意识地来到兰英身边。兰英以为他要帮自己洗碗，便说："你也歇去吧，这里不用你。"贾小千看了一眼她红肿粗糙的一双手，没好气地说："别自作多情。"

　　余波未尽，哥哥一家人下一次来的时候，细心的嫂子竟给兰英带来一本菜谱，弄得贾小千心里久久不能平静。再开支的时候，他带着一股义愤，给兰英买了一盒名牌化妆品。当兰英得知就这么小小的一盒化妆品，差几块就上千了，她哭笑不得，跟他闹了一场。贾小千被激怒了，把化妆品掼在地上，用脚狠狠地踩。好在那化妆品是牙膏体的包装，虽然被踩得变了形，但里边的制剂却没有泄漏。兰英每天早晚都要像完成任务似的在手上、脸上涂抹一番。看到贾小千讥讽的表情，兰英说："别以为我是在领你的情，我是心疼那钱。"

　　"你可真贱！"贾小千心里说。他之所以没有说出来，不是给兰英留面子，而是给自己。因为在他农民的意识里，女人是男人的影子。

　　送过一句"我信"之后，贾小万翻身下了床。他看着冒烟的炉子对贾小千说："你可真行，你明明知道我多喝了几杯，得眯上一觉，你却用炉烟熏我，你是怎么回事？"

　　贾小千嘿嘿一笑："哥，真的对不起，我也是为了你好，怕冻着你。"

　　贾小万不耐烦地摆摆手，咳嗽起来。

　　他蹲下身去，一眼就看出了炉子生不起来的症结。"你会不会生炉子？"由于没睡好觉，心中懊恼，语调失控。

"嘻嘻，我都挺大个人了，哪能连个炉子都不会生？"

"会生个屁！"

随着大哥的一声"屁"，做弟弟的哆嗦了一下，身子立刻就矮了下去，眼里一团迷惘。

"你生的是蜂窝煤炉子，而不是传统的地炉子，炉条上得先搁一块烧焦了的蜂窝煤，不然刚生成了的炭火就全漏下去了。"看着弟弟猥琐的样子，他又补充了一句，"你到底有没有脑子？"

贾小千的心被扎了一下，本能地睖乎（京西口语，即：瞪）了哥哥一眼。

"怎么，还不服气？"贾小万的脸色很不好看。

贾小千赶紧堆出一脸的谄笑，"哪儿敢呢。"

贾小万的脸色还是不好看，继续说道："你不从自身找原因，反而怨炉子，让我说你什么好？嘻，我算是知道了，什么是'尿人大脾气'"

这等于是在说，我看呢，你除了有一个坏脾气，什么正经事也干不了。

当啷一声，贾小千手中的斧子掉在了地上。

这哪里是哥哥对弟弟说话，像是上司在训斥一个下属。

贾小千不能承受，但又不好发作，一声不吭地走出门去。

到了大门口，他倚在水泥门柱上发愣。他妈的，好日子是你给的，但是，好歹咱们是亲兄弟，跟你的下属是不同的。他心里很不是滋味，眼泪扑簌簌地落下来。眼泪落尽之后，他觉得眼睑有些冷飕飕的，便用沾满烟尘的手狠狠地揉了两下。一张干净的脸立刻就花了。这时，兰英走出门来，她要去倒垃圾。见状，不禁撇一撇嘴，"你可真成，一干活就挂相。"他真想上去扇她一个耳光，但立刻就忍住了——真是奇怪，这个瞬间，他心里竟生出来一个从来没有过的念头：这个女人也不容易，她是勤劳而无辜的。他嘿嘿一笑，"倒你的垃圾去吧。"

兰英的背影也很不好看，臃肿得失了女人的身形——也是他妈的吃肉吃的。贾小千愈加郁闷，他想着，无论如何得发泄一下。在寻找目标的时候，在门柱上竟发现了一只饱满的蜥蜴。他以为是死的，因为蜥蜴是夏虫，是不会活在寒冷的冬季的。但定睛一看，蜥蜴的尾巴还一翘一翘的，做着生命的证明。他还是不敢肯定，便大声地咳了一声。受了惊动，那只蜥蜴向前移动了一段，声波消落，它又懒懒地止在那里。这他妈的东西，生不逢时，也胆大得不怕人！贾小千很是不平，恶狠狠地摁过去两个指头，想把它一下子捻死。打击就要落在身上的时候，蜥蜴突然朝远处蹿去，烟一样跑得没影了。他只捻断了它的一截尾巴。尾巴落在他的脚下，还蠕动不止。他抬起脚来，想重重地踏上去，但他一下子想到了老一辈子的一个说法——千万别打不僵之虫，便说了一句"老子不跟你致气"，很有同情心地把脚放下了。他的手指很锐利地疼了起来。刚才用力过猛，戳着了。他不停地用哈气嘘着手指，疼痛未曾彻底消减，但是他的心情却平静多了。

他像什么也没发生似的，堆着满脸的笑容又回到了屋里。

这时，贾小万正忙着生火，见贾小千的样子，很是诧异，心里说："这个人，真是无可救药，没皮没脸。"

贾小千说："哥，这点小事，不用劳您大驾，还是我来吧。"他居然用了"您"字。

贾小千埋头生火，把贾小万晾在了一边。

贾小万躺也不是，坐也不是，觉得训斥完别人之后，总得做点什么才是。他巡视了一番之后，发现烟熏火燎之下，屋里的家具上落了一层尘土，便心头一亮，找来了一团抹布。贾小千察觉了他的意图，一把将抹布夺了下来，"哥，这可使不得，还是我来吧。"

贾小万觉得待在屋里有些别扭，便走出去遛弯了。

贾小千一边生火，一边擦拭家具，脸上汪着属于自己的笑。他对自己说："我是屋子的主人，屋里的事儿哪能用旁人插手呢。"

炉里的劈柴均匀地燃烧着，屋里渐渐地有了温度；温度一上来，火焰烧得更起劲了。难剃的炉子，终于如愿地生着了。

新放上去的一块生煤，已红了一半，他又续了一块，上蹿的火苗暂时隐忍下来，他知道，用不了多久，本性向上的火焰就再也压不住了。

他搬过一把椅子，坐在炉边，像欣赏春花绽放一样，看着火苗往上爬。他瞳仁里的火光一闪一闪的，竟忽闪出爸的影子。

那年围着肉锅等爸，等得连肉香都闻不到了，还不见人回。被巴掌打出的怨恨渐渐变成了牵挂，"爸到底是怎么了？"小哥仨面面相觑，在肉的欲望之外，生出对亲人的呼唤。

妈不再瞭望，呆呆地坐在炕沿上，像失去了知觉。因为她没往好处想，因为她知道，爸去的地方是一般人不敢去的悬崖峭壁——在那种地方有一种值钱的东西——寒号鸟的粪便，一种名贵的中药：五灵脂。五灵脂卖到山外的供销社，可以换来现钱，可以买到口粮。这个年关，虽然锅里还有几块肥肉，但过了年就亏粮了。临出门的时候，妈劝爸，还是平平安安把年过了，再去也不迟哩。爸说，怎么不迟？亏粮的又不仅咱一家，都打这个主意，一起跑到山上去，能弄到几把五灵脂？得抢先下手。妈说，那咱也不去，大不了咱就去借粮。借？借，还不得还？依咱的脾气，既不想背包袱，也不愿欠人情。爸的意志很坚定。

天都大黑了，门嗵地被撞开了，裹着一团寒气，爸跌了进来。肥涨的一只口袋滚到肉锅旁，止住了。爹瘫仰在地上，脸上冻着一团怪异的笑。妈眼尖，一下子就看到了爸的厚棉裤的两个膝盖都磨破了，棉花外翻着，上边洇着的血，出奇的红。妈大叫了一声，撕开大襟，把爸的腿紧紧地揽进怀里。

那个年关的肉啊，都香到骨头里去了！

贾小千咂咂嘴，一边回味着，一边往前挪了挪椅子。炉火烤得他浑身犯懒，但七窍却异常清明。"爸那个人啊！"他摇摇头，感到爸真是条汉子。

贾小万回来了，见贾小千很自得地坐着，揶揄地一笑，"着了？"

贾小千懒懒地抬抬眼皮，一笑，"着了。"

他突然觉得这样做有些不妥，赶紧站起身来搬过一把椅子，"哥，你坐。"

哥俩坐在炉边，半天没有一句话。你咳一声，我咳一声，都觉得有点不对劲。

还是贾小千沉不住气，说道："哥，你以后再来，别弄那么多东西了，托你的福，我这儿真的什么也不缺。"

"别想那么多，又不是自己花钱买的。"贾小万坦诚地说。

"这我知道。"

"既然知道，用就是了。"

"不过，哥你也知道，咱这号人就怕糟蹋东西，比如你弄来的成扇的肉，怕搁坏了，就可劲地吃，到了最后，不是为了解馋，成了为吃而吃了。"贾小千拍了拍肚子，"你看，都吃了这么一个大肚囊子，干点活就喘。我现在琢磨着，你说这人，吃那么多肉干吗？"

"不送你，那我送谁？"

"送谁都成，送谁谁不说你好？"

"那倒也是。"

2007年4月8日

京西昊天塔下石板宅

端

庄

乡下管跑出租这个行当叫"拉活儿"。

邻居李光明听说兰英要做"拉活儿"的买卖了，就主动蹦过来，"我这辆小面包要不？"

兰英摇摇头。

"怎么，嫌贵？"李光明蹦得更近了一些，压低了声音说，"卖给别人，少说也得一万，至于你，就给三千吧。"

"凭什么？"兰英有些不理解。

"因为我敬佩你这个人。"李光明在兰英丰腴的膀子上捶了一下，很正经地说道。

"你肚子里肯定没憋着好屁。"他的这辆面包车还是六成新的货色，出手价竟这样低，绝对另有企图。

李光明急了，黑着脸说："这年头时运不济，总是把人往歪处想，实话告诉你吧，我是跑腻了。"

李光明"拉活儿"三年多了，路子蹚开了，红火得"日进斗金"，怎么会腻呢？所以兰英哼了一下，"你不说实话。"

李光明解释说，每天的进项是不少，但心里凄惶——交通局横竖不给运营证，整天跑黑车，一上路就被城管队盯上了，不是扣车，就是罚款，托人弄呛地维持到今天，不腻等啥？

"哦，原来你是在转嫁危机。"

李光明摇摇头，"也不全是，真的是因为敬佩你。"

"敬佩我什么？"

"敬佩你放着别人眼红的饭碗不端，非得自己土里刨食儿吃，一个老娘儿们，比爷们儿还有骨气。"

兰英的脸子妩媚了一下，这样的话，她听着受用。

兰英的大伯子当着这个乡的乡长，把她安置在乡服装厂当计件员，每月很安逸地就拿到七百元。但服装厂的职工多是农村妇女——农村妇女有个习性，总是把喜怒、好恶放在脸上，所以，她每天都能享受到她们的白眼。她是个自尊心很强的人，不允许人们这样看自己，便把工作辞了。

大伯子很是不理解，她解释说：她这个人自在惯了，而服装厂太拴人。大伯子也不好说什么，撂下了这么一句话："干什么都不能太信马由缰，得有忍性。"这是一种变相的责备，她听得出来，但嘴上什么也没说。心里却说了一句："多苦多累的日子都可以忍，就是让人背后戳脊梁骨的日子不能忍。"

李光明居然懂她的心思，她不禁高看了他一眼，说道："你这个人还是不错的。"

李光明听了心里也很受用，平日里厚得跟墙皮似的一张脸，这时也薄了，羞红起来，红得黑亮黑亮的。"要不我的小面一出手就想到你呢，这叫肥水不流外人田。"

"你的好意我领了，但是你还是卖给别人吧。"兰英却说。

"为什么？"

"我这个人别的优点没有，就一个优点，从不欠别人的人情。"

李光明摇摇头，"恐怕没那么简单吧。"

"你这个人真是讨厌，什么事儿非得问个底儿掉。"兰英索性告诉他，她琢磨了，在乡下，用摩的拉活儿比用小面来得实惠，同样的路程，小面起步就十块钱，而摩的才三块钱，老百姓愿意坐。

李光明捐了一下大腿，"鲁兰英，我算是服你了，你简直是个人精！"

兰英朝前走了，李光明还站在那里，望着她的背影发呆。兰英虽然有些胖，但身材有型，恰到好处地凸凹着，很柔韧，很女人。他心里犯热，呆滞的目光很锋利，直直地朝女人刺过去。

兰英的后背有一种被剜的感觉，"男人怎么都这样。"但步伐迈得更稳了。

兰英花了两千二百元钱买了一辆后开门的摩的，初次上路，激动得手心不停地往外滋汗。刚开到村口，一个老汉就向她招手，"姑娘，是不是拉活儿的？"

由于没有运营证，兰英只是减慢了速度，并没停车的意思，警惕地问："您凭什么认定我是拉活儿的？"

"看这架势就像。"老汉笑着说。

兰英一紧张，油离没配合好，熄火了。

老汉蹿了上来，"姑娘，别紧张，我真是坐车的。"为了证明身份，老汉居然掏出身份证来，"你看，我就是这个村的，叫李宝库。"见兰英还是有些迟疑，老汉说："李光明你认识不认识？我是他爸。"

兰英摇摇头，竟说："不认识。"

老汉挠挠头，"这就怪了，他明明说咱村出了一个女的哥，叫我打的就打她的，怎么你不是她？"

兰英一下子明白了，李光明是在暗中照顾她的生意。便说："大爷，不管怎么着，我正要去买菜，捎您一段就是了。"

到了地方，兰英把老汉扶了下来。老汉说："你这闺女，就是懂事。"一边说着，一边掏出五块钱递过来。兰英一把搪过去，"大爷，只是捎个脚，不用给钱。"

"这年头，哪儿有白使唤人的。"老汉执意要给，兰英只好说："您非要给，就给三块吧。"老汉说："不行，这段路我常走，至少得给五块钱。"

收了老汉的钱，兰英心存感激，目送着老汉走远。不期老汉又趸了回来，叮嘱道："闺女，拉活儿的时候，要多长个心眼儿，客人上车以后，要跟他交代清楚，就说你们是亲戚，是去串门子，这样一来，被城管队撵上的时候，好脱身。"

兰英不置可否地笑着，感到老汉的心眼儿真好。

"对了，还有一点，你要记住，客人上车之后，最好是先收钱，一旦遇到城管队员截住你，既能及时开溜，也不会丢了收入。"

面对这么好的老人，兰英默认了自己的身份——"大爷，您定个点儿，我好来接您。"

"行，就下午六点吧。"

鲁兰英就这样开始了职业生涯。

兰英很快就感受到了女的哥的职业优势。老弱病残、妇女儿童愿意坐她的车，因为她是女的，好说话，怜惜人，也安全。大老爷们儿也愿坐她的车，上车之后可以逗贫，荤荤素素的，过过嘴瘾；下车的时候，顺便在她的屁股上捏一把，听着她的笑骂，心里莫名其妙地舒坦。兰英懂得他们的心理，只要不太出格，也就不做计较。但是，为了防备不测，她在座位下放了一把大号的扳子，一旦遇到不轨之徒，她会顺手抄在手中。为了不把事态弄得过于严重，虽铁器在手，但脸上还是挂着一朵笑。对方一下子就放规矩了，他知道，那笑，有铁器的质地。

但无论如何，她的顾客比其他人的要多得多，不到三个月，就把车的本钱挣了回来。她感到，这个年头，好活人呢。

车行里，把在路口待客的光景叫"趴活儿"。稍一留意便会发现，那么多"趴活儿"的人聚在一起，真是一道独特的乡间风景。今天的太阳异常的温顺，弄得人直犯懒。兰英靠在车身上打盹儿，心里痒痒的。这个时候，她不想有客人来，懒洋洋地想想心思，才有为自己活着的感觉。但是，就是有客人来，"上小榆庄多少钱？"她眼也不睁地指指身后的同行陈永生，意思是你去他吧。"你这个人真是奇怪，怎么连放在眼前的钱都不挣？"那人说。兰英不情愿地睁开眼，"不是，我这会儿就是懒得动。"她语气和蔼，试图得到体谅。"现在正在打击拒载你知道不知道？"那个人却生硬地说。兰英依旧笑着，反而连话都懒得说了。心里说，打击拒载是对有运营证的出租车说的，我一个跑黑车的，它管得着吗？

就在这个时候，身后那辆摩的移过来，"先生，上我的车吧。"

那个人真是不识趣，摇着脑袋说："我凭什么坐你的车？"

陈永生来气了，"你这个人有病是不？"

两个人争执起来，大有动武的趋势。

兰英只好打着了车子，给二人打个圆场，"上车吧。"

那人得救了一般钻进车子，嘴里还念念有词。

一路上，那人几次挑起话头，试图交谈。兰英缄口不语，好像车上从来就没有这么个人似的。因为她看到，这个人，有40岁上下的年纪，却还长着满脸的青春痘，疙疙瘩瘩的，有多余的欲望。这样的人，一般都不是好鸟。她想。

下车的时候，那个人扔给她一张十元的纸币，转身就走。纸币毫无分量地落在地上。

"你回来！"兰英命令道。

这个坚定的声音，清晰地打在那个人的身上，他被钉在了那里。"怎么，十块钱还不够？"他觉得他出手是很大方的，这段路程按以往的经验，五块钱就足够了。

"捡起来。"兰英毫不含糊地说道。

那个人犹豫了一下，但碍于兰英语气中的锋芒，还是很不情愿地弯下腰去。规规矩矩地把钱递给兰英的时候，见人家还是不接，他真的糊涂了。"你？"

"五块。"

那个人只好照办，走的时候，摇了摇头。

返回趴活儿的村口，发动机还未熄火，又一个客人蹿了过来，"七里店。"

见陈永生还"趴"在那里，兰英有些难为情。但客人早已钻进车里，她只好冲自己的同行笑笑。陈永生也回报了一个笑，但笑得很勉强，且阴郁而暧昧。

送完这趟活儿，兰英赶紧熄了火，对陈永生点点头，"我去方便一下。"她是想暂时避一下行市，以免被同行忌恨，造成紧张关系。既然这里"趴活儿"的人这么多，她并不担心车子的安全。

她坐在拐角处的一块石头上，擦自己的皮鞋。天气暖了，她穿了一双圆口短跟的皮鞋，肉色丝袜把脚面的曲线衬得很姣好。天冷的时候，她穿的是从军品店里买来的长筒马靴，这种靴子保暖，但湮灭性别，她觉得，自己一干上这行就变丑了。所以，一旦天气允许，她就毫不犹豫地换上了单鞋。

她又怜爱又温柔地擦着皮鞋，皮鞋的亮光把整轮太阳都反射得清清楚楚。她把两条腿笔直地伸展在眼前，为的是很好地欣赏一下。她觉得自己的脚真美！

"脚下没鞋，穷半截。"这话主要是对女人讲的，她想。

她还想，有这么美的一双脚的女人，世道怎么会亏待她呢？

直到玩味得自己都有些难为情了，才懒懒地走近自己的车子。那个陈永生已经拉客走了，他的那个位置已被另一个人占上了。那个人是个不苟言笑的人，见到她竟主动地送上笑容。她虽感到有些奇怪，但也没多想。回以微笑而已。

在美好的感觉中，等来了一个乘客。缓缓地放行了车子，车子竟一耸一耸的，传出沉重的砸地的声音。车上坐的是一个精瘦的妇人，绝不会把车子压成这样。她只好停下车子，发现前胎瘪了。"对不起，你去坐那位大哥的车吧，我得去修修车了。"

她推着车去找路边的修车铺，身后，传来一片想压抑却压抑不住的笑。

"这伙人，真是小肚鸡肠。"她没有多想，觉得他们是因为嫉妒，才这样的。

接下来的几天，又出现了两次瘪胎的事故，她便不得不往别处想了。

"哥几个有意见就直说，可别动歪心思，咱们横竖都是靠力气吃饭的，得懂得照应。"她语气平和、面带笑容地对趴活儿的这伙人说。

陈永生噗地啐了一口唾沫，很不客气地问："你这是什么意思？"

兰英的心怵了一下，"我只是随便说说。"

"这种事儿是随便说的吗？"陈永生扫了一下众人，"你们说是不是？"

在场的人齐说："没错。"

兰英下意识地接了一句，"陈永生，我看就是你冒的坏水儿。"

"我冒的水儿是好是坏，你怎么知道的？"陈永生一边讪笑着，一边用眼光撩着众人。众人大笑。

身为女人，兰英知道，在这样的场合，她肯定吃亏，撂下一句话，"我懒得理你。"便推着车走了。

她越想越不是滋味，一边推着车，一边垂泪。以致迎面来了一辆面包车，也不知道躲闪。那个人狠狠地摁了一阵喇叭，把兰英"惊"到了路边。既然人家躲闪了，就应该得理让人；但是那个人意犹未尽，索性停车跳下来，"你长眼没长眼？找死是不？"

兰英认出这个人是李光月，是李光明的叔伯兄弟，也是个拉活儿的。平时，李光月对兰英很没好感，觉得她抢了这行的生意，言语从来就没有温柔过。兰英对他更没有好感，原因很简单：李光明这么个好人，怎么会有这样的同族兄弟？

"你这是在跟谁说话？你妈才找死呢！"兰英反击道。

"嘿嘿，你还敢骂人？"李光月扑上来，想薅兰英的衣领。

"怎么，还想动手？"兰英敏捷地从座下抄起了那把大扳子。

李光月本能地退后一步。但为了保全面子，退缩的行动补充以激烈的言辞，"鲁兰英，干拉活儿这行，没你的份儿，你不如回家开窑子。"

兰英很想回敬一句"你妈才开窑子呢"，但想到李光月的妈是李光明的姊子，开不了口，羞急之下，她举着扳子冲上去了。

李光月知道后果是什么，飞转身子上了车，急踩油门溜了。

"甭给我装孙子！"兰英绽出一缕得胜的笑。

但是，笑着笑着，笑容凝固了。"我才是孙子呢。"她猛地蹲下身子，掩面而泣。

兰英窝在家里好几天了。她在琢磨着，是不是开一家小饭馆或小卖铺什么的。这样的话，车子可以用来买菜、进货，派上用场。她不是怕那些人，而是不想招惹是非——"和气生财"这样的话，打记事起就常听老人们说。之所以下不了决心，是因为缺少人手。她想动员丈夫把在乡修配厂的工作辞了，一起干——好汉不挣有数钱哩；但又想，乡下的消费水平低，客源少，再加上工商税务，万一不景气赔了怎么办？虽然丈夫的工资不高，但到底是一份固定收入，可以保证吃饭、穿衣，供孩子上学。小家小业的，经不得磕碰啊。想到此，她的心境大变：一为农民，真是不好活人。

她打着了车，正犹豫着是否还到路上去的时候，李光明来了。

"守着个挣钱的家伙，干吗窝在家里？"

兰英遮掩道："这几天有点犯懒。"

李光明一笑，"你别给我编瞎话儿，你的事我知道了。"

"知道了又怎么样？"兰英说。

李光明又在她丰腴的膀子上捶了一下，"走，跟我到村口去，我要给你撑撑腰。"

兰英白了他一眼，"我的事甭管。"

"我就是要管。"

"凭什么？"

"凭什么？就凭我是这个村的村长。"

兰英一愣，"李光明，你不是吹吧，你什么时候当村长了？"

"你这个人，精明是精明，就是不关心政治。"李光明嬉笑着对兰英说，农民如果没有社会身份，再有钱也是穷人，所以，我不能总是当个体户。我为什么要卖车？乡领导找我谈话时说了，你要想当村官，就不能光想着自己发财，再说，你整天跑黑车，也与村干部的身份不符啊。"嘻嘻，你鲁兰英再精明，能精明得过我李光明？"李光明很是得意。

在李光明的一再催促下，兰英说："那好，那就试试你这个村长说话灵不灵。"

兰英刚要把摩的开出院子，李光明说："开它干吗，你就坐我的车。"

兰英知道，村干部的车肯定是轿车类的高级车，便摇摇头，"我不坐，要么，你就坐我的车。"

"我一个堂堂的村长，哪能坐这么个破玩意儿？"

"既然是这样，我的事儿你也就甭管了。"

"你真是个死心眼儿。"李光明只好钻进摩的的车篷，堆出满脸的委屈。

"这还差不多。"在启动车子的一瞬间，兰英那憋屈了几天的心，竟豁然开朗了。

到了村口，那些趴活儿的人大部分都在现场。陈永生朝兰英吐了吐舌头，露出讥讽的笑容。但一看到从车篷里钻出了一个李光明，脸上的肌肉就抽搐成一团，甚至启动了车子，要溜走。

"陈永生，你先别走。"李光明眼尖。

他巡视了一番，问在场的人："李光月呢？"

众人面面相觑，没人回答。李光明开始拨打手机。不久，一辆面包车飞驰而来。离人近了也不减速，直到人前，才咔的一个急刹车，掀起一片烟尘。

李光月下了车，径直奔李光明走来。"哥，找我有急事儿？"

李光明吸了一口烟尘，立刻就发作了，劈头给了李光月一个耳光。

莫名其妙的一记打击，李光月蒙了，捂着半拉腮帮子，"你为什么打我？"

李光明黑着脸，从牙缝里挤出来一句话："你自己清楚！"

李光月朝周围紧张地踅摸了一阵，当目光落在鲁兰英脸上的时候，他明白了。"就是为了这个娘儿们？"

"你再说一遍。"李光明进逼了一句。

李光月没敢接下茬儿，求援似的看着众人。

但是，众人没有一个吱声的。

李光月嘿了一声，"哥，我倒要问你一句，她是你什么人？"

李光明愣在那里。

这个间隙使众人有所醒悟，目光齐刷刷地盯着他。似乎也在说，"就是，她到底是你什么人？"

这时的兰英，头低下去了，如果脚下有个地缝，她一定会钻下去。

李光明瞥了兰英一眼，突然哈哈大笑起来，"你们这些人，也就这点德行了，不是想找刺激吗？我就实话告诉你们了——"

众人都支棱起耳朵。

"她是我的相好。"

一片哗然。

李光月很是不甘心，"你说了不算，得让她亲口承认才算。"

"兰英，你就大大方方地跟他们说。"李光明觉得，在这个时候，鲁兰英一定会毫不含糊地站在他这一边的。

但是，兰英只是抬起头来，笑了笑，不置可否。

李光明摇摇头，对兰英说："咱们走，少跟他们废话。"

行进途中，李光明说："你干吗不表态，成心让我栽面儿是不？"

"我不当众反驳你，就够给你面子了。"兰英说。

2007年4月8—18日

京西昊天塔下石板宅

断

指

小区内靠近南门的地方，居然有一排店铺。

　　有一家小百货，卖的都是日用品。它的经营方式很灵活，比如卫生纸，大一点的商店都是成捆地卖，它可以拆开一卷一卷地零卖。还有刮脸刀的刀片，一般是五只一个包装，别的店铺是死活不拆开来卖的，它还是可以一片一片地零售。顾客在享受到方便的同时，也会遇到一些小麻烦：刀片用过两次就钝了，不禁猜疑这可能是旧刀片回收之后，略作处理造成的；还有汽车遥控器用的七号电池，使用的寿命总是比大商店里的货色短许多。遇到这种情况，大多数人只是会心地摇摇头，并不去找小店的主人追究，有机会在大店里买就是了。有的人爱较真，上门去质疑，店铺主人一脸的委屈，说："不过是一块钱的东西，犯得上吗？"这是一个双关语：一层意思是对自己，为一块钱的货物做手脚，我还嫌麻烦呢；另一层意思是对顾客，你们都是有钱人，为一块钱的得失斤斤计较，是不是太小气了？听了这话，质疑的客人反倒难为情了，只好走人了事。慢慢地，就都习以为常了——花一两块小钱，应应急而已，随它去吧。小店的生意和和气气地做下去，养了一家人。

　　还有一家水站。店主是一个离过两次婚的年轻妇女。她穿着朴素，脸色忧戚，但身材好得惊人，便赢得了广泛的同情。说是水站，屋里除了一桶桶的纯净水之外，还有一只只煤气罐。经营纯净水，利薄，卖煤气利润就厚些。一个合法，一个不合法，竟无人举报，好像谁都察觉不到这里有问题。更有意思的是，里边竟然还摆了一张麻将桌，几个老年妇女，整天在里边打麻将，桌面上有一些小面值的票子流来流去，收场的时候会由赢家不声不响地撂下一点场地费。整天与煤气罐为伍，她们并不觉得有什么危险，反而感到很适意：既自身消磨了日子，也为年轻女人增加了一点收入，还充当了保护者的角色，她们感到自己活得还是有用的。

与之毗邻的是一家理发店。一间的小门脸，空间很窄仄，灯光也暗。理发师是个中年妇女，阔大的围裙把她的身形遮掩了，无女性魅力。人走进去，那暧昧的光线，直让人生出疑惑：她下得准刀剪吗？然而就下得准。无论你要什么样的发型，她都说会理，且手头利落得令人惊奇，一会儿的工夫就理完了。在一个角落，一个小女孩趴在一张小桌子上做作业，她一边理发，一边扫上一眼。那个小女孩，总不见抬头，觑在暗光里，没完没了地做着。理发师从不与客人主动交谈，电推子的嗡嗡声就很大，让客人感到很压抑。更让人不快的是，走到阳光之下，或者在自家明亮的厅堂里照一照镜子，理过的发型总是跟期待的有距离。但人们还是会到她那里去理发，一是因为便宜，扫边，去薄，板寸，才三块钱；二是冲着她理得快——虽然大家都没有什么大事要做，但小事也是需要时间的；三是怜惜那个小女孩——如果过于计较，她们娘俩靠什么生存？于是，顾客善良的本性会把心中的不快调节到无所谓的程度，竟至彻底认同了这个理发店的存在。

最靠近小区大门的就是一家包子铺了。包子铺也小，仅两间铺面。放着五六张桌子，座位都是很简易的小圆凳，臀部大一些的顾客，臀肉都溢在凳子外边，就更显得空间狭窄。它的经营方式是现包、现蒸、现卖，而且操作间就放在铺面上。包包子的就老板娘一个人。她背对着顾客，肥厚的后背，阔大的臀部，都供奉给客人的眼光，好像是开胃的作料。门外支着一只洋铁桶做的煤火炉子，一节又一节的笼屉架得很高，包子的香味散布得很远。看火候、出屉的是老板本人。下边的一屉熟了，就把笼屉倒上来，靠蒸汽的余热温着，所以，顾客吃上的总是热包子。包子的品种很多，有牛肉大葱、猪肉大葱、羊肉大葱、纯肉丸、茴香猪肉、韭菜鸡蛋、白菜面丁、野菜肉末、豆腐油渣……应有尽有，但就是没有海鲜馅的。因为这里能买到的海鲜，都是冻货，与本店的经营理念不符——一切都是鲜的，鲜肉、鲜菜，新鲜出笼。食客都是普通百姓，而属于普通百姓的生活优势不多，最大的乐趣不过是能吃上一点新鲜口味而已。两口子的生意能够立身，就是看准了这一点。所以，他们每天都起得很早，赶第一拨早市，进好料。比如肉，他们绝不贪便宜而进下蹄、肥边，更不买处理肉。为什么？没开店之前，他们自己也从不在外吃带馅的食物，因为都言传、实际上也八九不离十，店家总是买进肉铺卖不出去的剩货，黑白烂的一堆，放在铰肉机里一铰，就是馅了。嘴里嚼的时候，是香的，就怕回味，一回味，肠子就痉挛。将心比心，他们要做实在生意，让顾客放心。

内心的纯正使他们很注重一些细节。比如在钱盒子跟前预备着一个夹食物用的夹子——客人付款的时候，老板会用夹子接过来。即便是小本生意，铺子里也装着一架空调和一台电视机。

这对夫妇的用心，顾客们都体会到了，所以他们的生意很火，笼屉里的包子下来一屉光一屉。

但是到了上午九点钟，不管有没有客人，铺子准时打烊。其余的时间，一概不经营。他们有自己的理由：咱人手少，精力不够，放开了经营时间，就会萝卜快了不洗泥，做工就不精细了。

好心人劝他们，你们只做早点生意，再火，也是发不了大财的，不如心眼活泛一点，有钱挣就挣。

老板笑着反问道：我挣那么多钱干啥？

这排店铺的经营者都是外地人，包子铺这对夫妇是东北人。那几家的店主，都觉得他们俩有点傻，所以，即便他们的生意贼好，也不生嫉妒。别的外地人扎堆的地方，容易内讧，打架，而他们处得很和气，本地人就不歧视他们，甚至淡忘了他们的身份，好像从来就是一个小区的人一样。

这对夫妇的生意虽然很火，但是他们的表情却很木讷。两个人各忙各的，很少过话，更甭说亲热的交谈。如果不是常客，根本不会联想到他们是夫妻。他们也很少跟顾客搭话，即便有的顾客跟他俩开句玩笑，他俩也只是机械地笑一笑，算是领会了，不会多说一句话。店里除了包子之外，就是一盆老咸菜和一保温桶的小米粥。有人建议他们增加一些小菜，他们也不采纳，他们有自己的理由：既然是包子店，口味就留给包子吧。后来照顾到有些顾客多余的口味，他们多备了两样，一样是煮鸡蛋，一样是咸鸭蛋。两样都放在明面的桌子上——两只小荆筐里，任需要者自由选用。他们的目光好像并不关注谁取了哪样，但结账时，老板会把相关的价钱"唱"出来，让你感到吃惊：他们的随意，其实是隐忍的精明。

老板娘头顶上悬着一个特别的物件——一条精细的金链子，系着一只琥珀样的东西，里边胶结的，似乎是一节人的手指。其实就是一节人的指头，纤细、苍白、清秀，有很长的指甲，指甲上有蔻丹之类的颜色，分明曾隶属于一个女人。

顾客最初看到的时候，心里有些异样，看得久了，感觉就变了——无论如何，不过是一件艺术品而已。但是，连同两人的冷漠，构成了小店一种神秘的气息。这给来小店的顾客一种心理暗示，来这里用餐不宜大声喧哗。但是，却给食客带来意外的好处：低头不语，专心咀嚼，包子真是香啊！所以，有心人得出结论：只要货色好，其他的一切是不重要的。

后来，一个城管队员闻风而来。

"都说你的包子好，先来两个尝尝。"他的大盖帽周正地戴着，有威严貌相。

两个包子"品"过之后，他把帽子摘了，"再来一屉。"

一屉是十六个，两个是一两，再加上尝过的两个，就差不多一斤了。老板犹豫了一下，还是说了一句本来不想说的话，"领导，您还是吃着看吧。"

城管队员脸一沉，把帽子戴上了一下又摘下来，"怎么，怕不给你钱？"

这个举动很有效果，老板不再说二话，把整整一屉包子给领导"请"上去。领导一点也不费力气地把包子都吃完了，还如数地付了钱。临出门的时候，朝老板娘的后背盯了一眼，撂下了一句："真是看不出啊！"

不一会儿，他又回来了，原来他的大盖帽忘在了餐桌上。正在这时，老板娘回过头来看了他一眼——其实只是恰在这时，她回过头来。他便发现了一个事实：原来她胖大的身材之上，竟是一张极清秀的脸。他顿了一下，想说句什么，又似觉不妥，拎着帽子走了。

这一幕，门外忙活笼屉的老板没有看见，只是在兀自纳闷：都说干城管的白吃白喝，肥得流油，怎么他居然还能吃下一斤包子？他的胃可真没良心啊。

从这以后，他天天来吃包子，而且总是如数付钱，跟一般的食客没有什么两样。

因此，老板对他的畏惧心就一点也没有了，而且每次还对他额外施以微笑。

但这种微笑却产生了相反的作用——领导开始少给钱了，有的时候，甚至只是象征性地扔下一两张毛票。这几乎是老板预料到的，心里虽然发皱，甚至轻蔑，但还是不露声色地承受着，而且他的思维很灵活地往另一处发散：有个城管队员常常光顾他的小店，是个特殊的招牌，证明他的包子是有过硬的质量的。

后来他发现，那个城管队员每次吃完包子，并不立刻起座，而是久久地僵在那里。视线牢牢地盯在老板娘的腿上，像刀子认准了一处好肉，一定要剜下来一块一样。

"这个大兰子，还真的有爱人肉！"他摇摇头，心里嘟囔了一句。

大兰子是老板娘的小名，他很少公开叫过，一是因为俗，二是因为感情的平淡，懒得给她那份亲切。

大兰子穿了一条短裤，两条肥腿露出的比例很大。由于她始终背对着顾客干活，从城管队员的角度看上去，只能看到她的两只腿肚子。她的腿肚子异常鼓凸，饱满圆胀得像两只大木瓜。老板从来没觉得它美过，甚至认为那是一种丑。而城管队员却对它很痴迷，眼神投入得跟他的身份很不符。因此，他有理由认为这个人趣味低下，属于特别好色的那种。更可气的是，大兰子好像能够感受到这种目光，腿肚子上的肉还一抖一抖地颤，似乎很乐意接受这种侵犯。

"真是下贱！"他心里很不舒服。进出了两次门之后，他拿了一把塑料拍子，很突兀地打在了大兰子的腿上。那"啪"的一声锐音，很是响亮，把所有食客都惊得愣住了。

"大明子，你干啥打我？！"大兰子跳了起来。

大明子嘻嘻一笑，"没啥，有只蚊子叮着你。"

曙光灿烂，怎么会有蚊子？食客们没有看出破绽，但那个城管队员的脸却紧急地抽动了两下，不甘心地站起身来。

"走好。"大明子带着谄媚的表情说道。

城管队员从鼻孔里哼了一声，毅然决然地跨出门去。

第二天早晨他又来吃包子，刚坐下来，他的脸立刻就红了。因为他看见大兰子一改往日的随意，居然穿上了一条肥大的长裤。他很羞恼，是那种不可言说的秘密被人发现之后的羞恼。因为无法发作，今天的包子他吃得很无味。他突然生出一丝凄凉，身份的优越感一瞬间消失了。他的夫人长得很瘦，两条腿细得像两枝秸秆，虽然是区里的一个干部，却也逗不起他的欲望，感到生活很无趣。然而这么个低级的处所，这么没有身份的一个厨娘，却有着如此富饶的性感，简直是欺负人。

他透过门帘看了一眼那个忙活笼屉的东北人，羞恼转化成一种勉强能压抑住的愤怒，"你，老板！"他喊道。

声音未落，大明子已挑帘而入，"有何吩咐？领导。"

"你的包子里有味儿。"城管队员说。

大明子绝不相信自己的包子会有质量问题，但还是表达了歉意，给他换了一盘新的。

他刚要转身出门，身后又传来一个声音，"你站住！"

他回过头来，不解地望着那个发出声音的人。

"还是有味儿。"城管队员说。

大明子看见，新上来的包子，热气笔直地向上蒸发着，一点也不扶摇。虽然隔着相当的距离，还是能闻到包子醇正的香味。城管队员手里捏着半只包子——从新鲜包子里刚刚拿上来的第一只包子。才咬了两口，就发出这么确凿的信息，这是怎么回事呢？

　　大明子为了证实一下，把城管队员手中的那半只包子捏过来，毫不犹豫地就放到自己的口中。他紧皱的眉宇很快就舒展开来，摊开双手，"领导，就是这个味道啊。"

　　那个人霍地站了起来，"我说有味就是有味！"

　　原来没有发现，这个人还有着一个伟岸的身材，高出自己两个头的样子，如果他压迫过来，一定会把自己压倒。近距离地站在他的身边，大明子感觉到了这一点，自信便被压抑了一下。"您再尝尝好不好？"他嗫嚅道。

　　"不尝了，我怕坏了我的胃口。"城管队员逼视着他，"你看怎么办吧。"

　　面对这种局面，大明子真的不知道该怎么办，他笑了。他的笑，既不是巴结的笑、讨好的笑、乞求的笑，也不是掩饰的笑、歉疚的笑，只是笑而已。有一百种内涵，而又无丝毫意义。

　　城管队员却读出了一种含义，便是对他的轻蔑。他从牙缝里挤出来这么一句："小心让你关门。"

　　大明子的笑凝固了，惊愕之下管不住自己的嘴了，回应了一句："我等着你。"

　　为了不失威严，那个人没接他的话茬儿，带着满脸的严峻走了。他一走，悬念就留给了大明子，他颓然地坐在了城管队员坐过的地方。他不是在思考对策，而是因为脑子里出现的一片空白，导致了身体的失重。他呆呆地看着大兰子那肥阔的后背——不是他要看，而是因为坐在这个位置，他的视线只能停留在那个地方。这么一看，他的意识被唤醒了，感到了一股隐隐的刺痛。事情坏就坏在这个女人身上。他的心情复杂起来，忍不住拿起了桌子上的包子，一只一只地吞下去，转眼之间，为大肚量的城管队员预备的那盘包子都让他装进了肚里。他被撑着了，情不自禁地打起了饱嗝。饱嗝很响，所有食客都忍不住地看他。

这一看，让他突然有了主心骨——这些顾客几乎都是老面孔，大多他还能称名道姓，比如老张、老赵、小李、温师傅、胡大夫、卢经理、李美凤、穆小姐……他们的肚子与他的包子亲密相处的时间很长了，有了一种依恋关系，他们每个人都可以作为证人，证明包子的本分和清白。

"诸位，你们说包子有没有问题？"他向众人问道。

"怎么会有问题？有问题早就不来吃了。"

"这包子要是有问题，这附近就没包子可吃了。"

"脚正不怕鞋歪，他是鸡蛋里头挑骨头，成心刁难人，我说老板，你甭怕他。"

"这年头，有点小权力就要威风，眼里还有没有人？"

"……"

大家争先恐后地表态，让大明子很感动，他的饱嗝不治而愈。他继续忙活他的笼屉——顾客真是自己的衣食父母啊，不能怠慢了他们。

第二天，那个城管队员如期而至，还带着一个伙伴。矮室之内一下子顶出了两顶大盖帽，空气立刻就凝重了。人们表面上是在埋头吃包子，但眼睛的余光都凝聚过来，要看看他们如何动作。

"老板，来两屉包子。"那个城管队员说。

大明子有心理准备，话音未落，包子就笑着端上来了，"给您预备着哪。"细心的人发现，他今天的笑，多少有些不自在，有明显的巴结的成分。

送上包子，他转身就出去了，在门外，他支棱着耳朵，既是躲避，更是等待。

终于被一个厉声唤进屋去。这次不是那个城管队员，而是他的伙伴，"你怎么卖变质包子？"

"我从来没卖过变质包子。"他表情平静地环视了一下，"不信，您问问这里的顾客。"

那个队员一愣，也环视了一番，然后望着天花板，"那好，你们谁能站出来证明一下。"

一片沉默。不仅如此，连本来响亮的咀嚼之声，都听不到了。

大明子向众人投去求助的目光。

然而，并没有出现预期的人性的光芒——一部分人站起身来，默默地撂下几张钱币，走了；一部分人把头埋得很深，既遮掩脸孔，也遮掩嘴巴的动作和声音。

大明子木在那里，眼睛再也看不到人了。

这个场面，让那个常来的城管队员都感到难为情，他对伙伴说："算了算了，也别难为他了，象征性地处罚一下，相信他会吸取教训的。"

那个新来的城管队员立刻开具了一张罚单。"罚款你是现在就交，还是到队里去交？"因为大明子不接罚单，处罚者只好把那张纸压在装包子的盘子下，怕他忽略，那个人特意提醒道。

大明子指了指那只收钱的盒子，"钱都在那儿，你们自己拿。"由于不可辩驳，所以只能承受。但是，他要维护自己最后的尊严，牺牲之前也要给对手制造一点难堪。

开罚单的人真的要去敛盒子里的钱，被伙伴拦住了，"还是让他凑齐了，自己去交吧。"见大明子眼里燃烧着一种火焰，伪善者补充了一句，"怎么，还不服气？没让你关门就不错了。"

刁难者走了之后，大明子又一屁股坐在了被遗弃的包子前。为了向自己证明包子的无辜，他像上次一样开始了新一轮的吞咽，且有不可阻挡之势。

那可是近两斤的包子啊！

那部分沉默的顾客，被惭愧折磨得不能再沉默了，纷纷来阻挡他，"老板，你可千万别跟自己过不去啊！"

他真想吼一声"都给我滚！"但生存的本能制止了他，反而堆出一脸似是而非的笑。在这样的表情下吞食包子，给人的感觉有点像钝刀子割肉，那些顾客难以承受，都从他面前的盘子里拿包子，分而食之。

大明子哭了。

顾客的善意举动，让他一下子看清了自己：自己不过是个可怜的外地人而已！

像乡间的榨油——油脂一旦浮出液面，就再也不能往下溶回一样，淡化了的自卑一旦冒头，强烈的程度就再也不能消减了。从早晨开始，一直到现在——夜里躺在床上，大明子的心都深陷在自卑中不可自拔。

他身下这张床是小区居民淘汰下来的自制铁床，竹篾做的床屉，稳定性很差，只要一翻身就摇摆，就发出吱扭的声响。因此，他知道，大兰子也在陪着他受煎熬。既然都醒着，他很希望她能够跟他唠唠嗑，但她始终无言，且谨慎地翻着身，连大气都不敢出一口。这都怨他自己——每当遇到糟心的事体，他不愿意别人安慰他，因为抚慰的话只能使他心里更烦，会不近情理地跟她发脾气。大兰子也是个有自尊的人，不想自讨其辱。

他们的寝室，其实是他们的储藏室。他们没钱另租房子，就节俭了。房间一角堆着蜂窝煤，一角放着一台廉价冰箱，地上摊着剩余的蔬菜。冰箱的声音很响，还伴以间歇性的颤抖；蔬菜散发出的味道很浓，即便没有霉变，呼吸久了也很难闻。躺在这样的地方，大明子感到自己不是人，而是一种物件。大兰子更是物件，因为她的体味很重，与蹴在角落里的某种动物相仿。

与一般的外地人不同，他流落到这里，不是为了讨生计，而是为了躲避生活。更准确地说是为了躲避习惯。

"该死的鲍金娜！"他心里骂了一句，很不情愿地翻了一个身。

鲍金娜是他的邻居，从小一起长大。鲍金娜从小就没有娘，只有个做伐木工的爹。上到初中，鲍金娜刚像枝含苞欲放的花朵的时候，他的爹也被倒下来的大树砸死了。大明子一家收养了她。

大明子的爹是个做琥珀的手艺人。大森林里自然有天然琥珀，但数量少，人工琥珀就很有市场，因而他的家境就比较殷实。小美人鲍金娜在新家庭中也被娇生惯养。

好像这是应该的一样，鲍金娜很自然地接受着这一切，特别是大明子对她的呵护——大明子留给她的好吃食，她连让都不让一下，只顾自己享用；洪水断了道路，大明子给了她一个后背，她会很自然地爬上去，让他背着过河；她的衣服换得很勤，每次换下来，都会扔给大明子，看着一个男孩子很吃力地洗衣服，她一点儿也不难为情，站在一边唱苏联歌曲……

大明子很愿意伺候她，好像她已经是他的一个什么人了。

鲍金娜也觉得她就是他的一个什么人。

有个事件可以证明——

鲍金娜的美丽是事件的起因，一些男孩子总想占她的便宜。一天，一个男孩子在她的胸脯上揉了一把，鲍金娜对大明子说，有人非礼你的女人了。大明子的血性立刻就上来了，拿了他爹切琥珀的刀子，就找到了那个男孩子，把人家的一节指头切了下来，还捡起来，喂了路边的狗。那一年，他不满十六岁，被劳教三个月。出来以后，他一点也不后悔，反而对鲍金娜的照顾更细致了。时间久了，如果不能为鲍金娜做点什么，他就很难受。他突然懂得了一种东西：责任。什么是责任？就是照顾别人的习惯。

但是，到了谈婚论嫁的时候，鲍金娜却对他说：明子哥，我不能做你的媳妇。

大明子感到很意外，为什么？

因为你对我太好。

这是什么理由？大明子不相信，反问道，你是不是有别的什么人了？

是。鲍金娜的表情很平静，一点儿也不别扭。

谁？

鲍金娜告诉他，就是那个被他切了手指的人。

大明子糊涂了，说，你到底是咋回事儿？

鲍金娜说，没办法，我见了他就走不动道。

大明子气坏了，第一次对鲍金娜说了一句重话：你可真贱！

鲍金娜一点也不生气，反而还笑，笑得异常妩媚。

大明子便补充了一句：你哪儿是人，简直是个骚货！

鲍金娜居然点点头，娓娓地说道：明子哥，你终于说对了——这男女之间，仅仅有恩德和责任是不够的，还要有感情的冲动，甚至是身体的冲动。

大明子赶紧去捂她的嘴巴，你这是一时冲动，等冷静下来咱们再说。

鲍金娜拍拍自己的肚子，明子哥，什么也甭说了，我肚子里的孩子都三个月了，你就等着做舅舅吧。

大明子抬手就扇了她一个耳光。

鲍金娜大笑着走了。

接下来的几天，他们俩之间无话可说，只是还在一个饭桌上吃饭。大明子既难堪又心痛，碗里的饭难以下咽。鲍金娜却像什么也没发生似的，吃得很香。鲍金娜吃饭的时候有个习惯，捏着羹勺，会很自然地跷起小拇指来。这是个俏皮的动作，以往，大明子会觉得它好看得不成，会情不自禁地把它放到嘴里吮。但是今天的感觉就不同，它深深地刺痛了他。他想起了什么，放下饭碗，离开了一下，再回来的时候，手里捏着那把切刀。

鲍金娜本能地皱了皱眉头，你要干啥？

要你那节小拇指。

鲍金娜反而舒展开眉宇，平静地说，你要是真想要，就拿去吧。

这就是问题的要害。大明子是一时冲动，话一出口就后悔了，如果鲍金娜求他，他会很体面地终止。但是，她却给出了这样的态度，使男人的自尊无处放置，失了退路。

指头被切了下来，鲍金娜冷冷地说，咱们之间，扯平了。

这是对大明子的进一步伤害，他索性把这只断指做成了琥珀，挂在了大家都能看到的地方。他要索取——要看到鲍金娜的痛苦。但是，鲍金娜却不以为然，每天看到，还要以欣赏的样子，在琥珀前驻留一下。好像这不过是一件艺术品，与自己无关。

不过，这也导致了她迅速地把自己嫁出去，跟亲爱的明子哥在水一方，情断义绝了。

但是，对大明子来说，真正的痛苦也始于这一天——

坐在饭桌前，好吃的菜蔬刚夹到手上，他会情不自禁地看一眼鲍金娜常坐的那个位置，深深地叹上一口气，一点胃口都没有了。暮色之中，走在村街上，他会不由自主地朝鲍金娜住的院落走——他们相距得太近，那种冲动不可抑制。他知道鲍金娜不习惯过日常日子，用过的碗筷、穿过的衣服，都堆在那里，默默地召唤着他。去还是不去？虽然不是她的丈夫，但毕竟还是他的哥哥，还是有名义的。走到鲍金娜的门前，他却又站住了。这个地区有个风俗——对于背叛了男人的女人，男人或者把她杀掉，或者把她彻底忘掉，切不可跟她藕断丝连，否则，这个男人就失去了做男人的资格，任何人都可以埋汰他，羞辱他，就像对待一条癞皮狗一样。风俗既久，就成了人们的生活观念，就成了规范整个男人群体的行为准则，也就化为"男人"这个性别的人格基因。他大明子身上流淌的，是富含这种基因的血——他曾跟自己的父亲、自己的伙伴一起，不止一次地参加过羞辱别的男人的行动——掘人家的祖坟，给人家脖子上挂破鞋——华北地区是往偷人的女人头上挂破鞋，而这里是往失尊男人头上挂，羞辱的程度就深多了，那个男人一辈子都抬不起头来。在禁忌面前，大明子心生恐惧，他的脚不能再往前迈了。但是，照顾鲍金娜的习惯，深深地左右着他，使他徘徊不定，久久也安静不下来。

该死的习惯，难道这就是爱了？

他感到自己真的很卑贱：对一个背叛自己的女人，竟如此割舍不断。难道自己的脖子上，只配挂一只破鞋吗？

就在他进退失据，将要沦陷的时候，命运意外地拯救了他。

一个做皮货生意的同学，要押一车皮皮子到温州去，由于人手不够，求他帮忙。在外的半个月时间，他发现，事情居然还会呈现出另外的一副模样——时空的阻隔，他不可能接近鲍金娜，去照顾她的欲望被迫淡下去；经手陌生的事务，需处处小心，紧张之中，鲍金娜退居到次要的位置，飘浮的心，反而平静了。生意做完了，对自己的那种没头没脑的仓皇，竟然还生出一丝羞愧。他做出了一个决定：必须离开家乡，远离那个使自我迷失的环境。

走出村口的时候，在他依恋的回望之时，他见到了一个女子的身影。唉！他不禁哀叹了一声。他以为那是鲍金娜，只要她略有表示，他就走不成了。人到了跟前，原来是同村的大兰子，悬起了的心就又放下了。

大兰子，你这是去哪儿？

我跟你走。

大明子大吃一惊，凭啥跟我走？

你自己知道。大兰子简洁地答道。

以前村里就有人对他说过，大兰子在暗暗地喜欢着他，这一刻，一切都被证实了。

你家里人同意？

我的事情我做主。

那你也得预备一些出行的东西呀。

大兰子转过身来，说，都在这里了。

原来她还背着一个大大的包袱，整个人看上去，显得敦敦实实。

大明子心头一热，获取了一股从来没有过的力量，他手一挥，咱们走。

在火车上，他们相对着坐在车窗前。大兰子也不说话，只是低头笑。她的笑感染了大明子，他居然感到：虽然他们从来没有亲近过，但大兰子早就是自己的人了。下了火车，他们立刻就被人流淹没了，怕走散了，他们的手紧紧地拉在一起。他一下子找到了做男人的感觉：有大兰子跟着，他一定要混出个人样来。

多亏了大兰子，因为她会蒸包子，得以在这个小区立身，不用费太多的周折，就找到了一种稳定的生活。在包子铺开张之前，他们又回了一趟老家，领到了一张结婚证书。外地人在这里长住，要"三证"齐全，这是个必须解决的技术问题。但在大兰子看来，这绝不是一个小小的技术问题，而是天大的生活问题。

所以，大兰子全身心地投入他们的生活。每天都是她先起两个小时——和面，醒面，买肉，择菜，剁馅，包前几笼屉包子，都准备就绪了，才叫醒他。被她的勤劳感动了，他会在半梦半醒之间抱一抱她。一旦彻底醒了，再做亲热的举动，他就有些难为情了。鲍金娜把他的热情都耗尽了，或者说，鲍金娜依旧占据着他的感情空间，对大兰子他爱不起来。

他把镶有鲍金娜手指的琥珀挂在铺面上的时候，大兰子是不高兴的，噘着嘴说，你还在想着她。

他掩饰道：不，我是在嘲讽她，让她知道，没有她，我的日子过得更好。

鬼才知道你心里到底想什么。大兰子只是嘴上说说，并不真的使气。

大兰子不傻，只是品性厚道，因为她相信，人一厚道，心就宽，日子就好。

所以，刚到这里的时候，她的身子只是那种结实而有型的胖，生意一红火了，就变成心满意足的肥大了。

大明子觉得大兰子是个好女人。

这个时候，大兰子像有感应一样，重重地翻了一个身，整张床大幅度地摇摆着，响成了一片。大明子知道，像自己一样，是烦恼把女人折磨得太苦了，不然依她小心陪伴的禀性，是不会做出这样剧烈的举动的。他没有发脾气，耐心地隐忍着。翻过身之后，大兰子身上盖的被子就闪了，整个身子就露了出来。大明子想到，虽然已进入夏天，但还没有到高热季节，后半夜的天气还是凉的，便又给她盖上。

就听到大兰子压抑着的抽泣。

"你哭什么？"

"都是因为我，你别对我这么好。"

在黑暗中，大明子摇摇头。"我不对你好，还能对谁好？"

生活在一起之后，大明子对大兰子出奇地体贴——她胃口壮，吃什么都香，他不会因为保持体形的问题，就限制她，而是以羡慕的眼光放任她；她半夜里闹肚子、发烧，他会叩开小区卫生室的门，赔尽了好话，给她把药拿回来；去年爱穿的衣裳，由于发胖不能穿了，她还坐在那里呆呆地发愁，他已经把一件新的给她买了回来；就说这半夜里给她盖被子吧，已经成了他的习惯。

每当她问他为什么对她这么好的时候，他会说，我也不知为什么。

其实他心里很清楚，是大兰子给了他一种全新的认识：对不爱的女人，既然生活在一起了，就更应该尊重、爱护，这才像个男人。

时间久了，这种有意识的爱护，居然变成了自然而然的照顾，这一点，连大明子本人都没有想到。

他不止一次地自嘲：这男人就是贱，只要有个女人跟你在一起，就会养成照顾她的习惯。

他觉得自己出来对了。

"既然都睡不着，咱就唠会儿嗑吧。"他说。

"随你。"大兰子说。

唠点什么呢？他们居然好半天没找到能唠得上来的共同话语，便醒着，沉默着，静静地躺着。两个人都感到对方是那么的熟悉，又是那么的陌生。

唉！

唉！

唉到最后，还是大兰子想到了一个话题，"就唠点咱家乡的事吧。"

"唠家乡的事儿，可躲不过鲍金娜。"大明子提醒道。

"躲不过索性就唠她。"大兰子说。

唠着唠着，天就亮了。大明子真心地把大兰子拥进怀里，很主动地跟她做了爱，他感到，他有点爱她了。

"今天去早市买肉，我去吧。"大明子说。

"你还是睡个懒觉吧。"每天都是大兰子去早市，所以她感到意外。

"不，还是我去，这是男人应该做的事。"大明子坚持道。

到了市面上，大明子的眼睛就不够用了。这里热闹得有些"杂"。所谓的"杂"是他们老家的说法，有不正经、不地道的意思。卖桃子的，一个劲儿地往桃子上喷水，桃子滴着露珠，很新鲜。他摇摇头。因为着过水的桃子搁不住，容易软。卖肉鸡的，抽冷子就从袖筒里"袖"出个针管，往肉里注射些什么。他心里一咯噔。因为这种鸡，看着新鲜，吃起来就没味了。还有那个炸油条的，锅里的油黑乎乎的，油面也不沸腾，可油条放在里面，转眼就熟了，还焦黄焦黄的。他感觉别扭。因为纯净油热了是会沸腾的，炸出的油条有些发暗，但有咬劲，好吃。这么杂的一个市面，顾客居然视而不见，照买照吃，真是不可理解。但同时也给了他一个启示：这年头，好活人啊。

到了肉铺他才知道，现在的肉案上，一头猪可以分解成不同名目的肉，而且价格不等。

卖肉的感到他脸生，问他，买什么肉？

他说，猪肉。

那人白了他一眼，我是问你买哪种肉。

他说，精肉。

前臀尖还是后臀尖？

他想，猪是犯懒的东西，前爪卧槽，后爪拉胯，前爪积的油水就多，所以他说，后臀尖。

那人多问了一句，怎么个吃法？

蒸包子，我是小区包子铺的。

大兰子你认识不认识？

她是我媳妇。

既然是这样，我劝你还是买块血脖和肉边子什么的。横竖一个做馅，好赖也看不出。

他知道，血脖的肉发黏，没人爱买，至于肉边子，就是肥、腻、差掺在一起的下脚肉了。便本能地摇摇头。

那个人也摇摇头，说，一斤后臀尖十二块，肉边子才三块，既然是做买卖，就得会核算成本。

大明子心有所动，因为他刚刚被罚了款，这月的买卖亏欠了，正应该"核算"一下。

正在这个时候，一个开饺子店的人来买肉，毫不犹豫地称走了十斤肉边子。

犹豫的大明子反而坚定了，不，我就要后臀尖。

卖肉的苦笑了一下，说，真没见过你们两口子这样的。

他的话让大明子感到一丝欣慰，他到底是跟大兰子保持一致了。

提着肉往回走的时候，他突然想到了那个城管队员。哼，你说我的包子有味算什么？我不能让自己的包子里真的有味。他觉得自己已经不怕他了。

大兰子看了一眼他买的肉，"我真担心你会买肉边子呢。"

"为什么？"

"男人的心眼都太活泛。"

"嗨，我得对得起我们大兰子做包子的手艺。"

他的话有些爱情的味道。

由于心中流动着温暖的东西，他对大兰子说："你今天到铺面上去，要穿得漂亮一些，穿上你爱穿的那条裙子。"

"你就不怕那个人？"

"怕什么，肉长在咱们腿上，他一块也剜不下来。"

那个城管队员果然又来了。

他要了一笼屉包子。

大明子很有心情地调侃了一句，"您就不怕我的包子里有味儿？"

嗯？城管队员一愣，但很快就恢复了常态，阴着脸说："你刚被罚了款，谅你也不敢跟法律叫板。"

吃着吃着包子，城管队员自己咬了一下舌头。他发现老板娘今天又穿上了裙子，像雨后的日出，两条性感的小腿，裸露得格外晃眼。他不眨眼地盯着，心中的贪婪弄得自己直发慌。他知道自己有些失态，但就是管不住自己，他又尝到了自卑的滋味。

大明子给一个新来的客人送了一笼屉包子，要出门的时候，突然转向正忙碌着的大兰子，给她揩了揩额头上的汗。

这个公然的爱情表示让那个城管队员有了一个顿悟：原来老板娘的裸露，是对他有意的蔑视和羞辱。

他沉不住气了，拍了一下桌子，"你过来！"

大明子从容地走过来，笑着问："领导，有啥事儿？"

"怎么，你的包子怎么还是有味儿？"

大明子的笑立刻就凝固了，"你在说什么？"

"我是说你的包子有味儿。"

大明子转身从面案上拿了一把刀子，向城管队员逼过来，"你再说一遍。"

城管队员脸上的汗唰地就下来了，但碍于脸面依旧努力地挺直了腰杆，"就是有味儿。"

刀子就真的下来了。他吓得紧紧地合上了眼睛。

久也感觉不到疼痛，他睁开了眼睛。他发现眼前有一根断指，是包子铺老板把自己的手指切下来一节。

他极为惊撼，世间居然有气性如此之大的人！

事情好像有些不好收场，他张口结舌，"你、你……"

大明子任断处的血兀自流着，平静地对城管队员说："领导尽管吃包子，这事儿跟你无关。"

"你这是何苦呢。"城管队员的口气软了下来。

"我是想，这么本分的手，蒸出的包子还是有味儿，要它有何用。"

"买卖能做咱就做，不能做咱就关门，干啥剁自己的手指头？"待医生给大明子包扎完伤口，大兰子问道。

"不干啥，就想剁。"大明子说。

"你这个人真是奇怪。"

"不瞒你说，我时时有剁手指头的冲动，没人招惹也会剁的。"

大兰子下意识地看了看自己的手。

大明子一笑，"你放心，我是不会剁你的手指头的，剁了你的，谁帮我包包子。"

"那可说不准，人习惯做啥，就爱做啥。"大兰子一脸的忧戚，"我看咱趁早把包子铺关了吧，省得招惹是非。"

"嗯，我也是这么想的。"

包子铺短期关着，人们认为那是老板在养伤，久不开门，顾客就疑惑了，有机会见到他，便问："老板，你的包子铺什么时候开？"

"不开了。"

"为什么？"

"开得凄惶。"

第二天早晨一开门，见店铺门前蹴着一群人，而且都是他的老顾客，大明子很是惊异，"你们这是做啥？"

"我们等着吃包子。"

"对不起，买卖我们不做了。"

"为什么？"

"难做。"

人们什么也不说，陆续地走了。以为大家明白了之后，就不会再来了，所以望着老顾客悻悻远去的背影，大明子心里还难受了一会儿。

但是，接下来的几天，只要他一开门，总见到这群人在店前蹴着，总是问他："老板，你家的包子我们吃习惯了，你看怎么办呢？"

大明子被问得心里直犯酸，仰头看了看天，他发现天上的太阳很温柔，光线一点也不刺眼，他昏沉的心突然开窍了——不管他的心情多么凄惶，生意做得多么艰难，太阳每天照样升起，人们照样有吃包子的欲望；生活看似没有规范，其实规范早就在无形之中了——他的包子铺还得开下去。

他转身回到寝室，拍了一下从不睡懒觉此时却懒懒地窝在床上的大兰子，"快起来。"

"干啥？"

"去蒸包子。"

"生意不是不做了吗？"

"既然有人要吃包子，干啥不做。"

大兰子眼睛一亮，一翻身就站在了地上。

2007年7月24日

京西昊天塔下石板宅

淘

金

羊坊小区是个"老"居民区。

二十世纪七十年代，华北供电局在这里建了一个大型变电站，数千名电力工人在这里会战，自然而然形成了这么一个居民小区。所以，这个小区住着同一类人，有共同的话语习惯，即便是相见不相识，只要开口说话，都觉得是熟人。小区是清一色的红砖平顶五层楼房，单元房的面积都很小，三居无厅，五六十平方米的样子。实际上就是家属宿舍。因为大家都一样，虽家居窄小，但心里宽绰，生活得和谐而自足。

小区是全天候开放的，小贩可以走街串巷，兜售小吃、小百货和农副产品，虽有些杂乱，但生气十足，人们欢喜。城管队员到小区来整顿，在轰赶这些小贩的时候，居民大多都是站在小贩一边，或为他们说情，或为他们提供庇护。时间长了，城管队就不来了，任其杂乱下去。

现在，这样的小区不多了，是老居民区独有的风景。

退休职工杨凤德有一男二女，是小区的第一批住户。儿子不喜欢当工人，辞职经商发了大财，在另一处时尚小区买了一套大房子，想让他搬过去，他嗤之以鼻。工厂扩建，顺便建了几栋大户型的新居民楼，也分给他一套，他给了大女儿，自己仍舍不得走。小女儿大学毕业进了当地的政府机关，由于单身，不享受福利分房政策，不得不跟他住在一起。但是，她忍受不了这样差的住房条件，时时弄出几声抱怨。他很是生气，对女儿不客气地说："我可没请你来住。"

"等我攒够了钱，买了自己的房子，你就是请，我也是不会来的。"女儿回敬道。

父女俩经常拌嘴，关系处得很冷淡。

杨凤德不抽烟不喝酒，就是喜欢吃肉，而且是顿顿吃大肉。星期六的中午，女儿因为昨天刚发了工资，便请父母去吃馆子，他问："吃什么？""现在时兴吃羊蝎子，我带你们去尝一尝。"女儿回答道。他知道，所谓羊蝎子，就是火锅羊排骨，便摇摇头，"不去。"

"为什么不去？"

"大骨头棒子上可怜巴巴地沾着几个肉星子，吃着不痛快。"

"女儿好心好意地请你，你怎么这么不通情理？"在老伴的一再劝说下，他到底是去了。但是望着沸腾的火锅，他脸色阴沉，一言不发。

女儿给他要了两盘羊肉片，"这火锅里可以涮肉。"

老汉立刻就有了笑容，急迫地涮了起来。肉把两腮撑得鼓鼓的，但他还不停地伸筷子，女儿便说："你甭担心，这两盘羊肉片都是你的，我们娘儿俩不跟你争。"

吃羊蝎子是个细致的过程，女儿跷着兰花妙指，一点一点地从骨头缝里往嘴里抠肉，样子十分优雅。老伴也学女儿的样子，弄得有滋有味。正品味出一点心得，娘儿俩愣住了。她们看到，老汉面前的两个盘子转眼间已经空了，他本人则坐在那里发呆。

女儿问："还要不要？"

他说："要。"

"再要一盘吧。"

"不，两盘。"

看着老爷子那饕餮一般的吃相，女儿说："你还是少吃点肉好，小心吃出高血压、高血脂，年纪一大，会中风。"

"你甭管。"老汉的语气很霸道。

从馆子出来，娘儿俩都不理他，他却心满意足地甩开了两只胳膊，脚下一跛一跛地，像只鸭子。

娘儿俩不禁对了一下目光。母亲说："你爸他就是这样，总也长不大。"

进了小区，碰上搬家公司的一辆卡车停在一个楼门跟前，车上摞满了家什，搬运工总也捆不好固定的绳子，正与主人商量对策。杨凤德老汉围着车子转了一遭，看出了门道。对主人说："我来。"

主人认识他，笑着摇摇头，"老杨，专业的人都不成，你能有什么办法？"

老汉一句解释的话都不说，翻身就上了车子，攀到了高高的家什垛上，三横五纵，把绳子捆牢了。然后无声地跳到地上，轻得像一片羽毛。

大家惊叹不已，这哪里是一个年过七十的老人！

老汉很自得地站在那里，当了三十年的架线工，这点小事何足挂齿。他心里说。

主人赶紧递上一支香烟，老汉一摆手，"不抽。"

"那让我怎么谢你呢？"主人说。

"好办。"老汉指了指车上，"一只破铁锅也拉到新房里去，寒碜不寒碜？不如让我给你处理了。"

主人立刻就羞愧起来，"就是。"

老汉提着那只破铁锅，笑着对老伴说："这顿饭吃得值。"

老伴撇一撇嘴，"你丢人不丢人？"

　　杨凤德老汉在职时常年在野外作业，没有午休习惯，他想着这个时候应该干点什么，不然就对不起那满肚子的鲜美羊肉了。

　　他直奔楼侧的车棚。

　　职工们一般都没有外财，买私家汽车的很少，出行大多是靠自行车，所以，那个车棚是这栋楼的公共停车场地。但是，车棚的一角，很大的一块空间，都被杨凤德占据了——他用来放置他捡来的废品，也就是人们常说的"破烂儿"。他捡来的破烂儿品种真是齐全，易拉罐、啤酒瓶、包装盒、废报纸、破铜烂铁、钢筋头、旧鞋布片、塑料编织袋……除了一般居民区的生活废弃物之外，由于是特行的家属楼，多了像铜铝线、高压线卡子、闸刀开关、断脚螺丝等遗弃物品，是有颇高的"含金量"的。平时只顾了捡而无暇整理，便随意堆在那里。这自然会对别人的进出造成影响，邻居对他颇有意见。他要借这个机会好好整理一下。

　　他按类别整理，既急迫，又有条不紊，一切弄得妥当之后，已是满头大汗。那只破铁锅就放在金属类废品堆的最上端，倒扣着，像肥大的武士却戴着一顶过小的头盔，虚张声势、滑稽可笑。嘿嘿，他也觉得可笑。但他笑的不是这个阵势，而是笑自己突如其来的精明——这只铁锅足有四斤重，按每斤五角钱计算，可以获两块钱的收益。这两块钱意味着什么？两张刚出锅的大饼！

　　笑着笑着，头突然晕了一下，眼前先是一黑，然后冒出来一片碎花。

　　到底是年岁大了，累着了。

他只好坐在报纸堆上，好好喘息一下。

小女儿让他少吃肉，省得吃出高血压、高血脂，其实他已经都高了，但是，绝不能承认，因为一承认，破烂儿就捡不成了。

刚捡破烂儿的时候，小女儿就激烈反对，"你现在领的退休金，比我拿的工资都高，不好好颐养天年，捡什么破烂儿？"

他知道，小女儿是觉得作为一个机关干部，却有着这样的一个老爸，面子上很不好看。但他不想解释，只是简短地说了一句："你是你，我是我。"

"那好，你要是得了病，我可不伺候你。"女儿说。

"缺你！"他说。

眼前的碎花散去了，他发现眼前竟站着一个人，是个收破烂儿的。

"大爷，您的破烂儿卖不卖？"

"不卖。"

"为什么？"

"你给的价儿太低。"

"我们收破烂儿的，挣的就是那点儿差价。"

"我不让你挣。"

杨老汉的话茬儿过于生硬，那个收破烂儿的觉得没法跟他对话，摇摇头走了。

人家一走，老汉的心却仓皇起来。收破烂儿的已经知道这里有一堆值钱的东西，一准就惦记上了，只要你稍一错眼珠，他就会自己来"取"，那可就损失了。

不成，我得赶紧把这些玩意儿拉到废品收购站去。他对自己说。

他找来一辆三轮车，急急忙忙地装满了车。但骑上去之后，双脚绵软得不听使唤，蹬了好半天，车子仍在原地打转。他只好扶着车把，等待体力恢复过来。

正在这个时候，女儿下楼来，她要去做头发。见到老汉这个样子，生气地说："小区里就有收破烂儿的，你干吗不就近卖给他们？真是舍命不舍财。"

女儿的话强烈地刺激了他，他身体里突然运出来一股邪劲，狠狠地蹬下去，车子居然朝前走了。

车子如愿地走下去，老汉的自尊心得到满足，孩子一般呵呵笑着，心里却骂了一句："你他妈的懂什么。"他对女儿有老大的不满意，认为她除了臭美、贪吃、好面子、追时髦之外，一点过日子的本心都没有。他看重这个"本心"，认为它是立身的根本。所谓本心，就是不偷奸取巧，不指望天上掉馅饼，一切靠自己的双手——诚实劳动，埋头苦干。在做人上，要不虚荣，不攀比，不势利，不好高骛远，不患得患失，不自轻自贱，不看别人的脸色行事，始终不忘普通人的身份，一辈子只是为自己活人——有钱了，不露富；家底薄了，不哭穷；过得好了，夹起尾巴；混得低了，挺直腰杆——朴朴素素，平平常常，本本分分，自自得得。说我舍命不舍财，你哪儿知道你老子的心思，不是贪图多卖的那几个钱，而是心疼到手的这些东西，要物有所值哩。他越想越来气，朝着空中说了一句："我跟你没有共同语言。"

废品收购站在城南的一块沙地上，距羊坊小区足有三公里的路程。但依杨老汉的感觉，居然转眼的工夫就到了。他直感慨：明明是脚底无力了，怎么一跟女儿斗气就精神抖擞了呢？看来人必须有对立面——一有对立面就要斗争，一斗争就会焕发出革命干劲——换句话说，人不能太顺当了，不能太安逸了。想到这些，他的心情好了起来，觉得小女儿也有可取之处，在他的三个儿女中，是长得最像他，最受看的一个。

由于他是卖废品的常客，这里的人都认识他，过磅的人对他说："杨师傅，你今天的脸色可有点不好。"

"瞎说。"他蹦出来这么两个字。

"我说，杨师傅，这大中午的，天儿太热，你可得注意点身体。"那个人还是把关心送过来。

"甭管。"

这老爷子虽然脾气有点倔，但过磅的人体恤他的年纪和勤劳，分量给他过得很足。他拍拍那人的肩膀，算是感谢了。他更坚定了自己的一个看法：这人一在低处，心眼儿就好。

由于感动，他一鼓作气，又跑了两趟，把车棚里的东西都拉过来了。卖废品的钱都是些毛票子，便把他贴胸的口袋撑得鼓鼓的，他觉得不安全，顺势拐到小区门口的一家银行，存了起来。

把三轮车放进车棚，他在放废品的地方站了一会儿。虽然那个收破烂儿的人没在面前，但也是站给他看的。意思是说，你到底是精明不过我哩。

上楼的时候，脚底突然又绵软起来，接下来又是天旋地转，一片碎花。

很想停下来，但心里有个声音命令他：必须躺到床上去。

一躺到床上，立刻就失去了知觉。

再醒过来的时候，已到了后半夜。老伴和小女儿都守护在床前，眼神都是那么莫名其妙，怜、怨交织，极不质朴。他难为情地笑一笑："我这是怎么了？"

"你自己知道。"老伴的口气很不温柔。

小女儿把他的头托起来，冷冷地说："吃药。"

"吃什么药？"

"牛黄清心。"

"吃它干吗？"

"预防中风。"

"这药可贵。"

"当然,比你那堆破烂儿要贵多了。"

这话在杨老汉的心尖儿上割了一刀,"不吃。"他挣脱了小女儿的手,把头重重地放在枕头上。

"怎么,你还有理了是不?"小女儿不允许他任性,又把他的头托了起来,甚至还要撬开他的嘴巴。

杨老汉猛地坐了起来,"我自己吃。"

亲情刻薄,不从为尊。为什么还是要顺从?连他自己都感到纳闷。

吃过药,能安静地躺在床上的时候,他立刻就明白了:他的确不能躺倒,放废品的地方已经空了,必须有新的货色来补充。

杨凤德老汉躺到了第二天中午,躺得有些不耐烦。他起身在地上走了两遭,发觉自己的头已经不晕了,便兀自笑了起来。到底是饱经风吹日晒的身子,底子好哩。

他轻轻地拉开一道门缝,听到另一个房间的电视里正动情地道白。觉得那娘儿俩已被剧情吸引了,便悄悄地溜出门去。

下了楼,他直奔就近的一个垃圾箱。那个箱子比较深,他的半个身子都钻了进去。这个情景被跟踪而下的小女儿看到了,她羞恼极了,想上前把他薅回来。但刚要探出身子,自己的后背却被另一股力量薅住了。回头一看,是妈。妈对她小声地说:"就由他去吧,不然他一生气,真的弹了弦子(中风),那就不好办了。"

娘儿俩上楼去,在阳台上偷偷地望着他。

只见杨老汉从垃圾箱里淘出来一些物质:两个纸箱子,三个罐头盒,四听易拉罐,五只啤酒瓶,还有一条断了接头的破皮带。他高兴于自己的所得,兴奋地搓弄着自己的双手,得意得像个孩子。

“我怎么会有这么一个爹！”女儿嘟囔道。

“嗐，他就是这么个人儿，你又不能换个爸。”妈说。

女儿听得出来，妈的话表面是附和，实际上是反驳，便气哼哼地说了一句：“都是你惯的。”

杨老汉依次把这幢楼的垃圾箱都淘完了，兴致就更高了，他索性骑上三轮车，朝别的区域驶去了。

妈对女儿说：“你去跟着他。”

女儿噘噘嘴，“我不跟。”

“他究竟是你爸，又刚闹过毛病。”妈有些不高兴，“你不跟，我跟。”

妈一辈子都没学会骑自行车，怎么跟？小女儿不情愿地走下楼去，骑上自行车，心情复杂地追上去。

杨老汉把整个小区的垃圾箱都翻腾遍了，三轮车上收获的货物晃晃悠悠的，很壮观。他从容地蹬着车子，哼起了一支哼了一辈子的京西俚曲——

小河边有只缸哩，
缸是木缸。
缸前蹲着个人儿哩，
人是他二大娘。
二大娘她来淘米哩，
糙米闹（淘）得黄。
它怎么就这么黄哩，
凄惶得心里忙。
忙上前咬句话哩，
一屁股摔破了挽裤裆。

嘟个哩嘟，嘟个哩嘟……

他唱得旁若无人，俚词儿便清晰地钻到小女儿的耳朵里，她的脸兀自烧起来，心里不由得骂了一句："真是个老不正经！"

哼小曲哼到街心花园的凉亭前，车子突然停住了。他不停地向那里张望。

那里坐着一对恋人，很年轻的一对。他们吃着小吃，喝着饮料，有说有笑。他们情浓得旁若无人，男的甚至把嚼过的东西喂到女的嘴里去。

杨老汉摇摇头，嘿嘿地发笑。本来无意识的笑，传过去之后，就变成了别有用心的窥视。

"有人在偷看。"女的提醒男的。

"谁？"男的问。

女的朝这边努努下巴，"那个糟老头子。"

"什么年纪了，还这么花。"男的朝这边瞪了一眼。

由于扫了兴致，两个人站起身，悻悻地走了。

二人刚一离开，杨老汉就从车上翻身而下，像抢占阵地一样，急迫地冲了上去。

再踅回来的时候，他手里拿着几样东西：人家垫屁股用的两张报纸，两听还有残留汁液的鲜橙多易拉罐，还有半卷卫生纸。

他乐得合不拢嘴。虽然在垃圾世界里徜徉了那么久，取得了那么大的成果，但这么点小小的收获还是能给他带来那么大的快乐——什么人呢。

尾在他身后的小女儿却有别样的心情，她心头一酸，眼泪居然在眼眶里打起了转转。

她预感到，她的老爸早晚得闹出毛病来。

半年后的一个下午，她的心绪异常烦乱。因为后天就要参加后备干部资历考试了，要看的书、要背的概念很多，她觉得时间太紧，有些着急。正在这个时候，她接到了邻居的一个电话。邻居说，三丫头，你快去吧，你爸住院了。

预感终于应验了，杨老汉果然中风了。

她赶到医院，看到老爸躺在监护室里，手上打着点滴，鼻孔里插着吸氧的管子，以为不成了，喊了一声"爸"，便扑在老人的身上，失声痛哭。

老妈拍了拍她的后背，"别哭了，他已经被抢救过来了。"

听了这话，她戛地止了哭声，倏地站了起来。看到老爸细眯的眼睛里，眼神是清澈的，她不禁转过脸去。她难为情死了！平常时，父女俩总是斗嘴，好像谁也看不上谁，尤其她这个做女儿的，对老爸有掩饰不住的嫌弃，似乎感情已逝去了。但在这个特殊的时刻，这下意识的爆发使她发现，对老爸，她原来是爱的。为了这个意外的发现，她感到羞愧。

杨老汉发出一声呜哝。

他虽然神志清醒，但暂时还没有恢复语言能力，他是在向女儿打招呼。

女儿转过身来，"都是因为你不听话。"

老汉咧了咧嘴，那是在笑。

她向主治医生去了解情况。医生告诉她，多亏了杨老汉的身体素质好，已经安全度过了危险期，在监护室里再观察两天，如果没有反复，就进行常规治疗，估计用不了十天，就可以回家调养了。怕她担心，医生强调了一句，"我看问题不大。"

既然问题不大，她开始考虑护理的技术问题。

老妈也七十多岁的人了，心脏又不好，不能让她担惊受累；哥哥出差了，也赶不回来；至于姐姐，外甥女正要中考，是个关键时期；她本人也要应付后备干部资历考试，不好脱身。她当着病人的面跟老妈商量，最好是请个护工。

杨老汉一听要请护工，又不停地呜哝起来。

她知道那是老爸在表示反对，便对他说："不是我不想伺候你，而是我要参加后备干部资历考试，你知道这对机关干部意味着什么？意味着能不能有个好的前程。"

杨老汉似乎没听懂，依旧呜哝不止。

"你可真自私！"她愤愤地说了一句。

杨老汉不呜哝了，但紧紧地闭上了眼睛，从眼角挤出大颗大颗的泪珠，竟一串一串地连接起来。

老妈唉了一声，用衣襟去给他揩，老汉竟狠狠地推了她一把，如果不是小女儿扶了一下，就栽倒在地上了。

这真是令人心碎的场景。小女儿无奈地说道："得，算我倒霉。"

话音未落，竟看到杨老汉挂着泪珠的脸上已经堆满了笑纹。

从流泪到发笑，连个转换的过程都没有，直让小女儿感到：这人可不能活得这么老，人一老，就变得恬不知耻了。

杨老汉一躺进医院，就陆续有人来看望他，包括厂里的领导、工友、邻居和亲戚，还有那个常到小区来收破烂儿的。杨老汉犯病就跟他有关——那天他们俩同时发现了路边有两只大纸箱子，同时冲了上去。在争抢中，杨老汉的身子慢慢地萎缩下去，直至流出口水。他当时吓坏了，丢下老人和纸箱子跑了，后来总觉得心里不安妥，就来了。他说："老师傅，对不住了。"杨老汉闭上眼睛，不瞧他。那个人又说："老师傅，你放心养病吧，羊坊小区是你的地盘，我以后不去了。"

杨老汉立刻就睁开了眼睛，嘿嘿地笑了起来。那表情分明是说：你又输了。

来人自然要带些营养品，大多是一些流质食品，包括奶品、八宝粥、蜂王浆等。他对小女儿比比画画，意思是说，这些东西我不爱喝，大热天的你很辛苦，尽管喝就是了。

小女儿喝的时候，他专注地看着她。待她喝完了，眼神倏地就亮了起来。以为这是父爱的表示，小女儿回以微笑。她顺手就把饮料瓶子扔进房间的垃圾桶里，老人的眼神立刻就黯淡下去，发出重浊的一声叹息。她明白了，老爸不是在稀罕她喝饮品，而是在稀罕装饮品的瓶子。

为了哄他高兴，她不得不把瓶子给他捡回来，但心里很不舒服，赌气地说："我不喝了。"

女儿不喝，杨老汉就自己喝。虽然他很腻歪那些饮品的味道，但每天都大量地饮用。随着空瓶罐的增加，杨老汉能说话了。

他张口说的第一句话竟是："小三儿，你爸我有钱。"

小女儿一惊，随口问道："有多少？"

杨老汉也一惊，"甭问。"

"你攒钱是不是要给我？"小女儿试探着问。

"不给。"杨老汉回答得十分干脆。

小女儿装出伤心的样子，说："你看，为了照顾你，我连升官的考试都放弃了，你也忍心？"

以为老爸会因此而改口，她竟听到了这么一句："你一个女孩子家家的，当官儿干吗？"

耽误了女儿的前程，老头子居然一点歉疚都没有，女儿气坏了，脱口说道："我不认你这个爸了。"

老汉嘿嘿一笑，"我不怕，不管你认不认，我横竖都是你爸。"

杨老汉终于出院了。由于还有些行走障碍，得借助一根拐杖。医生嘱咐说，你们家属每天都要陪着他在室外走一走，对全面康复有利。

小女儿利用工余时间陪他在楼下行走，下意识地搀扶着他。老爷子很倔强，甩掉她的胳膊，他要独立行走。他的身子很重，但腋下的拐杖却支撑得无声无息。他是有意而为之，他不想听到自己身体之外的任何声音。

走到一处，他停住了。原来脚下有一只被压扁了的可乐罐。

他用拐杖够它，可是越够越远。

最后，他试图扶着拐杖蹲下去，亲手去捡。

小女儿见状，喝住了他，"你不要命了！"

中风恢复期的病人一旦跌倒，后果是严重的。小女儿的声音很是尖厉。

杨老汉吓了一跳，止住了。但眼神依旧"黏"住那只罐，摇了一下头。

女儿俯下身去，给他捡了起来。从女儿手里接过来的时候，杨老汉动作急迫得近乎抢，然后不停地摩挲，像摩挲一件稀罕的宝物。

爷儿俩坐在街心花园的长凳上小憩，女儿问他，你和我妈都是拿退休金的，衣食无忧，干吗还像个破落户似的，不顾一切地贪几件破烂儿？老汉告诉她，起初是为了锻炼身体，后来就管不住自己了——也真是奇怪，以前受穷的时候，想捡点儿破烂儿都很难；现在不用捡破烂儿了，那些东西却随处可见，总是在你眼前晃悠——也想视而不见，但每件东西都能变成钱哩！可以说，走在路上遍地是金。遇到金子而不捡，对我们这些过来人来说，是做不到的，觉得那是一种忘本，是一种罪过，与本心不符。所以就捡。捡来捡去，捡成瘾了，好像捡那些破烂儿就是过日子，如果不捡，就等于不会过日子。

"那也得悠着点儿，破烂儿就是破烂儿，看得太重，人就不正常了。"女儿说。

"你不用教训我，我什么不懂？"老汉不爱听女儿说话。

奇怪，女儿不但没有说服老爸，自己却发生了微妙的变化。

那天，她坐在办公桌前发呆，无意之间看到了角落里的一堆过期报纸，心里一动。

机关里订着几种报纸，有的是必须订的，有的是摊派的，每到十天半月，就会积起来厚厚的一摞。机关后勤人员会不请自来，适时地敛走了。她也知道这些后勤人员所做的，绝不是什么公务行为，只是贪个小利而已。但想到他们都是从农村招来的临时工，获点儿小利也是情理之中的事；而且，能有人帮着清理环境，总归是件好事，便都不在意。

心动之后，居然就有了行动。她找来了几根包装绳，把报纸捆扎起来。

同事问时，她很自然地回答是为了糊顶棚。

同事很纳闷儿，你们家不是住楼房吗？她随口答道，是乡下的亲戚用。

她把成捆的废报纸拿回家交给了老爸，杨老汉愣住了，这还是自己的女儿吗？愣过之后，他嘿嘿地笑了起来，说："小三儿，爸请你吃羊蝎子。"杨老汉是一片真心——最反对他捡破烂儿的小女儿，居然主动帮他收敛破烂儿了，他真快活啊！快活之中，父爱竟突然就肥厚了。

老少三口就又吃了一回羊蝎子。这一次，杨老汉没有在火锅里涮羊肉片，而是笑吟吟地陪娘儿俩吮大骨头棒子上的肉星，好像他从来就不拒绝这种美味，也好像他开始懂得保健了。

小女儿喜在心中，待机关的报纸堆到一定程度，她就又给老爸捆了回来。打这之后，捡报纸居然成了她的一种习惯。有一次她陪领导出了一次差，回来的时候看到报纸已被后勤工人敛走了，心中竟生出隐隐的一丝不快。

我怎么会这样？她不禁问自己。

往家里带报纸的时候，起初还编个理由，到了后来，她索性什么话都不说了，尽管带就是了。对她的做法，同事们颇不以为然，不屑的眼神毫不遮掩地闪烁着。她竟能泰然处之，心里想，我连后备干部资历考试都能放弃，甭说吃你们几个白眼了。时间久了，她的名利心居然也淡了下来，觉得她老爸的说法是对的——一个女孩家家的，没有必要把心思全放在当官儿这种事儿上，只要有份职业，能够让自己安身立命，就挺好。

她每天的心情都很好。内心安静，笑容灿烂。

父女关系竟渐渐改善了——女儿不再嫌弃老爸，老爸也觉得女儿到底是自己亲生的，还是有共同语言。他们之间的亲情深了起来。

一天，在那个车棚里，小女儿给老爸当下手，为那些成堆的破烂儿分类。她干得很投入，白皙的脸蛋上，细密的汗珠亮晶晶的，格外生动。杨老汉心头一热，说道：

"小三儿，你将来一定会嫁个好人家儿的。"

女儿一乐，"你可别这么说，我这么好吃懒做的，哪个敢娶呢。"

杨老汉听出了女儿的话外之音，脸红了起来，"嘿嘿，你可是国家干部，别跟工人阶级计较。"

"这你就错了，国家干部也是工人阶级的一部分，是平等的关系。"女儿逗他。

杨老汉也想幽默一下，但找不出词儿来，嘿嘿地笑了半天，竟说出了这么一句："小三儿，老爸枕头里缝着一个存折，我想把它给你，帮衬你买套房子。"

"你舍得？"

"以前舍不得，现在舍得了。"

"为什么？"

"我看得出来，我们小三儿还是有本心的。"

"爸。"小女儿动情地叫了一声，然后平静地说道，"存折你还是自己留着吧。"

"嗯？"

"你的钱来得太辛苦，我不能要。"

"那你拿什么买房子？"

"我自己攒。"

"怎么攒？"

"捡破烂儿呗。"

"你可不能学我，你毕竟是国家干部哩。"

2007年8月19日

京西昊天塔下石板宅

皮

实

孔繁仁身膀很硬朗。五十多岁的人了，每顿还能吃三张摊坨子。

摊坨子是一种农家饭。闹饥荒的年头，玉米面、白薯面、高粱面、黍子面、荞麦面，以至于玉米轴磨成的淀粉，凡是能形成粉状的、可入口的东西，都可以成为摊坨子的原料。这是粗粮细作，是糊弄肚子的把戏。这些原料黏性差，不能结团，便均要掺上作为黏合剂的榆皮面。所以，在那个时候，乡下的榆树多是裸体的。现在日子好了，温饱已不成问题，但他还是以吃摊坨子为主。现在的摊坨子，面粉和杂合面各占一半，心情好时，和面时还要打上一个鸡蛋。因为自身就有黏性，榆皮面用不上了。按说，免遭剥皮命运的榆树应该茁健起来，却纷纷死掉了。街边、原野、渠岸，原来榆树茂盛的地方，竟很少见到它们的影子，成了稀有树种。不知是怎么回事。

吃摊坨子对孔繁仁来说，不是口味问题，他对人说，是饿怕了。

今天的月色极好。月牙虽然瘦得跟镰刀一样，但天空大晴，它自身没有一丁点皱褶。今天砖厂老板额外给了他二百块钱奖励，内心美得饱满。他摸出来一瓶酒，理直气壮地缓喝。老伴要给他炒俩下酒菜，他摆摆手。从偌大的腌菜缸里抄了两只辣椒和一小撮香菜根儿。腌酸菜是乡下人固有的手艺，但大多数家庭都失传了。他的家庭也失传了一段日子。一天，他看到扒下来的白菜帮子，切下来的萝卜缨子，摘下来的香菜根子，就那么平白无故地扔在地上，他心疼了一下，便摔门出去了，再回来的时候，竟扛着一口大缸。缸蹾在地上的声音很沉闷，他随之说了一句："腌菜。"

他捏一尾香菜根，喝一口酒，渐入佳境。他把颈项喝成了一只血脖子，在上边抓一抓，又肿又痒，舒服极了。他看了一眼酒瓶子，商标上"门曲"两个字中的"门"字，竟晃悠起来，像一挂被和风吹动的门帘。这种酒就产自本地，是乡办酒厂的产品，原料是当地的柿子。酒的味道有些苦，跟柿子的"涩"有关，仅卖两块五毛钱。现在，这种价位的酒少见得很，孔繁仁有幸灾乐祸一般的欣喜。卑贱的人喝卑贱的酒，两相适宜，自足而幸福。

"多亏了有门曲啊！"他不禁叹了一声。

正房里（他和老伴住偏房）传来一阵嗲里嗲气的笑，那么没有节制，他浅微的快乐一下子就显得微不足道了。他皱了皱眉头。

笑的人是他的儿媳妇宋丽娜，她刚才用他的奖钱到街上去买了两份肯德基。或许她吃出了兴味，或许他的儿子孔大成正跟她骚情。骚情，是京西土话，状男女之间，黏糊得旁若无人、不管不顾，甚至恬不知耻的样子。

"屌！"他骂了一声。

他的骂是有根据的。

儿子中专毕业后好几年找不到工作，就到街上闲逛，认识了在歌厅里做小姐的宋丽娜。他总是到那个地方去，弄得孔繁仁很是腻烦。"你怎么不学好？"

"去歌厅就不学好了？你真是老土。"

"你倒有理了？"

"自然有理。"儿子反问道："你知道去歌厅的都是些什么人？"

"你说都是什么人？"

"不是领导就是经理，反正都是有身份的人。"

"你有什么身份？"

"正因为如此，我偏偏就去了。"

"你哪儿来的钱？"

儿子愤怒了，把手中刚点燃的一支香烟扔在地上，踏上一只脚，狠狠地踮了一下，"你不要跟我提这种问题！"

孔繁仁哆嗦了一下，嗫嚅着走了。

有一天，他不能不跟这个败家子儿说"这种问题"了，因为他发现他放在米仓底部一个布包里的存钱明显地少了，他感到事态严重。

他先喝了几杯酒。因为没有酒热垫底，他张不开口。

"大成，你是不是拿了爸的钱？"他小心地试探着。

儿子脸一阴，"嗯。"

孔繁仁的眼前立刻就黑了一片，手中的酒杯竟自动地朝着儿子飞了过去。

孔大成一歪脖子，酒杯碎在了身后的墙上。他笑了一笑，站起身来，从兜里抄出一把弹簧刀，啪地弹出锋刃。孔繁仁一惊，"怎么，你还要凶你老子？"

"不，你不配，我要凶我自己。"孔大成怪怪地笑着，在自己左手的食指上割了一刀。由于孔繁仁见了刀子，本能地生出一种高度的警觉，锋刃割过皮肉的声音虽然微弱，他却清晰地捕捉到了锋刃的锐利。他的心脏像长出了脚，狠狠地在他的胸腔里踹了一下。"你?!"

孔大成把鲜血淋漓的指头放进嘴里有滋有味地吮着,笑吟吟地看着父亲。

孔繁仁恐慌地低下头去,满肚子的话一下子空了。

"怎么不说话了?如果你还出气不匀实,我就把手指头给你割下一节来。"

孔繁仁摆摆手,"你且留着吧,当小偷的,指头不圆全哪儿成。"

"那好,听你的,这节指头就暂且给你留着。"孔大成在皮鞋底子上蹭了蹭刀刃上的血迹,收进兜里,轻蔑地笑笑,扬长而去。

孔繁仁一下子木在那里。

"手指头明明是你自家的,却要给我留着,真不是个东西!"孔繁仁想骂几声——懦弱的人一般都是在对手不在场的时候,做淋漓之骂的,但他只咽了咽唾沫,在自己的大腿上捶了一下,陷在沉默里。

小时候比现在还穷,连买一支铅笔、一块橡皮的钱都不好弄到。他从邻人的鸡窝里"拿"了一只鸡蛋,既惊且喜地朝村里的小卖部走去。他算计着,一只鸡蛋可卖六分钱,两分钱买铅笔,两分钱买橡皮,剩下两分钱犒劳自己两块糖。这是自然而然的事。但邻人却追了上来。他心里一沉,很宽容地摇摇头,"真他妈的小气!"顺势就把鸡蛋捏碎在衣兜里。然后站在那里,目光坦荡地迎向邻人。邻人说,你拿我家鸡蛋了。他装作生气的样子,摊开双手,反问道,你讹诈谁?邻人把目光投向他的衣兜,他把衣兜往平了抻了抻,依旧反问道,像有颗鸡蛋吗?邻人的眼光迷惘了,摇摇头。他立刻就理直气壮了,嘲弄道,你以后要管好自家的鸡婆,别到处乱下蛋。

儿子长大了，在一个亲情氤氲的时刻，他给儿子讲过这个故事，为的是炫耀老子的智慧。今天看来，他犯了一个大错误——因为授人以柄，在最该庄严的时候，也只能承受轻蔑了。

"冤家啊！"他找不到做父亲的感觉了。

他开始转移裹钱的布包。先放在墙角的一个老鼠洞里，马上就想到老鼠的啮啃；放到房梁上，马上就想到儿子的个子比他还高；放到腌菜缸底下，马上想到会霉烂——看来只能放到信用社去了。但马上又想到，如果存折丢了怎么办？几次"马上"下来，虽折腾出了一身汗，但还是找不到一处妥帖的地方。他马上觉得，钱真的是一种祸害，只要多多少少有一点，这人就活得不安生了。

"这日子混的，连个藏钱的地界都找不到！"他颓然地坐在那里。

老伴目睹了整个过程，这时撇了撇嘴，"就你那几个大子儿，还值得藏？"

老伴的话，像拨开眼翳的一根针，虽然让他隐隐地疼痛，但眼前究竟是亮了一片。对，哪儿也不藏了，依旧放在老地方吧。

一旦决定了，不仅紧悬着的心放平了，还陡然生出一种足可以宽慰自己的理由——这钱还真的不能换地方了，不然那小子会看不起咱，认为咱做人做得"小"。既然老子这么坦荡，你再当小人，咱啥话也不说，你自己就矮了半截儿。

孔繁仁觉得战胜了自己的儿子，愁苦的脸马上就舒展开了。

"老子究竟是老子。"

儿子却没有那么自觉，依旧"摸"他的钱。他发现之后，不再像起初那样不能容忍，暴跳发作，而是幽怨地看了儿子一眼，"你呀。"

儿子嬉皮笑脸地说："爸，没办法，我管不住自己的手。"

孔繁仁摇摇头，什么也不说。他不是真的把心放宽了，而是不愿再看到割手指头的闹剧。他就这么一个儿子，还得指望他养老。怨只能怨自己，当初为什么不多生几个？那样就不怕这个不争气的东西割手指头了。甭说少了几根指头，即便是死尸了，咱也会连眼都不眨一下的。生个屁！转眼之间，他就否定了自己——那时，连自家的肚皮都混不囫囵，谁还有底气再添上几张嘴？只有叫花子才敢这样做，横竖是要着吃，不过是添几根打狗棍而已；咱可是正经人家，拉得下脸吗？

　　心中的不平无处发泄，他狠狠地朝空茫里瞪了几眼。他觉得，自己的难堪与苦恼是空茫里的一个什么东西造成的。

　　孔大成毫不体恤父亲的感受，一路"摸"下去。

　　孔繁仁心疼着，隐忍着，家庭便平静。

　　孔繁仁一直不抽烟不喝酒，从这时起，也开始每晚"逗"几口酒喝。自己再节俭，钱也会偷偷地溜走，别太苦了自己。

　　一天，他实在隐忍不住，便借着酒热对儿子说："你爸不怕你花钱，就是总觉得有些不对劲儿，我琢磨着，你干吗不用这钱拉上个关系，给自己弄份差事干干？"

　　以为儿子会反驳他，不想儿子想了想，拍了一下大腿，竟说："你到底是说了一句人话。"

　　儿子果然给自己弄了一份差事，在道班上当了一名护路工人。每月只挣八百块钱，还要扫马路，弄一身灰尘。儿子很是不开心，见到老爸也不说话，好像是老爸把自己陷害了。

　　孔繁仁觉得应该安慰他一下，便上赶着邀儿子喝酒。"大成，你应该高兴才是。"

　　"凭什么？"

　　"因为你有了工作。"

　　"这算什么工作，每天吃一肚子烟尘，又累又脏。"

"这就对了。"孔繁仁怯了一下，因为他看到儿子恶狠狠地瞪了他一眼，但兀自说下去，"什么是工作？工作就让人感到劳累，把人弄脏，即便是这样，人还是离不开它。"

"简直是歪理邪说。"儿子嘟囔了一句。

孔繁仁刚要卡壳，老伴恰巧踅过来，便得了救命稻草一般，顺势说下去，"你妈每天倒都是干干净净的，但她是闲人，在家里就没有地位——我的脏衣裳往她脚下一扔，她就得乖乖地去洗。"

"你多牛。"老伴笑着接了一下话茬儿。

"不是我牛，因为我是卖力气的，脏得有理。"

孔大成在道班上干到第三个年头，把宋丽娜娶了过来。对这桩婚事，孔繁仁是反对的。他不是从观念出发，忌讳她的小姐出身；而是遵从自己的感觉：宋丽娜是个白性子，身上哪块皮肤都白，既然已经白了，每天还要往上边涂脂抹粉，这样的人不正常，搁在家里凄惶。

他本来想用"不正经"这样的词来形容，但他一辈子敦厚，一碰到这样的字眼儿，自己就很难为情。

"这样的人，你养不活她。"他对儿子说。

"她饭量很小。"

"不是饭量的问题。"

父子俩谈不拢，但父亲最终还是依了儿子。老伴见孔繁仁轻易就妥协了，嘟囔了一句，"你这老子当的，一点硬气劲儿都没有。"他甩给她一个脸子，"这有什么，在乡下，都是这样做父母的？"

孔大成想把婚事办得阔气一些，想把老爸藏在布包里的钱都花掉。孔繁仁这次不妥协了，"这可不成！这钱是攒给你妈的，她有胸膜炎，一累着就胸闷，我得带她到医院看看。"

"这病死不了人。"

"你这叫怎么说话？"

"人一辈子就结一次婚，办得这么寒碜，不是委屈人家丽娜了吗？"

"她既然愿意跟你，就应该能忍受这份委屈。"

孔大成只好去说服宋丽娜。宋丽娜眼圈红了一下，但很快就职业性地克制住了，凄然一笑，"你爸他是嫌弃我。"

语调虽然委婉，孔大成却觉得极其有分量，他心头一热，躲开父亲，直奔仓底的那只布包。

布包坦然地放在那里，但是，旁边多了一把刀子。

他一下子明白了什么，久久地犹豫着。

他终究是农民的后代，没有决绝的狠心，他很伤感，叹了一声："这个家，真他妈的穷！"向那个布包上呸了一口，离开了。

宋丽娜好吃，与这个家庭的胃口不合，进门不久小两口就分开过了。孔繁仁这辈人，吃喝只是为了活着，有的吃就成了；在宋丽娜那里，吃本身是享受，是绝不能凑合的。拉下脸来反对她在饭桌上挑挑拣拣，孔繁仁说不出口，觉得这样做有失长辈的身份；什么也不说，他内心又很难忍受——每顿凉凉热热要弄一大桌子，钱都花在吃上了，这哪是过日子的人？他对儿子说："大成，爸求你了，还是分开过吧，整天跟这么精致的一个媳妇在一起吃饭，爸的手脚都不知往哪儿搁。"

分开过之后，孔繁仁有一种农奴翻身把歌唱的感觉，咬菜根、喝门曲，任性地吃自己的摊坨子，很卑贱，很自在。

既然独挑门户了，两个人都出去挣钱才是，但宋丽娜什么也不做，整天"烂"（"烂"是孔繁仁的说法）在家里，涂脂抹粉，睡懒觉，看电视，嗑瓜子，吃肯德基，像个娘娘。

孔繁仁看不过，背后提醒儿子："她年纪轻轻的，你应该让她干点儿什么才好。"

　　"让她干什么？"

　　"做个小买卖，倒腾点儿服装什么的。"

　　"要说你去说吧，我可什么都不敢说。"

　　"你还是不是老爷们儿？"

　　"正因为是老爷们儿我才什么都不能说，她说了，像她这种女人，天生就是靠男人养的。"

　　孔繁仁说："大成，你完了。"

　　孔大成说："爸，你刚知道，我早就完了。"

　　孔大成虽然嬉皮笑脸没有正形，但孔繁仁还是发现，儿子的眼神有些不对，皴着一层忧伤的东西。

　　他不再忍心说重话，暗想，抽冷子，我得跟那玩意儿说道说道。

　　在他心里，对这个女人的称呼，既不是儿媳妇，也不是丽娜，而是那玩意儿。

　　一天晚上临睡前，他突然产生一个念头：明天自己倒休，正是个冷子，一定要跟那玩意儿说道说道。

　　第二天早晨，儿子上班去了，只有老伴在屋地上擦拭仓柜。他觉得老伴勤劳得令人厌恶，"横竖几只破仓柜，擦什么擦？你到街上的'燕升堂'去，给我买双布鞋回来，这年头，想穿双布鞋还得买。"他没好气地说。

　　他支走了老伴，一想到可以没有妨碍地跟那玩意儿说道说道了，竟心慌起来。他不停地在地上走溜儿，怎么也迈不出这个门去。

　　他听到屋外的那扇门，一会儿开，一会儿关，烦人得很。而且还听到院子里的水龙头，一会儿水大，一会儿水小，好像在洗什么东西。这玩意儿今天是怎么了，怎么突然变得勤快了？

水声消失了很久，他还在等待。

慌乱中，他看到仓柜上老伴扔下的抹布，意识到老伴快回来了，他必须走出这个门去。

跨出门槛，他愣了。

院子的晒条上晾了一片不敢上眼的玩意儿，乳罩、内裤、长筒丝袜、吊带裙。这些玩意儿所带的隐秘色彩，反射过来的光线比阳光还刺眼，他下意识地合上了眼睛。更令他难堪的是，人已经出来了，就不能再踅回去，只能硬着头皮往前走。像走进蒺藜棵子，他闭着眼睛，屏住呼吸，东闪西躲（这些玩意儿可碰不得），终于走出院子。虽然长出了一口闷气，但强烈的羞愧还是让他找不回自己。

当老伴那老旧的身影出现在他的视野中的时候，他才平静下来，且有了一个明确的意识：这种玩意儿还是待在家里的好。

他想，这玩意儿太不懂羞耻了，搁在家里，种种不便，忍受着就是了；放出门去，招猫递狗，伤风败俗，会坏了家风。

嘻，孔繁仁啊孔繁仁！自己上辈子造了什么孽，怎么养了一个这么不争气的儿子。

宋丽娜就这样被"养"在家里。养来养去，愈加任性。虽然一大片闲工夫属于她，可连饭都懒得自己做一顿。她说，自己做的饭怎么都不成，没有馆子里那种令人沉醉的味道。小两口天天下馆子，而且从馆子里勾肩搭臂地回来，还大包小包地带回来许多，说是预备着做夜宵。她晚上睡得很晚，直至子夜，把夜宵吃下，才肯睡去。

孔繁仁心里说："都是做小姐做的。"

孔大成就那么点收入，哪里禁得起这种做派？他撑不下去了，笑着央求道："我的心肝宝贝，咱能不能改一改过法，你看你都把我吃穷了。"

宋丽娜嫣然一笑，说："穷是穷些，但你不能让我感觉到穷。"

宋丽娜的笑有致命的效果，孔大成把余下的话都咽进肚里，他觍着脸子跟他的父亲要钱花。

孔繁仁不情愿地从布包里抻了两张票子，"娶得起媳妇，竟养不起，你真让我瞧不起你。"

孔大成嘻嘻一笑，"我是给你一份做父亲的权利。"

"屌！"孔繁仁骂道。

儿子耸了耸肩，说："骂得好。"

儿子低微的姿态，让孔繁仁又气又怜，且有一种隐隐的受用，他觉得自己的地位高了起来。

奇怪的是，这种又穷又屈辱的生活，孔大成居然能够平静地忍受。起初他还抱怨自己的工作又脏又累，现在他好像很怕失去这份工作，任劳任怨。

孔繁仁感到一点欣慰。这人，只要认命就好。

一天他从电视上看到，乡下打工的人也应该跟雇主订立劳动合同，而自己在砖厂里已经工作十年了，还是一个不明不白的身份；一旦干不动了，跟谁去要个说法？他有些担忧，想向孔大成讨个主意。待小两口吃饭回来，他推开了儿子的房门。

宋丽娜的裙子很短，坐在沙发上，满眼都是她白花花的大腿。儿子就躺在她的大腿上，眼睛合着，驯顺得像只吃饱了的猫一样。这个情景让他很尴尬，他干咳了两声，想退出去。儿子睁开了眼，身子也不欠一欠，摆摆手，"爸，你坐。"

他反而慌乱了，连连说着，"我没事，我没事。"像做贼被发觉了一样，羞愧地退了出去。

到了院子里，他喉头热了起来。他明白了，对宋丽娜那玩意儿，儿子是真心稀罕的，稀罕得都没了囊劲儿（腰杆儿），心甘情愿地养她了。

男女之间还有这种爱法？他问自己。

真是没道理。他摇摇头。

回到自己的屋里，在十五瓦的昏暗灯光里，老伴正屈着身子擦仓柜。他心里很酸，"黑灯瞎火的，你擦它干吗？又没有人来。"

"喊，干干净净的日子是过给自己的，又不是让人瞧的。"老伴说。

他的心依旧很酸，酸到心尖儿上了。他觉得这干净真是无用，干净得他们老两口之间很隔膜。

"明天跟我去医院，治一治你的胸膜炎。"他劈头就说。

老伴一愣，"你今儿个怎么了？"

"你没看见孔大成那小子整天欺哄咱那俩疙瘩钱，赶紧派上用场，省得他惦记。"

"你跟儿子致什么气？"

"他不是我儿子。"

第二天，孔繁仁果然硬拽着老伴去了医院。

仓柜里的那个布包，有理由敞开了身子；但依旧待在那里，它待习惯了。

孔大成再跟他要钱的时候，他别有意味地一笑，对儿子说："跟我来。"他掀开仓柜，指指那个敞着口的布包，"你看，它空了。"

孔大成知道父亲在嘲弄他，但他没有发作，因为他知道，布包里的钱是给母亲看病了。乡下人根性中的一点孝道，给了他一点忌讳，他不能胡说八道。心中的不平无处发泄，他狠狠地朝空茫里瞪了几眼，并且用力地啐了一口，他觉得，自己的难堪与苦恼是空茫里的一个什么东西造成的。

孔繁仁哆嗦了一下。因为他分明感到，在生活的无奈面前，年轻的儿子和年老的自己感受是一样的。这种相同，使他的痛苦深了一些。

孔大成只能婉转地规劝宋丽娜，央求她改一改习惯，把日子弄得简约一些。

简约的日子过了一些时日，宋丽娜再也不能忍受，悄悄地出走了。

孔大成在原来那家歌厅里找到了她，用自断了一根指头的方式，把她"请"了回来。

面对孔繁仁幽怨的眼神，宋丽娜竟一点愧色都没有，反而仰高了脸子直视他，且堆着一种莫名其妙的笑。

这让他明白了一个道理：儿子的矮，原来就是自己的矮。

他恨她，从这天起，他一句话都不跟她说了。

家庭气氛虽然沉闷，宋丽娜职业性的笑声却越来越响亮，像一把刀子，任性地游弋在空气之中，刮碎了孔繁仁的骨头。

他连自己的儿子都不理了。

孔大成进了父亲的房间。父亲正嚼香菜根儿，喝闷曲。"爸，能不能给我一杯？"父亲像没听见一样，吱地喝了一口，把杯子重重地礅在桌上。为了打破僵局，孔大成端过父亲的酒杯，喝了一口。父亲抬手就把杯子中的酒泼在地上，重新满上。

"爸，你能不能不这样？你跟个女人致什么气？"

孔繁仁愣了一下，把满满的一杯酒一口灌进肚里。

空酒杯刚被父亲满上，孔大成一把抢过来，全部倒进肚里。

母亲看到这个阵势，抄走了酒瓶子，"你们爷儿俩是要争着把自己灌醉了，好理直气壮地现眼。"

"把它给我放在那儿！"孔繁仁吼道。

"就知道跟我凶。"酒瓶子又怯怯地被放回原处。

孔大成把瓶子抄在手上，把里边的内容物全部控诉到自己的肚里，然后娓娓地说道："爸，知道你心里气，可丽娜心里也气，一到半夜她就止不住地哭。"

"屁！我只听见她猫叫春的声音，从来没听见她还能发出人的声音。"

孔繁仁不开口则已，一开口就这么刻薄，孔大成回敬了一句，"爸，你是越来越不会说人话了。"

孔繁仁白了儿子一眼，嗫嚅道："那她还这么摆谱儿？"

"你知道她为什么这样？"

"我哪儿知道。"

"她是因为自卑。"

"原来这家人是他妈的矮到一块去了。"孔繁仁心里叹了一下，嘴上却反问道："这会是真的？"

儿子没有回答，只是冲他笑，笑得怪怪的。

"爸，丽娜在这个家里，不求你对她多么好，只要你能给个笑脸就是了。"儿子撂下这么一句话，扭身就出了房门。

"闹来闹去，还都是我的不是了，喊。"孔繁仁木在那里。

不过从这天起，儿子像换了一个人似的，再也不跟他伸手要钱了。

接下来的日子好像很平静，仓柜里那个布包，又渐渐地支棱起来。孔繁仁心里踏实了许多。他觉得这才是日子——再穷的家庭，也是应该有几文存款的。

但这段时间里出现一个奇怪的现象：孔大成的脸上，总是隔三岔五就有几道抓痕。

"大成，你的脸是怎么回事儿？"他终于隐忍不住，问道。

孔大成白了他一眼，"你甭管。"

有一天，孔大成的手指又少了一节，也不去医院包扎，只是让宋丽娜用穿破了的丝袜随便缠了一下。问其原因，孔大成很不耐烦，"你甭管。"

打听了好几天，孔繁仁到底是弄明白了：道班上也实行承包制了，在养路费的收取上，承包人有一定的机动权，孔大成有机会高收低报，克扣了一部分费用。事情"穿帮"了，道班要起诉他。一旦被起诉，就意味着被判刑，被开除公职。孔大成急了，找道班领导求情。道班领导不待见他，因为他平时从不跟领导走动，还满脸阴郁，拒人千里。所以领导说："这我可帮不上忙。"在绝望中，孔大成阴郁地一笑，"我表个决心吧。"随后就切掉了自己的一节指头。他的动作很潇洒，很轻松，领导却愣在那里，"你这是何必呢。"领导是个见不得血的人，心一下就软了，答应内部处理——做公开检查，扣发一年的工资。

孔繁仁对儿子说："孔大成，可真有你的，你怎么就知道你这招就管用？"

"一般都是这样，富的怕穷的，穷的怕横的，横的怕不要命的。"孔大成不无得意地说，"而且，当官的都是胆小怕事的人，他看到你连自己的指头都那么不在乎，他的指头就更不在话下了。"

"你有多少指头？"

"还有八个。"

"都切完了还切什么？"

"还有丽娜的十个指头。"

"你媳妇的切完了，就是你老子的了，对不？"

"喊，你的不值得我切。"

"你别跟我要贫嘴，仓柜里的布包里，还有几个钱，你拿就是了。"

"你甭跟我提布包的事，我一见到它心里就犯堵。"

儿子混到了这个地界，孔繁仁倍感凄凉。再见到宋丽娜很讲究地吃东西的时候，他心里很难受，觉得这玩意儿是在吃男人的命。

他把布包里的钱拿给儿子，"你先花着。"

"你少寒碜我。"儿子拒绝道。

"单位一年不给你开支，你怎么过日子？"

"丽娜不是做过小姐吗？让她去卖。"孔大成笑嘻嘻地说。

孔繁仁抬手就给了儿子一记耳光，"孔家的男人还都在呢！"

笑容在孔大成的脸上凝固了，他疑惑地看着父亲。孔繁仁的脸由于急剧的抽搐，皱纹交错地起伏着，像一堆碎皮子，被拙劣地缝起来一样。他的心疼了一下，"爸。"

孔繁仁哆嗦了一下，把捏皱了的钱扔在儿子面前，"我横竖还是你爸。"撂下这么一句话，他抽身而走。

从这天起，仓柜里的布包永远地空了。令他欣慰的是，老伴自从手术之后，身体越来越好，而且越来越没有钱的概念。

每到月底开支的时候，除了留下与老伴最基本的开销，他通通都给儿子送去。儿子跟他开玩笑说："爸，这可是你主动给的。"他摇摇头，"你就省省吧。"

或许是因为感动，宋丽娜不仅很亲热地叫他爸，而且上赶着跟他找话说。他起初一脸的严肃，一句话茬儿都不接。后来他觉得这样有点不厚道，好像让人总是记住自己是债主一样。既然让人家剥削了，就应该表现出心甘情愿的样子，不然这人就显得不值钱了。所以，宋丽娜再叫他爸时，他也会"嗯"一声，递过来的话茬儿，只要他能接得上，他也会多说两句。

这个家庭的亲情好像浓了许多。

还有一重变化：他虽然被儿子弄得分文不剩，但在一贫如洗之中，他居然获得了一种意外的激情——他很乐于做他的窑工了。以前总觉得自己是给窑主打工，做一天和尚撞一天钟就是了；现在不同了，他是在给自己打工，砖厂的兴衰就是自己的兴衰。所以，即便是刮风下雨、头疼脑热，他也不歇工。

孔繁仁又捏了一尾香菜根，喝了一口酒。今天，幸亏自己定了定神儿，看出来那孔窑还有保住的希望，及时地做了一回柱子，不然窑里的那五万多块红机砖就损失了。"谁说人一老了就不中用了？"他对自己很满意，所以即便已喝成了血脖子，也要多喝几杯。醉就醉吧，也该醉一回了。

前几天下了一场雨，烘干窑的窑体有些松软。干着干着活儿，眼见着窑里的那面墙缓缓地坍下来。不知谁喊了一声，"快跑！"几个人就兔子一般蹿了出去。孔繁仁之所以没有立即跑出来，是因为关键的时候，他打了一个软腿儿。他重新站稳了之后，索性回头瞧了一眼。他发现，窑体虽然往下坍，但那根立柱还没有倒下。如果帮它撑一下，还能站住。他肯定了这种可能，毅然冲了上去，用肩膀死死地顶住了立柱，然后大声喊："快拿横木来！"

这个声音很有震慑作用，跑出去的人真的按他说的办了。大家加固了立柱，捆绑了横木，窑体的坍竟然止住了。

窑主用力拥抱了他，"老孔，你他妈的就是我爹！"

窑主现场就赏了他二百块钱，且对那几个窑工训斥道："你们他妈的还有没有点良心！"

这一下子就把孔繁仁给害了，工友们都不把他当英雄看，下边议论道：

"他是见钱眼开。"

"就是，他是穷疯了。"

"他穷，咱们也穷。"

"咱们跟他可不一样。"

"怎么不一样？"

"他家有一个做过小姐的儿媳妇，一天没钱都不成哩。"

"就是就是。"

"嘻嘻，嘻嘻……"

这些议论，孔繁仁自然都听到了，但是他不想去申辩，他想，有些事情是越辩越黑，反倒没意思了。他问心无愧，当时自己的确没有想到钱的事，只是本能地想保住那孔窑。这就足够了，它完全能妥帖自己的心。

他精神饱满地进了家门，院井里正巧站着他的儿媳妇宋丽娜。他情不自禁地冲她笑了笑，主动打了一声招呼，"大成还没有回来？"

"哼，回来有什么用。"宋丽娜说。

内心喜悦的孔繁仁，这时的反应出奇的敏感，从儿媳妇的语气中，他判断出，她眼下缺钱花了。

兜里那二百块钱好像动了一下，正搔到他的痒处，他嘿嘿地笑了起来。

"爸，遇到什么好事了，这么高兴？"

"嘿嘿……"

"这么高兴，莫非是捡到了钱？"

"真让你猜对了，得了二百块奖钱。"那两张被揉皱了的百元钞票，竟自己从暗处跑到了手上，明晃晃地展示给女人看。

宋丽娜眼睛亮了一下，又倏地黯淡了，轻轻地摇了摇头。

儿媳妇的表情被孔繁仁捕捉到了，顺口就说了一句："你要是有用处，就拿去。"

儿媳妇的眼睛又被点亮了，"那多不好意思。"

"拿去就是了。"他补充道。

钱进了儿媳妇的口袋之后，他的心还是皱了一下，暗暗骂了自己一句："真是眼皮子浅，刚有这么点儿喜事，心里就藏不住，嘁！"

宋丽娜转眼就从街上买回来两份肯德基，还让了让他，他说："这东西，咱吃不惯。"

他咬他的菜根，喝他的门曲，谦卑地享受他喜悦的余绪。

儿子回来了。

嗲声嗲气的笑，就一波一波地传了过来。

孔繁仁起初没在意，但喝到酒精能替人说话的时候，他饱满的心情憋了下去，"屌！"

他既骂的是那对骚情的人，也骂的是黯淡的自己。那不知节制的笑声，让他突然就看清了真正的自己：他的挺身而出，真的不是什么义举，骨子里还是为了钱。包括他的勤劳敬业，也都是被一个"钱"字暗暗地支配着。

他感到自己很不名誉，很可怜。

他还发现，对那对玩意儿（这时，宝贝儿子也成玩意儿了），他虽然毫不保留地奉献着，但一点儿也不爱他们。

厚厚的灰暗完全覆盖了他。空中的明月也成了一把物质的镰刀，锋利地割着他的肉。"活着真他妈的没什么意思！"

他想到了死。

他朝空茫里巡视了一番，看到了墙上的一个电门。

他兀自笑了笑，径直走了过去。

一道蓝光闪过，他被重重地摔在地上。虽然瘫软着，但知觉全在，奇怪了，怎么就电不死？

他怀疑自己的决心还不够大，毅然站起身来，再次径直走过去。

又是一道蓝光闪过，他重重地倒了下去。知觉渐渐离他远去，他还来得及幸福地叫了一声："痛快！"

"你真是越来越不正经了，竟然直挺挺地躺到了地上，你就不兴少喝点儿？"

他听到了老伴的声音。

他知道自己还活着，只不过是醉过去了一会儿而已。

他羞愧地爬了起来，躺到床上。眼泪铺天盖地而下。自己真是个贱人，连阎王老子都不待见了。

罢了！他想，既然死不成，就干脆没皮没脸地活下去。

他醉酒之后有个习惯，就是死过去一般酣然入睡。可今天却怎么也睡不着，眼前总有影像晃动——一会儿是窑体缓缓地往下坍，一会儿是宋丽娜猩红的嘴像仓鼠一般唶唶着肯德基的吃食，一会儿又是孔大成躺在媳妇肥白的大腿上安详得不知羞耻……影像晃动得他头很疼，心绪很烦躁，感到温柔的夜色像絮了过量棉花的大被子，捂得他透不过气来。"屄！"

骂过了也不轻松，他索性坐了起来。

他打开了电灯。

素日的灯光如豆，今天霎地就白了一大片，像正午的日头，晃得老伴怨了一声："你抽什么风？"

"嘿嘿，我要学一会儿'老三篇'。"

"你是得了癔病了。"

他懒得跟老伴辩白，径直从仓柜里取出了那本珍藏的红书。

年轻的时候，他是学讲用的先进分子，很是风光了一阵子。记忆虽已尘封了多年，但一抚摸到那红色的封面，灰暗而多皱的心，立刻就明亮舒展了。

醉眼也不蒙眬，他看的每个字都清楚。

他的嘴唇无声地嚅动，老伴知道，那是他在用心读呢。她用被子蒙上了脸，因为是个不想心思的人，很快就睡去了。鼾声很响，孔繁仁不免有些厌恶，摇了摇头。

鸡叫了两遍，他感动了两遍，虽然日子跟以往大不相同了，然而还能听到鸡叫。但是感动之后，他生出一种困惑："老三篇"的内容依旧，怎么感受却变得有些莫名其妙？白求恩为什么不远万里来到中国？是因为他与老婆的感情不和，想躲她远些。张思德为什么到深山里去烧炭？是因为离伟人太近，手和脚不知怎么放才好。愚公为什么要移山？农村里有句俗话，眼不见为净。眼不见的东西就是没有，是不会让人动心思的。可山偏偏就在他眼前，他堵得慌。

他们其实跟自己没什么两样，都是常人的烦恼闹的。

他被自己的想法吓了一跳，朝自己的脚脖子上狠狠地掐了一下。

竟感觉不到疼。

嗜，这些年，听到的、见到的、经受的，乱些、杂些，能够理解的少。总以为不理解的，就像耳旁风，刮过去就结了，没想到也会在心里落下一些种子，还偷偷地长出一些怪草来。我孔繁仁到底也不是过去的孔繁仁了，"歪"了不少。

为什么还吃腌菜？是口味。

为什么还吃摊坨子？还是口味。

日子过得这么皱巴，与孔大成和宋丽娜有什么关系？还是该死的口味。

他把自己弄羞愧了，觉得真不该动摸电门的念头。

都是几口猫尿儿闹的。他对自己说："今后，应该活得皮实些。"

2007年12月8—18日

京西昊天塔下石板宅

晌

熟

一

这个村子叫水峪。

峪，是山谷；水峪，是有水的山谷。

郑小蝉觉得这个名字真好听，上大学之前，觉得它山水相依，像美妇人居住的地方；饱读诗书之后，觉得它的确有"关关雎鸠，在河之洲"的味道，用一个名人的话说，叫"美穴地"。

水是地下山泉，清冽而甜，掬起来就能喝的。山体里富藏煤炭，明清时就开采，煤质膏腴，专供宫廷。后来德国人也来了，架了运煤的高线，开了风气。所以，即便是京西僻地，这里的人，也有修四合院的，抽洋烟的，穿旗袍的。郑小蝉看过奶奶的一张照片，就是穿的旗袍，腰身玲珑惹眼，脚下却金莲三寸，美得怪怪的。

泉水就是采煤采出来的。无数的细流在巷道里无声无息，出了山体，就溶汇，就漫溢，就撒欢，就喧哗。水映金山，一块风水宝地。

山谷里的物产丰饶，核桃、板栗、醉枣、磨盘柿、香白杏、野樱桃，像个天然的果盘。据说，在海外驰名的"良乡板栗"，底料就是水峪的栗子。

也许是因为水汽滋润，这里还产一种蜡石，做成滑石笔，能在石板上写字。对孩子们来说，这很有趣，所以他们喜欢读书写字，乡学发达，几乎没有文盲。但是，天然的趣味总是短暂的，他们念到高小，就不愿意离开本地到山外去读初中、高中，更甭说是大学了。他们觉得，一个农人，高小文化就足够了。

郑小蝉天分比别的孩子高，上小学的时候，连玩带闹地就在班上排第一。小学毕业了，老师说，这么聪明的孩子，不上初中就可惜了。郑小蝉就上了初中。初中上得也顺利，还总是拿第一，以至于毕业的时候，连她自己都觉得，如果不上高中真是可惜了。于是就上了高中，也就水到渠成地进了大学。

大学开学点名，班主任点到："郑小蝉。"

郑小蝉红着脸站起来，轻轻地说："我。"

班里响起一片笑声。

班主任眼前一亮，目光不停地在她身上打量。他觉得这个名字好，偏偏又属于一个窈窕韶秀的女孩子，就更好。

他问："谁给你起的名字？"

"我爸。"

"你爸怎么想起给你起这么个名字？"

"我出生的时候，刚进夏天，蝉也刚从地下爬到树梢上，身子小，叫声也小，自然叫小蝉。"

班主任笑笑，居然饶有兴致地背了一首诗——

垂緌饮清露，流响出疏桐。

居高声自远，非是藉秋风。

后来，班主任对她就特别留意了。他教他们古典文学，他给她的学分总是比别的同学高很多。班里春游的时候，班主任特别喜欢给她照相，洗出的相片，尺寸也比别的同学大。有时候还约她下馆子，教会了她喝红酒。

郑小蝉觉得班主任对自己这么好，肯定与他背的那首诗有关，便留心查了查。这是初唐名臣虞世南的一首咏物诗，咏物中尤多寄托，具有浓郁的象征性。虽句句写的是蝉的形体、习性和声音，但句句又暗示着诗人对高洁清远的品行的倾慕和立身高处，不染浊流的志趣与追求，物我互释，咏物的深层意义是咏人。诗句的弦外之音，是说做人应该立身高处，德行高洁，才能说话响亮，声名远播。居高致远的境界，非外力所为，完全来自自身人格之美。她明白了，那是班主任在夸她，夸她天生丽质，品行高雅，不借"秋风"，也能行远。她真有点受不了，心怦怦直跳。

"可是，我不过是一个普通的女孩子而已。"她对自己说。

但班主任可不这样看，觉得她是一块难得的璞玉，很用心地雕琢。单单给她送书。虽教的是中国古典文学，送去的却全是外国的浪漫主义文学作品。还教她跳舞，设计她的仪表衣着，到了后来，郑小蝉被调理得一点农村女孩子的影子都没有了。

女孩子是水，自然随物赋形，用什么样的容器盛载，就呈什么样的形态，她心性高了，觉得自己以前真是土，而且土落在土上，还浑然不觉。

班主任说："你应该好好学习，将来留校任教。"

她点点头，很喜欢接受班主任这样的指指点点。

后来，班主任竟然要往她的身体上指点，她才猛醒，原来指点的真正意图离浪漫要远些。

那是一个周末，班主任约她到他家里吃饭。西餐红酒，还有低回抒情的克莱德曼，两人言语娓娓，渐入迷幻之境。班主任说："咱们跳一曲。"

郑小蝉点点头，"好。"

班主任原来很绅士地放在腰窝里的手，突然越匝越紧，她的身子不由自主地贴过去。老师目光迷离，很有深意地笑笑，竟顺势把她拥进怀里，毫不商量地吻她。

来得很意外，她懵懵懂懂地接受了。

当有进一步的动作的时候，她一把将老师推开，把身子转过去，朝墙壁站着。

站着站着，眼泪夺眶而下，肩膀忍不住抽动起来。

墙壁上有一帧照片，是师母的。精致的相框里，师母弯曲的鬈发，水波一样的眼神，蜜一样的酒窝，美得让人心里发慌。

老师不知所措，干干地咳了两声。

隐秘的意图既然破漏了，老师有些羞恼，索性就从背后抱住她，手在她胸上摩挲。

"请你把手拿开，不然我就叫了。"她说。

"那你就叫。"老师不以为然。

"难道你忘了，我叫郑小蝉，蝉虽然个儿小，声音可大，传得很远。"

老师败下阵来，很不甘心地说："郑小蝉，你怎么会这样？"

"是啊，怎么会这样？"郑小蝉走出门去。很遗憾，很伤心，但脚步还是一直往前迈去。她害怕招惹是非。

空气真是清爽，有邈远的麦香；月亮也照得明净，让人感觉不到污浊。纯净的内心，挂不住泥土，郑小蝉的伤感很快就被吹散了，居然有了喊的冲动，忍不住学了几声蝉叫，"扔仍哇，扔仍哇——"

二

水峪村的四合院与京城的不同。京城的是飞檐、瓦脊、雕梁、画栋，墙体一水的青砖，大门一关，就是身份。水峪的则是石墙、石脊、石门楼，都是就地取材。所以水峪修四合院的人，只是为了住得宽敞一些，与富贵无关。

郑小蝉家就是一座四合院，院门对着的影壁，是白的，没有图案，因为是太普通的人家，他们不知道画什么才好。郑小蝉考上大学之后，父亲想描一幅龙凤呈祥，也只是动了动心思，没有真正落笔。因为他想，女儿考上大学就算是凤了吗？即便算是凤，将来也未必就能找到算是龙的女婿，所以还是不要张狂为好。

后来郑小蝉大学毕业，依旧回到了村里，他父亲一点也不吃惊，好像这是意料之中的事。那影壁就那么白着，本来就没有成龙成凤的奢望，这不就真的应验了吗？因为应验，他反而一派平静。

郑小蝉与班主任虽然没有再往深处发展，但对她的影响却是深刻的——她的心不再像以前那样清澈了，有了迷惘，有了忧郁，常常一个人发呆。她有时还想，我干吗来上大学？就因为上大学，她经历了清纯、本分之外的东西，她有点找不到自己了，因而原本圆满的内心，毫无准备地有了残缺。

她便失去了憧憬，失去了激情，再也打不起精神来，学习成绩急剧下降，只是很勉强地拿到了文凭。作为差等生，根本就不可能留校；即便是分配工作，也缺乏竞争力，毕业就失业了。她只好回到了家乡。

父母因为没有过多的想法，不给她压力。他们对她说，现在的大学生，在家里待业的人很多，你郑小蝉又没比别人多长了一只眼，待在家里是再自在不过的了。

感到不自在的，倒是郑小蝉自己。水峪里的同龄人，别人待在家里，理直气壮，因为人家没上大学；自己上大学了，还待在家里，就说不过去了。她羞愧，难为情。哼，上大学有什么好？反倒失去了自由自在生活的资格。

她整天窝在屋里，大门不出，二门不迈。上网，玩游戏，看电视，睡懒觉，看书，昏天黑地，不见日月。成了报上说的"御宅族"。越"御"越灰心，觉得自己一无是处、一无用处。她看的是什么书？看的就是班主任送给她的那些浪漫文学。既然是被浪漫所伤，为什么还看？因为幽怨。她觉得班主任那个人还是不错的，给了许多村里人给不了的东西；但为什么非得有那点多余的念头，把梦，把美好，都断送了。

她面色苍白，脚下像踩了棉花，病歪歪的。

母亲对父亲说："你得劝劝她，再这样下去，她整个人就废了。"

父亲说："我怎么劝？"

母亲说："你自有办法。"

吃饭的时候，父亲突然问郑小蝉："你看过《白毛女》没有？"

郑小蝉一愣，点点头，又摇摇头，"你什么意思？"

父亲苦笑一下，说："我怎么觉得你像黄世仁，我和你妈倒像是杨白劳和喜儿。"

瞧这话说的，虽没有锋芒，却有疼痛，像钝刀子割肉。郑小蝉半天说不出话来。

父亲反而心疼了，说："我也没别的意思，只是想说，水峪是个风水宝地，那么好的水，那么好的山，你干吗不出去走走？"

走出了宅院，就遇到了一条小狗。狗也不叫，只是温驯地蹲在那里。等她走过去，狗就尾随在她身后，人走狗走，人停狗也停。郑小蝉心中一动，回过头来，朝它招招手。小狗很听话地跑上前来，舔人伸出来的手。一股舒适的温痒，让郑小蝉情不自禁地呕了一声。

走到了村口，就见到了水。那水流得欢畅，没心没肺。郑小蝉把手伸进水里，手的纹路透过水来看，反而显得更清晰。她想，也许就是因为无目的地流淌，才清澈。水面上有秀美的小鱼往上跳跃，那个陪伴而来的小伙伴便被诱引得咻咻地直奔鼻息。她笑着说："都说猫馋鱼腥，怎么你比猫还急？"

逆水朝山上走，林木花草愈来愈繁茂，绿色也渐渐地深下去。蜂蝶飞得自在，见人也不躲避。暗香浮动，鸟语起伏。她见到两棵树，矮壮虬曲，叶片阔大，闪着油光。她判断，这一定是香白杏树了。"五当五，杏黄梢"，她下意识地想到一句农谚。因为今天正是端午节，早晨刚吃了两枚粽子。便急切地朝那两棵杏树走去。

果然是香白杏。

香白杏是杏中的极品，果实大得像桃子，很好辨认。杏子的颜色整体是青的，只有顶部隐隐泛黄。她眼睛一亮——这农谚就是准，正如"清明时节雨纷纷"，一到清明节，肯定要下雨，即便不大，也会有雾水滴落。

她忍不住地摘了一枚，在裤管上蹭了蹭，就放到嘴里。脆、酸，但是越嚼越有味道，余香袅袅，到了最后，就剩下甜了。

她又摘了一枚，还是在裤管上蹭了蹭，继续品尝。

她忍不住笑了笑，因为她找到了儿时的感觉。小时候，嘴馋、贪吃，总是到山上偷吃瓜果，摘到手之后，蹭一蹭就吃。更有意思的是偷吃红薯，红薯拔出来，沾着泥土，自然要蹭，但并不是把泥土蹭下去，而是把泥土蹭均匀，吃的时候，就不会硌硌愣愣，泥土着，也好像没有泥土。那时候的胃口真是好，虽泥沙俱下，也不闹肚子，吃啥都香、都消化，身体猛长。

幸福！

久违了的感觉感染了郑小蝉，她一枚一枚地吃下去，贪婪得美好。

小狗好像有点生气，摇了摇尾巴，爬到树杈上去了。但是，它并不是为了吃杏子，只是在那个居高临下的位置看着她，好像只是为了能让她知道自己的存在。

郑小蝉一愣，都知道猫能爬树，怎么这只狗也能？

她咯咯地笑起来。

究竟是水峪，山水林狗，都给她快乐，而不给忧愁。

这个时候，她觉得自己还是原来的郑小蝉。

三

水峪的四合院里均有一处特别的建构，便是天地爷龛。奇怪的是，龛位都设在墙上，建置很小，只是一处凹陷。人们不知道天地爷究竟是个什么样子，便把它塑成孔子的模样。塑是泥塑，个别的是就地取材，用整块砖石或树根雕成。更多的，则干脆从集市上"请"一张天地爷的画像，贴在墙壁上。龛两旁书有对联——

　　天高悬日月
　　地厚载山河

一般没有横批。因为祖传时没有规定。有的人家讲究完整，凭个人的喜好，或者猜度，自己添上去。有的是"天地之主"，有的是"天魂地魄"，还有的竟是"招财进宝""五业兴旺"，即便是不伦不类，也无以为非。

天地爷龛基本都是凿在正房的墙壁上，而郑小蝉家，则放在西厢房。因为在正房前父亲打了一个晾台。他家人手少，把晾台置备到院外的街面上，晒上谷物，没多余的人看管。

天地爷龛是用来祭祀的。求平安，求福禄，求护佑。每年从初一到初五，集中拜一拜，之后就不再惦记它了，只是遇到灾异、病苦、姻亲、出行，用得着的时候，才随时拜，基本上是临时抱佛脚。

所以，对天地爷的祭祀，郑小蝉从来就没放到心里过。还有两重原因：一是觉得这是大人的事；二是觉得天地爷即便被香火供着，也没见它对人有额外的怜惜。天旱求雨，雨不至；地涝求晴，雨不歇——求什么，基本没什么。有一年初一，饺子捞上来很久，都快坨了，父亲还对墙揖拜，她便出门对父亲说，你拜了快一辈子了，也没见它给你什么，还是趁热吃饺子吧。父亲狠狠地瞪了她一眼，说，拜不拜是人的事，给不给是它的事，只要你拜过了，心里就妥帖了。人活着，不一定就是为了有，但一定要妥帖。这个，你懂不懂？

郑小蝉今天比哪天都起得早。

邈远的幽香，一阵跟着一阵，袅进她的心窍，即便是睡梦中，也忍不住打了一个喷嚏，就醒了。睁开眼，见天光还很晦暗，便翻了一下身，还想睡去。但香味越来越浓，依稀中还能见到香烟的影子在屋里无声地游动，一缕一缕的。寂静中的香，直让人醒，便再也睡不着了。她发现，这香，不是来自远处，而就在近前。

她推开门，果然就见到父亲正在院庭里拜天地爷。不仅有父亲，还傍着个母亲。他们双双跪在龛位前，表情严肃，念念有词。

　　成束的香烧得健旺，香味难再隐忍，一片弥漫。

　　天上还有稀落的星。你们睡不着，也不考虑别人，她很想说句埋怨的话。但老人们的那份庄重，有无言的力量，她觉得不宜张口。

　　吃早饭的时候，她忍不住问："今天既不是节气，也不是神鬼日头，为什么而拜？"

　　父亲说："为麦收。"

　　郑小蝉说："麦地还一片的绿，离开镰还早呢。"

　　父亲说："麦熟一晌，你知道不？这麦子的习性不像人那么黏赘，只要一进阴历五月，一会儿一个样，头眼还绿着，转眼就黄了。"

　　白天，郑小蝉走到自家那块麦地，看到的依旧是一片青苍，没有一丝黄梢。她觉得父亲真是可笑，一天到晚急急火火、忙忙碌碌，总像身后有甩不掉的追兵似的。

　　阳光温暖，让人慵懒，郑小蝉觉得整个麦地就是一张床。

　　她居然就真的躺在田埂上了。

　　其实是她心中油然生出了浪漫，因为她读过彭斯的一卷诗，有一首诗的题目就叫作《好姑娘躺在田埂上》。

　　一躺在田埂上，身下好像一下子伸出来无数只手，既托举她，又抚慰她，身体伸展，心田盈满。她什么也不想，却感受到了自我的存在——一个姑娘，花样年华，一切还没有开始。"没有开始，真好。"她对自己说。

　　阳光明媚，麦穗沉实，一片平静。

　　她突然觉得自己还会长个儿。

一阵微风拂过，麦秆连动都不动一下，却听到一阵窸窣的声响，似有似无，却真。与文火炒黄豆，慢慢熟来的情景相仿佛。

她起身望去，立刻就吃了一惊：躺下时还一片青苍，眼下的麦屏之上，竟分明有了一点点的黄。

父亲说得真对，五月的麦子，挡不住的情感，一会儿熟于一会儿。

她忍不住地看了一眼天。天晴得宏阔，只有可数的几朵碎云。

这可以说是上好的天气了，但一丝忧虑却爬上了她的心头。

因为她知道：不怕云密，云密则天阴得凝重，反而不下雨；即便是下雨，也下得均匀。就怕云稀，云稀则游动，游动的云彩相撞，就下阵雨；而阵雨无序，往往是冰雹。濒熟的麦子就怕冰雹，会使就要到手了的收成转眼就没了。

她突然懂得了父亲。

父亲为什么起那么大的五更焚香祭祀？因为依山里的风俗，阳光一打眼，再拜就不灵了。他表达的是虔诚。而对天地爷敬重的背后，不是愚昧，而是对日子的珍重。

她已无心田埂上的浪漫，决定马上回到家里，给自己也磨一把镰刀。她找回了一种失落已久的东西：对自我之外的怜惜。

走到村口，遇到了高中同学美娟。村口有棵大榕树，榕树下有一盘石碾，美娟就坐在石碾旁的石凳上奶孩子。

美娟高中一毕业，就嫁给了本村的一个青年。青年在矿上采煤，能给她安稳日子。两口子不显山不露水，过得恩恩爱爱。就像山间的野海棠，虽没人欣赏，却也不懈怠，拼命往好里开。郑小蝉毕业回来，美娟的孩子已经两岁了。当时郑小蝉想，美娟即便是一枝美艳的花朵，一有了孩子就算是凋谢了，她这辈子，也就这样了。所以，虽然是要好的同学，郑小蝉即使寂寞地待在家里，也很少跟美娟来往。因为她是美娟的镜子，怕照出美娟的庸常；而美娟又是她郑小蝉的镜子，会照出自己的忧伤。

等郑小蝉走近了，美娟说："小蝉，就要割麦子了。"

郑小蝉点点头，说："美娟，孩子长得倒真像你，黑俊黑俊的。"

美娟笑着摇摇头，说："就你白。"

虽然有旁人在跟前说话，但美娟怀里的孩子，却一点也不怯生，依旧专心吃自己的奶，只是一双大眼睛扑闪扑闪地看着来人，很招人喜欢。

郑小蝉忍不住上前摸了一下孩子的脸，"真乖。"

这句话，连带那个亲切的举动，让美娟很受用，憨憨地一笑，说："这孩子，就招他爸喜欢。"

郑小蝉偷偷地观察了一番美娟。美娟虽然脸有点黑，但皮肤很光滑，即便是做了母亲，依旧很年轻。令人惊奇的是，脸子黑，胸乳却很白，以至于一道道的血管清晰地青着，像茁健的地脉，饱含了水分。她的胸乳很大，沉甸甸的，把孩子的脸都遮盖了。

她可真结实！

美娟知道郑小蝉在看她，却一点也不难为情，还把胸乳往上托了托，让孩子吃得舒服些。整个过程是那么自然，让郑小蝉感到，她很心安，很知足。

郑小蝉被触动了，胸乳也膨胀了一下，顷刻间，好像也壮大了许多。

她的脸子一阵发热，既有羞涩，也有甜蜜。无忧的美娟，她很羡慕。

四

今天是开镰的日子。

临出门的时候，郑小蝉也在天地爷龛下的供台上烧了一炷香。

父亲看在眼里，说："你究竟是农民的闺女。"

以前听到"农民"二字，郑小蝉心情复杂，现在却一片纯净。她坦然地一笑，"就你话多。"

一进到麦地，两个老人一瞬间就变成了一对年轻人。他们比竞着割麦，不甘心被对方落下。镰刀在他们手上像长着眼，也像长着翅膀，下手准，进伸快，一垄麦子，只是一袋烟的工夫，就割到头了。

父亲用搭在肩上的毛巾擦汗，母亲则撩起衣襟揩被汗水迷糊了的眼。夏日的衣襟是短的，母亲撩起来时，自然要露出半爿胸乳。父亲嘿嘿一笑，说："都老太婆了，奶子还是肿。"

母亲看一眼身后的女儿，在老头子的臀尖上踹了一脚，"老不正经。"

空阔的天空，旺烧的太阳，一对老人就显得渺小。但是，他们勤劳而欢悦，郑小蝉便情不自禁地生出感动。她想到了海子的两句诗——

> 粮食
> 是图画中的妻子
> ……
> 反复抱过的妻子是枪
> 枪是沉睡爱情的村庄

看这架势，只要还生长麦子，父母的恩爱就绵长不老，就耐烦、忍苦，没心没肺地快乐。

郑小蝉没干惯农活，镰刀很不听使唤，她割得很慢，差不多就是一种象征性的收割。但是，她此时却有一分豁达：象征性的收割也是收割啊，意味着自己已融入了生活。

麦地啊，怎么人一走进你，心情就好？

好姑娘躺在田埂上。

她想，彭斯的浪漫真不是凭空而来，他本身就是个农民，懂得土地上的道德。

收工回到家里，家常的饭菜吃得跟山珍海味似的；撂下碗筷就睡在床上，睁开眼就天亮了。除了麦子，不容你有多余的想法。身体疲累，心灵无忧。

她觉得这麦秋来得真是时候，像一剂药，治好了她的青春哀愁。

但连续收割了三天，自家的麦地还一堰一堰地放在那里——九九八十一堰，他们只收了十九堰。

却起了干热风。

这干热风不亚于阵雨冰雹的危害，它会使麦子熟过了，茎秆酥脆，沉重的麦穗自己就会掉下来。麦穗掉在地上，立刻就散了，麦粒混在土里，很难捡起来。

郑小蝉直了直腰，看到眼前那两张苍老的后背，心里酸了一下：家里要是再有个男孩就好了。

割到地头，父亲一屁股坐在地上，向苍茫里哟嗬了一阵。郑小蝉知道，那是他在释放难以承受的疲惫。后来，他摇了摇头，说："真是老了。"

母亲也紧随着坐在地上，应对道："谁说不是呢。"

然后两个人就傻笑。

直让郑小蝉感到，丰收也是一种愁。

三个人歇在一起，几乎是同时，说出了一句话："这哪儿就割完了？"

几乎是在同时，他们看到了不远处那块麦地里，麦棵子一缕一缕地倒下去，快得像风道里的烟，倏倏地朝他们这边钻过来。到了跟前，站起了一个人，竟是村东头的罗大宝。

罗大宝嘿嘿一笑，对父亲说："叔，我来晚了。"

父亲瞧了一眼郑小蝉，也只是嘿嘿一笑，什么也没说。

郑小蝉难为情地低下头去，如果有条地缝，她会毫不犹豫地钻进去。

罗大宝是郑小蝉高中的同学，上学时很要好，曾经相约着一同考大学，一同创造生活。结果一个如愿，一个落榜。郑小蝉对罗大宝说："你也别泄气，接着考。"罗大宝说："好。"但郑小蝉暑期回家，却听说罗大宝挖煤去了，便急急地找他，说："你怎么这么没出息？"罗大宝说："我不是念书的料，看书的工夫长了点，脑袋就疼。"怎么劝也没劝动，郑小蝉很生气，说："你以后就别找我了。"罗大宝想了想，说："好。"

这以后郑小蝉每次回家都不见罗大宝的影子，她甚至主动找过他一回，也被他躲开了。她对自己说，也罢，既然不在一个层次了，见了也没意思。

后来遇到了班主任那个层次的人，她真的把罗大宝忘了。

罗大宝看到了郑小蝉的表情，不忍心跟她搭话，转过头去，埋头割他的麦子。嘿嘿，我是冲着麦子来的，又不是冲着你郑小蝉。只要还是个正经人，见到就要到手了的粮食要受损失，就会心疼，就会急眼。这麦子虽然是你郑小蝉家的，也是我罗大宝的。这一点，甭看你读的书多，也且不懂呢。

罗大宝真是有力气，一垄长地，他一猫腰就割到了地头，也不惜力，转身就又割了回来。

郑小蝉看在眼里，心里一热，真是头骡子！

她居然又想到了海子的几句诗——

> 我们是麦地的心上人
>
> 收麦这天我和仇人
>
> 握手言和

和罗大宝虽然不是什么仇人，但毕竟是自己把人家甩了，有了抹不掉的隔阂。虽然觉得诗的意象很美，也感激罗大宝的适时相助，但郑小蝉还是没勇气跟她说话。她本能地躲避——他在东头，她在西头；他在西头，她在东头。虽擦肩而过，沉默无言；但劳动欢畅，麦子得救。他们都沉浸在劳动本身的感动之中，心渐渐地近了。

收工的时候，他们再也不能躲避，郑小蝉索性不遮不拦地看过去。罗大宝反而不能承受，低下头去，嘿嘿傻笑。

眼前的罗大宝健壮、挺拔，且唇红齿白，是头俊美的骡子。

郑小蝉怦然心动，忍不住地叫了一声："罗大宝。"

罗大宝嗫嚅道："你还认识我？"

"废话，即便是烧成灰，我也认识你。"

父亲悄悄地捅一捅母亲的腰肢，做了个鬼脸。母亲立刻就醒悟了：这两个人，是应该在一起说说话儿了。便对郑小蝉说："你和大宝把麦捆子归拢归拢，我和你爸先回去了，把饭弄熟。"

走出去老远了，父亲回过头来，喊道："大宝，一会儿你一定要到家来，咱爷儿俩闹几盅。"

其实麦捆子在收割时就已经被归拢得差不多了，他们知道，叫他们留下来，不过是老人们的一点儿小小的心计。因为喜悦，也因为莫名其妙的需要，他们乐于接受。

麦捆子被归拢得很妥帖了，罗大宝顺势就躺在新收割过的麦茬上。这是奉献之后的舒展，自然而然，情不自禁。

郑小蝉还有些磨不开面子，不知所措地站在田埂上。

罗大宝一笑，指指自己的身边，意思是说，你还不过来。

新麦茬很软，散发着太阳的余温，一躺在上面，人就有些陶醉，都有说话的冲动，却谁也没说。

就静静地躺着，看着余晖一点点地暗。

郑小蝉闻到了罗大宝身上的气味。是新麦的味道，干干爽爽，温温馨馨，没有一点杂质。她很喜欢。

罗大宝合着眼睛，像是进入了梦境。这给郑小蝉一个凝视的机会。她看到，罗大宝胸脯急剧地起伏着，呼吸也很粗重，手臂还隐隐地颤抖。她偷偷一笑，这个罗大宝，还真会掩饰，其实表面的平静之下，对她郑小蝉是有强烈的欲望的。

这个想法，给了郑小蝉一个很大的抚慰，这是女人本能的反应。但很快她就羞愧了。是自己到城里转了一遭，灯红酒绿，变得复杂了；而这个人，日出而作，日落而息，一直很质朴地生活着，没那么多花花肠子。他现在，不过是真的有些累而已。

郑小蝉觉得自己有些坏，羞愧往深处走，再也躺不住了，想坐起来。一只手把她摁住了。原来，那个人一直醒着，对她是有期待的。

她终于开口了，"罗大宝，我就这样回来了。"

话一出口，她就后悔了，甚至有些恨自己。因为泄露了她内心的卑微，那种飞翔到高处又落回原点的卑微。

"这有什么不好？"罗大宝睁开眼，直视着她，"你不这样回来，难道还拖儿带女地回来？"

这其实也是一种卑微，让郑小蝉感受到了公平，她忍不住在罗大宝的手臂上掐了一下，"你真坏！"

罗大宝顺势握住了她的手。

两个人就这样手握手地静静地躺着，虽然什么也没说，却好像把什么都说了。

郑小蝉这时想，人的知识多了，不过是增加了对事物的敏感和对生活的理解，能够更纯粹地活着，而非其他。虽然在外几年，质朴之外，没收获更多的东西。但依旧还有质朴，与土地般配，与土地上的人般配。难道这还不够？

微风阵阵，天空被擦拭得更清澈，她的目光被黏在上边。她嗫嚅道——

> 青天在上
> 大地无语
> 小蝉清唱

刚进六月，幼虫刚走出蝉蜕，还来不及登枝而唱。小蝉，指的是她自己。

2009年5月8日

京西昊天塔下石板宅

银音

—— 一个古乐传承人的故事

这个村子叫下英水，陡山陡岭，耕种困难，且易发泥石流，被政府搬迁到平原，安置了。但有一户人家，无论怎么动员，总是赖在村里，与旱涝厮守，意志坚定。

　　户主的年龄很费猜想，因为虽然已经是新时代了，但他却终年穿一袭藏青色的长袍，鬓发梳得熨帖，蚊子落在上边也会劈叉，颊须也剃得一丝不苟，一片铁青，有仙道风骨相。膝下有一子，已是壮年，却不婚不娶，种养勤勉，整日寡言，与其父相依为命。

　　问其不走的原因，做父亲的说，岭那边有个银音会，而我是指挥，走不得哩。

　　问话的乡干部说，这地界的蚊子，有几只公的几只母的，我都知道，哪有屁的银音会？

　　父亲脸色一青，有就是了。

　　来人还喋喋不休地说着，父亲却兀自梳理着他本无须再梳理的头发，不理睬了。那人就对儿子说，你去做做你老子的工作，别无事生非。儿子也铁青了一下脸，说，他说的是对的，岭那边正有一个银音会，我母亲就是拉胡琴的，死了就葬在那地界。儿子还说，父母就是在银音会上认识的，父亲指挥的时候，她拉得贼好，没父亲指挥的时候，她就拉得稀松。

父亲平日就干两件事：一件是抄曲谱，一件是给高线做保养。

银音会是京西百姓对民间古乐的说法，元明时期，这里笙弦笛管很是繁盛，不仅百姓享受，即便是紫禁城里的皇上，也微服来访，听到醉心处，摇头晃脑，连身份都忘了。但时间久了，曲谱大多都散佚了，落在父亲手里的，也就二三十首。他于心不甘，四处收集，根据老人们的唱调，又整理出百余首，共计一百四十七首。他兴奋地对儿子说，都说门头沟的爨底下是民间古乐之乡，其实是狗屁，它长短不过三十几曲哩。

怕虫蚀水浸、风化火燎，父亲不停地抄曲谱。谱是工尺谱，且要抄在特制的黄表纸上，是很费心力的。但他抄了一套又一套，而且每一套抄毕，都要配一个名贵的檀木盒子。儿子问，抄这么多，预备着给谁？父亲说，凡人谁也不给，只给天地。就这样，两间西屋都装满了曲谱，每日晨起，父亲都围着西屋转几遭，频频点头，脸上有微笑。

不抄曲谱的时候，他就整理高线的滑索。给滑索打油，检查吊斗的接榫。岭那边叫上英水，盛产煤炭，有一孔接一孔的小型煤窑，煤一挖下来，就通过高线运到山下，然后再输送到各处去。后来，产业转型，严禁采矿，煤窑就关了，只留下这一挂高线，见证着煤业曾经的繁盛。之所以对闲置的高线做悉心的保养，是因为对他有用。每到年节，譬如端午、七夕、中秋、春节，父亲都会到岭那边去——据他说，那里的人有钱、有闲，很爱好文艺，有一个大礼堂，有一支演奏古乐的乐队，需要他这个懂乐谱的人做指挥。年轻的时候，靠走，即便是山路崎岖陡峭，也如履平地，后来年纪大了，高线就成了他的交通工具。村里人都说，本来是用来运煤的，你却用来运人——你没看见，高线一开动，钢索就吱扭，吊斗就忽悠，就让人心生寒意，你真是不知生死。父亲一笑，说，生死有命，富贵在天，这高线命中就是给我预备着的，如果有一天从上边掉下来，也不是暴死，而是寿终正寝。

寒来暑往，日息月生，他多年在高线间行走，竟也自在无恙，大家就习以为常了，一如猪卧泥处，雀走悬檐，生来如此，不必惊异。

让人惊异的地方，倒是他本人的态度——无论酷暑严寒，无论风雨雷雪，都不能阻止他如期到岭那边去，好像那是一个庄重的地界，一如村口那座土地庙，天然就是让人敬的。而这种神秘的庄重，也让人们对他心生敬重，特别是他的儿子，觉得父亲所做的事，是天下第一等大事，只能仰慕，不能有微言。

一年中秋，日间尚晴，一近傍晚却突然雷雨交加，让儿子顿生诧异，都什么节令了，怎么还下这么大的雨？更让他不解的是，父亲白日里还安好地在庭院里走来走去，雷声乍起之时，却突然口吐白沫，昏睡不起，且额间滚烫，胡话连篇——

——啊，中秋佳节，银音响月，我却栽在黑暗里，不能去指挥了！

——啊，老伙计们，啊，孩子他娘，我有心登台，可无力迈槛，对不住了！

一边魇语不断，一边泪淌不止，别人流下的是澄澈清泪，父亲淌下的泪，却是浆液一般的浊白。儿子被震动了，伏在父亲耳边，安慰道，你且安心地歇吧，我替你走一趟。

父亲平日里试唱乐谱，演练指挥的招式，都被儿子看在眼里，他相信，照猫画虎、救一下场的本事他还是有的，便一头冲进雨雾之中。

他看一眼在风雨中摇摆晃动的高线，没有乘坐的勇气，便徒步而上。他攀岩越岭，与泥石流较量，终于到了那个叫上英水的地方。但在泥泞里反复寻找，也没有找到那座被父亲形容得让人神往的大礼堂。既然是个有钱的地界，怎么会没有那样的建筑呢？踌躇间，他听到在遥远的地方有隐约的琴声传来，便寻觅而去。

华音响处，却是个被废弃了的空旷煤厂。

娘的，越是有钱，越是不花在正处。这次他信了。

雨阵中木定着几个黢黑的身影。他们席地而坐，任浊流绕膝，只专注于手中的乐器。细察那些人的貌相，都是形销骨立、萎缩丑陋的老人，但他们眼中都有光，灼灼闪闪，一如磷火。其中有一个拉胡琴的老妪，双眼紧闭，乱发凝结，身量、表情、气韵，都酷似死去的母亲。

煤厂中央竟站着一个指挥的人。虽风吹雨浇，长衫裹体，不再飘逸，但正好勾勒出他腰板的挺拔，且舞动的手势，收放自如，干净利落，抬眼望去，有大艺术家的气质。

走近一瞧，竟是父亲，他失声叫道，爹！

父亲只是嘴角抽动了一下，并不为之所动，一招一式有力有序，忘情地尽着他指挥家的职责。

他呆呆地站在雨中，感到自己是个多余的人。雨淋热身，不禁觉得身子有些冷，但奇怪的是，心里竟有暖意升起。银音勾魂，顿生幻象，在那里，父亲和母亲都在，他享受到了家人的团圆。

2012年7月14日

记述昨日夜半的一个梦

京西昊天塔下石板宅

土灶

到了晚炊的时辰，看到灶间什么菜蔬都没有了，郑小婵便去了屋后的山坡地。那里有自己开垦的一小块菜园，虽然土壤瘠薄，却种什么长什么，茄子、辣椒、蔓菁、西红柿、豇豆角，都长得健旺，果实累累，喜气洋洋。几蔓丝瓜、葫芦，居然自己爬上荆丛，在天然的棚架上，不遗余力地结果。她薅了一个茄子，卸了一颗葫芦，摘了一捧青辣椒，就转身而归。

　　那个灶间，是坐落在当院的一个敞开的棚子里。一个浑黑的旧桌上，放着案板、炊具和调料，几块耐火石支起的一个灶台，上边"稳"着一口两耳锅。她从院角抱过一小捆干树枝，用草引着，就塞进灶洞里。干柴娓娓地燃烧，人娓娓地操持，很快，晚饭就得了。她馏了几个馒头，凉拌了一个茄子条，炖了一个葫芦片，临出锅时在葫芦片上撒了一把青辣椒。她笑一笑，心想，这日子真是好侍弄，石头垒起个土灶就能"稳"锅，柴草扔进灶膛就能熟饭，一点都不难。她出锅时，用的是一把铁勺子，一边往盘子里盛菜，一边故意用力刮锅底，传出吱吱的脆响。

　　"知道了。"堂屋的门槛上坐着一个老太太，她笑着摇摇头，曼声应道。

　　是个干瘦的、看不出年纪的老太太。她一边笑着，一边移下门槛。她屁股底下绑着一个铺垫，借着铺垫她很快就挪到了当院的小石桌旁。那是她们的饭桌。看得出，老人家很自尊，或者是很体贴，不忍灶间人既忙活锅炊，又忙活她。

老人家吃得很香，牙齿虽然稀疏，也像长着满口的牙，咀嚼出满脸的惬意。"闺女，你这个葫芦片炖得好，有香辣口味，不寡淡。"她呜哝道。

"我做什么菜你都说好，我知道，你是怕我不伺候你了。"郑小婵开了一句玩笑。

老人家苦笑了一下，向虚空里说了一句："造孽！"

晚饭吃罢，郑小婵收拾碗筷。老人家忍不住在她的手上捏了一把，"年纪轻轻的，手就老成了这个样子，都追上我了。"郑小婵把老人家的手推向一边，说："就你事儿多，难道你不知道，女人的手，天生就是预备着老的。"

初秋的夜晚，多少还是有些热的，娘儿俩就在当院里乘凉。天高远，星稀疏，风儿清淡，她们不愿往屋里蹩。屋里老黑老黑的，老荒老荒的，她们有的是闲寡的、一成不变的日子，干吗要急火火地进屋去？

一只萤火虫飞了过来，老人家说："你看它活得多明白，黑夜里走路，自己就带着一盏小灯笼。"

郑小婵故意撇撇嘴，逗弄道："你真是老了，犯重话了，你这话说了多少遍了，我耳朵都长茧子了。"

一只葫芦蛾子盘旋过来，老人说："这玩意儿一点都不拾闲，从这朵花飞到那朵花，采个不停。即便是这样，也有不少是开的谎花，不知哪只葫芦是它坐下的，真是没正行儿。"

这一次郑小婵没有搭话，只是一径地朝虚空里发愣。

她知道，老人家话里有暗指，指的是她的独生子李明银。

郑小婵和李明银是本村的发小，一起上小学、一起上中学，中学一毕业，就都回村里务农。她们所上的中学，离村子有八里地的山路，中午就要带干粮。那时正赶上连年大旱，地亩歉收，就亏粮。名义上是干粮，其实是稀粥，盛在铝饭盒里，上边扔几块酸咸菜，平放在尼龙网兜里，小心翼翼地提到学校去。

李明银嫌麻烦，即便是母亲给他预备好了饭盒，也弃在一边，气哼哼地说："我宁可饿饭，也不丢这个人。"可以想见，他是虚荣。因为他有几分长相，夸他的人不少。别的男生都穿粗麻绳纳就的老山底布鞋，他却穿花钱买的白色的回力球鞋。临近校门的时候，他看到鞋面子上有些脏污，就从裤兜里掏出从学校里"顺"回来的白色粉笔，在上边涂涂抹抹。

望着跑远了的李明银，他母亲提着饭盒在村口直跺脚。郑小婵正从她身边经过，一下子就明白了是怎么回事儿，便伸过手去，"大婶儿，给我吧，我给他提着。"

到了午间，村里来的学生都躲到学校西边的一座水泥大桥下，啜稀粥，然后躺下就地睡午觉。听着此起彼伏的啜吸声，李明银在人前踅来踅去，吞咽着口水，满眼饥荒。郑小婵悄悄地抻了抻他的衣襟，"跟我来。"他几口就把饭盒里的稀粥吞光了，然后恶狠狠地把饭盒扔在郑小婵的脚下。再然后，他重重地把自己扔在地上，用力地踢着腿，发出狼一样的一声嚎叫。正在大家惊愕不已的时候，他却不动了。他睡着了。

"在吃和睡面前，虚荣有什么用？"郑小婵心里嘟囔了一句，陡然升起一种怜悯。从此以后，她每天都负责给他带饭，帮他保全着面子。

虽然这都是悄悄的动作，还是被有的同学发现了，问她："他是你什么人，你这么惯着他？"郑小婵脸一红，"惯谁不是惯，惯就是了。"

中考他们俩谁也没考上高中，郑小婵对李明银说："咱俩是不是再补考一年？"李明银说："据我所知，平原里最差的学生也比山里最好的学生考得好，咱再补考也没戏，瞎子点灯白费蜡。"郑小婵略一思忖，说："你说得有道理，听你的。""听我的，准没错。"李明银很受用，补充道，"你看咱俩这身膀，即便是喝稀粥，也这么精壮，天生是修理地球（干体力活）的料子，回村里务农业也饿不死。"郑小婵点点头，"就听你的。"

一而再"听你的"，让李明银生出一种豪迈，"万一你干不来，我养你。"

这是什么话？惹得郑小婵几天都没有睡好觉。

干了两年体力活，村里就搞承包了。郑小婵和李明银每家都分到了几亩承包地，就过上了面朝黄土背朝天的生活。起初是分头侍弄，但山地无法机耕，每个环节都靠人力，很不惬意。李明银家除了二老之外就他一个壮劳力，就找郑小婵商议，"咱们两家是不是搭一下伙，相互有个照应？"郑小婵毫不迟疑地就答应了，可是她的两个哥哥却存异议，理由是，他这个人太奸，明显的是在找便宜。郑小婵气哼哼地说："瞧你们这点出息！"两个哥哥都是老实人，妹妹的态度让他们也觉得自己多少有些没气量、不厚道，便妥协了，"我看你是别有所图。"他们说。

几亩承包地种来种去，弄得两家自然而然亲密起来。从田亩归于庭院，便要喝几盅，而李明银自己喝有什么意思？便提着酒瓶子到郑小婵家来，跟他的两个哥哥对酌。对酌当然就免不了对吹，卖劳力的人，松快松快自己的办法，最现成的办法就是吹牛说大话。吹来吹去，就不再知道天高地厚，更不理会现实悲苦，都觉得，这日子还说得过去，就歇心吧。歇心，就是安心，就是知足、认命。

李明银是初中毕业，而郑小婵的两个哥哥都只上到小学，在吹牛的功夫上自然位居上风。他天南地北、国内国外，吹得云山雾罩，以至于有一天他放下大话，"我跟你们不一样，我将来一定会是一个腰缠万贯的大款，你们信不信？"两个哥哥虽然觉得他的牛吹得有些不靠谱，但还是在心里有了几分敬佩。他们对她说："小婵，看你也老大不小了，找个人嫁了吧。"

"嫁给谁？"她反问道。

两个哥哥很不耐烦，"喊，喊，你是明知故问。"

"你们说的是他吧？"郑小婵往李明银家的方向望了一下，"他不成，除了会吹牛，他还会什么？"

"吹牛能壮胆儿，还能解愁，也算是本事了。"

李明银的父亲前两年中风，瘫在床上，一直是由他母亲伺候着。近来他母亲也手脚不利落，家务料理起来越来越困难了。一天晚上，郑小婵把他哥哥打来的一只野兔子炖了，期望李明银也能过来打打牙祭。但久等不来，就给他送过一小碗去。到了他家里，见到他正给躺在炕上的父亲翻身，那动作很笨拙，郑小婵赶紧放下兔肉，帮了他一把。

把病人弄妥帖，李明银突然说："小婵，你嫁给我吧。"

"我凭什么就嫁给你？"

"你也看了，家里正缺个帮老人翻身的，然而你，不就是早给我预备下的那个人吗？"

郑小婵很生气，"你这是什么道理！"转身就往门外走。

李明银追上去，突然就跪在她身边，用力抱住了她的双腿。她被吓坏了，"有你这样逼迫人的吗？赶紧起来吧，让旁人见了多难看。"

"我不怕难看。"

"而我怕难看。"

郑小婵用力挣脱了，就往门外跑。一边跑一边啜泣，且双肩颤抖，像寒秋惊蝉。

这桩婚姻，她虽然是早有隐约的期待，但没想到，最终以一种强加的面目出现，不仅浪漫顿失，甚至也不如想象中的美好。所以，她没心情举办婚礼，也没兴趣大操大办。只是领了个证，从娘家搬到了婆家，换了个门槛而已。

他的两个哥哥激烈反对，"你必须大操大办一下，让他出出血、破费破费。"见妹妹还是不改主意，哥哥们很悲哀，"你不让他破费破费，他就不懂得心疼，日后就会轻贱你，郑小婵，我们说的话，请你记住了。"

过门之后，郑小婵守家在地，伺候公婆。对瘫在炕上的公公，不仅勤给翻身，不让其长褥疮，还接屎接尿勤给洗澡，让他活得清爽有尊严。老人家心中感动，虽然有语言困难不能说话，但每有人来，他都指着郑小婵，激烈地摆动头部，啊，啊。

郑小婵在村里的口碑很好，县妇联还专门来采访，上了报纸。最殊好的是，她走进了婆婆的心，婆婆把她当亲闺女看待。遇到每月她不便的时候，婆婆给她浆洗内衣内裤，一家人好得稀里糊涂。

两年后的一天晚上，李明银对郑小婵说："我把咱家的承包地转给了你娘家，让你的两个哥哥侍弄去吧，至于地上的收益，也就全给他们了，横竖几把粮食，算盘珠子都打不响，我能看得上？"

"那你干什么？"

"我出去打工，挣大钱。"

"谁稀罕你挣大钱？一家人圪蹴在一起，即便是喝稀粥，也团圆。"

"然而太委屈了你，自从进了我们家门，连一身像样的衣服都没给你置备，你没瞧见，屋里的两个老人都不拿好眼看我？"

"你是虚荣，就像上学的时候，没钱也要穿回力球鞋，脏了就拿粉笔往上涂白。"

"就算是吧，哈哈，哈哈。"

李明银就到了县城的建筑工地。起初是给人家当小工，后来被工头看上，让他跑业务。跑来跑去，认识了行业里的大小头目和同行里的大小经理，有了自己的人脉。在一个时候，他竟单独拉起了杆子，成立了自己的建筑公司。他的老东家被气得卧床不起，差人去找他，"你就说我快不成了，已经原谅了他，临了要交代给他一句话。"两人见了面，老东家躺在床上，面无人色，有气无力地说："你来了？"李明银不敢正眼瞧他，低着头，怯怯地答道："嘿嘿，来了。"老东家霍地从床上爬起，跳到地上，在李明银后腰上狠狠地踹了一脚，"滚！"李明银被踹出门槛，站立不稳，为免于栽倒，便顺势向外踉跄，逃了。望着他狼狈的背影，老东家哈哈大笑，满脸霞光。

李明银在这之后，真的发了大财，票子成捆成捆地拿回家里，惊呆了婆媳二人。郑小婵觉得这么多钱放在家里，不仅让人心里凄惶，还可能引发灾祸，就原封不动地存进附近的农业银行（当时叫农村信用社），把折子交给了婆婆。她不仅没有添置什么新衣服，就连家里的日子，也依旧如常。

郑小婵不讲吃喝、不讲穿戴，只知道埋头伺候老人，不免让李明银有些愧疚，但因为一直没有子嗣，而且也凡常得和村街上的农妇没什么两样，他的愧疚之心就慢慢淡了。"连个后都没有，挣那么多钱有什么用？"他有了人生价值上的虚无感。

虽然他嘴上什么也不说，但他回家的次数渐渐地少了起来，到了后来，竟一年到头不着家，只是到了年关，送回一些年货，屁股还没坐热，就开着崭新的大奔驰一溜烟地走了。急匆匆的，招摇得让家人心魂不定。

再回来的时候，从车里钻出来的，不仅有他本人，还有个美艳的妇人。进了家门，美艳的妇人不停地向郑小婵打量，竟脱口说道："原来你长得很标致嘛。"郑小婵心里咯噔了一下，本能地感到，李明银肯定在她面前不说自己的好，看来情况不妙。她凄然一笑，不做回答。郑小婵在锅台上忙活，既然有客人来，就得有像样的饭食。妇人有些感动，凑到郑小婵身边，"让你辛苦了。"郑小婵随口答道："别客气。""那就不客气了。"妇人拍了拍自己的肚子，还拽过郑小婵的一只手，在肚子上摁了摁，"你看，我有了。"郑小婵一愣，疑惑地看着她。妇人指了指在远处的那个人的背影，笑着说："就是他的。"那个人正是李明银，此时正弯腰跟他的母亲说着什么。郑小婵手中的铁铲立刻就掉在了地上，"咣啷！"婆婆忍不住朝这边望了一眼，也一屁股坐在了地上，哇哇大哭。

朴实的婆媳俩都受到了意外的冲击。

这顿饭就没法吃了。

李明银索性说出了离婚的意图，理由是肚子里的孩子给他母亲占据了适宜的位置，否则的话，不仅是家丑，还是社会事件。因为妇人的家庭不仅是他的大客户，还是他在地面上混下去的靠山。

小女子不懂大道理，但郑小婵知道这里面有利害关系，所以她不吵不闹，也不嚷着上吊，只是面无表情地说："让我想想。"

不久，婚悄悄地离了，那个妇人也不声不响地成了李明银的继任夫人。

不久，李明银的父亲就去世了。装殓的时候，他的眼睛就那么睁着，目光迷茫中掺杂着怨恨。婆婆试了几试也给他合不拢，闷声叫了一声，也瘫在了地上，一瘫下去，就再也没有站起身来。

李明银只身回来料理丧事。即便是离了，郑小婵也跟在他身边，以儿媳妇的身份披麻戴孝，给前来吊孝的亲朋好友、乡亲里道行仪回礼。他的两个哥哥大感不解，"你这是为的哪门子？"她面色沉静，轻声说："为的是老人家生前的恩德。"其实是她心中有善始善终的东西，或者说，是懂得敬畏，既然是他老人家让她在县里有了孝顺的美誉，就得对得起人。哥儿俩说："我们跟你说什么来着，你不让他破费破费，他就不知道心疼，就会轻贱你，你看是不是让我们给说中了？"郑小婵凄然一笑，"我本来就是小婵（蝉），不会大声叫，生来就是预备着被轻贱的。"

哥儿俩很悲愤，把李明银薅离了丧礼现场，狠狠地扔在那辆惹人眼红的奔驰轿车旁，"你信不信，我们给你砸屎的了？"两人搬起路边的石块，高高举起，"我们要让你破费破费，因为你不配做人！"李明银撇撇嘴，"你们是气不公，要给你们的妹妹出出气，既然是这样，那就砸吧。"

"你们也太看得起他了吧？"郑小婵及时赶到，拦阻道，"他的车子再好、再气派，不过是一堆不会喘气儿的死物，不值得你们上手，就如一个没有人性的人，不值得你跟他计较一样。"

石头悄悄放回原地，好像什么都没有发生。一如从来就没有李明银这个人，不影响生活。

一切停当之后，李明银对她母亲说："你且等我两天，我回去给你请个保姆来。"

"谁稀罕你的保姆！"老人家厉声说道，"你去把小婵找来。"

待郑小婵来到她身边，老人家一把抱住她的双腿，"小婵，好闺女，妈给你跪下了，求你给我养老送终。"老人家本来就瘫坐在铺垫上，往哪里跪？

她跪的是心。

郑小婵知道这一"跪"之重，也赶紧跪下，与老人紧紧地抱在了一起，也不哭泣，只是紧紧地往肉里抱。

一股酸涩的热流在李明银胸腔里奔涌，他的心被泪水淹了。不忍之下，他悄悄地走了。见他远去，一对相拥的母女，号啕大哭，"咱们造了什么孽啊！"

后来，李明银又回来了一次，交给郑小婵一个有相当数目的存折，她连看都不看一眼，随手就交给了身边的老人。老人家眼圈一下子就红了，"你这是杀人不用刀子。"郑小婵一笑，"你说，咱娘儿俩谁会用刀子？"

"过两天我派人来，把房子翻盖翻盖，搞个精装修。不然外人一看，哪里像有钱人的老宅子。"李明银说。

"只要我活一天，你就甭想！"老人家指了指那个破门洞，"你滚！"

郑小婵也接话说："老人家这个病，不能动气，你还不赶紧滚。"

滚了之后，郑小婵扑哧一声乐了。因为天性温软的她从来没有冷硬地说过话，现在居然也能脱口放出"滚"字，看来，没有办法的生活，反倒让一个人越来越皮实了。还有一层意思让她感到好笑，人家王宝钏守寒窑是为了富贵团圆，我为的是什么？为的是人间节义？不，不，别这么不要脸。

两道强光很粗暴地刺破夜空，也刺眼地晃到庭院里来。那萤火虫的荧光就消失了，那些嗅香气的葫芦蛾子也跑远了，母女俩对旧日子的回想也就断了。呃，原来天已黑了，原来有车从山外开进来了。

莫非是李明银回来了？母女俩就不想回屋，就地等着。

终于有人跌跌撞撞地走进庭院。劈头就喊："这是李明银家吗？"

少的不好回答，老的赶紧接话，"这不是李明银的家，是他老娘的老宅。"

"都一样，哈哈，都一样。"

那个人个子很高，腰板很直，就是长着一副罗圈腿，落脚太重，有点欺男霸女、欺行霸市的做派。他也不奔人来，也不落座，踅完庭院，又踅进堂屋，踅遍了每个角落。

母女俩便大气也不敢出，愣愣地看着他。横竖没什么值钱的玩意儿，即便是两个存折，也埋在外人意想不到的地方，近乎赤裸裸的穷。

由他去吧。

那个人终于回到庭院，想坐下，却发现没人给他预备座位，便左右巡视，在西墙根下，看到一把长条木凳。他便自己提了过来，坐在娘儿俩跟前。

这是一种简易的凳子，四条木棍上架着一个细木条。平放着，蹬在凳面上可以翻墙；立起来，踩着凳子的一头可以上房。所以，简易而便利，山里人家差不多都有预备。

这种凳子一般不用于坐人，由于面子窄，人坐在上面晃悠，坐不稳，可是这个人坐上去却稳稳当当的，一点也没有不适的感觉。

老人家觉得因为他身子重、屁股大；而郑小婵却觉得，那是因为他也是山里人出身，有坐根儿而来的稳。

"哈哈，您是李明银的母亲？"

"是。"老人家回答道。

"哈哈，那么你就是李明银的妻子了？"

"前妻。"郑小婵说。

"既然是前妻，还帮着他孝敬老人，你的心眼儿可真好，哈哈……"

郑小婵感到这话里有揶揄的味道，便没好气地回答道："这有什么新鲜的，我们这里的女人都这样。"

因为动气，郑小婵的表情格外生动，那个人便被触动，说了一句："你不仅心眼儿好，人长得也有模样，可惜了。"

老人家听不下去了，质问道："你是谁，干吗到我们这儿来不酸不咸的，哼，看着就不像好人。"

"啊，对不起，忘了自报家门了。"那个人向前倾了倾身子、拱了拱手，"我叫郑大申，李明银没跟你们提起过我？呵呵。"

一听到名字，娘儿俩碰了一下眼光，心里都绷紧了。

因为娘儿俩都知道，这个人是李明银的前东家，靠他，李明银才在平原站住了脚、有了根基，可是——

原来冤家到了，那么，就肯定是来发泄怨恨的。娘儿俩就更紧张了。老人家下意识地问："你要拿我们娘儿俩怎么着？"

"老婶子，您这是想哪儿去了，只不过顺便看一看。"郑大申说。

"你这一顺便，我们就很不随便了，唉。"老人家说。

"不过这一看，我还真有了点儿想法。"郑大申从窄凳上站了起来，眼睛看着郑小婵，说道，"李明银这小子，我以为他会有点儿抱负的，可是这前来一看，出乎我的意料——他即便有了钱，也不修老宅子，也没有富丽堂皇、光宗耀祖的做派。只知道找女人——你还不知道吧，那个女人之外，他又有了一个女人，两口子正闹得不可开交。哈哈，他只会搞点儿偷偷摸摸、锦衣夜行的勾当，不会有什么大出息！既然没什么出息，也就不跟他计较了，不值，掉价，哈哈，走了。"

快走出庭院了，他突然又踅了回来，摇摇头，说道："倒是你们娘儿俩突然让我有了一点儿牵挂，不知怎的，心里还有点儿乱。"

他沉吟了一会儿，好像找到了止乱的办法。笑着对郑小婵说："你看你姓郑，我也姓郑，一笔写不出两个郑字来，而且，咱俩还都被他背叛了，同病相怜啊。我看这么着吧，我认你做干妹妹怎么样？也就有理由经常来照应你们一下了。"

"不认！"郑小婵坚定地说。

"为什么？"

"你这'同病相怜'用得不好。"

"矫情。"他有些不甘心，还想说点儿什么，但听到门外有发动机的声音越来越近了，便赶紧扔给她一张印着书法作品的纸片子，"上边有我的号码，记住，有事儿一定给哥打电话。"

他前脚溜出去，后脚李明银就蹿进了家门。

"他对你们做了什么？"李明银风风火火地问。

"什么也没做。"他母亲答道。

"他对你们说了什么？"他又急切地问。

"什么也没说。"他的前妻说道。

2022年6月26—28日草
10月30日修订
京西昊天塔下石板宅

马小翠今年65岁了，因为瘦，虽然是中等身材，也显颀长，如果穿得宽松一些，就给人苗条的感觉。她已经华发满头，如果披散在肩上，就放大了脸上的皱褶，所以就定期染发，且在头后绾个髻，插个银质发卡，就俏皮了。苗条的身材、俏皮的黑发就模糊了年龄。别人看上去，觉得她年轻；问题是，她自己也有更强烈的年轻的感觉，于是就像少女一样任性，什么都自以为是，有强烈的支配欲望。

她虽然有糖尿病，早晨起来却吃西餐。木糖醇的全麦面包片，抹草莓酱，裹生菜叶子和无淀粉火腿肠，咀嚼时有颊骨的声响，喝牛奶时，弄出咯咯的声音。毕竟是老了，优雅背叛了她。

丈夫李大鹏自己熬粥，一边搅拌，一边看着她。笑着说："有糖尿病的人不宜吃西餐，即便是吃不含糖的面包。"

马小翠狠狠地抹了一块草莓酱，"我乐意。"

西餐吃罢，她去了衣帽间。出来的时候，黛眉朱唇，还有隐约的香气。穿了一件黑底白花的连衣裙，在喝粥就老咸菜吃馒头片的李大鹏面前展示了一下，"怎么样，人们都说我穿起来有气质，特别是这腿，一点赘肉都没有，笔直笔直的，有型。"

李大鹏一笑，"那是因为你瘦，哪有骨头不直的。"

马小翠瞪了他一眼，"吃你的咸菜吧，吃饭都堵不上你的嘴。"

她觉得无趣，气哼哼地说："我走了。"

李大鹏看了看手表，"你不是跟门诊预约的九点吗，可现在才六点半，才三四公里的路程，十多分钟就到了，这么早，难道就是为了去招摇？"

"你胡说什么。"马小翠从盘子里拿起一块馒头片，漂亮地一挥，扔进李大鹏的粥里，"医院的停车场就鸡屁股那么大一块，去晚了，连个停车的地方都找不到。"

李大鹏很想说那是因为你车技不成，车位一窄，就揉不进去，可一想到她都六十多岁的人了，不能那么刻薄，便摇摇头，"真难为你了。"

"你这才是一句人话。"

马小翠出门之后，李大鹏自语道："这生活真是本末倒置，开车就医本来是为了图个方便，整个心思却只为了一个车位，唉。"

他的叹息还没有落地，马小翠咣地推开房门，又回来了。她径直奔向儿子的房间。

今天是星期六，儿媳妇昨天一下班就直接回娘家了，儿子就回到父母家，想吃个现成饭，睡个懒觉。她把儿子从被窝里揪出来，大声喊道："李小鹏，你都三十多岁了，还没学会怎么做人！你送媳妇回来，车里没油了，也不给加上，难道你就不知道你老娘今天要用车？"

儿子的耳朵被揪疼了，睡眼惺忪地说："多大点儿事儿啊，你至于这样吗？我这不是偶尔忽略了嘛。"

"多大点儿事儿？这里的事儿大了。"马小翠愤愤地说，"你这绝不是偶尔的事儿——我每次加满油，你就用车，一没油了你就把车搁回来，也不知会一声。你这是惯犯，说轻了，你这叫自私，说重了，你这是品质问题。"

"你怎么还扣起帽子来了，你还是我妈吗？"

"我不是你妈。"

"离医院就那么三四公里的事儿，即便油灯亮了也能跑个来回。"

"我一个老太太了，不玩儿那个悬事儿，我必须加油。"

"加就加呗，还至于跑回来兴师问罪？"

"加油可以，但必须你出钱，至少给二百。"

从儿子的房间里出来，马小翠把两张百元面值的票子在李大鹏面前抖了抖，挤了一个媚眼，以胜利者的姿态，蹬出响亮的鞋跟声，闪出门去。

李大鹏觉得可笑，哈哈哈哈哈。

李小鹏探出头来，"老爸，你在笑什么？"

"我很同情你，但绝不赞成你，看来，你是真得长点儿记性了。"李大鹏说。

李小鹏吐了吐舌头，"你们还是我亲爹亲妈吗？真没劲。"

早餐用过，李大鹏出去散步。小区甬道两边绿植繁密，即便是夏天，也有落叶。虫咬叶柄，风摇细枝，总会把树叶弄落一些。叶子散在地上，虽然稀零，也能触目。这里的清洁工懒惯了，都九点多钟了，也不见出来清扫。李大鹏不能容忍，随手就给小区物业打了电话。

电话打通，他劈头就说："我是李大鹏。"

"呃，李局长啊，您有什么指示？"那头的人接过他许多突然打来的电话，所以知道他，便很客气。

"是原局长，现在不过是小区的一个普通居民。"

"一样的。"

"什么一样的？如果真的是一样的，也不会满地落叶无人扫。"

"您放心，我们马上派人去。"

果然很快就来了人，是一个穿蓝色工装的胖大妇人，一副偌大的蓝口罩把整张脸遮得严严实实，只能看到翻着眼白的一双小眼儿。她挥动着扫把清扫，动作夸张疑似表演。所以，树叶从此处飞到彼处，像永远也扫不净尽。

李大鹏忍不住说了一句："你应该贴着地皮扫。"

那个妇人哼了一声，把动作放老实了一些。

李大鹏觉得这小区的清洁工缺乏专业素质，便远远地在一边看着。这种观望，在女工那里，疑似质疑，所以很是招人烦，她不禁嘟囔了一句，"都退休了，还出来管闲事，真是当官儿当出毛病来了。"

"你说什么？"李大鹏忍耐不住，问道。

"我什么也没说。"妇人答道。

"然而你说了，我都听见了。"李大鹏往她身边走了一步，强调了一下。

妇人用扫把摁住一片树叶，对它说："我说了什么，你听见了吗？如果你听见了，就告诉他，人家是领导，事事都要弄清楚。"

妇人居然把他与树叶放到同一个层面，不啻是一种嘲弄，李大鹏便挡在妇人眼前，呵斥道："真是不可理喻。"

妇人呵呵一笑，挥动着扫把对他说："请你靠边点儿，你影响我的工作了。"

李大鹏回到家里，心里很灰，他呆坐在沙发上忍不住联想到在职时的一些事——

单位里有个胖大的女下属，交给她的工作总是不能按要求完成，但你还不能批评，一批评，她会用种种理由回怼你。你一旦非要较真，情形就不妙了，她会在年终的生活会上给你提意见，且一二三四五条分缕析地阐述观点，让不知就里的人感到她说得很有道理，民意测验时，就会影响你的票数。这种人，在每个单位都有，俗称"明白人"，即活儿不多干，但会挑歪正。何以对之？没办法。因为每个当单位领导的，即便是谨小慎微、如履薄冰，想把工作做得十全十美，也不免有小小的瑕疵。虽然也无关原则、无关大局，但就怕有人把微瑕条分缕析地放大，因为它可以惑众，无法辩驳。俗称"裤兜子抹黄酱不是屎也是屎"。这就是"模糊哲学效应"，人们宁信其有，毋信其无。所以，对那个胖大的女下属，他只好得过且过、客客气气。退休的时候，组织上评价他敢于担当、作风硬派，他高兴不起来，因为他心里清楚，自己有私心，缺乏斗争精神，这个领导当得多少有些窝囊。

"怎么都退休了，还遇到这样的胖大女人？"这一次，他想斗争一次。但很快就摇了摇头，否定了自己。因为他想到，对这个包片女工来说，他的一个电话，肯定会给她招来一顿批评，而且他也知道，她的工资偏低，唤不起心中的工作热情。而且她毕竟是弱势群体中的一个，如果你跟她去较真，不仅对她是一种伤害，小区居民也会认为你小题大做，柿子专拣软的捏，有失厚道。

罢了，罢了，人一把年纪之后，最应该具备的，是宽厚待人，懂得悲悯。

既然讲悲悯，就要把想法落到实处——她从客厅的多宝槅上拿了一把团扇，是本地画家涂抹的扇面，他本来看不上眼，但画家执意送他，也不好驳情面，便漫应着收下，回到家里，随手就放在那里。他走出门去，走近那个女工。

那个女工背对着他，用力地扫着落叶，一招一式很是用心，全不似当着他面时的糊弄。他心中一热，疾步上前，说道："这位同志，你千万别对我有意见，我给你们物业打电话，针对的是落叶的事，并不是针对你，是对事不对人，你懂不懂？"

那个女工回过身来，一脸迷惑，"你什么意思？"

"只是请你理解。"李大鹏一笑，"这不，我的画家朋友送了我一把团扇，我也用不着，就送你吧，天太热，歇时扇扇凉。"

女工脸一红，"我可不敢收居民的东西，而且看上去还那么名贵。"

李大鹏说："只是自己做着玩儿的，不值钱，千万别嫌弃。"他把团扇放在她的手推车车把上，转身就走了。

到了远处，他偷偷地回头望，见女工拿着团扇端详了一番，点点头又摇摇头，然后小心地放进车上的布袋里。

李大鹏心情大好。原来快乐来得这么简单，他忍不住笑了。

时间切近中午了，李小鹏才从被窝里爬出来。乒乒乓乓地洗脸刷牙，动静很大。刷牙的口沫喷在镜子上不少，他也不屑于擦。李大鹏发现了，苦笑一下，偷偷地给擦去了。如果留下痕迹，被他母亲发现，肯定是一顿没完没了的数落，让人不耐其烦。嘿嘿，必须息事宁人。带着这种目的，他又到儿子的卧室里巡视，果然又发现了问题：床面凌乱，被子就团在上边。他喊了一声："李小鹏，你过来！"

"干什么？"

"把被子叠起来。"

"嗨，以为什么大不了的事儿呢，原来就是个被子问题，您顺手给叠一下不就得了吗？"

"是想顺手给你叠了的，但想到你经常是这样，就如你妈说的那样，你是惯犯，所以问题的性质变了，我就不能再'顺手'了。"

李小鹏气哼哼地把被子叠了之后，翻冰箱，开碗橱，找吃的，早餐移近中午，他的确饿了。他找到半碗粥、两块馒头片、三枚咸菜，毫不犹豫地吞下去。吞过，他更感到饿，就继续找吃的。找到三片木糖醇全麦面包、三片生菜叶子、三片无淀粉火腿和半瓶草莓果酱，就又毫不犹豫地吞了下去。他的饥饿感还是很强烈，却再也找不到现成的吃喝，便很是委屈地对他的父亲说："你们这做父母的可真差劲，明明知道这家里还睡着一位，却连顿正经早餐都不给预备。"李大鹏说："都快吃午饭了，你还在说早餐的事儿，你寒碜不寒碜？"李小鹏说："那是你们的分餐方式，在我们这里，睡醒了吃的就是早餐，临睡前吃的就是晚餐，所谓午餐，不过是一顿加餐而已。"

"我是你爹，所以懒得跟你胡搅。"李大鹏嘿嘿一笑，"反正早餐你已经吃下了，就别说正经不正经了。"

"那也算早餐？一些残羹剩饭，那是正经的猫食。"

"那你就亏心了，在我看来，你吃的是大餐。"

"您说什么？"

"你看，你先吃了中餐，后吃了西餐，虽然都是跟剩有关系，但也正经做到中西合璧，不是大餐是什么？哈哈，哈哈哈哈……"

李小鹏听罢，愣在那里。其实他是瞠目结舌，不知说什么才好。这老头子当过领导干部，平时也喜欢读书，不仅满肚子大道理，还时不时玩儿点冷幽默，在言语上，你降不住他。认了。

"我去上会儿网。"他识趣地脱身。

李大鹏知道他是去玩儿游戏，很想再训诫两句，但是忍了。儿子从小就爱玩儿游戏，多少有些痴迷，以至于在小家庭里，以做家务为烦，一有时间就坐在电脑前，玩得昏天黑地。便常被儿媳妇训斥，"你游戏玩得再好，能玩出钱来，能玩出地位来？臭不自觉。"他很恼火，"是玩不出钱、玩不出地位，然而我们却有快乐。"两个人口角一番后，就开始一周的冷战。所以，李小鹏不得不有所收敛，从"公然"转到"偷偷"。李大鹏想，既然有儿媳妇的管教，自己就算了。正好儿媳妇不在身边，他可以痛痛快快地玩一次，怪可怜的。

游戏玩得正痛快的时候，肚子却突然抽了抽，然后就一阵咕咕叫，不得不坐在马桶上，哗哗地喷射物质。他闹肚子了。

既吃了残羹冷炙，又吃得"中西合璧"，不唱出这样的一出戏来才奇怪呢。我那老爸还幽默，纯粹是不拿亲儿子当己出，好像是捡来的一样。哼，真是没地方说理去。

一阵阵地咕咕叫，一次次地蹲马桶，冲了又来，来了又冲，到了最后，索性就不冲了。

慢慢地，他能够坐稳在电脑前了，游戏的抚慰让他的肚子熨帖了许多。

"你们闻闻，这房间里都什么味儿，是不是李小鹏又没冲厕所？"突然就响起了马小翠尖厉的叫声。

"呃，你回来了。"李大鹏闻声而出，冲她笑笑，然后瞥了瞥李小鹏的屋门。

虽然得到了暗示，但是马小翠不打无准备之仗，到卫生间先查验了一下。天哪，马桶里虽然堆满了黄绿色的物质，但马桶的盖子竟然公然地敞开着。

马小翠立刻就愤怒了，猛地推开李小鹏的屋门，径直揪住他的耳朵，生生把他拽了出来。

拽到卫生间，把李小鹏的头摁在马桶上方，厉声问："你看这是什么？"

"嘿嘿，闹肚子了。"

"我没问你闹肚子的事儿，我问你马桶里堆着的是什么？"

"嘿嘿，人中黄。"

"这不是人中黄，这是稀狗屎。"

"你一个女同志怎么这么不文雅？快放手，快放手，你把我的耳朵都揪疼了。"

"你要想让我放手，就赶紧冲了。"

在疼痛中，李小鹏揿动了马桶的按钮。马桶的压力还算大，一声哗响，竟也冲得干干净净。他有理由委屈起来，"就简单的一个动作，却弄得呼天抢地，一点儿不起眼的小事儿，总让你们夸张成如何不得了的大事，嘁。"

"这可不是小事儿，这关系到一个人的生活素质、人生修养问题。"马小翠接着说道，"据我所知，你在你们小家里的时候，也常常不冲马桶，这问题就严重了——会让你媳妇认为，是我们从小管教不严，让你养成了陋习。甚至还会让她产生联想，觉得你父母也有这方面的习惯，遗传给了你。如果是这样，父母就会跟着你丢人，在她心目中的形象就会大打折扣。所以，即便是你成家立业了，露出尾巴来，我们也要揪住不放，及时修理。这表面是在管你，其实也是管给她看，让她知道，在我们家是有家教的，家风是严的。"

"说得好。"李大鹏适时地插进话来。

李小鹏撇了撇嘴，"您可真会拍马屁。"

李大鹏在李小鹏的屁股上象征性地踢了一脚，"你敢说老子，的确是欠收拾。"

马小翠的瘦脸肥腴了一下，给了帮腔者一个媚眼。

这个动作让李小鹏觑见了，"哼，肉麻。"

心疼老伴起早就医、发愁停车场的事儿，又一而再跟儿子动气，李大鹏亲自下厨房烧制中午饭。焖了一锅东北稻花米，香味扑鼻；炒了一个猴头菇油菜，也香味扑鼻。示意李小鹏上桌吃饭，他竟纹丝不动。李大鹏强调说："还给你切了一盘你最爱吃的酱牛腱子。"李小鹏说了一句"没胃口"，就躲进屋里。

一对老夫妻在桌子上只管低头吃饭，闷闷的，一句话也不说。他们也觉得别扭，儿子好不容易在父母家歇两天，却挑出这么多毛病，好像他永远长不大，一直就是父母的附属品似的。

然而，他究竟是另立门户了，有了媳妇，也很快就要有自己的孩子了。

"唉。"两个人不约而同地叹了口气。

李小鹏闷在房间里，不断传出时高时低、时疾时徐的杂音。他们不约而同地认为，他肯定是在玩游戏。但因为他拒绝吃饭，就让一对父母不忍心再去管教。饿饭，虽然是他自愿的，却也给自己找到了理直气壮放纵的理由，对与错的边际被模糊了。

很快就到了晚间，马小翠披散着头发从自己的卧房里出来，推开了毗邻的李大鹏的卧房，"晚上吃点儿什么？"

披散的头发，凸显了她的脸颊，她不再俏皮，只剩苍老与瘦削。这影响了李大鹏的情绪，他随口说道："随便。"

"什么叫随便，你会不会说话？"

"你这叫没碴儿找碴儿。"

"既然是这样，就吃点儿省事的，茄条打卤手擀面。"

马小翠说完又补充道："也不是单单图省事，是因为这人一退休，好像就只剩下一日三餐了，而且周而复始、没完没了，让人觉得特没劲，所以就没心思下力气，糊弄糊弄肚子就算了。"

"很有同感。"李大鹏点点头。

一锅面捞出来，李大鹏去喊李小鹏。李小鹏一看是大锅捞面，恨恨地皱了皱眉头，"大双休日的，就吃这个？"

"吃这个怎么了，还不能糊弄饱你的肚子？"马小翠抢着答道。

李小鹏说："连肚子你们都能糊弄，还有什么你们不能糊弄的？你们真是越来越没劲了。"

马小翠说："看把你足的，手擀面是第一等的好吃食，你还想吃什么？"

李小鹏穿衣推门，"我到街上吃烤串儿。"

三个人的捞面两个人吃，就剩下了一大碗。马小翠说："这面不能剩下，一剩下就坨了，一坨就没有咬劲了，咱们俩把它茶进去。"所谓"茶进去"，就是把它强行吃进去。

李大鹏就觉得吃多了，"我得出去遛一遛，不然晚上会躺不平，还会做噩梦。"

这时门外传来打雷的声音。"都下雨了，你还遛什么遛？"马小翠说。

李大鹏推开窗子看了看，"干打雷没下雨，我拿上伞，去遛一小圈，雨一下，我就赶紧踅回来。"

遛了一小圈，肚子里的食物还在胸口窝里堵着，仰头望一眼天，雷电还徒然地闪，并没有催出雨，他便毅然走出了小区，遛到大街上去。

遛了两三公里的样子，雷电止，雨却无声地下，且一下就倾泻如注。即便是打着伞，也淋湿了裤管，他赶紧往回走。这时马小翠打来了电话，劈头就训斥道："说好了遛一个小圈，怎么雨都来了也不见人影，你到底死哪儿去了？"

李大鹏皱了一下眉头，虽然是担心，但如此口气，也让他反感，便没好气地说："就死在大街上。"

"啊，说是遛小圈，你却遛大了，一点儿也不听话，赶紧给我滚回来。"

"好，好，我正在加速滚，一会儿就到家了，你不用担心。"

这条大街，本来有殊好的排水设施，却积水不泄，成了一片汪洋。李大鹏看不准坚实的路面，怕不小心踩空（这个年龄骨质流失，就怕摔倒），所以就试试探探，延缓了归途。

电话就又响了。"即便是蜗牛，也应该爬回来了，你究竟死哪儿去了？"

"快死到家门口了，你就别催了。"

终于望到了自家的楼门口，就见到那个披散着头发的瘦女人，朝这边不停地张望。她也不躲避檐滴，两个肩膀都淋湿了。他心里一动，叮嘱自己，她无论怎么发作，你都要忍着。

终于见到了活人，她带着哭声喊道："都多大岁数了，还不让人省心，真他妈的孙子！"然后转身进了电梯，当的一声就把电梯门关上了。

到了自家楼层，电梯门一开，就见到了一双喷火的怒目。马小翠毫不商量地上前扒掉他身上的湿衣服，瞬间他就被剥成了赤裸裸的胴体。"你真是的，还没进屋呢，你就这样，也不怕人看见。"

女人命令他去洗澡，而她自己则乒乒乓乓地浣洗那身扒下来的湿衣服。

热水冲在李大鹏的身上，他很感动，马小翠虽然脾气不好，但满心满腹都是对自己的牵挂，且无遮无拦地表达。她霸道得有理。

从浴室出来，马小翠把一身干衣服扔给他，"换上。"

包裹好裸体之后，他冲马小翠难为情地笑笑，"嘿嘿……"

"不许嬉皮笑脸，严肃点儿，站好了。"马小翠一本正经地说。

李大鹏一愣，"干什么？"

"你要对今天的任性行为，认真地做出检查。"

"要知道，我可是你的先生。"

"你刚知道你的身份啊，可你干的事儿却让人担惊受怕，就像个不懂事的小破孩儿。"

李大鹏感受到这背后的爱意，也就顺势调皮一下，"好，好，我站，我站。"

　　刚要做检查，李小鹏回来了。他双手抓满了羊肉串儿，好像把摊上的散货都搬回来了。见到父母的这个阵势，吃了一惊，"你们这是什么意思？"

　　马小翠赶紧把事情的经过简要地叙述了一下，"你说，他是不是应该认真地做出检查？"

　　李小鹏弄了个鬼脸，"是应该检查检查，这人要是不反省，肯定不会长记性。"

　　"那是你！"李大鹏忌惮老婆，对儿子可不客气，"你小子有病啊，在地摊上撸了半天串儿，还没撸够啊？还带回家里，弄得满屋子的腥臊。"

　　"撸什么撸，刚拉开架势就下雨了，把炭火都浇灭了。等了半天，这雨也不停，只好把这半生不熟的东西敛回家来。"他一边说着，一边打开烤炉，继续加工。

　　滋啦啦一阵繁响，腥臊变成了诱人的热香，满屋子飞窜。

　　马小翠和李大鹏愣在那里。

　　李小鹏一边往嘴里顺烤串儿，一边逗弄道，"你们继续。"

　　烤串儿的浓香可比手擀面的寡淡让人动心，夫妻俩都忍不住吞咽唾液。李大鹏代表马小翠发言了，"你小子怎么这么自私？也不让让爹娘老子。"

　　"怎么，你们也有这雅好？"

　　李大鹏狠狠地夺过几串儿，顺手就递给马小翠两串。马小翠很是默契，接过之后就吃之。"味儿不错。""对，味儿不错。"李大鹏附和道。

　　"既然你们也喜欢吃，我就再给你们烤，我再不懂事儿，也不能吃独食。"

两个人吃着儿子烤的羊肉串儿，越吃越有味道。

见儿子光看着他们俩吃，而自己却不动作，马小翠说："儿子，你也吃。"

三个人吃在一起，谁也不说话，只是彼此看看，都笑眯眯的。

他们都笑得比较收敛，因为他们都有些难为情。

不过，他们内心都有一种温暖的感觉，一天的不快，在这一刻都烟消云散了。

2022年7月6—9日

京西昊天塔下石板宅

丘

山

罗秋山中等身材，精瘦。精瘦不是赢弱，是劲道，浑身上下，肌肉贴骨，只要稍一运动，就绽出棱角，走路快而无声，似春风钻隙。

他住在京西"富山豪庭"别墅区，二号楼的顶层叠拼，540平方米的面积，足够他显摆、豪迈，让来的人嫉妒得心惊肉跳，都盼着他倒霉。因为他不过是一个作家，而且只写短篇小说，矮纸却阔，便觉得他来路不正，甚至有隐秘的邪恶。

他睁开眼时，被强光刺了一下，视神经强烈地膨胀，很疼。他轻轻地揉了揉眼皮，小心地往脚下张目，就看到地毯上躺着两个人，一胖一瘦，均蜷曲如狗。正是两个从京城来的批评家。昨晚喝酒的时候，他们跟他逗趣，说："你一个不温不火的短篇小说家凭什么就能把我们薅来？要知道，我们可红得发紫。"他说："你们要是不当红，我还真懒得薅。"他面无表情地嘟囔道，"也赖你们馋，稀罕我的'闷倒驴'和'扒猪脸儿'。""闷倒驴"是"蒙古王"酒的极品，六十五度；"扒猪脸儿"是京西美食中的珍品。二者均藏于民间而杳于殿堂，所以，不被罗秋山请，他们还真很难品到。

昨天晚上喝酒的地点，是在罗秋山开的"小丘阁"里。

小丘阁的名字，用意浅显，是从"少无适俗韵，性本爱丘山"中"化"来的。本想用"丘山阁"，但他觉得，这大而无当，太有励志的味道，反而俗，不如"小丘阁"更谦和，更平民，更生活化。

"小丘阁"的匾额最初是请文坛的名人写的，那个人虽名冠华夏，在本地却无名，再加上字体也不受看，食客一上眼，就摇头。门前有一副对联，上联：菜仅五味只为开脸；下联：酒过三巡专盼闷倒。这类似招牌，告诉来客，本店别无长物，看家的特色就是两样，一是扒猪脸儿，一是闷倒驴。既然本地不认名人，联子又是他自己写的，不登大雅，便不如本色出场，一竿到底，索性连匾额也铲掉，一并由自己书丹。这样一来，字体如其人，瘦而劲道，反而里外和谐，大家都认为好。

罗秋山不是本地人，来自口外的一处僻地。因写小说在本地有大名，还在政协有任职，颇能在各界自由行走，也算是见过世面、上得了台面的人物。但一来到京城，就陷落王海，一下子成了无名小辈，屡遭冷落和漠视之后，他对妻子说："要想在文坛立足，还得去京城发展。"

他在原籍是有饭碗的，而且还端得很安逸，但若去京城，就要连根拔起，从头做起。他也不犹豫，携妻带子决然赶赴。他想，京城人海茫茫，开一只鸡毛小店，也能养活自己。不像文学，南橘北枳，还挑剔土地。

生存是小的，而文学是大的，他就是这么认为的。

但在核心城区，也就是在二环以内，店租昂贵，再加上相识的文人——外地的，前来落脚；本地的，蹭吃蹭喝——都得笑脸相迎，连买带送，便入不敷出，两年之后，就迁到京西，算是落地了。因为京西乃生态涵养区，重山水，轻风尚，物价偏低，躺倒了也能过活。由于远离物质挤压，他很忍受，床头扔着一本梭罗的《瓦尔登湖》，随手翻一翻，"躺在草丛中，贫穷而能听到风声，也是美丽的"。这样的句子他不刻意记，只觉得很有意思。

他打理小店，从从容容，随随便便，平平淡淡，像汪曾祺写小说，好像不是为了赢利，只是为了趣味，或者只是为了体会人间生气，因而客人来就来走就走，一切随缘，全凭他们的心情去留。他知道，这样的做法，生意不会健旺，台面就简约，前堂就置备四个小方桌，每个小方桌前配着四条窄长木凳，八个人围坐，像乡下人在家里待客。桌面是原木色，因擦得锃光瓦亮，大小木纹都悉数呈现。每张桌子上都赫然地放着一个偌大的根雕的烟灰缸，既艺术又实用。妻子说："公共场所是禁烟的。"他说："我没说它就是烟灰缸，它是用来装毛豆皮子、花生壳、螺蛳钻儿和螃蟹腿的，是归置食用垃圾的。"他心里笑着说："到我这里来的都是有趣的重口味的人，吃的是喜怒哀乐，没酒没烟没调侃，还有啥意思？"不过他也立了一个禁烟座牌，例行公事地写着中英文：No Smoking 禁止吸烟。但在牌子的背面，他也手写了几个字：不醉不吸。那层暗示很明显：伙计，来这里你要纵情地喝酒，喝醉了，你就可以抽烟了。

于是，他的堂面总是人满。也难怪，这年头多是追求性情生活的人，而这里有家居气氛，且没有清规戒律，既可以尽情吃喝，又可以适时放纵一下子，很好。

他的小店只开两个雅间，一个对外，一个对内。即便是生意送上门来，对内的那间也房门紧闭，既然混迹文坛，交了那么多作家朋友，免不了不请自来，或一请就来，来了而没有雅间，怎么推杯换盏、海阔天空、恣意论文？钱锺书就说过，"大抵学问是荒江野老屋中二三素心人商量培养之事"，必须虚位以待。

"小丘阁"是什么地方？是人间江湖，俗人来这里吃肉骂娘，雅士来这里煮酒问鼎，各美其美，美美与共，各得其所。

所以，这个预留的雅间才是真正的"丘山阁"。由于阁门常掩，里边不免有凝滞的霉味。为了不时之需，便把那年随中国作家代表团访问印度的时候，特意买回来的"老塔"牌线香常烧上一烧。这是一种沉香，烧过之后与霉味混合，不干不爽，不香不臭，很是暧昧不清。一个颇有姿色的女诗人进去之后，立刻掩鼻道："你这是在搞什么？简直是个古墓丽影。"大家愣了一下，随后哈哈大笑，都觉得"古墓"这个意象殊好，糅合了古典和现代的元素，既老派又时尚。

支撑"小丘阁"运转的人只有三个：罗秋山、罗秋山的妻子和罗秋山的弟弟。

"小丘阁"是以罗秋山妻子的名义开的，她是实际上的法人。罗秋山很懂人情世故，觉得自己这么寄情于文学，早晚会发达的，一旦名震四方，免不了会任些社会职务，比如中国作协全委、北京作协副主席，最不济也会被当地请贤，任个地区文联主席、作协主席什么的。如果是那样，按有关规定，他不好出山。另外，一边是"店主"，一边是"主席"，虽然俗雅兼得，却也不伦不类，会被人笑话，至少会被人小觑。

他的妻子虽然是法人，却整天待在前台，点菜、洒扫、记账、收银、端盘子、盥洗，是正经的女招待、服务员小姐。儿子虽然已经上大学了，但她束腰收身，身姿窈窕，面皮白，眉宇清秀，看不出年龄，是个很养眼的美人儿。她梭巡在堂间，步履轻盈，且摇摆得体，很有"态"。

男客人不管老少，便总往她身上扫，她抿嘴微笑，视而不见。有个中年男人，几乎每天都要来，一到点菜的时候，他总是不错眼珠地盯住她的腰身，目光像是要剜到肉里。她隐隐地觉得，这个回头客用意不在饭，而是在于她这个人。一天他喝了过量的酒，满脸通红，眼神怕人。罗秋山的妻子心里皱了一下，抽空去了一趟后庭，对正坐在那里择菜的罗秋山说："前边有个男的，好像有点不对劲儿，你要长点儿心。"

回到前台，那个客人朝他点点头，示意她过来。人过来之后，那个客人的嘴唇开始颤抖，激烈的颤抖之下，挤出几个字："我是为了你才来的，你知道不知道？"罗秋山的妻子很平静地说："到这里来的客人都是冲我而来，你跟他们没什么不一样。"那个客人拍拍窄凳的另一侧，"我想让你坐下，陪我喝一杯。"罗秋山的妻子一笑，"你今天喝得超标了，改日吧。"那个客人一愣，"超标？我喝酒还有刻度，还有标准，我怎么不知道？"他站了起来，摇摇晃晃地趋向前去，想把她硬拽过来。罗秋山的妻子扭头看了一下，喊道："老罗。"罗秋山此时就站在柜台前，穿着一件白色跨栏背心和一条黑色府绸大裤衩子，朝这边微笑。他妻子也很吃惊，他什么时候置了这么一身行头？他人虽然待在原地，浑身上下棱角分明的贴骨肉却暴露得一览无余。好像他向肉里注了水，肉棱子滚上滚下地兀自游动着。罗秋山的妻子小声地对那个客人说："那是我家先生，他无事可做，整天在店里瞎逛。他可不好惹，你看他身上的肉，是正经的滚刀肉。"客人也很冷静，对她说："没事儿，结账。"

罗秋山的弟弟一人执掌后厨。红案、白案、调汁配料、颠勺炒菜，均一人包揽。他高中毕业，没考上大学，又找不到工作，对罗秋山说："你既然要到京城去发展，就带上我。"罗秋山说："我是去为文学而战，而你又跟文学不沾边，为什么要带上你？累赘。"弟弟说："你可别把自己弄得跟大杨树上的喜鹊窝似的——高摆自己（虽是卑微小物，却高高在上），你不过是去开一家鸡毛小店而已。"他说："而已是而已，然而你会什么？"弟弟说："会砍肉，烙大饼。"

罗秋山犹豫了一下，点点头，"也好，我叫罗秋山，你叫罗冬山，秋后必然要有冬，是连在一起的。"

罗冬山虽然没有学过正经厨艺，但敢掌厨，从家常便饭做起，渐渐地还真上了道，也能支撑局面了。这也难怪，口外和京西，当家的菜肴基本上是东北菜系，而一个口外人，是吃猪肉、牛羊肉长大的，有坐根的濡染，有"胎里带"的底子，俗话说，没吃过猪肉还没见过猪跑？"扒猪脸儿"的原始手艺就是他从口外带来的，后来在做工、火候上改进，就推陈出新成特色口味。罗秋山也很惊异，夸他有心。罗冬山说："这真的没什么，你没上过大学的中文系却也能写小说，我没学过厨艺怎么就不能当厨子？真本事都不是教出来的，都是靠攥（琢磨）出来的。"罗秋山知道，真正的成因，是弟弟的自尊心太重，跟着哥哥出来混，怎么说也有寄人篱下的意味，便不能厚了，真的成了人家的累赘，那样就会老酒兑水，寡淡了亲情。

虽然罗秋山有几百平方米的别墅，但罗冬山执意住在店里。他说自己是个厨子，油脂麻花、浑身是味儿，即便是使上一打的"舒肤佳"，皮上也起皱，也有油泥，住在那么高档的房间里，德不匹位。在他看来，脏就是失德，要懂得羞耻。罗秋山说："你干吗弄得那么严重，做作。"罗冬山说："我嫂子叫韩素秋，是角儿的名号，不仅长得好看，整个人也素雅如菊，菊不能混同于烂草，对她要尊重。人家在县文化局的剧团里，就是台柱子，为了你的文学，毅然跑到这里当跑堂的。这叫什么，不简单是有妇德，更多的是恩德。所以，你名气再大，也不要得意忘形，也要知恩图报。为了成全你，我就不能在你们俩之间瞎掺和，要给你们恩爱相处的自在空间。别看你们的房子大，在我看来也不过是一座爱情的小庙，修行的时候，不该有旁人。"

别看罗冬山五大三粗，大冬天也刮着个锃光瓦亮的光头，但他内心锦绣，善解人意。有的时候，堂面上有闹事的客人，他闻声而出，在围裙上慢慢地擦着手上的浮油，小娘儿们一样嫣然一笑，对那个人说："哥儿们，算了，算了，咱们吃的是饭，而不是气。"那个人说："饭从嘴边下，气从胆边生，你们的饭菜上得太慢还不能说，一说就嘟囔，好像我是无理取闹似的。"罗冬山看了一眼嫂子，见她嘴唇发紫、眼里含泪，便心疼地攥了攥拳头，咔吧咔吧一阵骨裂的声音。那个人哆嗦了一下，"怎么，你还想动手？"罗冬山咯咯一笑（那个人直皱眉头，一个大老爷们怎么这么笑？），松开了拳头，"你别担心，对客人，我们一贯是敬的，再说，你看我这身块，一靠你就能把你压倒，一坐你就能把你压死，犯得上动手吗？所以，朋友，算了，算了。"

"朋友"一词很打心，能模糊是非，给人余地，那个人眼里便有得救了一般的亮光，"好，算了就算了。"

罗冬山住在店里，也算是自得其所。打烊之后，打扫打扫后厨，预备预备明天要用的各种配料，算是顺尽本分。临睡前，看看书。有人送给罗秋山一套《金庸全集》，没容他张口说送，罗冬山就一把抢过来，"拿过来吧。"他一本一本地看、一遍一遍地看，没有看厌烦的时候。因为这给了他一种过大日子的感觉——虽身居小店，却神游河山；虽贩夫走卒，却侠肝义胆。他不感到卑微，也不感到寂寞。还有，在店里出入，在街上行走，断不了遇到个看上眼、动了心的异性，约到小店会会，谈得来就耳鬓厮磨，谈不来就客客气气送走。他也老大不小了，该说媳妇了。

对此，罗秋山也有察觉，心里说，我这个弟弟无师自通，也会搂草打兔子，不傻。

罗秋山有早起的习惯，在大街上跑个把时辰，就径直来到店里，帮助弟弟择菜。他敲弟弟的房门。见房门久久不开，他就贴上耳朵听里边的动静。门猛地开了，推了他一个趔趄。"一个堂堂的大作家，还有这个毛病，斯文扫地。"他也不搭话，闪身钻进屋里，出来之后不停地嘿嘿笑。弟弟说："你不会得逞，我很自律。"

见弟弟睡眼惺忪，堆满了眵目糊，他说："你可真够懒的，都睡到这个时候，你还做不做早点？"

"看金庸看得太晚了。"弟弟轻轻揉了揉眼，眼睛立刻就睁得很大很大，眼神立刻就变得很亮很亮，"马上就起火。"

"你醒得倒快，好像没睡一样。"他吃惊地说。

"大侠就是大侠，睡时懒得像死，醒时机警如风，脉门如闪电一样转换，嘿嘿。"

"你中毒太深。"

三个人就这样打理着小店。

因为无外来雇工，节省了人力成本，虽然挣不来大钱，却也日有流水，如果精打细算，也会有可观的积累，根本不会有生存之虞。但是，罗秋山三天两头往城里打电话，邀那些风头正旺的编辑、作家、评论家来店里吃饭。热情洋溢、真心实意是对的，问题是，为了满足自己急切的用心，他有些生拉硬拽。

"到我的小丘阁来吧，有正宗的扒猪脸儿。怎么个正宗法？肥而不腻，满口留香。关键是我想您了，没有您的点拨，我的小说一个字儿也写不出来了。所以，您必须来，您的到来，疑似救人一命啊！"

于是，邀上了一位。

"到我的小丘阁来吧，有金枪不倒的闷倒驴。怎么个金枪不倒法？醉而不乱，乱而有序。关键是我想您了，没有您的点评，我的小说发出来也跟没发出来一样。所以，您必须来，您的到来，疑似点石成金啊！"

于是，又邀上了一位。

"怎么，我嫂子起腻，抽不开身？哈哈，我知道了，能起腻的就不是一般的嫂子，但是，请您放心，您尽可以带她一起来，我好吃好喝好招待就像对亲嫂子一样，让旁人一点也看不出来。"

于是，多圈了一位。

"怎么，您不喜欢跟那个精致的利己主义者坐在一起，因为他虚伪得只剩下道德面孔了？好好，我知道，正因为我知道，所以我根本就不请他。我请的，都是埋头写的，写生存痛感的一线作家，请的批评家也都是不兜售概念、不装腔作势，一切从文本出发的那类人。所以，您来吧，您一来，大家就会为之一振，就有了盗天火、煮自己的肉，传承启蒙，情系民生的豪迈。哈哈，这个感觉您喜欢？喜欢就来吧，还犹豫什么。"

于是，又多圈了一位。

就这样，人一拨一拨地来，一拨一拨地走，"小丘阁"好像是个浓缩的文坛，其香香臭臭、恩恩怨怨、喜喜乐乐、重重轻轻、远远近近，都在这里尽情呈现。罗秋山看得多了、听得多了，虽身居京西乡下一隅，文坛风景却也一览无余，好像他一刻都没有远离文坛。这样一来，他既可以了解文坛走向，又能大长见识，裨益于他的小说创作。这让他很享受，自然就越来越乐此不疲。因为经济的原因从二环内搬到乡下，以前还有隐隐的遗憾和不甘，现在从文学的角度来看，搬到这里是对的，因为大在小处、远在近处、深在浅处、热在冷处——写作者所依，都是在的。

但这样的聚会可真能造，造饭、造酒、造金钱，也造时间。他不觉得累，但那对叔嫂觉得累；他不觉得心疼，但那对叔嫂往肉里心疼。最心疼的还是罗冬山。辛辛苦苦从顾客嘴里抠来的进项，还没在兜里焐热，转眼之间，就被这帮人红口白牙地吞进去了。且月月都开宴，月月荡秋风，毫无休止。韩素秋怨而隐忍，因为她爱以写作为贵的丈夫，只能微笑，不能叹息。而我罗冬山为的是什么？是为了生存，是为了今后的日子。不攒下点儿银两，我怎么摆脱寄养，怎么自立门户，且娶妻生子？

他斗胆把哥哥拉进他蜗居的挎斗小屋，严肃地说："今天，我邀你开个正经的两山会议。"

"讨论什么？"

"讨论咱'小丘阁'的经营方式和经济状况。"

"我知道，你是觉得我的做法，赚得少花得多，长此以往，还会弄得入不敷出，甚至歇业关门。"

"你到底比我聪明，知道我肚里有几条蛔虫。"罗冬山点点头，说，"我是这样想的，开店就是开店，写小说就是写小说，不能纠缠在一起。"

"你说的是没错，我虽然开了这个店，但眼里一直就没有这个店。"罗秋山看着弟弟的眼睛，解释道，"我为什么给这个店起名叫'小丘阁'？就是要把它当作一个道场，用于经营文学。不瞒你说，文坛除了苦写之外，还要混个人熟脸儿热，积攒一些化不开的情分，不然的话，写得再好，谁给你发表、谁给你鼓吹、谁给你评奖？以前是一本书主义，现在是一奖定乾坤——你一旦获了大奖，不必写得多，也不必都写得好，但在外人眼里，你也是正经的大家、名家了。多少人写了上千万字、出了上百本书，而且多是精品，但在文坛就是无名，就是没地位，原因所在，就是他没获过奖。一旦他获奖，他所有的作品就都被盘活了。到了那个时候，作品不断转载、书不断再版、版税不断提高，票子哗哗地来，不是大款，也是二款。这里的效益，一个烟火小店怎么能比得了？那是名山事业，而你所在意的，不过是可怜吧唧鸡鸣狗盗的小民生计而已，喊。"

"那是你的事儿，对我来说，恐怕看不到也等不到了。"

"哎呀，我怎么把你给忘了！"罗秋山猛地从高远处转魂到低近的现实中来，凄然一笑，"其实我也未必能看到等到，不过，人无远虑必有近忧，横竖得有个筹划。"

"嘿嘿，这话，应该由我来说。"罗冬山躲开了罗秋山的注视。

罗冬山的躲闪，倒让罗秋山感到惭愧，他说："也是，生民之愿不仅无可厚非，还应该得到尊重，我的冒险，不该拉上你。"

"瞧你说的，我不过是提个醒。嘿嘿……"罗冬山有些难为情，觉得山虽然都是山，究竟有大小、高低之别。

"既然你邀我开的是正经的两山会议，那么就做出个正经的会议决议，以解你的后顾之忧。"罗秋山决定，"秋山阁每月月底结算的时候，利润的一半存在你罗冬山的名下，那另一半则由我自由支配。"

"哥，你真痛快，不过，店是由咱们哥仨开的，我只要三分之一。"

"你白天掌勺，晚上看店，理应拿一半。"

"我不住在店里，还能住在哪里？账不能这么算。非要算的话，也是向你寻租，理应扣除。"

"你别跟我争，就听我的。再说，我也有私心，钱存在你那儿，算是落下了，将来真的有一天把店混没了，想花钱接个短，我还有地方借呢，嘿嘿……你哥张口，你借不借？"

"嘿嘿，那还用说。"

"不过，你先别高兴，钱虽然存在你的卡里，但卡的密码得咱俩共同设置，你前三位数我后三位数，取钱的时候，必须有我在场，为了对你负责，我必须进行监督。谁让我是你大哥呢，出门在外长兄如父。"

"你心眼儿真多，不过，这挺好！"

昨天晚上的酒喝得太大了。罗秋山这个一斤正好、斤半不倒的酒场硬汉，脚底下也像踩了棉花，送人的时候，迈几步就跌倒，但跌倒了还能爬起来，全不像那两个一胖一瘦的评论家，烂醉如泥，趴在酒桌上，起不来了。只好由大厨罗冬山分两次把他们"搬"到罗秋山的别墅里——胖的那个背，瘦的那个扛。总之，文坛灵物都变成了死物，让罗冬山既鄙夷又痛快，觉得他们与自己相比，没什么可高高在上的，也没什么了不起的。"这人一被酒拿倒了，跟猪有什么两样，嘿嘿。"他一边负重，一边开心地笑。

强光把罗秋山刺醒之后，就看到了蜷曲在地毯上一胖一瘦的两个人，他有些幸灾乐祸，忍不住嘿嘿笑起来。"瞧你们二位这个德行，斯文扫地啊。"那个胖子抽搐了一下大腿，嘟囔道："腹诽也就算了，你还敢骂出来，真不是东西。""就是，就是。"那个瘦子居然也有气无力地拍拍地毯，附和道。

"原来二位都醒着。"

"醒着是醒着，就是不敢睁眼。"胖子说。

"住着这么阔气的房子，却没有一点儿品位，也不讲究个采光。"瘦子说。

"嘻，又不是我的房子，黑就黑，亮就亮，我操那个心干什么，住就是了。俗话说得好，白吃烙饼还嫌咸，不是不懂得感恩，就是脑子有问题，嘿嘿。"

"怎么，房子不是你的，那是谁的？"胖子很诧异。

"一个朋友的。他在口外挖煤发了大财，就在这儿偷偷地买了一套别墅，起初是和一个女的在这里住，后来那个女的到美国留学去了，他跟过去陪读，房子就托给我照应。"

"哎呀，原来你是鸠占鹊巢啊。"瘦子眼里闪出意外之喜，"不过，这挺好，免气。"

"你们这种人，嘴上说悲悯、讲大情怀，可骨子里却见不得人家好，我一跌落，你们就高蹈，哼。"

"这是人之常情，不牵扯道德。"胖子又抽搐了一下大腿，"不过，这反而让我们跟你近了，想真心帮助你。你苦苦地写短篇，又苦苦地打理一爿鸡毛小店，好不容易住个大房子还是蹭来的，真是不容易，堪称在泥水里打滚，在浑水里洗白——悲壮。"

"你最近这个短篇写得好，很筋道，有越轨的笔致。"瘦子绵软地拍了拍胖子的腿，"你说是不是？"

胖子说："写得很棒，有卡尔维诺的味道，堪称杰作。"他用力抓住瘦子还未缩回去的手，"听说这次评奖，咱俩是评委，对秋山这篇小说，除了咱俩一同发力之外，再跟别的评委通通气，争取给他评上。"

"呃，昨天晚上，眼见到您二位都趴在桌子上不动了，你们是怎么爬到我的楼上来的？呃，我也喝得拌蒜了，但好像还最后送走了一个人，这个人是谁来着，怎么想不起来了？"罗秋山竟说出一番莫名其妙的话。

"罗秋山，你扯什么淡，我们跟你说正事呢。"胖子很生气。

"就是，就是，秋山，怎么我们一随和你就随便，话都说到这份儿上了，你怎么不捡碴儿？真是。"瘦子也随之责怪了一句。

"捡碴儿？我当然捡碴儿，不过……"罗秋山喉头发热，竟呜呜地哭了起来。

两个好心人相视一笑，以救世主的心态议论道："他这个人是穷人经不得暴富，喜极而泣。""嗯，差不多。"

罗秋山止住了哭声，难为情地一笑，"对了，我想起来了，我最后送的那个人，是沈柏尘。"

"哪个是沈柏尘？"

"就是在桌上闹酒的那个。"

"哦，就是那个很不识趣，满口的怪话，一肚子怀才不遇的小作者，挺大年纪了，还像个愤青。"

"对，就是他。"罗秋山的眼睛望在暗处，目光忧伤，"不过，他可不是小作者，依我看，他是个被埋没了的真正的小说家，小说写得比我好。"

"既然这样，我们倒想知道一下他的来路。"

罗秋山便开始勾勒这个沈柏尘——

沈柏尘是罗秋山口外的老乡，是他的前辈作家，甚至是他文学的启蒙老师。因为他上高中的时候，就从地区刊物上读到沈柏尘的小说，不仅喜欢，还被深深吸引，就依样画葫芦，也写起了小说。他那时正在地区刊物当主编——尽管刊物上没标这个名号，但整个刊物就他一个编辑，所以说他是主编也名副其实。一天下午，罗秋山把写的小说送到他那里，他很热情地接待了他，一刻不停地跟他谈了四五个小时的文学，还留他吃了晚饭，并一同畅饮。沈柏尘特别能喝，三两一个的"蒙古王"口杯，他一口一个，喝过两个之后，对罗秋山说："刚才是热身，现在咱俩正式喝。"（就这样，交往久了之后，罗秋山也熏染上了乃师的酒风。）很快，那篇处女作就发表了，还发了头条。这之后，罗秋山写一个沈柏尘给发一个，弄得他一发不可收。有罗秋山小说的刊物一出版，沈柏尘就亲自给他送来，并请他喝酒庆贺。沈柏尘每次都不让罗秋山买单，理由是为了"纯粹"。他说，一让你买单，好像我发你小说是你请吃请喝贿赂的结果，那就没意思了。一次喝得面红耳赤的时候，他的脸却瞬间白了，严肃地对罗秋山说："好像齐白石说过，学我者生，似我者死，你以后写小说，要创自己的路数，不要再模仿了。你看我，写了那么多小说，都发在边地小刊物上，毫无影响，就已经很郁闷了，再搭上一个你，就更郁闷，因为你还年轻啊！所以，从现在开始，你不仅要摆脱我对你的影响，还不要再给我编的刊物送稿了，且记住，给了也不发。"

从此也就再无来往。

后来罗秋山的小说不断在名刊大刊上发表，影响也越来越大；而沈柏尘的作品依旧发在地方小刊，在文坛上好像他从来没发表过作品一样。其实他的小说写得很好，很有特色，其质地和风格堪与保加利亚的埃林·比林比美。这不禁让罗秋山产生联想：这作品与人一样，是不是都有着各自的命运？他沈柏尘的小说就像他的名字一样，好像生来就是被尘封的。好在他自己并不太在意，甘于寂寞，喝酒，写作，当寻常日子过。

一天晚上，跟一帮文友在"小丘阁"把酒言欢完毕，罗秋山在送客的时候，发现店面对过有个人不停地向这里张望。虽有察觉，也没在意，因为还要跟文友做告别的寒暄。等人走尽，那人还站在那里，并不断地向他招手，他只好迎了上去。

竟是沈柏尘。

"沈先生，怎么会是您？"

"我女儿在这地界上班，在附近给我和老伴买了一套小产权房，把我们接过来养老。"

眼前的他，脸颊清癯，浑身精瘦，瘦得只剩下了皮包骨头，全没有了以前健壮、红润的模样，罗秋山忍不住问："您怎么瘦成这样了？是不是——"

他不耐烦地摆摆手，打断了罗秋山，"瘦就是瘦，没什么是不是的问题。"他语气冰冷，好像还带着怨愤。

"您怎么知道我在这里？"

"你的小丘阁名字就别有用心、特别打眼，再加上各路文人熙来攘往的，都快成名利场了，我再寂寞自处，也断不了耳闻，这不，就前来探探虚实，果然就风尘满眼。"

沈柏尘话里有话，掩不住鄙视与尖刻，这让罗秋山感到很陌生。"沈先生，瞧您说的，阔别相逢，如春风驰荡，您快请，咱们爷儿俩喝几杯。"

"免了。"沈柏尘摆摆手，"你忙前忙后已是酒意盈怀，不堪之下，不宜再酒，改日吧。"

"那您定个日子。"

"就你宴请文坛权贵的日子。"沈柏尘勉强笑笑，补充道，"我知道，你开小丘阁意在经营文学，然而我也需要，念咱俩多年的情分，也带上我。"

罗秋山心里皱了一下，很快就笑容满面地说："您放心，这小丘阁就是咱们爷儿俩的。"

这之后，每在小丘阁与城里来的文人纵情宴饮，罗秋山都要请上沈柏尘。

在安排座位的时候，罗秋山很费思忖。论辈分，沈柏尘是前辈、业师，理应放在上座。但城里来的，不是主编，就是名人、红人，相较之下，沈柏尘上不了台面。他求救一样望着沈柏尘，"沈先生，您看今天的座位怎么安排？"沈柏尘说："你不过是在酒桌上多加一双筷子而已，我自然是叨陪末座，一角也成。"

什么叫"一角"？

罗秋山觉得他的老师貌似豁达，但谦卑得可疑。

酒桌上，大家高谈阔论，任性臧否，沈柏尘则静静地坐在一角，从不插话，只是无声地笑。

说到激昂处，有人提议干杯，近前的人自然要积极响应。沈柏尘虽坐在角落，不被人察觉，但他也跟着干，且一杯不少。罗秋山在给客人斟酒的时候，从沈柏尘身边路过，顺便提醒道："沈先生，这些人毫无节制，您留着点儿量。""你这是什么意思？这不是小事，它关系到一个人的品德！"本来是小声的提醒，他却弄出破嗓大音，让罗秋山很是尴尬。

　　酒喝到满肚子热浪翻滚，沈柏尘从角落里挣脱而出，端着酒杯、提着酒瓶子晃荡到主座的位置，对座位上的人——一个大刊物的主编说道："仰慕已久终于得见，我很高兴，很高兴，真的很高兴，我敬您一杯。"他把杯中的酒一饮而尽。见主编没有反应，他兀自给自己满上，又是一饮而尽。当他自己满上第三杯的时候，主编好像被打动了，举起杯来跟他碰了碰，"谢谢。"主编居然说谢谢，这让他难以承受，举起酒瓶子，"为了表达敬意的真诚，我把它喝了。"一瓶酒被他倒进肚里，送上一个谄媚的笑。主编感到了这里的沉重，赶紧说道："沈先生，您有什么吩咐，尽管说。"沈柏尘从胸前的大襟里掏出一个大信封，从里面抽出一沓稿纸，"这是我的一个短篇，请您雅正并扶持发表。"主编说："我给你我的邮箱地址，你把电子版发给我。"沈柏尘说："我不会弄那个，我一直是手写，只有稿纸。"主编有些不悦，"你？"沈柏尘指了指主编身后沙发上的一个皮包，"这个包是不是你的（"您"字已走了心，就剩下"你"了）？"主编一愣，"是我的，怎么了？"沈柏尘毫不犹豫地把那包打开，把稿子塞进去，说道："稿子我已经给你了，如果丢了，就跟我没关系了。"

　　散场送人的时候，主编说："罗秋山，你小子怎么交人交得这么杂，碰上一个强买强卖的，败坏了心情，这酒没喝好。"

　　"他可不仅是个强买强卖的，他还是个放高利贷的。"罗秋山苦笑着摇摇头，"他跟我有师徒关系，请您多担待，如果他的稿子还说得过去，拜托您照顾一下，他太寂寞了。"

"扯淡，这年头，谁不寂寞？"

人走风清，罗秋山的酒意被风吹散了不少，他突然想到，沈柏尘对写作、对生活一贯是从容自适，随遇而安，什么时候也变得这么心态失据、不甘寂寞了？

后来在"小丘阁"，沈柏尘又遇到了那个主编。主编很不自在地冲他一笑，也不提稿子的事。酒过三巡，沈柏尘终于沉不住气了，径直朝主编发问："稿子您看了吗？"主编沉吟了很久，说："看了，但还差点儿火候。"沈柏尘摇摇头，"你肯定没看，或是把稿子弄丢了，因为到底是什么样的火候，我还是有把握的。"主编脸色一红，"你怎么这么说话？"沈柏尘追问道："请问，我这篇稿子写了一个什么题材、写了一个什么故事？"见主编沉默不语，沈柏尘说："你看，你看，你什么都说不上来，嘿嘿。"他一边讪笑，一边补充说道，"如果是丢了，也没关系，虽然没留底稿，但我这个人记性好，还能把稿子复写上来。"罗秋山赶紧把沈柏尘拉到一边，"这事儿就到此为止，您即便是把稿子复写出来，他也不会看，更不会登了。当主编的不容别人质疑，他们有特别强的虚荣心。"

一晚上虽然相安无事，但大家的酒都喝得不尽兴，都加着几分小心，怕一放松就会有事端。临走的时候，那个主编对罗秋山说："你这儿，我不想再来了，本来是喝个闲酒，却喝出了心理压力，好像我们有什么道德缺失似的，晦气。"

这之后，罗秋山也对沈柏尘有了反感，再有雅集的时候，也就不叫他了。

但是，只要这边一有动静，沈柏尘准会如期而至，好像他有机警的听觉和嗅觉。

昨天晚上的聚会，沈柏尘就是不请自来的。

对一胖一瘦的两个评论家，沈柏尘不仅知其人，更知其文，因为他们俩在文坛上太活跃了，在研讨会、论坛和报刊上经常发声，经常刊文，是现象级的人物。所以，能够近距离地接触，沈柏尘特别兴奋，即便是坐在角落里，也想吸引人注意，便总是急迫地抢话说。

胖评论家说："卡尔维诺的《寒冬夜行人》是一部似乎只有开头的小说，很考验读者的耐心，这样的小说好，不迁就读者。"

沈柏尘抢白道："他故作高明，总是在制造'引言'，用引言连缀起一个又一个故事，形式感大于内容，很难说好。"

胖评论家问："您是哪一位？"

"我叫沈柏尘，写了三十多年小说。"他一边答话一边趋向前来，手里居然还拿着两本登有他小说的边地小刊物，"您看，这就是我写的小说，恳请您给指点指点。"

胖子随便翻了翻，不耐烦地往旁边一推，"回头再说。"

既驳斥人家，又让人家指点，怎么这么不懂人情世故？没办法，只能回头再说。

瘦评论家说："我们身边也有卡尔维诺式的先锋小说，上星期我就在《文艺报》上推介了一篇叫《徙》的小说，它的叙事既前行又倒逼，揭示出人的起点与终点其实是重合的，也就是说，'引言'就是'结语'。你看，他比卡尔维诺走得还远。"

"您的评论我看了，可是——"沈柏尘又首先抢白道，"可是，你提到的那篇《徙》是抄袭之作，抄袭的是我五年前的一篇小说，题目叫《远行》。而且我写的时候也没有那么多所谓'先锋性'的考虑，只是想写出命运对人的捉弄。"

"呃，您是哪一位？"瘦评论家愣了一下，居然也发出如此之问。

沈柏尘当然知道这里的讽刺意味，但还是自自然然地答道："我叫沈柏尘，写了三十多年的小说，也真是巧了，我正带着登我《远行》的那本刊物，特奉上，请您指点。"他把那刊物恭恭敬敬地捧上，瘦评论家随便翻了翻，也是不耐烦地往旁边一推，"回头再说。"

沈柏尘把天儿聊死了，场面陷入沉闷。罗秋山呆呆地看着他，既迷茫又幽怨。沈柏尘看看他，小声说道："我这是怎么了，这么丢怪露丑？"

他想把局面扳回来，嘿嘿一笑，说："我不过是一个地方小作者，见到诸位名家、大师分外高兴，兴奋之下，也想说几句有水平的话，没想到越说越没水平，让各位见笑了。为了表示歉意，我自罚两杯。"

两大杯酒下肚，他的脸色就青了，见两位大评论家还没有动杯的意思，他嘻嘻地笑着撕了一大块"扒猪脸儿"，"人脸没嚼头，可这猪脸却肥而不腻，大家尽兴地吃、尽兴地喝才是，别愧对了秋山的美意。"他把"猪脸"扔进嘴里，做出快乐咀嚼的样子，但是吞咽的时候，表现出很明显的困难（好像他对油腻有极端的不适），他瞪大了眼睛望着天花板，一跺脚，还是咽下去了。然后，压下去一大杯酒，打个嗝儿。

因为感到了一种悲壮的东西，所以大家迅速回归欢愉。

该忘却的就忘却吧，我们是什么人？

既然是在"小丘阁"，大家就把话题放在罗秋山身上。这很合情理，也很合时宜，不会再引起争议和不快。

大家争相夸奖罗秋山，说他人做得好，小说写得好，好人应该有好报。

他被灌晕了。

但是，即便是被灌晕了，他也没忘了把醉得不省人事的沈柏尘送回家去。

　　"二位先生，沈柏尘在我心中筑了一道槛，我迈不过去了。"罗秋山对依旧蜷曲在地毯上的两个评论家说，"所以，先感谢二位，但我有个请求，请不要再为我获不获奖的事刻意地去出头运作了，因为那会让我心中不安，七上八下，一切就顺其自然吧。"

　　"你是觉得沈柏尘知你太多，会举报你拉拢主编、贿赂评委？"

　　"就他的人品来说，他绝对不会这样做的；而我最大的担心，是我一旦获奖，他会死的。"

　　两位宿醉的人同时从地毯上坐了起来，"为什么？！"

　　罗秋山说——

　　昨天我给沈柏尘打了一个的，但他自己已经上不去车了，我只好跟车送他。他一上车就瘫软进我的怀里，不停地说着一句话，"对不起，对不起。"问他家住哪里，他也想不起来了，只是捏着我的手拍拍他的衣袋。从衣袋里掏出他的手机，按到"联系人"那一栏，通信录里居然只有两个人：老伴、女儿。

　　先打通了他老伴的电话，跟她说明了原因，老女人劈头只说了一句，"喝死算了！"就掐断了电话，再打也就不接了。只好打给她女儿。她女儿指明了道路，并到楼前迎接。我把他背进了他女儿的家，她女儿对我说："我爸的肝硬化越来越厉害了，他虽然很不甘心死，却每天还喝大酒，一边喝酒一边骂，该死的文学。"

　　我一下子就明白了，沈柏尘为什么前后有那么大的变化，都是肝病闹的啊！我当时就泪流满面、哽咽出声。好像被他听见了，他猛地拉住我的手，"看来，你肯定就要获奖了，我为你高兴，但是，你要答应我一件事，想办法给我在《人民文学》上登一篇小说，那么，我就死也瞑目了。"他的声音既断续又连贯、既含糊又清晰，那种感觉，很是奇怪。

两位大评论家久久不说话，他们感到射进来的阳光更刺眼了。

"罗秋山，你说得对，获不获奖，顺其自然吧，因为你得相信文学。"胖子说。

"罗秋山，你这儿，我们今后还是少来为好，喝这种闲酒，有拎不清的感觉。"瘦子说。

罗秋山点点头，"你们随便。"

昨天晚上的经历，让他觉得"小丘阁"失重了，没意思了，甚至没意义了。

所以，他们来不来，也无所谓了。不过，这也挺好，"小丘阁"会因此回归本意，疑似新生矣。

2022年7月27日—8月7日

京西昊天塔下石板宅

檐

滴

刚才晚霞还通红，低头的工夫就灰了，西天像一块完整的大布，遮得灰蒙蒙一片。接着就听到头顶的石棉瓦上有叮咚叮咚的声音。

　　这个声音很稀落，有一搭无一搭的。谢五龙推开门房的门探出头去，一颗硕大的檐滴落在他的脸上，凉了一下。他心中一喜，暑热或许从此就消了，好日子或许就来了。他索性把胳膊伸出去，任檐滴一颗一颗打在上面，凝聚成一条看得见的水流，一片皮肤被润湿着，当下有了惬意的感觉，他不禁欢快地叫了一声："好。"

　　家屋的当庭长着一棵大香椿树，春天的嫩芽是喂嘴的，给寡淡的日子添味道；夏天的老叶是爽心的，承接的雨露径直滴到头发上、脸上、胳膊上，让人感到时序的滋润，活着真好。

　　到了这个小城，小区扩建，他给工地当门房。门房临街，路牙子上是一排行道树，树是国槐，被人收拾得一般高矮。门房就傍着一棵国槐，墙是毛砖干砌，屋顶是石棉瓦遮覆，是临时的建构，所以，住在里边，他总感到有一种特别的提醒：他不属于这里，不过是个临时栖身的人。那么，夏天风吹日晒，热；冬天寒风钻隙，冷——他都得忍着。几个工钱虽然很少，但也是好的。

大儿子日子过得好好的，但不甘心仨饱俩倒的凡常生活，非得建一家蜂窝煤厂，后来推行煤改电，厂子就被关闭了。但建厂的钱都是借来的，得还。债是越还越少的，不还总是背着，人就被压倒了。因此，尽管他的工钱少得可怜，但也金贵，能帮儿子还钱，是翻身的希望。

虽然住在临时房里，人感到卑微，但也能接到雨滴；虽然雨滴是打在屋瓦上的，染了灰尘之后滚落成檐滴，不纯净了，但毕竟是湿润的东西。人一被湿润，内心就舒展，还联想到家乡，就不自怜了。

而且，这临时人的身份，也不是什么人都能轮到的。如果不是自己的老兄弟在区建委给领导开车，哪儿能在城里的工地找到一个门房的位置？嗨，你想卑微还卑微不来呢，所以他不卑微。

檐滴不停地滚落，他心情很好，开始拾掇晚炊。

门房外他自己支了一个塑料凉棚，能遮挡这有一搭无一搭的雨。凉棚下，他用砖头垒了一个土灶，用水泥抹了灶身，便可以放心地烧。工地上有的是建筑时砍削、锯锉下来的木板、刨花、锯屑，是就地取材的燃料，所以他方便烧火做饭。事实上，城里的居民楼大多已经用铝合金门窗了，但这个小区，将来安置的是山里的搬迁户，居民对木制门窗有原始的依恋，认为那样的门户才能保留乡愁，才冬暖夏凉，便向建设部门提出了特别的要求。工头乐于满足，因为他们说，山里有的是木料，可以支持一下。这"一下"很好，意味着降低建筑成本，他何乐不为？

用土灶做饭，火候能自己掌握，木柴慢慢地烧、油慢慢地热、菜慢慢地熟，他能从容应对。也就可以边烧饭边想想心思，享受在慢和随意之中。

而且，他这个人，干什么都不能快，一快，心里就仓皇，左腿就抽缩，跛了。

这缘自生活的意外。

他少年的时候，好动，也可以说很调皮。暑期他跟大人一起到山上的堰田里锄耪，中午吃完干粮就歇晌。人家歇在地头平整处，躺在干草或细土上，而他却歇在一棵大杏树上。他倚靠在枝杈上打盹，优哉游哉。蒙眬中有一只雪白的狐狸入梦来，向他挤媚眼，嘲笑他不认真学功课，很愚蠢。他很生气，睁开了眼睛。向下一望，地上居然真的蹲着一只白色的狐狸，冷冷地向上看着他。他一怒之下，狠狠地挥出拳头打向狐狸。但是他忘了，他在树上，狐狸在树下，既有距离又有落差，只是觉得他们相距咫尺、近在一拳之间。拳头出，人跌落，狐狸跑，他摔断了腿。经过治疗，断腿长好了，但肌肉萎缩，还短了一截。"一截"，用他自己的话说，就是一丁丁。为什么是一丁丁？如果天气好、心情好、睡得好，走起路来两条腿没什么区别，很稳当、很正常；如果天气阴、心里乱、人犯困，短的那截就凸显，好像路面不平，走路的姿势就一上一下的，跛。

在跛与不跛之间，一切都要靠他的心情调节。那么，他特别提醒自己，看问题一定要看积极、积极看，也就是说，遇事要想得开、往开里想，做到豁达、乐观、向上、阳光，不消沉、不灰心、不偏执、不颓唐。

他给自己拍了一个黄瓜。黄瓜是小贩卖剩下的货色。老、丑、蔫，很不新鲜，但两块钱就能买一兜子，省钱。问题是蔫黄瓜他也能弄出爽脆的口感，也吃得美。他先是用醋泡，醋能返嫩、返脆，还能去陈腐味。他给自己爆炒了一个猪大肠，出锅的时候，他使劲闻了闻，"好香！"香不香的无所谓，关键是他认为香。这猪大肠也是小贩卖不出去的一截剩货。那截猪大肠看上去又脏又肥，他一笑，"脏也不是真脏，那是搁到最后的颜色。肥倒是真肥，但是，吃猪大肠吃的就是它那个肥劲儿，嘿嘿。"

关键是那截猪大肠很便宜，跟白送的一样。他馏了两个馒头——他本来能吃四个馒头，但是他节制自己，"一个看大门的，吃那么多干什么，白糟蹋粮食。"他馏馒头的时候，只是用热气儿串一串就把火熄了，他觉得馒头不能馏得太软了，软了的馒头没怎么咀嚼就能咽下去，吃了跟没吃一样。所以必须硬一些，才有咬劲儿。

他从床下拉出来一个纸箱子。那是一箱子白瓶二锅头——是度数高，又最便宜的那一种。这是住在附近小区有身份的大侄子谢大伟送给他的。数了数还有十五瓶，他嘟囔道："今天是阴历十四，到阴历八月十五还有三十天左右，如果一天喝半斤的话，到中秋节还是够的。那么，今天就多喝两杯，嘿嘿。"

他的门房很小，放下一张木板床之后，就剩下屁大的一点地方了，但是，他还是在靠门楣的位置挤进了一个细长的旧木桌。他觉得，没有桌子，我的酒杯往哪儿放？能不能在桌子上喝酒，代表着过的是不是"正经生活"，也代表着一个男人的尊严。生活可以阉割我，我不能自阉，嘿嘿，穷也要讲究。

黄瓜的脆爽，大肠的肥香，二锅头的麻辣，白面馒头的咬劲儿，把他陶醉在小桌子上了——他喝得有点多，懒得起身，乜斜了一眼门外，"咱多讲究，还有沙发，嘿嘿。"

他在门房外紧邻门扉的地方，还放上了一只捡来的单人沙发，每天酒后都会在上边仰一仰、靠一靠，赏一赏月、看一看星，趸摸趸摸街上的行人，有时候还颠着二郎腿哼一哼京西老家的酸曲。哼，我不单单是一个给人家看工地的工具，也是个大活人，适时地安逸一下子，忘却卑微。

不过，那只沙发也太破了，靠扶手的地方有一个洞，白天他坐，晚上老鼠就钻了进去。"今天就不安逸了，酒把我拿住了。"还有，那沙发上浸润了檐滴，湿了，也不宜坐。他费劲儿地把自己挪到床上去，临躺倒之前对着沙发说："我要睡了，晚安。"沙发里居然也回应出一个声音："吱吱，吱吱，嘘（睡）。"老鼠不怕人，也说话。他嘟囔一句："真操蛋。"便笑着睡了。

谢五龙每天早晨都是六点钟起床。

这时候太阳已经把工地照得很灿烂了。灿烂的东西容不得懒，他得打扫一下门房前后，让人看到他的勤快。勤快的人总被人信任，这个道理他懂。

今天早晨他起得稍早些，因为门外裹进一股气味，又热又呛、似有似无的那种。他推开门，吓了一跳。工头竟坐在那只破沙发上，大口地吸烟。他脚下的地面上，散落着很多烟头，看来他在这里抽了很长时间了。工头抽的是大中华，所以谢五龙本能地想，他心里有事，而且无处诉说。因为那么金贵的名烟，他却抽得如此无品，像糟蹋轻贱的东西一样。他小心地赔上笑脸，"您早来了？"工头迷惑地看了他一眼，"你问谁？"真是奇怪了，我能问谁？他只好嘿嘿一笑，避开口风。工头从烟盒里拿出一支烟，递给谢五龙，"你也抽。"谢五龙摆摆手，"谢您了，我早起不抽，空着肚子抽烟，反胃。"其实是他看到那烟盒里只剩下两支了，有些不忍。工头脸色一阴，把那支烟扔在地上，用脚狠狠地蹍碎了，然后把烟盒里那最后的那一支烟叼在嘴上，用手上的烟头一燢，又大口大口地抽了起来。手中的空烟盒被他狠狠地揉搓着，"他妈的，最应该讲信誉的部门偏偏就最不讲信誉，你说老谢，我该怎么办？"

"您是说，这么长时间了，他们答应的工程款还没拨给您？"谢五龙不能不捡碴儿，猜测着说。

"拨？好像连拨付的意向都没有呢，这样一来，我的资金链就快断了。"工头说。

谢五龙难受了一下子。当门房的工钱太少了，他几次下决心，一旦遇到工头，无论如何也要请求他给涨几个钱。日子要过，借债要还，都是刚需，您当经理的手中殷实，肯定不在乎那几个钱。但工头说资金链就快断了，那就是说他手里也缺钱了，他都自顾不暇了，还能给你涨工钱？真是晦气。

工头承建的这几座楼房，主体已经完成，就差封顶了，本来希望就在前头，却给他带来满腹忧愁——他前期垫资太多，而有关部门按约定划拨的资金却迟迟不能到位，这就带来悬念：如果如期封顶，主建方赖账怎么办？如果拖延工期，主建方追责怎么办？所以，在封顶与不封顶之间，他很踌躇。"老谢，你说这几栋楼咱给它封顶不封顶？"谢五龙看了看那个被笼罩在烟雾中的人，突然感到，他虽然是工头、是有钱人，但他也有难处，也过得很不容易，那么，他跟自己是一样的，便也应该送上一份体贴，所以随口就说："这还不好办，最好别给它封顶，一封顶再遇到赖账，垫资就真拿不回来了。俗话说得好嘛，有把儿的烧饼必须攥在自己手里，一旦你攥着把柄，甭说人，就连狗都得听你的。"这个为人着想的理由的背后，其实是他个人的思绪——一旦封顶，就意味着竣工，就意味着我的门房要被拆掉，那么我也就随之被解雇了，再少的工资也没地方挣去了。

工头的眼睛被点亮了，他从破沙发上站起身来，拍拍谢五龙的肩膀，"嘿嘿，老谢，你够意思。"

"我一个看大门的，够不够意思有什么意思？不过吃谁向谁，说话做事我都得站在您的立场上。"

这个朴实的门房很让工头感动，他大声地说道："老谢，你心里想什么我也是知道的，你放心，我回去就跟会计说，给你再涨三百块钱的工资，从每月的一千二涨到每月一千五。你看，咱够不够意思？"

谢五龙心里说，一千五跟一千二有什么区别？都是芝麻绿豆钱，还弄得那么大气豪迈，好像有多大方似的。但是，他还是做出大喜过望的样子，"够意思，真是够意思，老够意思了。"

　　因为他知道，狗的脸酸，阔人的脸善变，工头既然说给你涨工资，无论厚薄，赶紧作揖承恩，把小钱也落到实处，这对于小人物来说，也算是大的成功了。

　　工头走了之后，他欣喜不已，不停地念叨："一千五，嘿嘿，一千五。"念叨一久，竟真的以为自己已拿到了一千五的工钱，他用老年手机拨通了老家的电话，"老伴儿，告诉你吧，我开到一千五了，嘿嘿。"

　　"真拿到手了？"

　　"真拿到手了。"

　　"拿到手了好，你要舍得给自己弄点儿好吃的。"

　　"你就舍得？"

　　"怎么不舍得？从来没希图他给涨工资，那是多余的钱。"

　　"那么，你来吧。"

　　"不去，屁大个的地方装两个大活人，很不正经。"

　　"真不体贴，那么不跟你说了，费电话费。"

　　"我也不想说了，撂了。"

　　因为老伴先撂了电话，他心中有些不快，"这老娘儿们，没劲。"

　　其实，他刚来当门房的时候，老伴也是跟来的，因为两个人搭伙吃饭，省。那是冬天，工地停了，只留门房，看管搬不走的工具和施工材料。两个人挤在狭小的门房里，一张窄床也觉得宽大，因为能够厮守，好像依然翻滚在自家的土炕之上，有离土不离乡的感觉。而且，还能以特殊的方式，过一种小城生活——上早市，砍价买菜，听小贩的吆喝声；也可以向街面张望，看人群熙攘，看车流穿梭，看路灯眨眼。他们觉得新鲜、有趣，好像生活重新开始了一样。所以，他们每天都喜滋滋的，好像感情也更加温厚了。

但是，第二年的夏天一过，老伴又悄悄地走了。

因为她觉得，这个门房，不是她的容身之地。

冬天，门房四面透风，即便是烧着电暖器，也是冰天冷地。两个人挤在小床上，即便是紧紧相拥、肉挨着肉，浑身上下也像到处都是缝隙，冷得刺骨。他们感到了穷困。要是搁在老家，滚烫的老土炕，热了皮肉，也热了心扉，更热了梦境，即便是家徒四壁，也不感到贫寒。夏天，蚊虫乱飞，电蚊香、驱蚊剂，又烧又喷，也不见少，咬得他们恨不得钻天入地。要是搁在老家，即便是房门大开，或者躺在露天地里，也没有一个蚊虫飞近，感到凉爽是不被打扰的。更不能忍受的是，两个人躺到小床上去，身子一靠近，就热烘烘地流汗，肉一挨上肉，就像两团泥搅和在一起，黏缀得不清不楚。他们感到自己都这把年纪了，怎么还这么低贱，还这么老不正经。

"我得走了。"有一天，她突然说。

"为什么？"

"又冷又热又咬，还没皮没脸地跟你趋乎在一起，好像我离不开你似的。"

"嘿嘿，是我离不开你，还不成？"

"那也不成，你没看见每天开门走出来，工地上那些人看咱们的眼神，好像咱山里人就是那么贱，很不讲究。"

"然而咱们是夫妻。"

"在人家的眼里，门房就是一个人住的，非得住两个人，而且还是一男一女。"

"那又怎么样？"

"即便是夫妻，也像是搞破鞋的一样。"

白天施工的人，好像都放慢了节奏，肯定是工头下了叮嘱，不让他们急于封顶。但是，他们却把活做细了——认真地打磨外立面，让墙体四面光滑，不放过一条缝隙。施工的人都是农民工，他们身上有本分的东西——既然拿着人家的工钱，就不能出工不出力；既然房子将来要住进搬迁户，就要保证工程质量，让他们住着放心。谢五龙知道他们的心思，所以心里特别敬佩，而且他们拿的工钱并没比自己多多少，却还甘心情愿地卖实在力气，所以敬佩之上又多了一份敬重。

他拿出侄子谢大伟送给他的好茶叶，给他们沏水，殷勤地邀他们来喝。所谓好茶叶，是一种叫"信阳毛尖"的河南茶，谢大伟说是他的同事旅游时带回来的礼物，而他一年四季只喝北京花茶，因为喝不惯，就拿来孝敬谢五龙了。他对谢大伟说："那是你舍得。"在他看来，因为这茶贵重，侄子怕他不好意思喝，就弄出这么一个无足轻重的理由。这孩子品质好，虽然在政府里也当着一个不大不小的领导，却还保留着山里人守规矩、重情义的习性。知道他在这里当门房，每到周末，就提着一大堆东西前来看望，跟他待上一会儿。谢大伟曾经说，其实他比他老叔关系多，他毕竟只是个司机嘛。但是，他却费力八荒地给您（谢五龙）找工作，你们做长辈的真好，不愿给晚辈找麻烦。所以我必须经常来看看您，要对得起亲情。

瞧这孩子说的，好像他做错了事儿似的，竟然满心的惭愧。谢大伟的态度让谢五龙感到很受用，心里有了一束亮光，他要把这束亮光照到农民工身上去，让他们感到，我虽然是个微不足道的门房，也有关心他人的情感。所以一整天他都给工友们沏水、递水，以至于把一整罐"信阳毛尖"都喝光了。一个工友说："老谢，你今天是怎么了，怎么跟捡到一个钱包似的？"他说：

"谁的钱包肯让咱们捡？不捡钱包就不能快乐？我是见不得你们渴。"

他一天"快乐"下来很累，到了晚上，也懒得收拾饭菜，从床底下翻出一个桶装方便面，"就是它了。"这也是谢大伟送的，因为舍不得吃，已经放了很长时间了。他揭开包装，面的颜色很金黄，看着没有霉变，还能吃。但上鼻子一闻，什么味道都没有。方便面本来的味道是香的，却不香；坏了的味道是臭的，却不臭。既然分不出好坏，他就拿不定主意了，"吃是不吃？"他问自己。

"过期了，过期了，千万别吃了，吃了会闹肚子。"谢大伟钻了进来。

他吓了一跳，猛地仰起头来。

谢大伟很魁梧、很高大，把他眼前的光亮遮黑了一大片。他感到很局促，嘿嘿地站起身来。"你怎么来了，今天又不是周末？"

谢大伟说："俗话说，皮裤套棉裤，肯定有缘故，咱们坐下来说。"

他一笑，说："都当领导了，还这么懒松，还满口的山里土话。"

谢大伟说："当着您老再不说家乡话，就没地方说去了。"

谢大伟两只手都提着东西，带来了不少货色，让谢五龙惊叹地说："不年不节的，你这是干啥？"

"今天是阴历七月十五，是中元节，是祭祖的日子。"谢大龙一边往外掏东西，一边说，"如果搁在老家，就要到祖坟上去摆供品、烧纸，即便是在这里的街道，人们也会在路边画个信封、写上世祖的名字烧些冥钱。但是，我既回不了老家，也不能当街烧纸，毕竟是机关干部嘛，不能污染环境，更不能搞封建迷信。我一想，虽然不能祭奠先人，但身边就有家族的前辈，敬奉敬奉，跟回家祭祖没什么两样。"

谢大伟把东西一样一样地放在窄桌上。有真空包装的熟食，酱猪蹄、酱肘子、酱牛肉、蒜香肠和德州扒鸡；有易存放的果品，姜果条、杏仁酥、炸排叉、自来红月饼、原味花生米；有方便饮料，奶粉、藕粉、红糖；最有意思的是，居然还带了一瓶子自己腌的酸黄瓜，一袋子自己蒸的玉米面窝头，两桶北京花茶。

十几样东西把一张小小的桌子撑满了，谢五龙说："你这都是供品啊？"

谢大伟说："对，供活人比祭祖强，因为活人他都能吃上。"

"那你就陪我喝几杯吧。"

"当然。"

由于真空包装的食品，一打开就搁不住了，依节俭的天性，他们只打开了一袋酱肘子、一袋原味花生米。谢五龙说："大伟，别看人高马大，心却特别的细，就想吃老家的腌酸黄瓜和棒子面窝头，你就带来了，嘿嘿，你这活祖还没祭呢，我就已经美得晕菜了。"

"这老家的口味随我到了平原，阳台上就蹲着一口酸菜缸，一到农贸市场就买回成袋成袋的玉米面，就像胎记一样。"

由于桌子已有承载，所以爷儿俩席地而坐，迫不及待地喝了起来。

一瓶酒很快就喝完了，谢五龙又拿出一瓶。谢大伟拦住他，"咱们点到为止，因为您是看门的，不能喝醉了。"

"喊，你别忘了，依咱们山里人的习性，只要心里装着事儿，喝多少也不会醉。"

"然而您毕竟岁数大了。"

"我不瞒你说，你婶子不在身边，我就跟个出家人似的，整天价修身养性，身子骨比年轻的时候还硬朗，放心喝。"他在地上走了两圈，步履稳健，看不出跛来。

"对了，叔，我忘记带酒了，您的酒还够不够喝？"

"我昨天数还有十五瓶呢，即便是每天半斤，也能喝到八月十五。琢磨着你忙，算计着你即使平时不来，八月十五肯定来，酒就接上了，没想到你七月十五就来了，嘿嘿。"

"那我明天再给你送一箱来，让你能喝到八月十五。"

"嘿嘿，爱送不送。"

"您真不客气，哈哈。"

"嘿嘿，我侄子不让我客气。"

酒喝到有些飘飘然，谢五龙说："大伟，叔对你有点儿小意见，我住得离你们家那么近，你却不请叔去你家认认门，是不是有点儿那个？"

"您是看门房的，不能离开门房去串门儿，咱是脸薄的人，不能破了规矩让人说，这既是替您着想也是替我着想。"谢大伟说。

"不去认门儿，给个门牌号也成啊，别让叔守着就地的家人还两眼一摸黑。"

"您的性子我知道，如果给了您门牌号，您脑袋一热，就管不住自己了，肯定会找了去。"

"你是觉得你叔是浑身泥土的山里人，上不了台面，怕惹侄媳妇嫌弃，脸上不好看。"

"您这就想多了，我是觉得，我家里有孩子，您又是长辈，到家里肯定要给孩子买吃食，而现在儿童食品又很贵，我不忍心您破费。"

"你是心疼我挣得少？"

"难道您觉得挣得多？"

话说到这儿，谢五龙摇摇头，"既然你知道我挣得少……"然后不停地嘿嘿笑。谢大伟觉得他表情怪异，肯定有难为情的话要说，便鼓励道，"您有话就说。"

"既然你催我说，那我可就说了。"谢五龙低着头，说道，"你看，我家你兄弟借了那么多债，而我又挣得这么少，几乎帮不上他什么，我是说，我是说，你能不能借给他点儿？"

谢大伟听了，一点也不感到吃惊，依旧笑着端起酒杯，"叔，我先敬您一杯。"

谢五龙感到难为情，只是轻轻地抿了一下，而谢大伟则一饮而尽，依旧笑着说："我兄弟创业背债，虽然是坏事儿，却也不是什么过不去的事儿，他会从中吸取教训、增长智慧、磨炼意志，今后会更成熟，更会经营。所以，他欠的钱，由他自己还为好，这是让他有尊严、懂担当。说实话，您老人家含辛茹苦地帮他还钱，我就觉得您为儿女做马牛的心思太重了。您这么大岁数了还出来打工，想想就让人心疼。用挣来的钱养活我婶儿和您自己，不给儿子添麻烦，本身就是在帮我兄弟。他欠的外债好还，他欠父母的内债，还得起吗？所以，我还得提醒您，您每月开了工钱，不要让他直接就拿走，你要拿在自己的手里，那是您和婶子的养老钱。"

谢大伟给自己满上酒，高高地举起，"叔，来，我替我兄弟敬您。"

谢五龙不知这酒是什么寓意，忍不住站了起来，想走两步，舒缓一下紧张的心绪，但一迈步，就觉得左腿又短了，不争气地跛。

谢大伟一笑，"你还是坐着喝吧，这事儿以后再说，先把酒喝透。"

之后，酒是喝透了，却没说这钱到底借与不借，弄得谢五龙反而难以再张口了。"甭老是惦记着我，你忙。"他竟说。

"那哪儿成，您住在这里，就跟我爹住在这里一样。"谢大伟的眼圈有点红，急急地走进夜色。

谢大伟走后，他把自己扔在那个破沙发上，满脑子的迷惘。他觉得谢大伟说得对，我为什么非得给儿子当牛做马？但是他又觉得，谢大伟对他嘘寒问暖，关心体贴得一如亲生，让他感受到了浓浓的亲情，正因为这一"浓"，让他把不该说的话说出来了。唉，亲情虽然是个让人觉得温软和体贴的东西，但里边却也有冷与远的东西，而且还说不明白。以前就有感觉，今天怎么就忽略了？看来，自己真的老了，不懂情理了，甚至越来越自私了。实际上，我那儿子一等到我开支就来拿钱，拿了钱就走，也不跟我聊聊天；可是这个侄子，到时候就来看望我，跟我说长道短，让我心里盈满温和热，说实在的，比儿子还亲。

谢五龙越想越觉得自己有些过分，得寸进尺不厚道，他不停地自责，"这人活的，嘿嘿……"

这时，石棉瓦上又响起了叮咚叮咚的声音，这个声音还是很稀落，有一搭无一搭的。一颗硕大的檐滴落在他的脸上，接着又一颗硕大的檐滴滴到他的脸上……润湿让他清醒了，也心安了——唉，这亲情或许就如这檐滴，一颗一颗滴下来，感受到润湿，惬意在当下就成了，可别让它下成大雨，那么，就没法在这沙发上坐了。

2022年8月10—18日

京西昊天塔下石板宅

安

娜

这天晚上，随家婆遛弯儿的时候，在一家门洞前，碰到一条狗，甫一碰见，我立刻就站住了。

　　说实话，这条狗我平时也是经常碰见的，以前碰见，擦肩而过，视而不见。之所以这时站住了，是自家的爱犬在日前不幸逝去了。狗方殁，悲痛万分，便闭门不出，怕一出门便遇到别人与宠物在一起嬉戏，诱发不忍的大痛。但总是要拨云见日的，便斗胆而出，让痛苦磨灭痛苦。

　　这条狗，是普通的柴犬，而自家爱犬，是威尔士柯基，既不是相同的品类，又不在一个等级，却让我留步，是因为它的面相：它的眉眼、唇鼻、脸形都与爱犬酷似，更要命的是，它的表情也跟爱犬一样妩媚，均是迷惘而无辜的那种。

　　见我专注地凝视着它，它居然无声地移近，抬头仰望我，好像是在问，你想说什么？我心潮翻滚，悲喜交加，忍不住喊了一声："钢特！"

　　钢特是自家爱犬的称呼，本是雌性，腿又短，但在驱离和追逐什么的时候，却有惊人的爆发力和速度，跳如弹射、奔跑如烟，雄风盈天，便给他起了一个刚性（阳性）的名字，以寓品质。

这只柴犬听我叫它"钢特",很是迷茫,但也不逃离,反而用唇鼻触碰我的手。我大为感动,又情不自禁地叫:"钢特。"

这时它应了,"汪汪,汪汪……"

门洞里闪出来一个老者,见其情状一笑,"您喜欢?"

"岂止喜欢,还让我心热。"我说。

老者摇摇头,"他不过是一条普通的柴犬,还是母的,我闺女给它起名叫安娜,既然不名贵,就随意撒着,不担心丢。"

"因为我喜欢,从今天起,它就名贵了。"我笑着说。

老者皱了皱眉头,"您这叫怎么说话呢,因为您喜欢它就名贵,而在我这里豢养就不名贵,好像它因人而贵,就是说,您比我名贵?"

这话听着也别扭,人怎么能跟"名贵"挂钩?我说:"您别多心,我实在没有多余的意思,只是表达喜欢的程度。"

他说:"我知道您没有别的意思,只是纳闷儿,您为什么这么喜欢它。"

"因为它长得跟我家的爱犬钢特很像,简直像一个模子里刻出来的一样。"我解释道,"呃,钢特是我家狗的名字,刚刚去世,正在伤心之中。一遇到安娜,我就迈不开步了,它让我心动,有死而复生的感觉——安娜正可以充当钢特,让不在的在,让悲伤减轻一些。"

他说:"原来如些,不过,既然您放不下宠物,为什么不再养一只,安娜究竟不是钢特,别自己欺骗自己。"

从把"原来如此"念成"原来如些"看来,这个人很诙谐,可以从长交往,那么把安娜当成钢特喜欢便不会引起他的反感,心里就妥帖了许多,便笑着说:"不能再养了,因为宠物究竟不是人,它是一种没良心的东西,即便是你对它掏心掏肺、百般疼爱,它也左右不了自己的寿命,说走就走,只把伤心留给你。这不像人，人你对他好，越好感情越深厚、越长久，会陪伴你一生一世。"

"您说得很对，只不过，我原来就懂这个道理，不像您，狗死了才有了感悟。"他得意地笑笑，"那您该问了，既然你醒得早，为什么还要养？我实话告诉您，并不是我要养，而是我闺女偏要养。她跟一个渣男搞了好几年对象，最终还是被人家甩了，为了治心病，就养了安娜，整天闺女闺女地叫，哄自己开心。后来她缓过来了，就把狗扔给我了，而我对这玩意儿又不上心，就散养了，嘿嘿……"

"其实我家钢特也不是我要养，也是我儿子为了疏解失恋的抑郁，抱来养的。虽然是母狗，却整天儿子儿子地叫，弄得很肉麻。后来他有了新欢，就不稀罕了，扔给了我。我起初是老大的不情愿，觉得它是个累赘，养着养着，感情就深了，就上瘾了，就离不开了，嘿嘿……"

"您瞧，您瞧，原来咱老哥俩辈分都一样，都是给捡来的孙子当爷爷，哈哈，真是注定的缘分，那么，您喜欢就喜欢吧，愿意怎么喜欢就怎么喜欢吧，摸脸、揪耳朵、喂吃的，或者干脆拉走，都可以。"

"拉走就算了，君子不夺人所爱，每天路过这里，喂喂吃的、逗一逗，就行了，这叫'慰情聊胜无'。"

"您甭跟我瞎转。"老者也不客气，释放出随和的热情，"既然咱们有狗缘，人也要随缘，有兴趣的话，咱老哥俩喝几杯，别到头来，人还不如狗，哈哈……"

告别了安娜和老者，走出很远，还有拳拳的感觉，家婆不停地回头，眼圈红润。"你也喜欢？"我问。"嗯。"她点点头，说，"不看身子和腿，单看长相，安娜的确像钢特，就是脸庞比钢特小一些，是小一号的钢特。"

"那从明天开始，咱就跟它亲热，让它记住咱。"

"亲热不是空的，对狗来说，谁给它吃的它记住谁，所以咱得喂。"

"喂什么？"

"是狗就喜欢吃肉，咱喂它火腿肠。"

家婆的话提醒了我，就带着她拐到了小区里的一家叫"农家乐"的私家超市。那里正有"双汇"牌火腿肠，规格不一，一元、两元、三元和五元的均有。"买哪种？"我问。家婆说："当然是一元的那种，究竟是别人家的狗，点到为止。"我说："什么别人家的狗？既然喜欢，就往真里喜欢。"家婆说："问题是，它的主人也是喂的，喂了之后再喂，只能点到为止。不然的话，给狗喂撑了，闹了肠胃，狗主人就有意见了。再说，这狗的习性，不怕饿，就怕撑，钢特你跟我养了九年，难道这点基本常识你都忘了？"

一下子买了二十根，很庄重地提回家去。

回到家里就打开电脑。界面上有一个属于钢特的文件夹，是它的照片与视频。点开之后，在形象上与安娜对比。家婆说："猛地看像，细看却不太像。"我说："初看不太像，可越看越像。"最后家婆说："权且就算像吧，因为即便是一个人，早晨的面相跟晚上的面相也是有差别的，大体上像就成了。再说，好不容易有了一个钢特的替代品，能给咱们安慰就好。对可遇不可求的事，不能太苛刻。"

"看不出，你这个人还挺哲学。"我笑着说。

"你没发现，自从养了钢特，我的脾气变了许多，对世事也明白了许多？"

于是，我们开始回想钢特，而且回想得津津乐道。主要是它与我们夫妻的关系——

譬如晚上散步，我和家婆必须同时相陪，它才移步。我有旧思想，床上夫妻，地上君子，两人出行，从不勾肩搭背，总是一前一后。这就给钢特出了难题：我跟家婆相距得远了，它就无所适从，既怕跟不上前边疾行的我，又怕丢下后面缓行的她，就在我们之间来回跑，顾及着两个主人，行程就双倍于人。我们二人就都怜，怜于它的累。

譬如在居室相处，公婆必须和煦，一有争执，它就颤抖，躲进厕间。见此情景，我们只好休战，进厕间对它说，你出来吧，我们不吵了。就这样，有它的存在，我们夫妻二人的关系竟越来越融洽了。

譬如每到晚间饭口，它都依偎在主人身边，看主人咀嚼，就像小儿看馋，期待喂。怕它食淤，我和家婆约定，只有我在场时可以喂，不然就置之不理。所以，为了怜惜爱犬，晚上我一般不赴他约，只陪家婆与狗。

譬如夜里眠床，它必须与人相依而眠，常居于我和家婆之间。而眠床狭小，怕挤了它的小身子，我和家婆只好分床。但人分狗不分，上半夜它依偎家婆，后半夜它依偎我，来回穿梭。

狗到了这等地步，就不是狗了，而是家庭的一个成员。

这就给我带来额外的忧伤，常情不自禁地想：如果家婆不在了，我可拿它怎么办；如果我们都不在了，它可怎么活。

所以养宠物不是一件有趣的事，是感情的拖累，因为不可割舍，就无端的忧伤。这与无果的爱情相仿佛，既不能弃，又不能终，悬在半空，觉得有债务。

我常抚摸着爱犬的毛发，悲从心生，表现得十分脆弱。家婆出远门，也是心魂不定，常打过电话来，劈头就问，钢特还好？

如此一来，狗是第一，人退居其二，它占满了人的感情空间。所以，为什么叫"宠物"？因为它不是简单地把喜欢的狗拿来养，而是要跟它构成共同的生活，喜怒哀乐、春凉夏暖，都一起感受，彼此影响、相互作用，还让人从狗性更深地感知人性，既感到"牵挂"之重，又感到"分离"之难。具体地说，虽然我们公婆二人已有了近四十年的婚姻，早有了左手握右手之淡，但由于钢特的"促使"，我们彼此之间，变得越来越珍惜、越来越温厚了。

第二天晚上，一走到那个门洞前，我和家婆就张望，却没有见到安娜。我忍不住叫了两声，"安娜，安娜。"没有动静。再叫了两声，"安娜，安娜。"依然没有动静。我看了家婆一眼，摇了摇头。家婆说："你看你，还真当真了。"只好作罢，悻悻地往前走。却听到身后有窸窣之音，随后还有两声"汪汪"。

急切地回头，果然是安娜。

安娜本来是奔跑着，见我们回了头，就猛地站住了，用迷惘的眼神看着我们，且张大嘴巴翕动着，好像是在说："你们真不够意思，连等一会儿的耐心都没有。"

赶紧迎着它趑回去，安娜却本能地往后退。"快，火腿肠。"家婆提醒道。

从裤兜里掏出火腿肠，向安娜示意了一下，它果然就待在原地了。我慢慢地剥着火腿肠的外皮，用意是让安娜看清楚，诱引它的馋。然而它无动于衷，而且，见我动作缓慢，好像让它失去了兴趣，索性转身一扭一扭地走了。

"安娜，你别走啊，这火腿肠是给你的。"我喊道。

它也不止步，好像是在说："我不稀罕。"

我拿着那根剥了皮的火腿肠，正不知如何处理，那个老者从门洞里出来了，"您说喂就喂啊，问题可没那么简单啊，狗的小心眼儿里也有原则，能不能吃、可不可以吃，它要看主人允许不允许、同意不同意，哈哈。"老者从我手里拿过那根火腿肠，闻了闻，"不错，很新鲜，还是双汇牌的。"他朝远处说道："安娜，你别躲了，这火腿可以吃，既无毒又不腐，还是你喜欢的那种。"

话音还未落，安娜一溜烟似的蹿到人前，从主人手里抢过那根火腿肠，叼着跑远了。"哈哈哈哈，这狗也要面子，它不想让外人看到它的吃相。不过，您明天再喂它的时候，它肯定就不躲了。"

都说打狗先要看主人，现在看来，喂狗也要看主人，有意思。

次日的晚上，果然就有不同的光景。我们走近那个门洞的时候，一眼就看到了安娜的身影。它站在楼门前，远远地向我们张望。我剥火腿肠的时候，它不停地伸缩着舌头，有急切的期待。火腿肠伸给它，它一口就叼去了一半，也不见咀嚼，转眼就吞下去了。怕被它咬着手，只好把另一半掷给它。未等火腿肠落地，它早已在低空中精准地接到口中，又吞下去了。

然后它眼巴巴地看着我们，满怀期待。但我们已囊中无物，只好摇头示意。它用舌头不停地舔唇鼻，咕噜，咕噜，弄出连续的、吞咽空气的声音。

我有些惭愧，对家婆说："都怨你，说什么'点到为止'，你看看，已点到了，却不止，使劲咽唾沫，好像咱们没有真心似的，唉！"

家婆一笑，"为这么点儿事儿也叹气，一点儿也不像爷们。"

我说："甭说什么爷们不爷们的，我早就不是爷们了，你看哪个爷们整天招猫递狗？'宠'属于阴性，我早就被你和狗同化了，就剩下妇人之仁了。"

有了点到为止也"不止"的体验，第二天见安娜的时候，就带上了两根。一元一根的火腿肠，细瘦，分量不足，用它喂狗，疑似逗弄，喂的人都觉得有些不厚道。

见安娜迎上来，我掏出一根开始剥皮，它眼神灼灼地看着我。家婆突然说："你剥完之后，就给我，你负责剥我负责喂，这样就让它明白，它吃到嘴里的，是咱俩给的，应该一同亲。"

我说："你心眼儿真多。"

她说："不是心眼儿多，这是爱的教育。狗缺乏联想能力，只能记住眼睛见到的，联想不到看不见的。"

我点点头，便把剥过皮的火腿肠递给家婆。这个过程虽然时间很短，但狗的视觉却发生了很大的位移，从灼灼地看着我，转换成灼灼地看着她。家婆喜欢这样的眼神，虽然火腿肠在手，也不马上喂，上下移动着，让它的眼神不停地闪烁。我忍不住笑，"挺大个老婆子，也像个小女孩一样调皮。"

说她调皮还真变成行动了，她不像我把整根火腿肠递给它，而是掰下一小块抛向空中，安娜引身就去接，稳稳地接到嘴里。再掰、再抛、再接，均是接得又稳又准，毫无偏差。我说："真有你的，很会跟狗互动。"她得意地说："难道你忘了，我喂钢特的时候，就这样。其实，喂狗也不是简单地一给，这里也有道理——简单一给，是人居高临下的施舍；你又给又逗，让它感到你和它是同类，就可以吃得开心。"

由于是掰着喂的，整根火腿肠喂完了，她的手指上还有残屑，安娜毫不犹豫地引颈去舔，痒得家婆忍不住咯咯笑。狗开心，人也开心，他妈的，真让人嫉妒。便说："甭得意，小心让它咬了你的手。"家婆说："你别担心，狗在这时候，心里最温柔，觉得你最亲，绝不会伤害。"

好像它有预感似的，舔完了残屑，安娜依然眼神灼灼地看着家婆，家婆说："别发呆了，赶紧把另一根掏出来。"

安娜好像听懂了，立刻把灼灼的眼神转向我。汪汪，它还懂得催促。

当裸体的、粉红色的火腿肠拿在家婆的手里，她却不立刻掰、抛、喂，而是笑着对安娜说："你不能只是知道吃，也要懂得快乐人，你给我打个滚，不打滚不给吃。"

安娜很迷惘，愣在那里。家婆催促道："打，打。"

安娜很不情愿地打了一个滚，起身之后，就幽怨地看着家婆。家婆说："不成不成，你不能这样糊弄，要心甘情愿，撒欢儿一样地打。"

家婆用火腿肠在空中划了一个弧，"第一个。"安娜打了一个。

又划了一个弧，"第二个。"安娜就又打了一个。

第三个弧刚划下，未等"第三个"的指令发出来，安娜就主动去完成动作。它觉得自己很听话、很心甘情愿，就有资格理直气壮地吃，所以，未等家婆来喂，它就跳起身子，稳准狠地把家婆手中的火腿肠叼走了。它在不远处，一边用得意而调戏的眼神注视着人，一边欢快而自由地吃。

我忍不住哈哈大笑，对家婆说："说什么喂狗时不能简单地给，以免显得居高临下，而你的做法比居高临下还居高临下，很不厚道，类似戏弄。"

家婆也笑，说："这可不是简单的居高临下，而是对狗增智、励志的训练，让它懂得反抗、维护自尊——人要不尊重它，它就不尊重人，你看，它的眼神不也有调戏的意思吗？真是立竿见影，所以，我很开心，咯咯……"

家婆不愧是钢特的奶奶，虽然爱犬已逝，它却教会了人许多，并隐隐地影响着人的思维，以至于时不时地显现出来。

二十根火腿肠，不知不觉就喂完了，就赶紧再到超市去买。问家婆买哪种规格的，家婆说："当然是三元的，因为一元的细，两元的也粗不到哪儿去，别看才十多天的时间，已经喂出感情了，就不能再糊弄了。""那干吗不干脆喂五元的，那多显得你情真意切。"我故意逗弄道。家婆瞪了我一眼，"五元一根的火腿肠切巴切巴都能当一盘酒菜了，你拿去喂狗，是不是故意让它吃撑了？俗话说，饭要八成饱，九十还能跑，你要把安娜当作人看待，懂得怜惜。因为狗是直肠子，不知饥饱，你喂它就吃，到头来，还不把它害了，哼。"

我哈哈大笑，"对，狗是贪婪的动物，人要让它懂得节制。"

火腿肠又大又粗了，喂的时候更需掰，跟安娜待在一起的时间就略长了些，这让我们惬意的感觉也绵长了许多。享受。

一天，喂到中途，安娜却突然停止了接食，两只耳朵倏地竖了起来，短暂的谛听之后，啸叫着蹿了出去。原来不远处有一只大体格的金毛踆踆地朝这边走来，它的主人牵着绳索笑眯眯地在后边跟着。安娜一边吠叫，一边冲撞金毛的身体，让这个大于它的动物也站立不稳。我跟过去，呵斥安娜，"人家走得好好的，碍你什么事儿了？住手！"这时候发出的，竟是呵斥人的指令，我自己都感到好笑。奇怪的是，安娜不仅不"住手"，还扑上金毛的身子撕咬。金毛竟很温驯，也不反抗，只被动地朝后躲闪。以为金毛的主人一定会发作，没想到人家笑着问："您是不是在喂它吃食？"我回答说："您怎么知道？"他说："这狗有个习性，就是'护食'，它吃东西的时候，不愿让别的狗接近，怕跟它争食，所以本能地冲上来驱离，好像天生有仇似的，即便是平时一起玩耍的伙伴，也不例外。"虽然安娜不是自家的，但是看到人家那么友好的态度，也心生愧意，我连忙说："对不起，让您受惊了。"金毛的主人依旧笑笑，"没关系，狗又不是人，它管不住自己的本能，我们改道就是了。"

那人牵着狗踅了回去，从别处走了。

安娜平静之后，又回到家婆身边接食。我对她说："不喂了，不喂了，它太霸道，必须惩戒它。"

"你还真把它当人了，哼，还惩戒，你象蛋不象蛋？是狗就护食，你从咱家钢特身上就没看到？你真是事事不用心。"家婆撇撇嘴，"既然是本性，就没有对错，只有尊重和顺从，所以人没有理由惩戒，好好喂就是了。"

"事事不用心"的评价，让我很不舒服，为了显得我"用心"，我说："这可能跟狗的进化有关系——以前的狗多是野狗，没人豢养，就只好自己到野地里去觅食。那时天荒地陋，觅不到什么食物，狗几乎每天都饿，饿怕了，一得到食物就紧紧地搂着，以同类为敌。所以，这不是自私，这是自保、自救，大自然物竞天择的启示。"

"你真是没的吃有的说，嘿嘿。"家婆点点头，"不过，你说的还是有点儿道理，这一如人。以前人穷，年三十才能吃上一顿粉条炖肉，这时就怕来人。以己及人，除夕之日要窝在家里，不去串门，说是为了团圆，其实也有别招旁人讨厌的意思。如果不是现在的日子好了，顿顿有荤腥，谁舍得拿这么好的火腿肠喂狗？嘿嘿，说人遇到好世道幸福盈满，这狗也要感激好世道。说什么宁做太平犬，不做乱世人，那些酸文人有时还是酸得在理的。"

一个人喂狗都喂得这么意味深长，有趣。

有一天，我们刚喂到一半，安娜却停了下来，不再接投来的食物，任抛来的那块火腿肠掉落在地上。它眼光射向远处，两个耳朵竖了起来。好像得到了某种确认，便越过家婆蹿了出去。

随它望去，看到进楼门的甬道上走来一个女子。那个女子也牵着一条狗，是一只小巧的、银灰色的泰迪。女子穿着一件白色的连衣裙，步态也很袅娜，有一种无声而优雅的风情，让我忍不住想到契诃夫笔下的"牵狗的女人"。

安娜就停在她脚下，对那只小泰迪恫吓地吠叫。小泰迪赶紧躲到女子的身后，从裙摆处试探着向外张望。款款的女子，怯怯的小狗，很动人，我忍不住呆望。家婆在我腰眼上捅了一下，"都什么岁数了，还这么好色。"

"别说话，好好看，看安娜要干什么。"我说。

女子蹲下身来，打开手里拎的一袋牛肉干。从包装上看，那是专门制作的宠物食品，可以想见，价格不菲。牛肉干是长条状，既方便喂，又便于狗撕咬。女子用大拇指和食指捏着食物一头，并好看地跷着小指，喂的姿势很俏皮动人。安娜也是慢慢地撕扯，慢慢地咀嚼，全不像家婆喂食时那样的囫囵吞枣。

喂完一根又拿出一根，喂完第二根又拿出第三根，家婆的嫉妒便有了发泄的理由，她跨上前去说道："我们已经喂过它半根火腿肠了，还有半根没有喂，你要是全喂了你的牛肉干，我们还怎么喂？"

那女子嫣然一笑，"阿姨，您别担心，安娜胃口大，不知道饱，您还能喂。"

这声"阿姨"虽然出于礼貌，但家婆却觉得她是有意突出自己的年龄，便没好气地说："你说得倒轻巧，我们在你喂了之后再喂，一旦它吃撑了闹了毛病，责任还不是落在我们身上。"

"不会的，阿姨，安娜一直散养着，特别皮实，轻易不会闹病。"女子还是笑吟吟地说。

女子的笑容真是赏心悦目，声音也真是温软可人，我忍不住白了家婆一眼。

家婆气哼哼地说："你这个人也真是的，你早不来晚不来单等我们喂的时候来，还拿着比火腿肠还诱人的牛肉干，你这不是成心抢行市、挤对人吗？"

女子迷惘了一下，但还是笑着说："阿姨，您别生气，您不知道，其实我一年前就开始喂安娜了，每天都是一袋牛肉干。我还知道，安娜它不挑食，吃完我的牛肉干照样还会吃您的火腿肠，呵呵。"

　　家婆还不甘心，继续说道："你既然自己养着狗，还来稀罕别人家的狗，你的心可真大。"这是一句拐弯抹角的讽刺，意思是你真有闲心，浪。

　　"我也觉得我的心大。"女子竟不理会"闲心"背后的意思，而是抚摸抚摸安娜的脑门儿，依旧笑着说道，"我的小泰迪吃得少，还爱闹肠胃，平时只喂它狗粮，不敢喂肉食，而安娜什么都能吃，看着它拼命吃牛肉干，我很开心，不瞒您说，有时我觉得我更喜欢安娜。"

　　"你这就是贱，嘿嘿。"家婆终于把"闲心"式的委婉换成了直截了当的贬损。

　　女子又迷惘了一下，终于在温软中竖起来一根芒刺，"阿姨，我可忍了您半天了，您还让我怎么忍？"

　　"不能忍也得忍，哈哈。"安娜的主人，那个老者突然出现在现场，他哈哈笑着说，"你们之间，不能闹别扭，因为你们都是喜欢安娜的人，都是安娜的恩主。你们的爱心都是一样的，在我这里不分轻重。再说，爱狗及人——那个话怎么说来着？对，爱屋及鸟（乌），既然你们都喜欢安娜，你们之间也就应该或者必须互相喜欢，不然你们的狗就白喂了，哈哈。"

　　家婆借势说道："我也没别的意思，我不是怕撑着安娜，让它闹肚子吗。"

　　老者说："你们尽管放心地喂，因为我从来不喂，就坐等着让喜欢它的人喂，哈哈。"

　　这个把"爱屋及乌"故意念成"爱屋及鸟"的人，让我觉得既顽劣又可恨，所以我插话道："你这个人真不怎么样，既然养狗又不喂狗，还有没有人性？还有没有爱心？"

"您甭跟我捅'人性'这样的大词，怪吓人的。"老者也不恼，依旧哈哈笑着说，"我不是没有爱心，而是我讲普天下之爱，也就是西方人讲的所谓'泛爱'——我为什么把安娜散养着？因为我发现，安娜长得惹人爱，几乎每个见到它的人都喜欢它。既然是这样，我就把它奉献给大家，让大家尽情表达自己的爱心。哈哈，我这就叫作君子成人之美，美美与共。"

"我×，您老人家懂得可真多！"我忍不住粗糙地感叹了一下。

"谁是老人家？您，还是我？"

"当然是您。"

"您是看我长得老，我那是因为经历的坷垃（坎坷）多，心中苍茫，其实我只有六十一岁，哈哈，请问您高寿？"他问。

"寿不高，六十二岁。"我说。

"您看看您看看，还长我一岁。您这是典型的老鸹落在猪身上，只看到别人黑不见自己黑，您长得也不年轻啊，哈哈。"

"您老人家，不，你老弟，是什么学校毕业？"因为他一会儿"原来如些""爱屋及鸟"，一会儿又"泛爱""美美与共"，既把我弄糊涂了，也惹起了我的好奇，我想探探他的文化背景，至少也要知道他是什么学历。

"当然是大学毕业。"他毫不犹豫地说道。

"什么大学？"

"这可不能说。"

"为什么？"

"我怕您老哥自卑。"

"别担心，你老哥我扛得住。"我说。

"扛得住我也不说。您会问我为什么，其实这里的理由很简单——不管你是什么来历、不管你是什么学历、不管你是什么官职、不管你有多少财富、不管你有多深的背景、不管你有多大的声名，到了这里就都一样了，都只有一个身份：小区业主，或小区居民。说句不恰当的比喻，不管什么相貌、不管什么颜色、不管什么体形、不管什么品种——什么哈士奇、萨摩耶、拉布拉多，什么藏獒、松狮、柯基、沙皮、金毛、边牧、博美、泰迪，只要进了人的家门，被人喂养，就都有一个属性：宠物；就都可以用一个字称呼：狗。哈哈，你们说是不是？"

虽然是突然的发问，但是大家却一起做出了立即的回应，"是！"

包括我在内。

"既然都是一个小区的居民，用一个时髦的词说来，我们是'生活共同体'，那么，身份背景就都不重要了，重要的是，平等相待、和谐相处、亲情相对、友爱相助，做'四相居士'。哈哈，这个称呼是不是很生动？比如我姓李，你们可以叫我李居士。老哥，您姓什么？（我答：'姓焦'）姓焦？我没听错吧，那么就管您叫焦居士。哈哈。"

他这么一说，把大家都逗笑了，刚刚发生的那一点儿不和谐，也不知不觉间烟消云散了。家婆看了那女子一眼，竟主动问话："姑娘，你贵姓？"姑娘回话："我姓石，石头的石。""啊呀，巧了，我也姓石！"家婆跳跶起来，"我说咱们俩怎么一碰上就有声响，原来是石头碰石头。不过，这也很好，石头碰石头还是石头，会实实在在地交往下去。"

这时，安娜和那只小泰迪正纠缠在一起，吻颈、亲脸，还相拥着打滚。我心中一动，说："狗这东西，真不会遮掩，刚才怕被争食，安娜还凶人家小泰迪，吃了它主人的牛肉干之后，就马上亲热得跟一家人似的了，嘿嘿，这叫什么？"

李居士接话说："您不要以人的观念界定狗，您要按照狗的习性看问题。"

我和家婆对安娜日复一日地喜欢着，一喂就喂到了今天，算来已有两年半之久，已经有了主人的感觉。家婆说："奇怪了，现在看这个安娜，好像它已不是安娜了，就是咱们家钢特。""没错，我也有这个感觉。"我点点头，"人和狗之间，好像就是这个样子，只要你喜欢，只要你天天喂它，所有的狗都是一条狗，它们都叫钢特。"

于是，绵绵的情感就登场了——

有一次，我们出外旅游，归来之后，刚放下行囊，我和家婆竟不约而同地叫了一声："安娜！"便一前一后，朝安娜蹲伏的门洞疾走而去。好像安娜跟我们有感应，我们还没走近门洞，安娜竟飞奔而来，围着我们不停地转圈，发出的声音不是汪汪的叫声，而是嘤嘤的呜咻，近似哭泣。家婆忍不住蹲下身去，安娜顺势就扑上她的肩头，拼命地在她脸上舔舐。嘤嘤，嘤嘤，真是哭泣，因为它眼里有硕大的泪珠一颗接一颗地往下滚落。

给它火腿肠的时候，它只是嗅嗅，竟不吃。唉，真不能以人的眼光看狗，它眼里不仅仅有食物，也有思念，也有伤心。

家婆不停地抚弄着它的毛发，我也索性坐在地上，脸贴在它的身上，轻轻地呼唤，"安娜，安娜。"

天渐渐地黑，人与狗的情绪也渐渐地平复。安娜汪汪地叫了两声，好像是在提示人，它已经恢复了本性：火腿肠还是要吃的，不能留下伤心之上的伤心。

有一天晚上，到了散步的时辰，却下起了大雨。雨变小了，天也黑了。我建议说："今天就别遛弯儿了，小区的排水不好，肯定汪着一地的水。"家婆说："那可不成，难道你忘了，我有糖尿病，饭后不遛弯儿，糖就高上去了。"

我们便举伞同行。

走到那个门洞，突然想到，由于走得急，没给安娜带吃的。我说："没关系，天黑了，又小雨淋淋，安娜不会出来。"便悄悄地往前移动，果然不见它的身影。我们相视一笑，迅速地从门洞旁走过。将要放开脚步的时候，却听到身后传来汪汪的叫声，安娜竟尾随而来。我们很惭愧，望着它灼灼的眼神，均不知所措，也不知说什么好。家婆蹲下身去，抚摸着它被小雨淋湿了的头部，"对不起，都怨这该死的雨，它让我们走得仓促。"安娜好像没有听懂，迷惘地看着她，汪汪。家婆猛地站了起来，对我说："咱们赶紧走吧，别再跟它解释了，越解释越虚假，难受。"

我们狠着心弃它而去，不期它竟紧追不舍，一路汪汪。只好回过头来，却见它嘴里衔着一把伞，那是家婆刚才走得仓皇，把放在地上的伞遗忘了。

我们心中的惭愧愈加浓烈，努力搜挖着适宜的语言，再对它说几句安抚的话。但安娜放下伞，转身就踅回黑暗中去了，好像它不想听多余的话。

雨又大了，伞打开，叠响着嘭嘭的梵音，正与我们的心跳之声相仿佛，阿弥陀佛。

之后，为了弥合心中的歉疚，我们也给它买了白衣女子那个品牌的牛肉干。它当然乐意吃，吃完之后，不停地舔舐家婆的手背，脸上的表情愈加妩媚。但是，它也改变了一个"习惯"：每次喂食家婆都让它打三个滚儿，不然就不给吃。不是让它感恩，而是为了享受逗弄中表现出来的趣味。现在，无论如何它也不打滚儿了。家婆对它说："不打滚儿就不给吃，这你是知道的。"它汪汪两声，就躲在一边去，头高昂地扬着，意思是说，不吃就不吃。家婆说："你看看，你看看，人一惭愧，它就倨傲，连驯顺的习惯都改了。""这就对了。"我哈哈一笑，说，"你所说的习惯，是人要它养成的习惯，而不是狗自己的习惯。狗的原初都是去抢食、争食、捕食，而不吃嗟来之食。你让它打滚儿，近似侮辱，它开始反抗了。"

"以前它怎么不反抗？"

"因为它跟你感情还不深。"

"现在深了，它应该更听话才是。"

"你想想，你儿子怎么对你的？他原来事事听你的，现在却处处跟你唱反调，为什么？因为你跟他最亲，一亲，就不需客套，就不需折腰，就能平起平坐地说话了。"

"看来，无论是人还是狗，你都不能跟他（它）太亲了。"

"喊，你说得倒轻巧，在感情面前，人往往都是身不由己，哈哈。"

过了几天，安娜身上出了异象。

你喂它食物，它只是嗅嗅，并不张嘴吃。家婆叫了一声："你看，它好像病了！"

仔细一看安娜，眼神黯淡，毛发打绺，尾巴低垂，两个眼角堆满了眼屎，且发出隐隐的气味。你再用食物逗弄它，它干脆不予理睬，身子虽然站立着，两条腿却微微发抖。也不叫，只是可怜巴巴地看着你，不乞求，却哀怨。

我觉得，它或者真是病了，或者受了伤害，甚至虐待。

看它身上这么脏，直接的责任就在于它的主人，既不给它治病，又不给它洗澡，太差劲了。我心中升起一股暗火，对安娜说："走，带我去见你的主人。"

安娜竟真听懂了，摇摇晃晃地走在前面。

它的主人就住在一楼，进了门洞就敲门。房门开了，李居士吃惊地说道："怎么是您？竟找上门来了。"我也吃了一惊，因为他开门的手，竟缠着绷带，"你这是？"他凄然一笑，"进来说。"

进门之后，就看见他家的客厅很大，屋地中央，却只放着一张本色的茶几和一只米色的布艺沙发，沙发靠背后边放着一盏大灯罩的落地灯。灯开着，灯光昏黄，茶几上反扣着一本书，是克尔凯郭尔的《非此即彼》。但简陋中有辉煌，因为客厅的四周环立着一排书架，书装得满满当当，一下子就泄露了他的身份和生活状态。"原来如些"的背后，是自主的"爱屋及鸟"，类似自敛和自嘲——他不仅是居士，还是隐士。

"原来你是搞哲学的，大哲学家啊。"我说。

"非也，我是整天发呆的，不入世的呆子。"他说。

"我们也甭打嘴仗了，就先说说你的狗吧。"我低头看安娜，却不见了，"安娜呢？"

他说："在沙发背后呢，它不敢见我。"

我问："安娜是不是病了？满眼的眵目糊。"

他说："没大病，就是有点儿上火，吃了不该吃的东西。"

我说："既然没病，你这个做主人的就有些不够意思了，你看它浑身脏兮兮的，还散发出味道，你怎么对得起这么一个人见人爱的街头明星？"

他抬了抬包着纱布的手，"我的手都被它咬伤了，我怎么给它洗澡？它这叫咎由自取。"

问他缘由，他陈述道，我闺女回来看我，买了一堆"久久鸭"鸭脖和"久久鸭"鸭翅，吃出了一茶几的鸭骨头。走的时候也不收拾，就被安娜盯上了，拼命地咀嚼吞咽，好像很久没吃东西一样。被我发现，赶紧去抢夺。这你们也知道，狗忌讳吃骨头类的食物，尤其是禽类的骨头，硬而尖利，不仅会卡嗓子，吃到肚里也不好消化，上火和闹肚子是常有的事。我一抢，它就急了，本来很温驯的一个小东西，瞬间就露出了豺狼一般的凶狠，吭吭就咬了我两口，咬得我皮开肉绽、鲜血淋漓。疼还是小事儿，关键是让我立刻就联想起了狂犬病，我情不自禁地大打出手，打得它满地乱窜。都说狗脸酸，这是没错的，你平时对它再好，它对你再温驯，只要你动了它的"奶酪"，它隐藏的本性会乍现，给你点颜色看看——这就像人，一对夫妻，感情再如胶似漆，可别提分手，一做离婚的财产分割，都会锱铢必较、刀光闪闪，不仅杀得你片甲不留，还要恶意举报，弄得你身败名裂。哈哈，所以我要提醒你们，你们宠安娜，我不反对，但是你们一定要警惕，此安娜背后还有个彼安娜。换句话说，你别看人不停地对它宠爱，想方设法地驯养，但人并没有完全地成为它的主宰，它还保留着它原始的脾气。所以，它还会咬，一旦你们被咬，可别找我来算账，我一分医药费也不给你们报，因为我已经有话在先了。

他的房间本来就满室清气，他的话一出，让我更感到了一股冷气。"你弄复杂了。"我嗫嚅道。

"这叫有备无患，先君子后小人。"他哈哈大笑，"我想再告诉您的是，我之所以把安娜散养，不简单是'泛爱'，还有深层的原因，就是要保持跟它似有似无的感情关系，不能搞得太黏赘，待黏赘得化不开了，一旦分离，就会有化解不了的伤痛。我跟孩子的妈就是因为爱得过于深切，她移情别恋之后，我一直就不能还魂，以至于见到别的女人也一点儿感觉都没有，只好终生独处了。说实话，到了这个年纪，已经伤不起了。对人都这样，何况一条狗，而狗的寿命又是那么短，极短暂的缠绵，极悠长的忧伤，何当以堪？我的焦居士，您死了钢特，又摽上了安娜，您的心可真大！"

2022年9月1—9日

京西昊天塔下石板宅

桑

麦

没想到，区农业农村局一个普通的退休欢送会，区委常委、组织部长竟亲自到场。大家都感到惊讶，不知所措中，不仅认真布置欢送会会场，还大搞卫生，窗明几净之外，居然还挂上了横幅，请来了电视台的记者。大家静静地坐在会场，即便人还未到场，也不敢放声说话，而新任局长早早地就等在大门外，谦恭地翘首，似要把秋水望穿。

　　但是，那个当事人——退休局长于凤山，却骑着自行车慢悠悠地走在路上，嘴里哼着河北梆子《打金枝》中的一个唱段"劝驸马"：在宫院我领了万岁的旨/上前去呀劝一劝那附马爱婿/劝驸马你莫发那少年的脾气/有母后爱女儿更疼女婿……

　　于凤山是京东平谷人，从北京农业学院毕业后分配到京西罗府街人民公社。那个时候，大学生是稀有之物，便金贵得跟驸马无两，工作不到三年，就当了公社主管农业的副主任（准确地说，是主管农业的副镇长），两年后就晋升为正，可谓春风得意，便喜欢唱两句。但平谷人有很重的口音，在京评梆的戏种中，只有梆子更迁就他，道白、唱腔均可以顺势而为，不仅适宜唱，而且还唱得好。

　　他这里慢悠悠地唱，大门口的新任局长却急火攻心。他心里骂："这个于凤山，都退休了也不让人省心，你一走一身轻，也不体贴我们在职的，部长就要到了，你还在路上打秋风，真是个典型的棒槌。"他暗暗祈求，你于凤山一定要赶在部长到来之前到啊！即便到不了，一同进门也是好的，也可以以"恭候"之姿遮掩。

左等右等，还不见于凤山进院，新任局长——怪别扭的，干脆报出大名吧——金守振局长兀自生怨，心里说："怪不得你二十几岁就当处级干部，到了退休还是处级干部，都是太个性，不长眼的结果。"

好不容易见到了骑车而来的于凤山，金守振赶紧迎了上去，一把抢过他的自行车，命令门卫赶紧给他藏进车棚里去。"我说派车去接您，您说儿子开车送您来，没想到又骑个破自行车亮相，这要是让部长看见了，准得批评我不尊重老局长，留下不好的印象。您知道您这么做叫什么吗？叫'上眼药'，哼。"

于凤山哈哈一笑，说："我说小金，不，金局长，你局长都当上了，还怕什么上眼药？我看你是炮铳不大响儿不小，还想当大官儿，哈哈，不过这也没什么，可以理解，别像我似的，该蹲苗的时候我却蹲苗，没掌握好火候，一下子把自己蹲成了小老苗，哈哈……"

"蹲苗"是一个种植术语，指在作物的幼苗期，控制肥水，进行中耕和镇压，以便让幼苗的根部下扎，健壮生长，以防止茎叶徒长，不结果实。换言之，蹲苗有提高作物后期抗逆、抗倒伏能力，协调营养生长和生殖生长的关系，既要长得健壮，又要结出丰硕果实。再换言之，所谓蹲苗，就是要让作物"长眼"，别光长秧棵而不结果实，让人嫌弃。

于凤山总是喜欢把农业种植上的术语转化成与人交谈的社会话语和生活话语，生动是生动了，却把来路暴露了，有明显的身份烙印。呃，这是个学农的。学农的也没什么不好，问题是许多人都把学农的与不懂政治、不识时务联系起来。

于凤山参加工作之后，只埋头向下扎根，跟农民群众打成一片，说实话、干实事，却不向上看、朝高处伸展，有了业绩也不宣传，更不向领导汇报，他说，桃李无言，下自成蹊。幸运的是，公社里有个全国劳模，由于受过领袖接见，还被请到人民大会堂做过事迹报告，名扬华夏，所以在当地就有一言九鼎的话语权。他看到了于凤山扎扎实实地在农村工作，便很喜欢他，对县里领导说，我为什么能当劳模？就是因为爱种地、喜欢跟土坷垃打交道，亩产过黄河、跨长江，而这个于凤山很踏实，也爱种地，总是不辞辛苦地给我们传授农业技术，让我们的地连年高产，我们农民都喜欢他，你们做领导的，要心中有数。这个劳模说话真是有水平，意思表达到了，还不对县领导发号施令，欢悦之下，于凤山被提拔了。公社主任（后来的镇长）是行政干部，以粮为纲的年代，他自然干得如鱼得水。他后来就不幸运了，老劳模去世了，经济结构、生产方式、发展模式都变了，既没人为他说话了，他那套也跟时代不接轨了，也就把自己淹没了，蹲成了老苗。他在罗府街镇当了三十多年的镇长，还有两年多就要退休了，区里竟让他当了农村农业局局长，因为上头要让各区发展观光农业，区里要建几个像点儿样子的农业生态园——既然是观光，不仅设施要建得好，作物也要长得好，那么就想到了于凤山。他既懂农业管理，又懂作物种植，可以说是不二人选。

他还真的不负众望，把生态园建成了全市样板，给区里争得了荣誉。荣誉到手，他也到了退休年龄，也算是全身而退。许多人为他惋惜，说，政绩一有，职务到手，人家都是为了升迁而战，你却把自己干回家里，唉。他嘿嘿一笑，说："这有什么不好，省得丢人现眼。"

这时，金守振的电话响了。有话传来，说部长临时有个会议，不知什么时候才能散，所以欢送会你们先开着，大家座谈座谈，说说体己话。到了会场，同志们自发地热烈鼓掌。鼓掌的时间有点儿长，于凤山用力摆手才得以静场。他笑着说："你们这叫'猫哭耗子假慈悲'，是因为我当局长的时间短，如果再当得时间长一些，你们就谁也不鼓掌了，哈哈。"他这一"哈哈"，大家也都"哈哈"成一片，他们喜欢他说话的方式，不留情面的真实。

"部长临时有会，要晚些来，所以我们先座谈座谈，跟老局长说说心里话。"金局长说。

半天冷场。

这时所说的"心里话"，当然是歌功颂德的好话，但当着现任局长，赞美退休局长，大家还真不知道如何措辞。

于凤山打趣道："我局长当得时间再短，我们也朝夕相处七百多天了，好话赖话也都说过了，再说，都是多余的了。再说，我们都是家里人，家里人眼对鼻子说好话，肉麻不肉麻？不如抓住这难得的，或许也是最后的机会，跟大家说说我，说说我是怎么从京东一个流着鼻涕的小侉子熬成一个人五人六的局长的故事，给大家逗逗乐子，你们说，愿意不愿意听？"

"愿意听，愿意听！"大家把眼前的桌子拍出一片脆响，他们喜欢乐子。

金局长紧皱了一下眉头，马上又笑了，"嘿嘿，你们这帮孙子，也不嫌闹得慌。"农口的人不喜欢文辞，认为文绉绉地说话有拒人千里的味道，只有粗话俚语才亲切，所以，一句"你们这帮孙子"，让他们知道，金局长允许了。

于凤山说："那我就开篇儿。"

开篇就发问，"你们跟我一起工作了两年多，谁见过我老婆？"

给他开车的司机脸红了一下，说："我见过。"

于凤山一摆手，"你不算。"

见其他人都没反应，他一笑，"都没见过吧？嘿嘿。你们为什么都没见过？那是因为我对她实行'三不'政策。"他解释道——

这一，不让她跟我到别的领导干部家里串门。为什么？别的领导家有住别墅的，有住大房子的，一进人家的家门，宽敞的环境，华丽的装饰，阔气的摆设，而我家只有一个几十平方米的小三居，还一白落地，几十年都舍不得扔的老式家具，一比较，她会自惭形秽，回来她会对我说："你看人家。"

这二，不让她跟我出席公共活动和大小宴会。为什么？别的领导的夫人珠光宝气、穿金戴银，还坐着各种有档次的名牌轿车，而她荆钗布裙、素面朝天，跟我出行，公车不能坐，只能打的或坐公共汽车，差距立刻就显现了。并且，女人坐在一起，会东拉西扯，夸富显阔，会立刻让她心理失衡，回来肯定会对我说："你看人家。"

这三，不让她出去参加工作，一辈子就守在家里。为什么？一出去工作，就领略了世界风云、了解了社会风气，就知道了市井风尚，就产生了对人间不公和世情冷暖的心理忧虑，就受到了贫贫富富和香香臭臭的物质诱惑，就察觉了自家卑微和他人优越的经济差距……这样一来，作为一个妇道人家，仅具有一点儿表面的感知能力，她怎么能够承受？心里的平静就被打破了，就会胡思乱想了，也就不幸福了。所以，我让她在家里开了一个装裱店，嘿嘿，现在爱好字画的人很多，总有活儿可做，虽然挣得不多，但也能自食其力，她很知足。

有人插话说："你实行的是愚民政策。"

"你别扣帽子，说愚妻政策还差不多，但准确地说，我这叫爱妻政策。"于凤山自得地笑笑，"这没什么不好，在她心里——她家老于最有本事，所以，她一心一意地爱；她的家庭最衣食无忧，所以，她全心全意地呵护。内心盈满，知足常乐，天天幸福。她过的是什么日子？用时髦的话说，她过的是极简主义的生活，不被物质奴役，不被外界干扰，自主自适自足，你们说，是不是莫大的享受？哈哈。"

"那你老婆也不反抗？"有人问。

"她不反抗，因为我一辈子对她百依百顺，给了她想要的生活，嘿嘿。"于凤山说。

"那你就跟我们说说你们是怎么走到一起的吧。"

"你们这些人，就喜欢聊杵子传（男女情事），那好，我就拣主要的说给你们听。"于凤山开始叙述——

我老婆叫吴凤芹，跟我是一个村的，还是同龄人。一起上小学、上中学、上高中，一起在乡间的小路上走。上小学和中学的时候，她学习成绩一直都比我好，在班里始终排名第一。学习好，人又长得很清秀，我很喜欢她。一到放学，我就在学校门口等她，让她跟我一起走。走了几年，就走得跟家里人一样了，好像她的一切都跟我有关。到了高中，她的学习成绩就不如我了，甚至还很吃力，常在我面前哭鼻子。每天晚上，我一做完作业，就到她家里去，给她做一些辅导。她的父母见到我们俩簇在一起的样子，在我们身后小声嘟囔，"这俩孩子，真是天生一对儿。"

后来，她高考落榜，我则考上了北京农业学院农学专业。我到她家里去安慰她，她凄然一笑，"你什么也别说。"我说："你别气馁，你可以明年再考。"她还是凄然一笑，"你甭管。"

我出村的时候，以为她会来送我，却左顾右盼也不见她的身影。我悻悻地到了公路上的车站，发现她就站在站牌之下，我的心疾速地跳了起来，怦怦，好像就要跳出嗓子眼儿了。我说："以为你嫉恨我，不理我了。"她说："我为什么要嫉恨你？你考上大学跟我考上大学有什么两样？"她贴上身来，把一条粉红色的长围巾系在我脖子上，"这是我给你织的。"我说："你这哪里是围巾，分明是一条缰绳，你是要用它拴住我。"她脸一红，"就算是吧。"我心中一热，忍不住拉过她的两只手，在我的手心里用力地攥了一下。她对我说："你安心读书，家里的老人我会替你照顾。"我说："那怎么成？你还要复习备考，别耽误了你的前程。"她生气地甩掉我的手，"你甭管。"

暑假回家，刚一进屋门，母亲劈头就说："你还知道回来啊？"我一愣，"您这是什么意思？"母亲说："你把家整个都交给了人家小芹，你也落忍，人家可是还没有过门呢。"我说："她是她我是我，我们俩有什么关系？"母亲说："打你走后，小芹就像过门媳妇一样伺候我们，你还说这种话，你烧包不烧包？还知道不知道天高地厚？哼。"我说："我可没让她来伺候您，她怎么把自己弄得跟家里人似的？"母亲说："那你去问她吧。"我说："我这就去问。"母亲说："她就在村西刺猬河边，正给你爹我们俩捶洗冬天的衣服呢。"

到了河堤，从上往下看，水流清浅，静静地闪着光，水草也静默，浮在水面上绿绿地长着。在鹅卵石上，就坐着个吴凤芹。她背对着河岸，不知有人来；她不紧不慢地捶打着冬衣，整个后背微微地摇动。半年不见，短发垂成了拖地的大长辫子，衬得腰窝深陷，一伏一仰，惊心动魄，让我忍不住想到了《诗经》里的画面，脚下滑动了一下。她被惊动，回过头来。半年不见，她脸颊丰润了，白里透粉，随着嫣然一笑，唇红齿白，有扑面而来的美艳。天啊，"桃之夭夭，灼灼其华。之子于归，宜其室家。桃之夭夭，有蕡其实。之子于归，宜其家室。桃之夭夭，其叶蓁蓁。之子于归，宜其家人。"我心中发出了一个强烈的声音：这个吴凤芹，就是老天给我的媳妇，她跑不了了！

嘿嘿，其实所谓的爱情，没那么复杂，就是一个简单的动作：王八看绿豆——对眼了。

就这样，她在家里帮我照看父母，我在学校专心读书，心无旁骛。大学一毕业，我们就正式结婚了。什么，在校园里就没有看上眼的女同学？就没有被女同学追？你们这帮人，就喜欢别人弄出点儿花花事，坦率地告诉你们，还真的什么都没有发生。你们想啊，一个学农的，整天学的都是土壤、育种、作物、植保、气候等有关种地的知识，离诗情画意很远，不招惹额外的闲情，内心平静，有不是定力的定力。再说，我长得也不好看，一双小小的绿豆眼儿，一张塌陷的猪腰子脸，只要一笑，抬头纹密得赛过老头子，只能招女同学们打趣，绝不会让她们心动。不过，这很好，省心，因为我毕竟是有了归属的人。

领结婚证的路上，吴凤芹对我说："于凤山，你再想想，你是国家干部，有吃粮票的非农业户口，而我只是个农民，这一工一农的搭配，不光会让人说闲话，而且过日子也会有许多现实困难，我将来会成为你的累赘。"我一听就急了，"吴凤芹，你一个如花似玉的大姑娘，还比不上一个非农业户口？你不要多说了。"吴凤芹一笑，"你也别急，你想，咱们在一起之后，你一个人的粮票哪里够咱们俩吃？再添俩小崽子，就更没得吃了。"我说："这你不用发愁，实在不成，我就去要，就凭我这智商，要饭都会要到大白面馒头，如果只要到三个馒头，你们娘儿仨一人一个，保准饿不着你们。"我一边说一边做要饭的动作。她说："你还真像要饭的，满额头的抬头纹，比老头子还老头子，肯定有人给。"本来是想打趣一下，但她话一说完，竟哭了。我说："大喜的日子，别让我烦。"

毕业分配，我竟被分到了远离家乡的京西。她说："你看，现实问题马上就来了，我是跟你走，还是留在家里？"我说："你是我的眼前花儿，当然是跟我走。"她说："你是一棵独苗，你走了，公公婆婆怎么办？"我说："我是独苗不假，但你们家却儿女成群，咱们又是一个村的，让家里人搭伙一起过。再说，你公公婆婆又不老，累不着人。"上她家一说，她小弟弟立马就笑了，"姐夫你放心，你能娶我姐，我就觉得你是个爷们儿，你能带我姐走，就更觉得你是个爷们儿，家里有我呢，你尽管去跟我姐恩恩爱爱。不过我可把丑话说在前头，你如果敢把我姐甩了，我会拎着镐头去找你算账，把你的腿打折了。"

到了京西罗府街人民公社，公社书记姓朱，他咧了咧嘴，"于凤山同志，你这个人可真有意思，你到我这里报到，还拖人带口，你是不是有意给我出难题？"

我说："是生活给我出了难题，作为我人生的第一个上级领导，对我，您有不可推卸的责任，您要帮我解决，拜托了。"我深深地给他鞠了一躬。可能是我额头紧皱，沟壑顿起，疑似放大了苦相，惹得他一阵咂舌，"也罢。"他说。

出了公社大院往东走一华里的样子，有一片民宅，朱书记很快就从那里给我们找到了两间平房。房子坐北朝南——房后是居民区，有围墙垒起，好像拒绝这里的房子融入；房前有半个篮球场那么大的一块阔地，长满了杂草，让房子显得更加孤零。我觉得这是一块弃地，有历史，没有今天，更没有未来。

朱书记说："这里原来是公社小学的校址，校舍是危房，都拆了，只留下两间门房。因为它还结实，我不忍心拆，心里有预感，将来也许它还有用。"

我说："这我知道，您是专门为我预备的。"

他一愣，"你这是瞎扯，不过，说句实话，这地方还真不太适合住人。"

我说："这我也知道。"

他说："怎么，这你也知道？"

我说："您也不想想，我在农学院是学过气象学的，对天象、地象和物象都是有足够认识的。嘿嘿，因此我就知道，这里的地势低，一到雨季，就积水，会蛙声一片。"

"也就委屈你们了。"想要说的，都被我预料到了，所以朱书记很惭愧，对我说，"你们两口子先到我家克服两天，这里我派人好好收拾一下。"

我说："必须克服。"

房子收拾好了之后，我们急迫而略带欢悦地住了进去。

墙是一水的白灰落地；地是一水的水泥抹地；门窗涂了一层清漆，还是原木的本色；屋顶铺了一层油毡，怕被风刮起，撒上了一层细沙；门外的阔地上插了一圈竹篱，最终拴在两根圆木上，并嵌上一个竹编的篷扇，算是门扉了。

屋里有穿衣柜、盆架、碗橱、饭桌，还有几把木座椅，都是陈旧的颜色，看得出，是在朱书记的发动下，大家凑起来的。但屋里的床却分外显眼，或者说很刺眼，是一张偌大的钢管床，床柱上撑着崭新的蚊帐，还有粉红色的丝绦垂下。

看着我们两口子惊异的样子，朱书记竟重重地把自己扔在床上，不停地上下颠荡。即便这样，床也不摇晃、不吱嘎，稳稳当当、平平静静，像敬畏梦境。朱书记得意地说："于凤山，你看，这屋里哪儿都稀松，就这床不稀松，给你整得像张龙床。什么叫龙床？天动地动人不动，风声雨声床无声，即便是整天价颠鸾倒凤，也不担心江山倾覆，哈哈。"

虽然他说得很不庄重，但我还是很郑重地说："真是难为您了，朱书记。"

"这有什么难为的，不过是举手之劳——咱们公社就有一个钢窗厂，把铣下来的边角废料拿过来，稍一用心，就能给你加工出一张硬邦邦的好床，哈哈……"他言犹未尽，接着说道，"你这个住处，虽简陋、老旧，却稳当，接下来，你就好好过日子、好好工作吧。"

嘿嘿，虽然朱书记给弄了一张过硬的床，但住进去的第一天晚上，我和吴凤芹却老老实实地睡觉，没有一点额外的举动。因为这床太适合干男女的事儿了，反倒让人不好意思了，如果急火火地使用，就显得太不正经了。

第二天，我买了一包草籽，撒在了房顶的细沙之上。为什么？雨水淋过，草籽发芽，便挺起青绿，"竹篱茅舍"就坐实了。竹篱上肯定会爬上牵牛花，弄不好当真就自己长出矢车菊，再加上积水之滨，青蛙自来嬉戏，一切就盈满了。你们想啊，竹篱茅舍、牵牛花、矢车菊、晨昏蛙鸣、美妇，不久再有灵童，哈哈，农业文明最诗意、最经典的元素都全了，那是多好的生活前景。什么"采菊东篱下，悠然见南山"，什么"蒹葭苍苍，白露为霜。所谓伊人，在水一方"，什么"萤火一星沿岸草，蛙声十里出山泉"，什么"松下问童子，言师采药去"，这些诗句都在小院里自然生长着，我们随时都可以采撷。这让我对未来充满了希望，我要好好地爱吴凤芹，好好地听领导的话，好好地为罗府街人民公社的老百姓贡献自己的聪明才智。

这一份感动，让我有了澎湃的工作激情，在领导分派下乡任务时，我就主动申请，把公社区域中最远处的村落分派给我。那时下乡，单位不提供交通工具，一切都要靠下乡干部自行解决。我刚参加工作，买不起自行车，只有借。借来的车辆，在骑行时，要加倍小心——遇到沟坎，要下车推；遇到泥洼，要用肩扛。因为是人家的私有财产，稍有损坏，就难为情，损坏严重，就得赔。这样，人与车之间就有了倒置的关系，人沦为奴隶，我的工作积极性就不能得到充分展示，情绪不免有些低落。见我闷闷不乐，朱书记以为我嫌累了，便专门找我做工作。"于凤山，干工作不能只是一时的热情，要有常性。"我对他说："您想错了，我有不竭的热情，所以这里不牵扯觉悟的问题，只是人情的问题让我放不开手脚。"听完我的解释，公社主任恍然大悟，笑着说："这没关系，我这里正有一辆自行车，你尽管骑。"

有了公社领导派给的车辆，我的顾虑烟消云散，有了在田野里放飞的大好心情。属于青春期的野性和顽劣也就放纵得无遮无拦——遇到沟坎与泥洼，我会早早地提速，到了跟前会猛地一提把，飞越过去。三年下来，我有了一流的骑技，下乡工作也完成得顺风顺水，机关上下一致称赞，年度先进屡屡获得。但是胯下那辆车却惨不忍睹，除了铃铛不响，浑身全响，待我被提拔为农业科长时，车子几近报废了。朱书记给我庆贺，酒喝得昏天黑地，借着酒意，他哈哈大笑，对我说："我造就了一个科级干部，却搭进我自己的一辆车，不过，也值了。"这时我才知道，原来，他以公社书记身份派给我的车辆不是公社财产，却还做得那么自然，不给别人增添心理负担。我惊愕不已，感到基层领导有土性，本身就有养分，不声不响地培育健壮的植株。

这期间，吴凤芹也体贴，连着给我生了两个小崽儿，大的是女儿，小的是儿子，让我成了儿女双全的人。起初，朱书记想给她在公社机关安排个临时工，标准的称呼叫"社调干部"。社调干部也是有前景的，一遇机会，可以转正，也变成吃粮票的人。我想，机关干部，不少人都是农村家属，全不被安排，怎么就给我安排？就因为我是公社里仅有的一个本科大学毕业的，有别人不具备的特殊条件？这可不好，领导爱才，而我不能恃才。这一如小麦品种，引进的品种跟农家品种即便是有产量上的区别，但都是小麦。我便对朱书记说："您看吴凤芹的个人条件，面如桃花，脸儿亮，身子也有型，高胸脯大屁股，就适合给我养孩子，就让她待在家里，给我生儿育女，让我过上老婆孩子热炕头那种土财主一样的日子吧。"

"你这个人真操蛋，贰怪。"但他还是点点头，"也成，人各有志嘛。"

我说："您这个人也真操蛋，我说什么您就同意什么，虚情假意。"

"你少给我扯淡，做人就应该实打实地做，做到里外一致。"朱书记捶了我一拳头，说道，"你赶紧写一个困难申请，党委研究一下，给你批几百斤粮票，让你家吴凤芹能吃饱饭，好能安心给你生孩子，哈哈。"

孩子都能满世界跑了，农村实行大包干了，公社也改成镇了。朱书记对我说："你赶紧把吴凤芹的户口从老家迁过来，入到某个村去，好能分到几亩口粮田，我不能总是给你批粮票，别人会有意见。"

就这样，吴凤芹的户口落到了一个叫詹庄的村子。之所以选这个村子，是因为这个村是"以粮为纲，农林牧副渔全面发展"的先进典型，村里出了一个叫詹喜成的全国劳模。他主动接纳吴凤芹，说这女人背后有个科班出身的农业技术人才，对村里的未来发展大有用处。

按村里的土地面积，每人能分到两亩口粮田，但詹喜成却给了吴凤芹五亩。我觉得这有些违反农村的承包政策，对他说："詹书记，使不得，使不得，村民会有意见。"詹喜成晃动了一下胖大的头部，哼了一声，"我在村里经营了这么多年，难道这么点儿权威都没有？"我说："那也使不得，因为我是镇里的机关干部，这么多地，我哪有时间和精力去侍弄，又种又收，既耽误工作，又拖累自己，嘿嘿，我发怵。"他把肥厚的手掌往桌子上一拍，"村里帮你种帮你收，用不着你！"我忙说："我是机关干部，不能搞特殊化。"他说："你以为你是谁？你是村里的困难户。"

嘿嘿，真有意思，镇上、村里，都把我当成困难户了。其中的用意，我自然明白，因为是困难户，就可以给予我顺理成章的照顾。京西是革命老区，又是传统的农业大区，既传播大义，又种植淳朴，桑麦之地都是桑麦，他们厚待外来人。这样一来，我就有了扎根的意识，我要融入脚下的土地，做一个名副其实的京西人。

农民既然拥有了自己的土地，那么，就要高产增收，让其真正尝到甜头。既然我是镇里的农业科长，那么，镇域里的每一块田畴就都是我的承包地，我要让其都长出最好的庄稼。我骑着自行车，背着一块小黑板，到田间地头，给农民群众讲茬口安排、种植技术、现代农艺，教他们科学种田。这就不得了了，整个罗府街镇，几乎块块农田都高产，几乎户户农家都丰收。我成了土地上的红人。詹喜成为我是他村里的居民而感到自豪，先后找了朱书记和区委书记，推荐我当主管农业的副镇长。我对他说："使不得，使不得，我只是个学农的，只想推广种植技术，从来就没想过当官。"他说："就因为是这样，才推荐你当官。这就像好庄稼，它只想低着头往饱满里结穗，从来不抬头招摇，就让人看重了。""这里也有我自己的考虑，或者说一点儿私心。"见我还要反驳，他摆摆手，"咱们詹庄村是以粮为纲、农林牧副渔全面发展的典型，这就是说，不仅粮食高产，农民手里还有钱，有一套成型的富裕农民的做法。要想在镇里推广，必须有一个有镇领导身份的人，而这个人，就是你。你想一想，如果你把咱们的经验推广出去，咱们詹庄岂不是起到了先富带后富的引领作用？那咱们这面农业战线的红旗，即便是新时期了，不也还是不管东风还是西风，继续高高飘扬？所以我说，你小子不能只懂技术，也要懂政治，不能只懂战术，也要懂战略。就是说，这个副镇长，你必须当。"

"就是说，为了你这个永不退位的劳模而当？"

"有些话不能说得太直白了，哈哈。"

当了副镇长之后，在詹喜成的鼎力支持下，我在全镇推广詹庄经验，不仅保住了高产样板的地位，还使罗府街镇的农村总收入和农民人均收入位居全区之首。其实也恰好顺应了时势，因为不久，上边就推行农业经济结构调整，实行规模经营，让土地向种植大户转移，甚至农场化、产业化。农民摆脱了土地的束缚，可农、可林、可牧、可商、可外出打工。在詹喜成和时势的推动下，我稀里糊涂地有了一些业绩，被组织认可，又当了镇长。嘿嘿，说句实话，我的官儿是捡来的，根本就不在规划之列。我心中只有一个念头，就是要对得起背井离乡跟我而来的吴凤芹，给她一个牢固的家庭，过上衣食无忧、安宁温馨的小日子。

嘿嘿，扯远了，扯远了，从现在开始，我只说我和吴凤芹。

那些日子，因为总是往村里跑、往田间地头跑，我每天回来得都很晚。每次走近竹篱，都看见她立在夜色中的身影。虽然都是两个孩子的母亲了，她的剪影却还是那么窈窕，还是那么让人怦然心动。来到她身边，我说："对不起，又让你等了。"她赧然一笑，望了望天，"谁等你了，我是在看星星。"我说："你是嘴不对心。"她说："真的，你看，咱的院子虽然低洼，却开阔，星星能看得真，你看那星星，多密多亮，让人看着舒服。"

进了屋门，两个孩子都睡着了，睡相都是那么甜美，我心中很热，想马上就在他们好看的脸蛋儿上亲上几口。吴凤芹牵了我衣角一下，"你褂子上、裤子上都沾满了尘土和泥点子，换下来再亲。"那洗干净了的衣裤就叠放在床头，她托过来放在我的手上。我忍不住闻了闻，是一股好闻的肥皂味，立刻就让我感到这衣服既家常又干净，正与我这个农村干部相符合。我换衣服的时候，她居然背过脸去，都多年的夫妻了，面对自己男人的身体还感到难为情。我亲孩子的时候，头刚垂下去，两个孩子竟同时睁开了眼、同时喊出"爸爸"。我被吓得哆嗦了一下，他们很得意地笑了起来，呵呵。这种调皮让我感到很富有，忍不住深情地看了吴凤芹一眼。吴凤芹也报之以笑，还是那么桃之夭夭、灼灼其华，像花儿初放一样。我冲动地放下孩子，转身去亲她，她赶紧躲闪，"当着孩子的面，也不注意影响。"孩子们在床上喊："妈，让他亲，让他亲。"

土灶上架着铁锅，铁锅上稳着笼屉，笼屉里焐着我的吃食。吴凤芹一样一样地给我"起"到地上的小方桌上，我坐在小方凳上，庄重地吃起来。为什么说"庄重"？因为有菜有酒，我先要喝上几杯。酒是二锅头，能喝出麦子的味道。整天与土地和农民打交道，肥大了我的酒量，所以，喝得不紧不慢，一杯接着一杯。"啊，滋润。"我感叹道。吴凤芹坐在床沿上，不停地抚摸着孩子们的头。她含笑不语，也不阻拦。她信任我，懂得我干什么事情都心中有数，不会莽撞、不会过分，何况喝酒。

酒喝得微醺，我知道，要喝得既滋润又清醒，自己还有一杯酒的量度，便对她说："吃什么主食？"她说是新面馒头。我说今天不想吃馒头，想吃点软和的，麻烦你去给我煮点儿挂面。她从柴棚里抱回来一束麦秸，问我："煮多少？"我说："就煮一子儿吧。"一子儿，就是一捆、一斤。麦秸在灶膛里无声地燃烧，挂面在铁锅里慢慢地舒展，撑得满满当当。

最后的那杯酒被喝光之时，挂面锅也给我稳到了桌面。我一碗一碗地吃，吃得铁锅见底。床上的孩子惊呼："我爸可真能吃，吃了整整一锅。"吴凤芹说："你爸白天跑的路多，把肚子都跑空了。"我说："孩子们，爸告诉你们一个秘密，惦记家的男人都吃得多，哈哈。"

雨季来临，绵密的雨水滴在屋顶，屋里的人能听到簌簌的细音。我和吴凤芹相视一笑，都说"好听"。我们也知道，房草被雨露滋润，肯定也是簌簌地长，扶摇而清俊，肯定也"好看"。院子里的积水汪成了一片——太阳照耀下，静静地如镜，云朵贴着水面游走；月光洒在上面，粼粼点点，像童话里的什么人在那里眨眼。从来没见过蝌蚪，此时却来了青蛙，咕呱咕呱，引得孩子们贴着窗棂看它们游戏。孩子们的眼仁越来越清澈，感到住在这里真好。

吴凤芹也觉得好。

住在这里，竹篱茅舍，波光潋滟，蛙鸣一片，除了自然的景色和天籁之音，她听不到外边的杂音，也闻不到外边的香香臭臭，心情平静，不生多余念头。一简单，就聚焦，她眼里只有我早出晚归的身影和孩子们银铃般的笑声，她内心盈满，活得单纯快乐。

于是，我们虽然立于洼地、居于陋室，却不感到卑微，她安心于相夫教子，孩子们安心于功课，我安心于工作。

一天，她对我说："这日子过得真快，我从平谷跟你来到京西，转眼之间，你就当领导了，孩子们也上学了，快得什么记忆都没有。不成，我必须留下点儿记忆。"

"你想留下什么记忆？"

她笑而不语。

盛春的一个傍晚，她居然用簸箕剜来数十棵向日葵的幼苗，并用一把沉重的老镢头自己掘地。

我说："还是栽几畦菜吧，吃着方便。"

她却说："你怎么也像村中小妇人似的，光往俗处想呢？"

我说："你爱栽什么就栽什么吧，我可不管，因为整天田间地头、小麦玉米，已懒得想栽植的事了。"

她笑一笑，"谁要你管，你尽管歇着就是了。"

"我不管，你会知道怎么栽？"我说。

"你没听说，要想学得会，就跟师傅睡，我跟你一个屋檐儿底下睡了这么多年，即使再不用心，肚里也装了很多农学。"她说。

这疑似对我的赞美，我心中大悦，便坐在门槛上看她劳作。那镢头很沉，而她的身子窈窕得近乎单薄，每次挥起，都倾了全身的力气，镢头下去，脚下趔趄，她那秀美的发尖也被湿汗大绺大绺地沾在颊上、额上，脸蛋也通红，喘气如嘘。

我心中不禁生出一丝爱怜，就去接她的镢头，"还是我来吧。"

她扭脸一笑，并不争持，俯下身，以十指作耙，耙土里的砖头碎瓦及木屑杂草。之后，便在挺匀的细土上，以手作穴，小心地栽下向日葵的幼苗。她分两行并栽，留着很内行的株行距，栽到三十棵，就不再栽了，她说："我有够。"

我赶紧帮她浇水，她竟说："谢谢你了。"我感到奇怪，说："还客套了，横竖还不都是家里的事。"她说："这可不一样，这是我自己的事，你只是帮了我的忙而已。"我便暗忖：吴凤芹，你这是什么意思？

夏末，向日葵开始渐次抽出花盘，吴凤芹的笑靥也绽放得很美。但一日下班回家，离家不远，就听到她尖厉而愤怒的斥叫，我一愣，她的性子是那么绵润，可从来没大声说过话啊。进了家门，便见三岁小儿正垂头哭咽。她抬头看了我两眼，眼圈竟也霎时红了。我问："出什么事了？"

她哽咽道："这孩子可有多淘气，好好的两棵向日葵，生让他给折了。"抬眼望去，靠里的一排向日葵，果然被拦腰折断了两棵。我觉得她也太孩子气了，便安慰说："为了两棵向日葵，就跟不懂事的孩子生气，这可不符合你的心性。"

她急了："你说得倒轻巧，他折的可不是简单的两棵向日葵，而是折残了我的念想！"

见我愕然不解，她说："十五的月亮圆，栽十五棵，取的是圆满。外边那一排是为你栽的，里边的一排是为儿子栽的。并排十五棵，是让儿子跟你看齐，上名牌大学，当跟你一样大的干部。你看，他偏偏就把自己的前程给毁了。"她很懊丧，眼泪竟流得汹涌了。

我哈哈大笑："快别伤心了，既然我已经定型了，不会有什么长进了，那里边的一排归我，外边的就归儿子吧，让他超过我，不更好吗？"

她喃喃地说："本来娶俺个柴禾妞儿就已经委屈了你，这下子俺心里就更不踏实了。"

我把她拥在怀里，帮她抹去泪水："你整天乐呵呵的，从来没见你自卑过，没想到你心里还有这种念头，你隐藏得可够深的，不成，得罚你给我们做好吃的。"

"对，不单罚她给我们做好吃的，还要专给我摊两个柴鸡蛋。"一边的大女儿说。

"为什么要专为你摊鸡蛋？"

"她为你和弟弟都栽了向日葵，可就不为我栽，哼，重男轻女。"

我哈哈大笑，逗弄女儿，"摊鸡蛋多不上档次，为什么不让她给你做两只油焖大虾？"

女儿说："没见过、没吃过，也不想。"

"好好，妈给你摊鸡蛋。"吴凤芹把女儿揽进怀里，说道，"闺女，你可别怨妈，我不也没给自己栽吗？因为咱们是女的，没必要在外边争强好胜，你看看，那些强势的女人，有哪个是快乐的？"

女儿温顺地贴紧了吴凤芹，小声地说："这我知道。"

后来，我知晓了吴凤芹栽种向日葵的缘由：她一径想栽一种有象征意义的金枝佳卉，左思右想，偏偏就想到了幼时的向日葵。在她经历的那个年代中，向日葵可是神圣之物，歌里唱得好，"朵朵红花向太阳"，那里有对党和领袖的尊崇与向往。在心理暗示之下，就选了向日葵。她确信，每年栽种一些向日葵，一定会引来神灵保佑，健旺她的丈夫和儿子。

于是，栽下向日葵之后，吴凤芹就天天企望向日葵长得苗壮，期盼花盘长得大，籽粒也灌得饱满，团圆又沉实。但这可是很不好达到的境界，她便殚精竭虑——查书本、问旁人（她不好意思问我）科学护理，倾尽了一个普通女人所能有的一切心力。

天道酬勤，天道酬诚。吴凤芹的向日葵果然长得壮健红火。入秋之后，二十八个葵盘长得硕大浑圆，若盈满了沉重的思念和眷恋；那金黄的花瓣鲜嫩而奋挺，在阳光下，艳艳似火。听着她那孩子般的笑声，我不禁怦然心动，向日葵在乡间小院里燃烧，这燃烧的爱，在平凡的人生中灼灼闪光。

这就是吴凤芹给生活留下的记忆，带着金灿灿的光芒，卑微而伟大。

这就有了意外的效果，吴凤芹虽然待在家里，也收束和规整着我的心，使我情系家庭，不生妄念，洁身自好。

后来，罗府街镇城市化步伐加快，楼房渐次耸起，我的那块蛙鸣之地居然地价如金，依规划，要建一座二十层的楼房，让搬迁户搬进。吴凤芹很兴奋，觉得既然我们就住在这里，当然就应该就地迁入。但是，政策有规定，一工一农户不享受福利分房，要想居住也可以，需按商品房的价格自行购买。

这就是难题了。我一个人的那份工资，供养一家人吃喝、供养一双儿女上学，还要精打细算，哪里还有余钱？

吴凤芹整天唉声叹气，我则看着她傻乐。

"亏你还乐得出来。"她说。

"我那不是乐，是绝望，就像干力气活干过了劲儿，全身麻木，没办法移步，由于无奈，只好自嘲。"我说。

"亏你还有心思耍贫嘴。"她说。

"我这不是耍贫嘴，是担心，因为我想起了你弟弟说过的话，他说如果你敢把我姐甩了，就打折我的腿，我连个固定的屋檐都给不了你了，跟甩有什么两样？看来，我的腿是保不住了。"

一说到她弟弟，吴凤芹反倒眼前一亮，居然说道："那么，我甩你。"

我一愣，"你这是什么意思？"

她说："我带两个孩子回京东老家，那里有祖宅。"

她说得虽然率性而柔和，却像一记响亮而有力的耳光，抽疼了我的麻木，我在她的胳膊上用力捏了一下，"你哪儿也不能去，祖宅是属于上辈人的，我们这代人要自己给自己找到立身之地，不然还不如不活。"

"你捏疼我了。"

"疼？对，你这辈子，就是留给我疼的，你等着，我马上给你去寻找新宅。"

撂下这句话，我跨出门去。骑上自行车，狠狠地蹬着，由于心中有悲壮，所以就有行进的速度。起初是暗黑的行程，骑着骑着，竟渐渐有光。原来已经进了詹庄的地界——这个村子被詹喜成搞得真好，水泥路通到大街小巷，两侧是林立的路灯，光亮照耀着静默，不使人惊惧。

我走进了詹喜成的深宅大院。不论是街门、梢门、影壁门，还是廊门、旁门、堂门、屋门，居然都是一推就开。一进到厅堂，竟看到詹喜成就坐在八仙桌旁，而且桌上还摆放好了各种酒菜。见到贸然闯进的我，他毫不吃惊，只是缓缓地挥挥手，"请坐，我已恭候你多时了。"

由于迫切，我想赶紧陈述，但却张口结舌，不知如何谈起。他给我倒上酒，说："你什么也别说，先喝酒。"

喝了三杯，血液有了流动，羞怯也慢慢散去，我要说，而且要坦率地说。但话头却被詹喜成抢了，他说："我正要找你商量，你能不能回咱村里来住？"

我的泪水夺眶而出，模糊了视线，情急之下，把酒杯端起来遮在眼前，"为什么？"

"吴凤芹落户在詹庄，而你是居民里的散户，也入户在这里，既然都在这里，为什么还长期住在外边？好像我詹喜成没有容人之量似的。"他说。

"搬回村里也可以，可是我们住在哪里？"

"吴凤芹不是有五亩口粮田吗，你们就住在口粮田里。"

"这？"

"于凤山，别怪我不叫你镇长，因为据我观察，你这个学农的，没有花花肠子，即便是当了镇长，做人做事也还是那么实诚。而我坐根儿就是种地的，即便是当了劳模也是泥腿子，改不了实诚的本性。就好比石头碰石头还是石头，那么我们就心贴心、实打实地在这儿说话。"

"那好，那就请你明示。"

詹喜成说："眼下不是提倡调整农业结构，打破单纯的种植，搞多种经营吗？那么，你就在口粮田里搞养蚕、养猪。养蚕需要棚舍，养猪需要猪栏，你就得盖些房子。依你的工资收入，你当然盖不起，但你搞的可是设施农业，银行可以给贴息贷款，村里也能名正言顺地给你经营补助，一切都不在话下。当然，这都要以吴凤芹的名义，她作为一个农民，属合法经营，不会影响你的政治前途。嘿嘿，你自然要担点儿委屈，与猪同居一处，整天听着杂音、闻着粪臭，很是不观应（浪漫、文雅），有碍你大镇长的面子，如果你不能接受，算是我白说。"

我说："你说的都是实打实的话，那么我就也实打实地告诉你，你是给我指出了一条绝处逢生的明路，你是在真心救我，我岂止接受，还要感谢你十八辈祖宗。俗话说，三十年河东三十年河西，我生在京东没知音，活在京西有至亲，你就是我的再生父母。"

"你这个人真操蛋，堂堂个大镇长，还像个孩子，一点儿城府都没有，我看了，你的官儿也就到此为止了，当不大了。"

"官儿当得大当不大不重要，能给老婆孩子一个遮风挡雨的屋檐儿、能过上正经的日子才最重要。"

接下来两个人往实打实里喝酒。很快他就有了醉意，脱去上衣，露出他的大肚子。他的肚脐眼儿很大、很深，撒进去麦种，很快就能发出芽来。我油然生出一种特别亲的感情，忍不住轻轻地叫了一声，詹大胖子。

他"嗯"了一声，"你叫我什么？"

"詹大胖子。"

他哈哈大笑，"你怎么知道我的外号就叫詹大胖子？村里这帮孙子，当着面恭恭敬敬地叫我詹书记，一背过脸儿去就叫我詹大胖子，哈哈。"

他最终还是醉了，仰在靠背上合上了眼，不动了。

我悄悄地告辞。

我刚要跨出屋门，就听到身后叫道："于凤山，你给我站住。"

我回过身去，笑着问道："你还有什么吩咐？"

他吧唧吧唧嘴说道："你给我听好了，詹大胖子你在屋里叫叫也就算了，出了屋门你要是再叫，小心我抽你，哈哈。"

酒意缩短了距离，我很快就骑到了家里。那个窈窕的身影果然就站立在暗夜里。我远远地喊道："吴凤芹，你得救了，你依然可以延续你竹篱茅舍、蛙鸣一片的日子。"

她扶我下了车子，怕我跌倒，紧紧地抱住了我。她越抱越紧，像扎紧一捆麦子。奇怪，她的热情竟陡地在我心中唤起一丝寒意，唉，我们可怜的爱情。

就这样，在吴凤芹的口粮地里，搭起了蚕棚，建起了猪舍，当然也盖起了几间工房。一家人就住在了工房里，既照看养殖物，又栖息自己，有了生产与生活双美的境界。

我们的养殖规模不大，栽种了100棵桑树，圈养了100多头猪。整个养殖场，既不插竹篱，也不垒院墙，呈开放状态。因为土地上的劳作，不忌惮偷，就一如高粱长在梁上，小麦长在平地，乃天经地义。也遵从"前不栽桑，后不栽柳"的农谚，桑就栽在西侧，夕阳洒下，树荫斑驳，煞是有趣，颇有"失之东隅，收之桑榆"的美意。由于开放，村民们陆续趋来。起初是因为好奇，一个这么大的干部还带着老婆和孩子在这里种桑养猪，自食其力，跟我们农民有什么两样？而且还住在简朴的工房里，还不如我们农民？是真是假，他们要看个究竟。后来就是关心了，把多余的高粱、玉米，甚至是一些不成气候的瓜菜（当然包括择下来的萝卜缨子、白菜帮子和豆角秧子、拉架黄瓜），均不露声色地给我们送过来，让我们做饲料用。因为知道大干部过的朴素日子是真的，村民们的同情与爱意就自然地涌动出来。一如地在低处，水自然就流入；人一旦低调，就让人感到可亲可爱，愿意跟其走动，也愿意送其温暖。

我们一家人就彻底融入了村子，跟住在京东老家没什么两样。

家里的农事当然是由吴凤芹打理。她虽然没学过农，但她有早年的农村生活体验，也有起码的养殖常识，另外，她上学时就是好学生，对知识有很强的悟性，有关养殖的书本一旦给她，很快就能弄明白，并迅速地在实际中运用。嘿嘿，再说我差不多就是个农业专家，我可以指导她。家里的养殖就搞得顺顺当当，家庭的收入就有了惊人的增长，家境就渐渐殷实了。儿女们也优秀，学业精进，前途大好。

我的心里充满了阳光，觉得对一个学农出身，又长期工作在基层的人来说，这是最适宜的生活了。满足之下，在工房的门框上，我写了一副对联：夏植桑冬养畜，日荷锄夜读书。横批：自得其乐。

我不免喟叹：陶渊明又怎么着？虽然有"采菊东篱下，悠然见南山"的雅致，但那是对现实的逃避，是在绝望之下无可奈何的豪迈。"桃花源"虽然令人向往，但那是虚构的，是凄美。而我感受到的，是现实之美，是生活之美，是农业文明的自然之赐，不能再有更多的奢求和贪欲了。

于是我感到，我最应该有的是现实中的担当。便每到晚上，躲避不必要的人际交往，更不参加灯红酒绿的功利性应酬，而是静心在灯光之下，继续钻研农书，并结合自己的工作经验，写出一篇篇能给农民以指导的论文。嘿嘿，我都写了什么，我相信，你们大家肯定是知道的。因为我是基层的领导干部，我的着眼点不是纯学术，不是当什么农业科学家，而是要有利于生产经营和"三农"的发展，当农民的贴心人。比如《二四滴技术与西红柿增收》，就是要指导菜农通过运用植物生长调节剂，让西红柿早熟，赶早抢占市场，以达到增收的目的。还比如《茬口安排与两茬平播》，就是要农民靠平播技术，掌握好合理的行距和密度，既节省种子又实现高产。不多说了，再说就有"王婆卖瓜，自卖自夸"的嫌疑了。

吴凤芹她可真能干，天刚蒙蒙亮，她就起来冲洗猪舍。我起床之后，早饭她就给我和孩子们熰在笼屉里。猪肉包子、豆浆和老油条，有极家常的香味。我在屋里慢慢地咀嚼，听着她在外边冲洗的声音，哗哗，哗哗，心想，好生活也就这样了。推着自行车欲出门之前，我隔着猪舍的矮墙望了她一眼，见薄衫子因为汗湿贴在她的胸前，显出很高耸的轮廓；裤腿儿挽到了膝上，在胶皮水靴之间，露出两节小腿，白花花的，圆鼓鼓的，像两只灵动的兔子。我心中一动，她可真结实啊！

孩子健康，她健美，我的心神就健旺，白天也不愿窝在办公室里，还像年轻的时候一样，骑着自行车到镇上最远的乡村去，指导生产，解决民生问题。在百姓眼里，我这个领导没架子，也始终不蜕变，疑似好干部。

一个星期天，早晨起来，阳光清澈，痒痒地暖，我不禁慵懒了一下，不再想出门。吴凤芹好像感觉到了，她说："你今天就给我照看一下桑树吧，有几棵桑树侧枝上的叶子有些打卷，你看看它们中了什么毛病。"既然她给了我一个理由，我索性就懒下去吧。

我一棵棵地察看了树情，不见虫咬，也不见病变，看来，可能是土壤有了问题。我便捏起树根下的一小撮土，放进嘴里，想通过唾液和舌尖儿检验一下土的酸碱性。这让吴凤芹看到了，她愣了一下，说："你差不多就是专家了，怎么还用这样的土办法？"由于口舌里的障碍，我唔哝出含糊的几个字，"省事，管用。"

她一笑，整个人贴上来，眼里闪着奇异的亮光，她勾着我的脖子，竟然把嘴亲在我的嘴上。我也冲动地迎接，在忘情中突生一丝顽劣，把舌尖儿上的土，顺势吐到她的舌尖之上。这样的吻引发出奇的热情，我们吻得泥沙俱下、稀里哗啦。意外的仪式完毕，她居然把嘴里的土咽下去了，红着脸粲然一笑，"自家的土，干净。"

这是一对什么样的男女啊，老大不小，却忘记年龄，以至于没大没小。此时的我，居然不敢正眼看她，低着头推起一隅的那辆双轮车，到村里去了。

遇到一个村民，他礼貌地叫道："于镇长，您早。"我不理他。又遇到一个村民，还是很有礼貌地问候："于镇长，您早。"我还是不理他，只是兀自朝前走。对不起了，你们的于镇长他很羞臊，很坏，很不正经，嘿嘿，不过是一个臭男人而已。

村里有的是盖小楼的农户，自然有不少遗撒得过了劲儿的生石灰，我悉数铲进车里。桑树下的土壤酸性太大了，全是因为吴凤芹她太勤勉，施下去过量的猪粪，必须用碱性的东西中和一下。

白天我埋头往树根处撒生石灰，中途几次吴凤芹想跟我说话我都不理她。晚上她殷勤地给我倒酒，我才抬头说了一句，"你这个人真差劲！"酒后我站在门前的空地上向桑树林瞭望，树根下的一圈圈生石灰由于被夕阳浸染，白里透红，像动了情的眼睛。我忍不住偷偷地笑。门廊下，吴凤芹坐在杌凳上，用她自己巢出来的蚕丝给我织围巾，也是一边织一边偷偷笑。

我心里说，完了，完了，因为她现在用蚕丝织的这条围巾可比她原来用毛线织的那条围巾强多了，又柔软又结实，套在脖子上，挣也挣不断了。

罢了，罢了，一辈子就是她了。

讲到这里，于凤山半天不说话，急得局里的同志们直催促，"讲啊，讲啊。"

于凤山嘿嘿一笑，"讲完了。"

一个人说："听你的口气，后边肯定还有故事，因为你有挣断的心思。"

于凤山说："你这个人真操蛋，我的意思，是跟吴凤芹过一辈子，我心甘情愿。"

他说的是真的。既然几十年没离开农村、农业、农民，就一肚子的土地感情了；既然那么珍惜桑麦，就必然会珍惜桑麦荫下那健美的农妇。这是剥离不开的情结。

大家还吵着追问，却见局长金守振猛地摆了摆手，说道："肃静，部长来了。"

在于凤山讲他特别的吻的时候，接到局传达室打来的一个电话，通报他，组织部长已到大门口了。他不愿打断于凤山的话头，也不忍扫大家的兴，便一个人下楼迎接。到了会议室门口，于凤山正讲他新旧围巾的事，金守振想打断，部长摆摆手，"我也想听听。"

见部长已经走进来了，于凤山缩了一下脖子，"对不起部长，没去接驾，请多海涵。"

部长一笑，"没关系，想着把你夫人织的围巾送我一条，留个纪念。"

于凤山嘿嘿一笑，"那是必须的。"

大家坐定，金守振请部长讲话。

部长说："你们的欢送会开得很好，别开生面，至于对于凤山同志的评价，相信大家已在心里有了答案，我就不多说了。我来只是宣布一个决定。"

他宣布道——

于凤山同志自工作以来，一边做着事务性工作，一边搞着农业应用技术研究，写了大量的论文，出了不少普及性专著，由于针对"三农"实际，又通俗易懂，被广大农村干部和农民群众接受并运用，起到了推动生产、惠及民生的作用。基于此，在今年全区优支人才评定中，区委组织部决定，授予他"'三农'系统领军人物"的专业称号。

部长宣布完毕，又很郑重地把证书颁发给于凤山，在相互握手的时候，叮嘱道："于凤山同志，你虽然在现职岗位上退休了，但你在田间地头上的事业，却永无休止，你要在保重好身体的同时，再立新功啊。"

于凤山很想说一句响当当的话，却莫名其妙地说道："嘿嘿，桑麦之赐，到底是丰厚的。"

2022年9月28日—10月6日
京西昊天塔下石板宅

琥

珀

晨六时三十分，毕胜利猛地睁开了眼。这是生物钟的作用，提示他该起床了。但是他没起床，而是哼了一声，翻了一个身，又睡下了。

　　回笼觉真是美，不仅马上就入睡，而且还有梦。梦里回到幼年，他在京西老松林里捡琥珀。老松林里的琥珀是松脂滴到老黄蜂身上形成的——因为老黄蜂圆大又赤黄，围着它衍生出的纹络又呈开放状，便涵养出阳光普照的内涵，那么就金贵了。至于到底有多么金贵，京西人评判不出，只是感觉它金贵。谁要是捡到，马上就"密"（藏）起来，从此不再示人。但"密"来"密"去，到头来，连捡的人都不知搁在哪里了，便金贵得近似无。下意识地叹一声："真操蛋！"也就放下了。京西人对物质不执着，所以遗憾而不遗恨。毕胜利捡了好几个，搁到最后只剩下一个，结婚的时候做成挂件送给新娘子，新娘子戴了两天秀了一下恩爱，之后就扔在梳妆台的抽屉里，从此不见天光，可以想见，在女人的眼里，它是贱的。在此时的梦境里，黄蜂琥珀处处可见，他欢悦地捡，一颗、两颗、三颗……

　　"都什么时候了，还不起床，你还上班不上班？"一个凌厉的声音响起。

毕胜利被惊醒，揉了揉眼睛，看到老婆王桂花俯身看着他。

"我退休了，想睡会儿懒觉，嘿嘿。"

"只是快退休了，还差三个月呢。"王桂花阴着脸说。

"呃，一临近退休，怎么就跟退休了一样，只想懒，真是没想到。"他说。

"就你这觉悟，我要是领导，也会不待见。"王桂花撂下这么一句话，转身走了。

这句话类似当着矬子说矮，戳着了他的痛处，因为他当了足够长的副职，就是不给扶正，他心里幽暗地灰，但为了显示境界，一直不说出来。老婆的话，让他心头一皱，顺势踹了一下被子。本来想发泄，却抽筋了，脚面上翻，疼得不忍，只好下床，在地下连续蹬踩，强力疏筋。终于能行走了，他拎起藏在床底下的一个五公升容积的矿泉水塑料桶，悄悄地往卫生间里闪。那里装着他的宿尿，要赶紧倒掉。

悄悄的动作反而引起老婆的警觉，她喝住了他，"鬼鬼祟祟的，你在干什么？"他缩了一下脖子，往上提了提那半桶浑黄色的物质，涎笑着说："把它倒掉。"

"瞧你那点儿出息。"王桂花说。

倒掉尿液，把塑料桶重又搁回床下。王桂花尾随而进，从床下拎出来，打开后窗，扔了出去。楼下有人喊："嘿，嘿，怎么乱扔东西，也不看看有没有人，没素质。"王桂花隔窗一望，是熟人，一楼的光头李。她吐了吐舌头，"李大哥，对不起了。"光头李阴着脸，晃了一下那浑圆的光头，"没什么，以后注意点儿就成了。"这是不原谅的原谅，有不屑的意思。

这让王桂花心情不好，转过身来训斥，"说不让你置办夜壶，你反倒弄个桶，你是成心致气，不想好。"

毕胜利说："你这人就没意思了，是你不体贴，虐待我。"

前情是这样：入冬以来，每当夜起，毕胜利总是感到头脑昏沉，像要跌；也感到凉风吹体，似要麻；而要到卫生间去，还要经过偌大的客厅，便疑惧跌与麻的背后——要么骨折，要么中风。便对王桂花说，买一个夜壶吧，方便起居。王桂花愤然说道，买什么夜壶，你才多大年纪，就以歪就歪、倚老卖老？他说，我已经快六十岁了，而我爷和我爹都刚过五十岁就使上了，这是老年人的必备之物。王桂花说，那是老辈子的事儿，他们住土房，泥与臊是自然的，而你是国家干部，住的是楼房，要讲究干净和清爽，不能带一点儿污，所以你就死了心吧。

道理不如实需，既然不让置办夜壶，就偷偷预备桶，解决现实问题。但还是被发现了，心境在有理和惭愧之间，便笑一笑，不再吭声。但听到"虐待"二字，王桂花的气韵却亢奋了，"什么虐待，那是为了你好，因为这人活的是心气，你觉得自己年轻就真的年轻、你觉得自己老就真的老了。再说，人的器官是用进废退，腿常走就灵活，如果不走，你就真的萎缩在床上了，哼。"

不吭声了，还被数落，毕胜利本能地回应道："都说男人这一辈子有两个妈，生你的是老妈，给你生的是小妈，看来是对的。因为你一辈子就喜欢管控我，一遇反抗，就婆婆妈妈的，不让人耳根子清静，这跟虐待有什么两样？"

王桂花很不爱听，翻了翻眼白，说道："要说虐待，也是你虐待我——想参加工作，你不给找；想自己干点儿营生，你又不允许，一辈子就窝在家里当家庭妇女，整天围着锅台转，伺候完老的又伺候小的，眼里只有油盐柴米。因为足不出户，连透口气的机会都很少。还说我们粗俗不文雅、蛮横不温柔，这是你圈养（禁锢）的结果。说实在的，我也不愿意婆婆妈妈的，但那还不是你造成的，所以，即便你不喜欢，也只好受着，哼，这叫自作自受。”

　　撂下一堆议论，王桂花就去拾掇早点。抽油烟机的声音，轻而连续，熟悉得让人妥帖。毕胜利心里立刻回暖——她这个人，刀子嘴豆腐心，拌过嘴之后转身就忘记，还按部就班地尽老婆的责任，伺候你。

　　饭菜上桌，虽然都冒着热气，却是剩菜、剩饭。昨晚上的半盘肉炒芹菜、半盘蛋炒西红柿，馒头也是重新馏过的，因为昨晚掰剩下的半个馒头就赫然呈现在笼屉里。他心里灰了一下，“怎么吃剩饭？”

　　“怎么是剩饭？给你新泼了一碗黑芝麻糊，一碟子小咸菜也是现切的。”

　　“我是指热菜和馒头。”

　　“那也不是剩饭，依老理，只要是上锅热过的，就是新饭。”

　　“你这是狡辩，想对我继续进行虐待。”

　　“你这可甭怨我，要说是虐待，也是你自己虐待自己。”

　　毕胜利知道王桂花所说的含义，也就无奈地吃了起来。

　　刚结婚的时候，王桂花很贤惠，每顿饭都做得很精致。她做饭用小碟，每顿两小碟凉菜、两小碟热菜，而且每次都变换花样，绝不重复。毕胜利一开始觉得稀罕，就任由她“精致”，终于有一天他发话了，“人家盛菜都用盘子，盈盈满满的，看着就有胃口，而你却用碟子，好像吃猫食一样，让人都不敢下嘴。”

　　王桂花粲然一笑，“用小碟子最大的好处，是不留剩饭，每顿都能吃到新鲜的食物，既卫生又节俭，还透着精致，若是旁人见了，还觉得老婆对老公敬重，嘿嘿。”

　　“‘嘿嘿’什么，顿顿光、顿顿做，你就不嫌麻烦？”

　　“我横竖待在家里，有大把的时间，不把饭菜弄得精致些，就不称职了，嘿嘿。”

毕胜利不以为然，"从明天起，你还是用盘子吧，小碟子让人觉得各色还不算，显得穷气，吃不痛快。"

王桂花就换了大盘子。使用大盘子，自然就增加了菜量，否则盖不过盘底，就不像样子了。于是就有了剩余，王桂花稍稍犹豫了一下，就把它倒掉了。

毕胜利看到，严肃地说道："你怎么把它们倒掉了，难道你就不知道，一箪食一瓢饮都来之不易？再说，我出生在京西大山里，小时候饿怕了，看不得浪费粮食。"

"那你可就要吃剩饭了。"

"没关系，剩饭也是饭，吃了也照样饱。"

见他吃剩饭，王桂花很心疼，就抢着吃，而把新烹饪的饭菜推给他。这让毕胜利不忍，又把剩饭菜抢过来。在你推我让之间，都感到了对方的体贴与怜惜，感情就厚了。这样一来，两个人对饭菜就不挑剔新旧，能吃在一起，就是爱了。

为什么今天却挑剔了？是因为夜壶。毕胜利出生在大山深处，在他根性的意识里，夜壶可不是凡常的器具，它是齿龄的标志，关系着男人的尊严。

这时毕胜利想起来一个有古怪笔名的作家——凸凹的一句话：己心妩媚则世间妩媚，己心温暖则世间温暖。立刻就开悟了一下，既然境由心生、情由心动，不如自己照亮（调整）自己，不跟老婆争对错和究竟。所以，本来他很想撂下碗筷就气鼓鼓地走，不跟这老娘们儿说话，可临走的时候却朝王桂花笑笑，"老伴儿，我上班去了，你在家自己照顾好自己。"

一声"老伴儿"叫得王桂花有些懵懂，之后就温软了，也马上呈上笑容，"你走路慢点儿，也长点儿眼。"

这是一句有针对性的关心，因为毕胜利走路总是低着头，步幅也大，还急匆匆的，有时候撞了电线杆子还赶紧说对不起，可笑而憨朴。

"知道了。"他笑着走出门去。

这次他是真笑了,所以关门的声音很轻,以至于王桂花还特意朝门处看了看,"这个人到底走了没有?"

出了楼门往东走,初升的太阳很明媚,给他妩媚的心情上又添上了一层妩媚。正好光头李遛狗回来,那小短腿的柯基金黄色的狗毛被阳光披洒,染上一层明亮,有透明的质感。他感到它很可爱,便起了逗弄之心。他把一只手插进裤兜,撑出有食物的形状,并在里边拨弄,哗啦、哗啦。那是钥匙链的声音。然后对那狗喊道:"钢特,你快来,我给你吃的。"既然在同一个楼门,他当然知道狗的底细,它是一条三岁半的母狗,性情温驯,主人却给他起了一个刚性的名字,好像不这么叫,就不是他光头李的狗了。

狗吐着舌头欢悦地跑过来,到了人跟前,竟掀爪子立了起来,意思是说:"你给什么吃的?"

毕胜利在兜里翻搅了一番,然后抽出手猛地在狗面前摊开,"嘿嘿,没有。"

狗的眼神很迷惘,回头看了看主人。光头李说:"别没出息。"

狗便放下了前腿,舌头也缩进嘴里,传出一个吞咽的声音。

光头李笑笑,打招呼道:"老毕,上班啊?"

"上班。"回答过主人,又觉得也得照应一下狗,便说,"你们家钢特可真聪明。"

"没错。"光头李只吐出两个字,带着狗走了。

毕胜利也往前走,突然想起"别没出息"几个字,"他在说谁?"他嘟囔道。

他虽然隐隐约约地觉得光头李的话里有双关的意思,但他还是释然了，因为光头李的光头在晨光下也有明晃晃的光芒，很好玩儿，一好玩儿就无辜。他或许没那么复杂。

一进办公室，他闻到浓重的霉味，看到以往已打开的窗现在依然关着，办公桌上的文件和报纸也依旧是他昨晚走时的模样，他心中动了一下：王琳琳没给他收拾。他下意识地喊了一声："王琳琳。"

王琳琳没有答应。

王琳琳是他的女下属，负责他的日程提示、文案起草、档案管理和工勤服务（包括房间打扫、饮用水更换）等等，有贴身秘书的性质。但就他的那个级别，没有配备秘书的资格，便叫专职工作人员。给他提供的服务，在职责和非职责之间，上司有默许，她本人有默契，是约定俗成的状态。

见没人应答，毕胜利心中顿了一下。近一段时间，常有这种情况发生，他便联想到，莫非是自己就要退休了，连下属也随之失去了以往的殷勤与周到，一如秋风无力之下，连树枝也不再招摇了。他苦笑了一下，只好自己开窗、扫地、揩桌子。

一番动作之后，不仅弄得气喘吁吁，早起抽筋的脚复又抽搐，他觉得这是大事，因为从此之后世道肯定会凸显炎凉，自己要重视自己，即便是小恙，也要赶紧看。便瘸着步子，疾奔单位卫生室。

卫生室的门诊大夫小董笑脸相迎，"毕局长早。"

"不，毕副局长。"他纠正道。

"您真逗。"小董还是满脸灿烂。

听了他叙述的症状，小董说："这是岁数大了之后常见的现象，缺钙，并且怕着凉。"

"有没有特效药？"

"嘻嘻，这是老年人正常的生理现象，哪里有特效药？药疗为辅，理疗为主。"

"药疗怎么治，吃点儿养血荣筋丸？"毕胜利的母亲也有抽筋症，他到药店去买药，服务员就给推荐了这个。据母亲说，还是很管用的。

小董说："可以，但咱们卫生室没进这种药，只有舒筋活血片。"

"为什么不进？"他下意识地以领导的口气严肃地说道。

小董没有正面回答他为什么不进的问题，而是很委婉地对他说："这个舒筋活血片更对症，而且见效快。我建议您服用。"

小董的态度让毕胜利很舒服，便说："那好，就开这个吧。"

这是个没有选择的选择，选择不选择，起决定作用的是开药人的态度。所以毕胜利不仅痛快地同意，心里还说："这个小女子还是很体贴人的。"

药确定了，小董依然送上关心，"毕局长，我再给您开点维生素D和RD钙片，另外，您从今儿开始要每天散步、喝牛奶，多晒太阳，晚上睡觉和室外出行要注意保暖。"

这样的叮嘱，不仅让人舒服，更让人感动，他连连说："谢谢，谢谢。"

他一边往办公室走，一边回味：还是这大夫人好，不管你是在职的领导，还是临近退休的干部，在她眼里都只是病人，都会同等对待，恪守着职业操守。他甚至还有了一种闲心，回放小董给他开药时的情景：她欠着屁股坐在桌前写处方，向下垂着头，他居高临下地看见，她的脖颈很细很白，窗外钻进来的阳光洒在上边，能看见带着光泽的一层细细的绒毛，很净洁，很温柔。他不禁咂摸咂摸嘴唇，嘿嘿，这个小女子，长得还挺精致，要是自己的儿媳妇该有多好。虽然他早就知道，小董不仅名花有主，还有个三岁多的女儿。嘿嘿，他感到自己还不老，因为还能生出不可言说的绮思丽想。

坐在办公桌前，他还在满口回甘。

这时却踢踢踏踏地闯进来一个人，是王琳琳。"对不起，我来晚了。"

好心情被打断了，他顿生出一股怒气，"你最近总是晚，已经不是对得起对不起的问题了，而是不自律，懈怠。"

"你话可不能这样说，我不是故意来晚的，家里的确发生了点儿状况。"王琳琳辩解道。

"怎么你们家总是有状况？如果不能正常上班可以提前请事假嘛，免得打乱了领导的工作秩序。"他继续责备道。

王琳琳很惊愕，黑着脸子说道："你这是怎么了，这么不近情理？"

王琳琳连着使用了两次"你"，让毕胜利感到特别刺耳，他提高了嗓音说道："不叫局长也就算了，还不停地'你你你'，你怎么这么不懂礼貌？是不是看到我快要退休了，连起码的尊重都不屑于给了？以前可没看出来，原来你还这么势利眼。"

大音招魂。邻近的科室有人开门朝这里探望，甚至有的人干脆走过来想看个究竟。这也惹恼了毕胜利，他朝那些人挥挥手，"看什么看，别无长物，就他妈的喜欢看热闹！"

这是毕胜利从来都没有过的语气，那些人赶紧躲进自己的办公室，而且他还清晰地听到一扇门后有一个声音，"他这是怎么了，在发什么神经？"另一个声音回应道，"可能是要退休了，心里有点儿不平衡。"

因为久也不能扶正，他平时也发过牢骚，可那不过是有心或无心的议论，说说也就过去了，怎么今天在这些人眼里竟成了诠释他发作的言之凿凿的理由？

"这都是些什么人？"他一边悲叹着，一边顺势把门关上了。

他也把王琳琳关在了自己的办公室里。

王琳琳站在地上，挡住了他回归座位的道路，他多了一个心眼，闪身从她身边绕过去。一旦坐定，领导的身份就恢复了，并且有了发话的道德优势。他说："也许我刚才说的话有些重了，可是……"

他"可是"不下去了，因为他看到，王琳琳幽怨地盯着他，大颗大颗的眼泪不停地往下滚落，嘴角也抽搐，那张本来还算清秀的脸由于变形，也变得很丑陋。他心里软了一下，想说句安慰的话，但是又觉得有些草率——明明是她姗姗来迟，还一说就跳，怎么倒像我有了错处？他嘿嘿一笑，定下神来，开始从头到脚地打量她——

她今天没化妆，因为不断珠子的泪水并没有冲刷出脂粉的痕迹。她上身穿着老旧而深灰的羽绒服，下身穿着宽大的裁绒裤，脚上是一双看不出颜色的旅游鞋，总体上是风尘仆仆的样子。往日她可不是这个样子——总是涂脂抹粉，一派艳丽，即便是冷天也穿裙装，且昂贵的高跟皮靴蹬地，把全身的线条弄得很凶险。

罢了，既然你面容丑陋，体态疲沓，一点美感都没有，为什么要对你说软话？男人是有惜香怜玉的毛病，但前提是女人得有香玉之色。于是他的心又硬了，"要哭就请你出去哭，别让别人以为我把你怎么着了，落个不明不白的。"

王琳琳抹了一把脸上的泪，狠狠地甩在地上，"我就不出去！"

"为什么？"

"你还没给我派活儿呢。"

"嘿嘿，你可真够敬业的。"

"哼，我王琳琳从来如此。"

毕胜利不由得惭愧了一下，因为王琳琳的确如此。

"那么，我问你，前几天给你布置的那个项目报告你写完了没有？"

"还没写完。"

"你怎么拖拖拉拉的？"

"不是我拖拉，是因为那个报告难度很大，横竖理不清思路。"

"别强调客观原因，是因为你不在状态，不专心，不过我告诉你，你今天下班之前，一定要写完，局长催着要呢。"

"对不起，肯定写不完。"

"为什么？"

"没心情。"

居然有如此断然的抗命，他厉声说："你今天如果不写完，小心我处理你。"

"即使你处理我，我也恐难从命。"见毕胜利还要发作，王琳琳解释道，"我婆婆住院了，在做各种检查，需要我陪。本来我上机关来，就是跟你……跟您请个假，再回医院去。"

"那么你老公呢，难道他就是个摆设？"

"不怕你……您笑话，这两年我们感情出了问题，他总提着要跟我离婚，我怎么会同意离婚呢？我在行政机关，那影响该有多不好。可他跟我玩儿起了失踪，都半个多月不见人影了，电话和微信也都把我拉黑了，一直联系不上他。"

"你可真可怜。"毕胜利心头又软了一下。

"那就是说，您同意我去医院了？"

"我可没说，谁知道你的理由是真是假。"

"你这个人可真浑蛋！"

这话以前王琳琳也说过，他们平常处得还算融洽，时不时也会聊聊天、开开玩笑，但今天听来却格外难听，放大了他的失落，他的心复又硬了起来，"无论如何，你也要把报告写出来再走。"

王琳琳恨恨地瞪了他一眼，摔门就走了。居然没有声响，因为她做出的虽然是摔门的动作，也用的是摔门的力气，但她在发生撞击之前的一刹那，又回手拦了一下门。

这一切都被毕胜利看在眼里。"这女子，还是有修养的，无论多么愤怒，也注意不失态。"心里的这一暗声，让他有了一丝反省，"我是不是做得有些过了？"

木木地在座位上坐着，他心绪复杂。过了一阵，他离开座位，想要去王琳琳那里看看，她到底是走了，还是留下了。

他轻轻地推开她工作间的门，看到王琳琳的后背。见她肩膀不停地抽动着，眼睛直勾勾地盯着电脑的屏幕。唉，她这个人，即便是心有牵挂和怨恨，也自制地留下来写报告，不做彻底的反抗。

下属哭着给他干活，让毕胜利不禁惭愧起来，因为他的举动纯粹是一种情绪发泄，并没有局长非要今天交报告的指令。他很想让王琳琳离开，但他又觉得，依王琳琳的自尊，叫她离开她也未必就离开，便没有吭声。其实是因为渐渐浓厚起来的惭愧，让他听到了伦理的声音，感到此时什么都不说才好。

他本能地给自己留下最后一点面子。

前脚回到办公室，后脚局人事科的李美丽就到了。李美丽笑着问他带没带身份证，说是给他办退休后的老年优待证。他说："我没带，再说我还没退休呢。"他的口气有些生硬，让李美丽收敛了笑容，说："老年证都是临近六十岁提前半年办的，既然您都不着急，我为什么着急？不打扰了。"她刚一转身，就听到毕胜利说："你等等，好在我家离单位很近，我现在就回家给你去取。"李美丽勉强堆出笑，"那好吧，可您得快点，中午人家不办公。"

他的这个转变，是因为他想到了王琳琳。她心中有痛，还坐在电脑旁写报告。而李美丽给自己办证，自己还嫌麻烦。难道我真的老得不中用了？一个忍痛而为的小女子给了他一个意外的助力，真是不可思议啊。他不禁摇了摇头。

走进了楼门的甬道，又远远地看到光头李带着狗出来。由于这一次是由西往东走，阳光打在狗的头上，两只眼睛晶亮晶亮的，像两只小小的探照灯。他又稀罕起来，又把右手伸进裤兜，在里边晃动着，弄出有食物的样子。狗还是吐着舌头欢悦地跑过来，到了人跟前，抬爪子立了起来，意思是说："你给什么吃的？"他还是在兜里翻搅了一番，然后抽出手来猛地在狗面前摊开，"嘿嘿，没有。"所不同的是，他补充了一句，"你真是记吃不记打，呵呵。"

狗的眼神很迷惘，回头看着主人。光头李摸摸它的脑袋，安慰道："钢特，你以为是个人就值得信任哪，他一而再地糊弄咱们，你以后可真的要长点儿记性了。"

毕胜利说："老李，你这是怎么说话呢，我不就是跟狗开个玩笑吗？"

光头李嘿嘿一笑，"在我眼里，钢特就是我们家里的一个人，也要真诚相待，你是不是有点儿不厚道？"说完就用力牵了牵狗，"钢特，咱们走。"

望着光头李肥大的背影和亮光光的秃头，毕胜利既羞耻又厌恶。哼，挺壮实的一个人，也不干点儿正经营生，整天招猫递狗，真是无聊。这也难怪，因为他有钱。前几年，他靠着豪横的做派垄断了这个地区的土石方工程，巧取了不少。后来打击欺行霸市，他就收手了，干脆就远离社会、坐享其成。所以毕胜利又很不屑地嘟囔道："有钱又怎么着？人一有钱，就把自己闲了，也就等于把自己废了。哼，他一个废人，我跟他计较什么？嘿嘿。"他把自己弄得高兴起来。

取回身份证，他立刻就交到李美丽手里。李美丽笑着说："还是领导雷厉风行，办事讲效率。"这么小小的一件事，而且还是私事儿，她居然掐出了"雷厉风行"这样的大词，真会谄媚，不像王琳琳，叫着个很妩媚的名字却冰帮老硬，名不副实。怪不得局长待见李美丽，这世上没有无缘无故的爱啊。

李美丽的赞美像一束阳光，他的心里被照亮了一块儿。"光头李说得对，做人得讲究厚道。"他想到的自然是王琳琳，便毫不犹豫地去了她的工作间。

抬头看见他，王琳琳勉强笑了笑。不笑还好，一笑，透着凄苦。毕胜利赶紧说道："琳琳，对不起，我刚才的确是有点儿不近情理，不写了不写了，你赶紧去照看你的婆婆吧。"

王琳琳愣了一下，说道："其实初稿我早就写出来了，就是感到有些平，不好意思给您，想往高里修改修改，可改了半天，反而越改越平，还不如初稿呢。这怎么好呢，我真是不中用，禁不住事情。"说着说着眼圈又红了。

毕胜利立刻说道："不改了不改了，你把初稿拷给我，由我来修改，我是你的主管局长，理应承担最后的审订工作，你赶紧去医院，别让老人家着急上火。"

王琳琳便把初稿拷给他，临出门之前，还挤出了一个类似感激的笑，"毕局长，那我就先走了。"

王琳琳的笑挂在苍白的脸上，一如破涕而笑，像初花带露，毕胜利觉得很美。

他便潜下心来改稿子，连午饭都省却了。

唉，就要退休了，再这样全身心投入于公务的机会不多了，必须珍惜。他好像又回到了刚当科长时的状态中，认真、上进、忘我。

平怎么了？我可以让它不平。我毕某人不是没能力，以前表现出来的平，是有意为之——故意留下破绽，好让局长有修改的空间，以体现正职毕竟比副职有水平。正职一旦有了成就感，他就得意，有好心情，看着副职就顺眼。这叫什么？嘿嘿，也叫谄媚。看来，我也不纯粹，也他妈的俗。嘿嘿，我就要退休了，没什么可顾忌的了，那么，我就放开了往好里改。调动多年来的经验与储备，并运用创新思维，改得有高度、有深度、有温度、有超前度，他相信，就这水平，一定挤对得那个正职无处下笔、无法再改。嘿嘿，我是谁？毕胜利嘛！

下班之前，他亲自把项目报告交给了局长。局长一愣，"你这么快就把报告写出来了？"因为这个报告并没有被他列入议程，他不急。

毕胜利一笑，"只争朝夕嘛。"

他的这个态度让局长觉得不能轻慢与懈怠，便赶紧翻了起来。一翻，就不能停止，而且看着看着，从坐变成了站，他捧起文稿站着读。这让坐在沙发上的毕胜利很紧张，他也站了起来，做好了与他争辩的准备。

局长读罢，居然用陌生的眼光凝视着他。很久之后竟快速走过来，用力地拥抱了毕胜利，在他耳边说道："老毕，原来你是一把真正的宝剑，多年来你一直把锋芒藏在深处，你可真狡猾。"

毕胜利也小声地回应道："我本来就是一把小刀嘛。"

局长又往紧里抱了抱他，"说实话，本来我不太看重这个项目，但你老兄拿出了一个顶尖级的设计，提升了它的价值定位，所以我决定明天就上会研究，把它做成重点工程。"

下班之后，他哼着小曲进了家门。一个紫砂质地的扁圆的夜壶竟赫然放在客厅的茶几上。老婆王桂花就踮着脚站在茶几旁，斜着眼看着他。"一个寝宅里的物件怎么放在茶几上？多不雅观。"他说。

"是想让你一下子就能看见，免得你说我不会体贴人，只会虐待你。"王桂花的脸上露出了被冤枉、被委屈的表情。

"谢谢老婆大人。"毕胜利上前轻轻地拥了拥她，用情虽然浅，也是真情。然后他说："你的好意我领了，但是你还是把它收起来吧。"

"为什么？"

"你早晨说得对，人的器官是用进废退，腿常走就灵活，如果不走，人就真的萎缩在床上了。我刚刚六十岁，还没到一走就跌、遇冷就麻的年纪，还有的是精力、体力、耐力和活力，绝不能倚老卖老、娇惯自己，要是那样，可就真的老了，嘿嘿，你说是不是？"

2022年10月1—16日

京西昊天塔下石板宅

村

画

地区美术协会主席王见潮一早起来就有些心潮澎湃。报上在倡导"新山乡巨变"创作，那么，作为基层的作者，理应第一时间响应。再说，自己多年来就认为，农村振兴岂能没有"新乡村美术"的在场？

　　北沟石庐村的支部书记魏建功是他的高中同学，曾几次邀他前往，说："村子不仅有原生态，还有现代景观，你应该在这里建个写生基地。我是这么想，如果你们画家影影绰绰地来，必定会招游客影影绰绰地来，也算是帮老同学干点儿事了。别整天关在画室里，蹲在屋里只能憋大粪，憋不出杰作，嘿嘿。"

　　那么，就远离大粪，走进杰作，去他那里。

　　去石庐村有六十公里山间公路。虽然路况甚好，铺着平展展的柏油，虽然也通了公交，33路小客车每四十分钟就有一趟，甚是方便。但是，自己好歹也是声震京西的名画家，乘公交而去，还不让魏建功笑话？自己曾多次对他吹嘘，说自己的画作荣宝斋给定了很高的价位，一平尺就六万元，一幅平常的斗方，就能卖上二三十万元。所以得开车去。

　　他悄悄进了儿子王磊的房间。那小子正蒙头而睡，他不忍惊动，因为儿子是专修北方史的博士研究生，每天都是长夜苦读，睡得很晚。他刚要抽身而退，儿子猛地撩开被子，"说，什么事？"他一笑，用商量的口气说道："你能不能开车跟我进趟山，跟我搞一天乡村美术？"王磊说："你家又没车，开个莫名其妙啊。"他说："你去借一辆来。"王磊说："要借你自己去借，然后再自己开走不就齐了吗？干吗烦我，我困着呢。"他涎笑着说："一我没有车本，二我好面子，老爸就求你了。"

见他这么坦率，王磊说："好吧。"

王磊出门之前，王见潮叮嘱道："借就借辆大奔，至少是新款奥迪。"

王磊说："酸腐。"

开着大奔上路，王磊压着车速。王见潮说："你能不能开得快点儿？要不对不起这么好的车。"王磊说："这车贵重，又是借的，剐蹭了怎么办？别让不值钱的面子付出超额的代价。"

路基下是一条河，本地人叫大石河，在郦道元的《水经注》中称其为"圣水"。据说他踏勘时县太爷招待得殊好，这让他一个芒鞋行者内心盈满，本能地谄媚一下子，就将其称为"圣水"了。

河水极其清澈，河底的鹅卵石历历在目。二十年前他经过时，水体却是黑的，而且浮滓漂泊。那是因为沿线烧石灰，上游又开着无数的小煤矿，河水被污染的结果。后来强令关矿，搞生态涵养，河水就清了。王见潮心里说，这很好，这是新山乡应有之义。但是他又发现，河道两侧逶迤地竖着铁丝网护栏，一路的山体上都挂着一种叫爬山虎的藤本植物，绿则绿矣，却千篇一律。河道被封闭，山壁被梳篦，是一幅呆画。他不禁摇摇头，真操蛋，这就是今人的审美。

一路上车辆很少，也鲜见行人，美丽得空旷，有些辜负头上的蓝天白云。王磊问起缘故，王见潮随口答道："这里的青壮年都外出打工了，留下的都是老弱病残幼，岂能不空旷？"王磊点点头，说："这很好，山水之美，美在它的静态价值，不宜被人声侵扰。"王见潮说："你这纯属歪理。"王磊一笑，"你这人真没劲，总是用线性思维看问题，其实所谓旅游，多是景区的人往外走、外边的人往景区走，美在陌生化。朝夕相处的人有什么可爱？司空见惯的事物有什么可感？性质和趣味，是疏离甚至离间的产物。"王见潮觉得他说得在理又不在理，但又不知如何反驳，便摇摇头，"你们这些当学者的，总是蹈虚弄玄，用抽象糟蹋形象，真操蛋。"王磊说："你堂堂的美协主席，怎么一张口就操蛋操蛋的，德不匹位，喊。"王见潮说："这是我们画画的习惯用语，一遇到美的客体，又找不到合适的语言赞美，就操蛋了。操蛋是惊叹，状课题的无言之美、不喻之美。你小王八蛋懂什么？哈哈……"王磊扒了一下方向盘，"哈哈，我懂了，你这个人，虽然画得不怎么地，人倒还是很有趣的，哈哈。"

在谈笑间，石庐村到了。

村口筑着一座拦水坝，把水憋进了山沟的远处，一望无际。王见潮脚一落地，就上下左右环视了一番，对就地迎接的魏建功感叹道："一湾清水，一脉蓝天，一山翠绿，美得如静虚之地，不染凡尘，好，好。"魏建功说："要不让你来一趟呢，如果不入你们画家的画面，岂不可惜。"他突然又惊叹道，"看来你真是有钱，这大奔起码得一百多个（万）吧？"还没等王见潮炫耀，王磊就插话道："借的。"他很尴尬，冲着王磊就捶了一拳，"你这个人真操蛋！"他难为情地看了魏建功一眼，突然就来了话题，"哎呀，我说建功，你小子也嘚瑟起来了，会见一个老同学，还弄得西服挺括，裤线笔直，领带鲜艳，皮鞋锃亮，你要干吗？"魏建功也难为情了一下，"就许你装阔，不许我显摆一下？怕你小看，昨天到县城临时置备的，哈哈。"

"俗。"

"对，俗。"

既然哥儿俩都俗，就找到了同学的感觉：既然石头碰石头都是石头，那么接下来讲话的时候，就应该实打实地说了。

魏建功到大队部换了一套便装，迈着朴素的步子，在前边引路，带着他们看村里的风貌。

憋起来的一湾清水很亮眼，但清水之岸却傍水依山地修起了高大的木护栏，且都刷着通红的朱漆，很刺眼。王磊嘴快，大声说道："俗，恶俗！"

魏建功嘿嘿一笑，说："我也知道俗，但乡里说，新农村的标志是硬化、亮化、美化，路即便没人走也要铺上水泥，街道即便没人耍也要点上路灯，设施即便没人用，也要统一着色，便指定我们把护栏刷成红色，说什么这是石庐村的文化地标，叫作'西山那么一抹红'，哈哈。"

王见潮拍拍老同学的肩膀，"既然俗不在你，你就不要往心里去，如果有人说俗，你也就跟着说俗，俗俗反而见雅，还显得你有水平。"

见王磊又笑又摇头，王见潮说："你这是什么意思？有话就说，有屁就放，别虚头巴脑。"

王磊说："如果就你一个人，我自然就说了，但有我魏叔在，我就放不开了。因为你们俩加起来，就有了长辈的阵势，黄口小儿便不敢造次。"

魏建功说："你爸说你操蛋你还真操蛋，别小绳儿吊着烧饼逗弄狗，你就直说。"

"既然你们乡村俗俚都上来了，逼着我当文化人，那么我就不客气了。"王磊面向王见潮说道，"我魏叔邀你来的目的是什么？是为了建美术写生基地，那么，这红彤彤的一片人造景观怎么入画？画出来也是庸品、俗品。"

王见潮觉得这小子说得对，便朝魏建功缩缩脖子，"建功啊，我看这村容村貌咱就别参观了，因为我还发现，你们石庐村得名就在于传统的石板房子，可是你们都翻建成了水泥预制板的盖板房，已经失去了原始特征，不如找个向导领我们上山吧。"

"人我已经给你们找好了。"

魏建功说罢，仰头朝上边的一个地方喊了一声："刘占棉，你听到了没有？该你了。"

"听到了，小六子。"

循声望去，见两个盖板房之间夹着一间低矮的石板房，从石板房里闪出来一个人，一边答应着一边往下走。

"他怎么还住石板房？"王见潮问。

"这是个钉子户，死活不肯翻盖房屋，说是要给村子留个历史标本。"魏建功说。

"有意思了。"王磊说。

"看他的面相，年龄不大，可看他的腿脚却像七老八十的了，腿都弯成了内八字，走路一蹦一蹦的。"王见潮说。

"那是他常年走山路走的，要想在悬崖边走得稳，脚下必须踩牢，久了，膝盖就内弯了。"魏建功说。

"这就更有意思了。"王磊说。

"这是大画家，我的老同学王见潮。"

"嗯嗯。"

"这是他的公子，北方文化学者王磊。"

"嗯嗯。"

"你去领他们二位上山。"

"你不去啊？"

"我在山下给你们预备午饭。"

"不用你预备，我婆娘已经开始预备了。"

"村里来人干吗让你破费？"

"喊，你真操蛋，既然让我领着上山，那就是我的客人，我不管饭谁管饭？"

"喊，你也真操蛋，本来我爬山发怵，想省省腿儿，一下子让你给否了。"

"否了怎么了？还支书呢，待人得真诚。"

王磊在一边不停地笑，觉得这一番对话文化含量很大，特别是"真操蛋"的感叹语，美协主席和山村乡民均脱口而出，如出一辙。那么，山里山外，高山平原，在文化上都有相通的地方，或许是进化的记忆，或许是文脉的传承，或许朴素的东西不择属地，有意思，真有意思。

别看刘占棉是内八字，但走路的速度却很迅疾，远远地把王见潮三人落在后面。王见潮走不惯山路，刚疾走了几步，就脚下拌蒜，气息犯喘。"刘占棉，你能不能慢一点儿，你得照应一下客人。"刘占棉也不回头，向着前面答应道，"知道了，小六子。"

看来"小六子"是魏建功的小名，所以王见潮问："你家里是不是兄弟姊妹很多，你正好排第六？"

"屁，我父亲就我一棵独苗，是我爷爷有十八个孙子、十二个孙女，在孙子辈里我大排行居六。"

"看来你在村里还是很讲民主的，一个村民出口就'小六子'，你也很习惯。"

"屁，那是刘占棉民主意识强。为什么？因为他是我父亲的拜把子兄弟，按理说我得叫他叔，但是我一个堂堂的支部书记，当着众人叫'叔叔'，成何体统？再说，我在村里的辈分低，大多数人都是我的长辈，如果叫了他，别人叫不叫？一叫，不是他们的儿子就是他们的孙子，我还有什么官威？我就统统叫他们的名字。他们就有意见了，说，既然你对长辈不尊，那我们也就有样学样，就叫你'小六子'，嘿嘿。"

"嘿嘿，这倒很有意思，你们村里不论尊卑老幼，没大没小。"

"基本是这样。"

"怎么还有例外？"

"在婚丧嫁娶的场合，得按辈分叫，表面上再没大没小，人心可不能乱了辈分，不然会吓着了新人、惊动了死人，嘿嘿。"

谈话间到了半山腰的一个平台，那上边密丛丛地坐落着一片房子。魏建功介绍说，整个石庐村有三个自然村落，大公社的时候，依此分成三个小队。车停的那处平地，是一队，叫杨树台子；现在这处山腰，是二队，叫栗树台子；快到山顶的那片人家，是三队，叫楝树台子，都是以周边的树木而命名。

眼前果然有一棵栗子树，不高，却粗壮，主干上有空洞，树洞周围环生着几丛细枝，有老树发新芽的意象。魏建功说，这的确是一株老树，树龄至少在二百年。它已经不结果了，每年春天勉强萌出几枝新绿，证明着它的不死。如此衰老近似枯死，看着就让人心焦，年轻人说，索性把它砍了吧，再栽一株新树。老人们集体反对，屁，你们想得忒简单，因为它不简单是一棵树，它是岁月的记忆，是出生的胎记，是村子的地标。如果把它砍了，多年后在外的游子回来，他们会认不出老家了，他们会伤心地哭。所以，你别看它丑陋，不死不活的，却是村里的圣物，没人敢动。

老栗子树下，有一盘石碾。碾框用粗麻绳捆绑着，碾道墁着的一遭青石板，由于常年踏踩，白光光的，像涂上了一层石蜡。碾坨也清洁如洗，身上的镂纹深浅有致。刘占棉挤过身来，

"这以后就都由我介绍吧，我既然是向导，别人就不能抢我的饭碗。"魏建功说："你真矫情。"

刘占棉说，这是一盘老碾，打我一出生就有它。虽然是老碾，却有新碾子的做派，它一年四季不拾闲儿（从不停顿），碾东碾西。虽然有钢磨了，都吃大米白面了，但山里人特有的吃食还得靠它碾。年关的年糕是由黄米蒸的，只有用石碾慢慢地碾，碾出的面才有油性，才能黏得抱团儿，拍上大豆不掉，拍上芝麻不丢，就正宗了。新玉米下来，只有放在碾盘上碾，皮肉才能自然地分开，大小也均匀，像珍珠米。如果用钢磨磨，皮和肉一股脑地碎在一起，煮出来的粥，就没有口感，简直是狗操猪——稀里糊涂。石碾碾出来的珍珠米，放上大豆，用文火熬，黏稠可口，有栗子味儿。人们会往死里吃，撑得直放屁，屁也不臭，嘿嘿，是五香屁。这让山里人感到日子饱满，知足。山里有一种保命的作物，叫荞麦。荞麦不挑水土，所以不占正经耕地。夏末初秋，只要有小雨滴零，就在山坡上开撂荒地，撒下种子。荞麦必须在石碾上碾，一过一过地上箩，筛去麦壳留下细面，才纯粹，才不牙碜。荞麦掺上榆皮面，捏出的饺子，既筋道又滑溜，素馅儿吃起来也有肉味儿。如果大年初一能吃上荞麦面饺子，这个年就算是过妥帖了，有财主的感觉。嘿嘿，你们说，这碾子它能停下来吗？

见王磊居然不知什么时候掏出了本子，很用心地记，刘占棉一愣，"这有什么可记的？"王磊点头一笑，"你尽管说。"刘占棉说："我不想说了。"

王见潮在魏建功耳畔悄悄地问："他为什么不想说了？"魏建功也贴着王见潮的耳朵，"他心有余悸，因为那个特殊的年代，他就特别爱说，说多了，自然会语失，被外边来的人记下了，说他是落后分子，开会对他进行批斗。"

王见潮点点头，心中有了数。他觉得对这种有顾忌的人，没必要做过多的疏导，要想让他继续开口，就要给他一个意外的刺激。便朝刘占棉嘿嘿一笑，说道："老刘，你虽然说得津津有味儿，但那是为过时了的东西唱赞歌。用文人的话说，是在唱挽歌，就如同为逝者吊孝，不喜反悲。你想啊，你的年糕吃多了，会得糖尿病，你的珍珠米吃多了，会得胃下垂，你的荞麦面饺子虽然滑溜但到底是粗粮，会拉嗓子眼儿，那么，山外来的人，是不会稀罕的。"

刘占棉脸子立刻就红了，厉声说道："晚歌？大上午的你就唱晚歌，你还会不会说话？我说的这些吃食，它们是永远都不会过时的。为啥？它们属于命，是人本来的口味。"

"说得好！"王磊用笔尖在纸面上狠狠地戳了一下，"刘大叔，你说的话我给你解释一下，年糕、珍珠米粥和荞麦面饺子，这些可不是简单的民间小吃，它们是大餐，是人类生命的记忆、永恒的口味，是不是？"

"有点儿这个意思。"刘占棉紧绷的面部舒展开来，"小伙子，我觉得你比你爹招人喜欢，还有学问，嘿嘿，我想问你个问题。"

"你尽管问。"

刘占棉说，吃荞麦面饺子得掺榆皮面，那个年代，因为缺少细粮，山里人就都包这种饺子以改善伙食，这样一来，山里的榆树就都被人剥了皮，没有一棵不伤痕累累的。那么，问题就来了——即便被无节制地剥皮、无节制地伤害，榆树居然一棵不死，还不断地漾（繁衍），野地里便几乎处处有榆树。现在人们除了打牙祭之外，已很少吃荞麦面饺子了，榆皮就剥得少了，甚至干脆就不剥了，而是改成了掺更有黏性的白面。可是，榆树却少了，如果不是特意儿地去寻摸，很难看到榆树的影子，你说，这是为啥?

　　"为啥?你说为啥?"以为他是在拷问,而自己还真答不上来,王磊便反问道。

　　刘占棉挠挠头,"我也真不知道,才来问你。"

　　王磊也挠着头,搜肠刮肚地想。同时向那二位送上问询的目光,意思是说,你们知道不知道?

　　那二位也心中无解,难为情地嘿嘿笑着。

　　刘占棉哈哈大笑,挥了挥手,"接着往前走吧,别瞎耽误工夫。"

　　到了上边的一处墩台,赫然有一棵高耸入云的大香椿树,树干笔直,有一抱之粗,树冠如盖,光亮的香椿芽翠色如滴,嫩啊!

　　大香椿树下,席地坐着几个婆娘,不论皮肤黑白,身材胖瘦,都梳着贴头皮向后拢的发髻,都插着一样的发钎子,分不出美丑。她们也做着一样的活计——纳鞋垫儿。见有人看她们,便都哧哧地笑,傻憨傻憨的。

　　王见潮被深深吸引,便走上前去问:"老姐姐们,纳鞋垫儿呢?"

　　一个婆娘应道:"你管谁叫老姐姐呢,难道我们比你还老?"

　　"那么叫大妹子,我说大妹子,这鞋垫儿是纳给谁的?"

　　"谁也不给。"

　　"那你们还纳,不嫌累啊?"

　　"这不没事儿干吗?"

　　她们手里有正纳的,身边有纳成了的,纳成了的图案丰富、色彩鲜艳,有梅兰竹菊、鸡鸭兔狗,均活灵活现,像带着呼吸。王见潮惊叹道:"你们纳得可真精致,美轮美奂。"

　　"什么,没人来换?这你就知不道、道不知了,稀罕的人多了,我们都纳不过来。"一个婆娘抢答道。

"说实话，你们纳得可真好看，但我就纳闷了，纳得再好，也要被踩在脚底下，干吗还这么卖力气？"

"我就知道你会这么说，那我就实话告诉你，既然纳了，就要纳好，要对得起祖传的手艺。"

"呃，我知道了，但我觉得你们这里有两层含义：一是对得起祖传的手艺；二是显得你们做事讲究，不糊弄，还勤快。"

"嘻嘻，是这个理儿。"

"嘿嘿，没想到，你这个人不但鞋垫儿纳得好，话也说得好，真让我有面子，回头我在你老爷们儿面前多夸夸你。"魏建功夸完这个婆娘，转过头来对王见潮说，"我给你翻译翻译她说的话。"于是说道——

过去的山村，一有时间，妇人们就纳鞋底。纳了一双又一双，且一双比一双针脚细密，一双比一双式样精美。当时人们认为，山路费鞋，而日子又没有余钱，她们必须勤于针线。可是，她们在纳鞋底的同时，还不停地纳鞋垫儿，而且鞋垫儿上全是好看得要死的图案，她们全然不顾鞋垫儿纳成就会被踩于脚下，顿消美丽。我当时问母亲这里的缘由，母亲说，山里妇人没有别的，有的只是闲——闲来无事要怎着？就纳鞋底（垫）；纳来不精又怎着？就纳得精。母亲说得朴实，但我琢磨着，她们是被乡村伦理所驱动——因为在山里，好女人的标准是勤快，而懒女人类同于好逸恶劳、为人不淑。所以，她们的针线是对伦理的遵从，或者是对妇德的认同，纳出的是自己的生命尊严。后来我又往深里琢磨，这种乡村伦理又从何而来？我悟出来了，是土地的昭示。譬如在我们深山的阴处有一种植物，叫山海棠。即便是生在僻处，无人观赏，可它依旧是一丝不苟地向上挺拔了枝叶，开出鲜艳欲滴的花朵。山海棠只按自己的心性而活，生为花朵，就要往好里开，尽开的本分，至于能不能被人看见、被人夸奖，它是从来都不会去想的。嘿嘿，正是这种本分意识，成就了妇人们的勤劳本色。可以说，现在婆娘还纳鞋垫儿，既是对祖传手艺的传承，也是对好品行的传承。嘿嘿，有点儿转了，让你见笑了。

"说得好，说得好。"王见潮觉得他这个老同学不单是个支部书记，还是个勤于思考的人，便顺势说道，"她们纳鞋垫儿的手艺，称得上是非物质文化遗产了，你要给她们注册，并给她们解决'谁也不给'的问题，把她们纳出的鞋垫儿作为农特产品，推销到山外去。"

"我已经这么做了。"魏建功脸上有点儿灿烂，说道，"我跟县城的一家店商合作，建了一个经销店儿，村里把她们的鞋垫儿统一收上来，然后运出去。为什么她说她们的鞋垫儿'稀罕的人多了'，原因就在这里。嘿嘿，作为村里的支部书记，我能吃闲饭？也要有点儿纳鞋垫儿的精神，把她们的手艺变成收益，哈哈……"

"你笑得好，应该笑。"王见潮说。

刘占棉闪了过来，说道："你快别夸他了，他也就干了这么一点儿漂亮事儿，别的要哪儿没哪儿。你就说村里这湾水吧，水是好水，他却修了一大溜儿大红栏杆，看着就别扭，让人心里堵得慌，喊。"

"你懂什么？"

'我心里什么都懂。"

"要知道你这么多话，我真不该让你当向导。"

"嘿嘿，晚了。"

见他们急赤白脸地争执，那个会说话的婆娘说："你们有这个拌嘴的工夫，还不如干点儿正事。"

"什么正事？"魏建功问。

"你们看，这棵大香椿树顶上的香椿芽多绿、多嫩，馋死人了，如果不把它们掰下来，转眼就老了，就咬不动了，你们说可惜不可惜？"

"当然可惜，那你们就去掰。"

"废话，我们要是上得去树，还容它在那里老？"

"那你的意思是让我爬上去给你们掰香椿？"

"别看你是支书，你可爬不上去；甭说你，全村就一个人能爬上去。"

"谁？"

"就你身边的那个人，刘占棉。"

刘占棉说："爬得上去也不爬，你没看我还要带客人上山呢，没那闲工夫。"

"喊，你是觉得自己老了，发怵了；再说身边有外人，怕爬不上去丢人现眼。"

这个激将法很管用，只见刘占棉梗了梗脖子，说："那咱可说好了，我要是能爬上去，那一树的嫩香椿可都要归我。"

"归你就归你，只要能吃进人的嘴里，就不可惜了。"

刘占棉拍拍膝盖，往手心里吐了几口唾沫，一个助跑就蹿到树干上，像猴子一样一耸一耸地向上爬。那个婆娘说："他那双罗圈腿，倒叫他灵活了，正好夹牢了树，蹬得稳当。"另一个婆娘说："你不能这么埋汰人，是因为他本身有能个儿（能力、水平），不然换你们家爷们儿试试？""废话，我还不知道他有能个儿，只不过说个俏皮话儿，哼。"看来，婆娘们对刘占棉的赞美是一致的。

刘占棉很快就爬到了树顶。树冠上的嫩香椿他触手可得，像站在地面上摘桃子。

香椿芽不断飘下来，像一群傻蛾子落地，扑棱扑棱的，一会儿就落了满地。婆娘们笑着欢呼，"刘占棉，有两下子，咱村里的男人就数你。"

但笑着笑着她们无声了，脸上都堆起了忧伤，甚至是怨恨。那个会说话的婆娘说："咱们有啥可笑的，他说过，如果他爬上去，摘下来的香椿都归他，跟咱们一点儿边儿都不沾。"另一个婆娘接话说："就是就是，他再有能个儿也不是好男人，他自私。"

摘完香椿，刘占棉从树上出溜下来，稳稳地站在了地上，拍拍手，"娘儿们们，我刘占棉怎么样，能个儿吧？嘿嘿。"

婆娘们谁也不理他，只是听到一片"呸"声。

"你们也别呸。"刘占棉摇摇头，说道，"就你们那点儿小心眼儿我还不知道，你们是担心得不到香椿。嘿嘿，我现在告诉你们，这满地的香椿都是你们的，我一把儿都不留。"

"真的？"

"真的。"

"那么我们也告诉你，你是个爷们儿，还是村里最棒的爷们儿。"

刘占棉哈哈大笑，"小女人就是小女人，绣花针里只能穿丝线，插不了棒槌。"

因为目击了整个过程，所以王磊习惯性地梳理了一下其中的逻辑：刘占棉往树上爬的时候，婆娘们赞美他有能个儿—嫩香椿纷落满地的时候，婆娘们心有所失，便骂他自私—当他宣布对嫩香椿一点儿也不占有的时候，婆娘们复又定格了他纯爷们儿的地位。哈哈，这就是人心，不，是人性。而且一切都在不经意之间展现，朴朴素素、真真切切，可入书。

"看来，那个大奔，我没白给你借。"他对王见潮说。

王见潮一愣，"莫名其妙。"

这棵大香椿树羁绊了脚步，也耽搁了时间。刚到山的中腰，就已经是中午十二时了。魏建功提醒道："爬到山顶还要两个钟头，不如咱们先回去吃午饭。"

刘占棉马上阻拦道，"俗话说得好，上山不走回头路——往返加起来就得四个多钟头，你还让不让客人看山？"

王见潮说："老刘你说得对，听你的。"

"这就是了。"刘占棉瞥了魏建功一眼，"你又不是不知道，咱山里人不像他们城里人，吃饭总是按时按点，我们这里是服从活计，什么时候把手头的活儿干完了，什么时候才是饭点儿。"

他们爬到了村里最后的一处人家——楝树台子。

也就是十几户人家，房子挨着房子，也不留风道，像挤在了一起。刘占棉说，临近山顶了，这里的风大，比山下冷许多。为了保暖，人们必须拥在一起。也不是他们多齐心，是天气让他们团结，是被迫地抱团取暖。就像两个冷身子，一旦挨得久了，就暖和在一起，不爱也爱了。为什么山里人不爱闹离婚？一是因为生活条件差，没有多余的吃穿；二是就一爿土炕，炕洞里就一条驱寒的火道，只能趋乎在一起。身子一旦趋乎暖了，人就懒了，心就软了，不忍离开了。所以，这人，不能有多余的东西，也不能有闲，一旦有了，就会不安分，就会无事生非，嘿嘿。

再看每户人家的门扉，都是简陋的木门，而且多是旧得没了颜色、破得没了完形。王见潮问："他们怎么也不修理修理？"刘占棉说："他们没心气儿。"他解释道，村子里的青壮，都出山问生计去了，留下来的都是老人。政府给他们供应吃喝、发放养老钱，他们就过坐等的生活，嘿嘿，坐等着死。王见潮说："难怪这里死气沉沉的，一个一个的人都面色黢黑、毫无表情，活化石一样。"魏建功说："这有什么不好？你别看他们表面麻木，你一跟他们攀谈，每个人都有满肚子的故事。你也没必要为此而感伤，因为每个人都有每个人的活法，这适合他们。"

棟树台子自然有棟树（当地叫苦棟树），村子周边就一棵一棵地长着。树形低矮，一人高的粗干上环生着灰色虬曲的树枝，小叶对生，叶片有卵形、椭圆形，甚至是披针形。这时，开着淡紫色的花，钥匙形，上面有薄薄的一层茸毛。王磊一见这茸毛，就心生柔软，想触摸一下。刘占棉赶紧制止，"别动，它有毒。"问其毒性，他说，它的气味会诱发人的气喘，摸过它之后再摸自己的皮肤，会起皮疹，又疼又痒。但是它也有个好处，能驱蚊虫，所以这里的人门窗开裂也不修，因为不担心被咬。

丑陋的民居，有毒的树，不是殊好的风景，所以，他们不做长久的停留，径直朝山顶爬去。

到了山顶，王磊想吼叫一声，毕竟到了大山之巅。但是，他却没叫出来。因为纵目眺望，不过是一座一座的小山头，像没蒸熟的馒头，底部粘在一起，毫无比肩高耸的气势；低头俯瞰，不陡峭，也无云雾缭绕，树是树、屋是屋，一览无余，好不神奇。山顶无树，还有一块一块的斑秃，绝无丰茂之象。

"嘿嘿，你们是不是很失望？"刘占棉说。

"这山势浑然一片，总的来说，还是满眼青翠，养眼。"王见潮说。

"屁，这山上没有奇花异卉，只有草和荆棘，眼前看着还青翠一片，到了秋后，只有贴地皮的草毛子和干瘦的荆刺，寒风再一吹，一片荒凉。你们要想画山，能画出什么？喊，别说我没提醒你们。"

"你是咱山里人，却不说山里好，你真是个不良刁民。"魏建功笑着说。

"我这叫爱山恨山，凭良心说话。"刘占棉冲王见潮点点头，"王大画家，我这么说，并不是说这山不美，是说这里的好处你们外人体会不到。比如这满山的草，能饲养牛羊先不说，一到秋后，我们就上山打干草，干草背到货栈能卖钱，虽然现代了，农村人翻盖房子谁不在房顶放上一层草苫子？保暖嘛。再说，打干草时候的那个感觉是拿钱买不来的——累了，躺在干草上，能闻到暖融融的草香，能听到呼呼的风声，心里那个舒坦啊，久久忘不了！人的那颗心跳得是那么停匀，不为了什么，也不想为了什么，只感到自己真的活着就是了。你们是不是感到我在卖老妖（弄玄虚、制造神秘）？可这是真的。"

"不能这么说，因为你说的我们可以意会。"王磊说。

他们一行回到山下，已经下午三点多了。很远就看到有一个妇人向着他们张望。到了近前，她对刘占棉说："还吃不吃饭？肯定是你个老卖弄，把客人们拴住了。"刘占棉说："这还用说，既然让我领着，当然是由我说了算。这一如老羊倌放羊，什么时候归栏，要看他手中的鞭子，嘿嘿。""瞧把你得意的，还知道自己姓什么吗？"女人说完，朝着他们很难为情地笑笑，好像是代表自己的男人表达歉意。

王见潮看到，她的牙齿很白、很整齐，笑得很不山区。她虽然也梳了跟那些妇人一样的发髻，却有一种毛茸茸的雅致。面部也端庄舒展，看不见岁月的痕迹。他想，如果村里开发乡村旅游，她可以当饭店的大堂领班。便情不自禁地说了一句，"老大姐，你长得很年轻啊，像村里的门面。"

"她年轻个什么？跟我一样，过了年就六十岁了，嘿嘿。"刘占棉替她做了回答。

进了堂屋，那里有一桌山里的口味，有小鸡炖蘑菇、红烧兔肉、小葱拌香椿、黄豆浸皮冻、大豆拍年糕、猪肉灌粉肠等，荤素搭配，总计八大碗、四大盘，搁在低矮的石板房里，显得格外奢侈。

王见潮忍不住说道："老刘，让你破费了。"

刘占棉摇头一笑，说道："破费怎么着，不破费又怎么着，你尽管吃就是了。"

山里的口味殊新鲜，胃肠本身就喜欢，本想矜持却放纵，王见潮心里说："这是怎么了？"

在刘占棉的逼迫下，他们佐以酒。酒装在一个小口坛子里，刘占棉说，酒也不是什么好酒，就是不上档次的散装二锅头。为什么要放在坛子里？因为泡了一些东西，至于泡的是什么，你们也就甭问了，尽管放心喝就是了。

酒喝得兴奋，他们开始议论——

魏建功问："老同学，你看咱这村子是不是很适合你建写生基地？"

王见潮支支吾吾，"嘿嘿，让我回去再琢磨琢磨，咱们先喝酒。"

刘占棉感到有些不对劲儿，端起一大碗酒，"王大画家，你是没喝尽兴，来，我敬你一杯。"一大碗酒一下子就折倒进喉嗓，然后向王见潮亮了亮碗底。

王见潮惊惧，面对面前的酒碗，很是犹豫。刘占棉说："你是嫌酒不好怎的？酒是差点儿，但菜可是我们倾尽所有拾掇的，你可不能屈了这份心意。"

王磊觉得问题有些严重，对刘占棉说："刘大叔，我爸不胜酒力，这碗酒我替他喝。"刘占棉说："你是你、他是他，感情这东西怎么能让人替？再说，你是开车的，喝了酒你们就走不了了，我们是小地方，概不留宿。"

话说到这个份上，王见潮兴起，喝了。喝过之后，眼前就迷乱，直勾勾地盯着站在一旁伺候的那个妇人。越来越觉得她端庄，但是，可惜了。

"我婆娘还有点儿貌相吧？"刘占棉嘻嘻一笑，"她很盼着你们在这里建个基地，招引旁人来，她好开个农家小店，当个老板娘。"

王见潮这才觉得自己有些失态，嘿嘿地傻笑，以此来遮掩。

王磊扯了扯他的胳膊，"你先出来一下，我有几句话要跟你说。"

在门外，王磊说："看来，人家就盼着你在这里建写生基地，你怎么不表态？"

王见潮说："我虽然喝得有点儿多，但心里清楚，他这里一河湾的红彤彤，又满山的荒凉，植物也不丰富，山形也不典型，怎么入画？"

王磊说："依我看，虽然山村的景色好像不好入画，但它的内部却有极大的魅力，一路走来，你也看了，你也听了，它的风情、风物、风俗、风习，却处处有哲学，处处有伦理，让人心动，让人回味，也给你们的创作提供了广阔而深刻的空间，极其难得。"

"但你说的这些很抽象，写散文还可以，用来作画便不好表达，很难诉诸线条和色彩。"

"正因为此，你才更应该在这里建立写生基地。只有扎下根来，深入进去，才能把人性之光变成色彩，把山村哲学变成线条，把不可表达的部分，鲜活地表达出来。画家画山的时候，不仅要善于画形，也要能够画魂，这才是真正的艺术之道。亏你还是美协主席呢，亏你还要推动乡村美术呢，就你这种叶公好龙的做派，要有所成就，难。"

王见潮打了一激灵，酒似乎醒了，他在儿子的肩上打了一拳，"别以为我喝醉了，就依你那点儿三脚猫的学术功底还想教训老子？这里的道理，我比你懂。"

回到屋里，王见潮说："我儿子知道我喝多了，带我到外边醒醒酒，嘿嘿。但是，我也要声明，不能再喝了，因为我心脏不好。"

酒不喝了，他们开始吃饭，饭是山里特有的小米豆角焖饭。因为那些菜都是下饭菜，所以王见潮闷头吃了两大碗。一边的女主人抿嘴偷笑，因为这是对她手艺的别样赞美。

酒足饭饱，王见潮掏出了几张钞票，他要付饭钱。

魏建功赶紧拦住，"他是替村里招待客人，要付账也应该是我来。"

刘占棉急了，"不要觉得你给了钱就理直气壮了，就不该欠了，你依旧是欠着的，因为你吃下的，是我们山里人的好心。"

王见潮哈哈大笑，"这钱你必须收。"

"为什么？"

"你还想不想让我在这儿建写生基地？"

2022年10月20—26日

京西昊天塔下石板宅

书

香

1

皮实一早起来就蒙圈。所谓蒙圈，就是犯迷糊，心里无因由地忙乱。

他忍不住翻了一下日历牌，他的日历牌不是惯常的那种印刷品，而是手工坊里特制的，页幅大，十六开的样子，黄表纸石印，刻有"宜忌、凶吉"，是一种变种的皇历。很厚，被紫檀木底座托着，像个贵重之物。皇历又叫万年历，重阴历而轻阳历，前者字大，后者字小，以便占卜。

一翻，原来今天是阴历十月初一，俗称寒衣节，是给逝者烧纸钱、送御寒衣物的日子。皮实摇头一笑，"这就对了，是老爷子想我了。"

皮实就是皮实，名字是老爷子皮树德给他起的，是考虑到农家的孩子生于穷地，命贱，不管好养还是歹养，都能成活才是。他对这个名字不满意，成年后的一天他曾问老爷子："你怎么给我起了这么一个名字？"他老爷子不耐烦地说："没管你叫皮蛋、皮球就不错了。"他反驳道："你还树德呢，我看是缺德。"老爷子狠狠地打了他一鞋底子。他一边捂着被击打的头皮，一边嘻嘻笑，"嘿嘿，不疼。"

有名字的映照，他长得的确皮实，到初中毕业，基本没闹过病，而且小小的年纪就五大三粗，比成年人还威猛。也正是如此，他不想上高中了，不管老爷子如何讲道理，如何用鞋底子击打，他也不回心转意。他说："你看我长了这么一副皮实身膀，生来就是修理地球的，你非让我去侍弄书本，是不是不珍惜材料？说重了是造孽，说轻了是缺德。"

这就逆了老子的念想，在皮树德的眼里，就横看竖看都看他不顺眼，心生冷意。与皮实说话，从没有好言语。皮树德对儿子到底有什么念想？他想让孩子多读书，有一肚子文化，将来靠写写画画过有意义、有意思的日子。也不是因为他看不上农作，厌弃体力劳动，是因为他曾经有过的震撼——

他也是初中毕业之后，回乡务农的。二十世纪六七十年代，能有这样的文化水平，就是稀有之才了，所以村里让他当了基干民兵连长。这就有机会到县城里开冬训会议，他从会场领到了一本白皮小册子——《陈辉烈士诗钞》。

诗集里有一首题为《为祖国而歌》的诗，皮树德甫一读到，就让他热血沸腾——

祖国啊，你以爱情的乳浆，养育了我；而我，也将以我的血肉，守卫你呵！也许明天，我会倒下；也许/在砍杀之际，敌人的枪尖，戳穿我的肚皮；祖国呵！在敌人的屠刀下，我不会滴一滴眼泪，我高笑，因为呵，我——你的大手大脚的儿子，你的守卫者，他的生命，给你留下了一首无比崇高的赞美诗。

陈辉当时任晋察冀四区区委书记兼武工队队长，是典型的文武双全的青年才俊。不久被叛徒出卖，被团团包围，他突围不果，在最后时刻，还愤然作了一首诗——

英雄非无泪，不洒敌人前，男子七尺躯，愿为祖国捐。
英雄抛碧血，化为红杜鹃，丈夫一死耳，羞煞狗汉奸。

诗吟毕，他拉响了手中的最后一颗手榴弹，与敌人同归于尽。那一年他才二十四岁。

刚刚二十几岁就有这么大的气性，真是不得了！皮树德被陈辉的事迹深深地打动了，并强烈地震撼在烈士的诗句里。他想，一个人到了生死关头，还作诗，可见诗文对人的作用之深、影响之重。他便把《陈辉烈士诗钞》放在枕下，每日睡前都要读上两首。一读就燥热，就失眠，头脑里也翻滚着不少壮烈的思绪，便从土炕上披衣而起，抻过两张纸，在屋地的小饭桌上涂涂抹抹。但横竖不成句，弄得他很苦恼。看来不是什么人都能把所思所想弄成纸面上的意思，也需要天分啊。苦恼之下，更没有睡意，他看了一眼墙角上的那一杆七九式步枪（上边给下边的民兵连长配发的教练枪，不给子弹），笑了笑，就提起来走出了屋门，到村东头的空地上练刺杀。

夜光如荧，刺刀上的寒光也一闪一闪的，这让他很快意，不断从嘴里喊出一字之诗：杀。

后来枪被收走了，他心中失落，遂萌生了一个念想：将来一定要让自己的孩子好好读书，一直读到能像陈辉那样写出撼人魂魄文字的地步，弥补自己的遗憾。

然而他的皮实孩子只长肉，不长脑子，竟断然地断了自己的念想，真他妈的没出息。

他便对这个没出息的孩子耿耿于怀，以至于郁郁寡欢，刚五十岁出头就得了癌症，临终前对皮实说："你且记住，我死了，也不用你烧纸。"他的声音虽然很微弱，却是重话，让皮实又恨又悲，便也应承道："我听你的。"

为了让逝者心安，皮实谨守承诺，一直以来，真的不给他在坟上烧纸。怕旁人说他不孝，清明节祭祖时，他也出现在坟前，但别人烧纸，他则用铁锹给坟茔培培土，然后站在一边发呆。

可是今天有点儿不一样，选在寒衣节这个日子让我犯迷糊，看来他知道了我这些年来的作为，原谅我了，希望我在冥门出现，给他送些御寒的衣物和过冬的钱资，就算是和解了。那么好，既然你有暗示，我便顺随。

皮实从街头的冥品店买了些纸衣、纸元宝和面值很大的纸钞，到远离街道的一处空地给皮树德烧纸。这是京西民俗。居停在外、远离祖坟的人，在中元节、寒衣节祭奠先人，可以就地行礼——在地上画个信封，写上逝者的通信地址，然后在"信封"里烧纸。不过，画信封时，对着祖坟方向的地方要留个缺口，意思是我已"邮资总付"了，确保冥差能送到。送到不送到，有个约定俗成的标志：如果祭火的青烟从缺口处飞散，那就是收到了，否则，就是便宜了路鬼游魂。

皮实画了信封，留了缺口，点燃了纸钱。烟倒是升起来了，却四处飞散，就是不流向那个缺口。皮实心里一顿，觉得老爷子还没有彻底释怀，还有余怨，必须一边给他烧纸一边再做一番解释。虽然他也知道，烧纸送寒衣这种路边祭奠，不过是迷信的一种，但他还是在风俗的约定下，陷入自迷。于是他便把这些年都干了什么、生活有了什么变化，说给空蒙里的那个人听。说完了，就起了微风，把四散的青烟一股脑儿地吹向那个缺口。他不禁一惊，难道地下人真能显灵？他有些不能自已，意识在迷与不迷之间游荡。

2

皮实向皮树德叙述了什么？他是这样叙述的——

皮实回家乡务农之后，跟他的父亲一起，不管刮风下雨都出工不误。因为身块大，卖的力气多，便在村里挣的工分最多。但年终分红，不仅没拿到现钱，还该欠集体的，成了超支户。为什么？力气卖得多，吃得也多嘛。皮树德讽刺道："你这是不放谷物的碾子，碾砣碰碾盘——空转。"因为羞愧，皮实就尽可能地少吃；虽然少吃，身体也不拉胯，力气还是那么大，身膀还是那么粗壮。这疑似是一种反讽，让皮树德无话可说。

后来土地承包了，皮实包下了村里最多的农田。他不惜力，撒了欢儿地侍弄。土地丰产，他就有了余资。因为承包的政策就在那里摆着：交够集体的，剩下的就是自己的嘛。他把剩下的粮食卖到市场上去，就有了可观的现钱。有了余资之后，他就翻盖房子。因为他还没有成亲，房子自然是父母的房子。皮树德不同意，"房子是我的，凭什么你翻盖？"皮实笑笑，"我问你，我是不是也住在里边？"皮树德那天去串亲戚，回来的时候，就见那几间老宅已被推倒，他跳脚大骂，然后追着皮实要打他鞋底子。皮实满地乱跑，因为他已经长大了，有自尊了，即便鞋底子打在身上不疼，也不能再让他打了。皮树德见身边有邻居观战，低声说："你小子必须让老子打着，不然的话，我就躺在地基上面，让你盖不成。"皮实懂老爷子的意思，一是要面子，二是变相的默许，便把身子凑上去，"那么你打。"打是真打，噼噼啪啪打在他的胖脑门儿上，起初是红肿，后来居然洇出血来。皮实说："打得好。"

房子不仅翻盖起来了，还扩建，扩成了一个标准的四合院，也垒起了高墙，安了红漆大门，就成了独门大户。这就有了阔相，引得村里一个标志女子贴上身来，于是他就莫名其妙地成了亲。他得意地对皮树德说："你看，房子一翻盖，好运自然来，你不用费劲儿，就捡了一个儿媳妇，嘿嘿。"皮树德不以为然，"哼，你先别美，长不了。"这是什么话？亲老子居然咒自己的儿子，皮实便说了一句："你为老不尊，会折寿的。"

　　既然种粮也能富家，就应该踏踏实实地种下去，但他却把土地转包出去，自己则跟村里要了一块荒地，搌了几口窑，烧砖。因为他们村子地处丘陵地带，地皮之下，是厚厚的黄土。那时候农民乍富，像皮实一样，纷纷翻盖房子，红泥砖销路大好，赚钱容易，便能赚大钱。皮树德还是不以为然，说："你不是说你的壮身膀天生就是修理地球的吗，为什么放着好好的地不种，却来讨巧？"皮实说："再胖的身子也有累瘦的时候，再多的力气也有用尽的时候，再说，就种地的那个劳动强度，总有牲口被使役的感觉，不如趁着别人还没有醒悟，早点儿转产，挣点儿省力气的钱，嘿嘿。"

　　红砖出窑，转眼钱来，而且还是滚滚而来的架势。村里人羡慕嫉妒恨，编出一段歌谣：皮实皮实不简单，挖黄土烧红砖；巧借行市挣大钱，坑害集体像汉奸。皮实不解，地是我租来的，按亩交地租；烧红砖是政策允许的，按规定交税费。这都是合法所得，怎么倒成了汉奸？他摇摇头，嘿嘿，土地沉着，人心浮泛，有说闲话的工夫。哼，若是眼红，你也烧烧试试。

　　话不禁说，一说就会变成现实——村里不少人也跟着搌窑，就形成了竞争的势头，砖价就下来了，赚钱就慢了。

　　一阵琢磨之后，皮实扩大规模，变传统小窑为现代化砖厂。竖起了大烟囱，引进了一系列制砖机，招进了一大批工人。机制

318

砖产量大、质量好，价格还低，客户便又被他抢了回来。但这里的投入也是大的——扩大规模，占地就多，地租也就高上来了；那么多的现代设备，均是价格不菲；那么多的用工，人员开支也是个不小的数字。钱从哪儿来？从银行贷款。

虽然背了那多银行贷款，但皮实却不发愁，反倒整天乐呵呵的。因为他心中盈满。掮小砖窑那是为了生存，办大砖厂，那是确定人生价值的事业。一旦为事业而战，就摆脱了金钱的奴役，心胸就开阔了、心力就大了，我还怕什么？然而他父亲皮树德怕。在农民的传统思想里，家有隔夜粮，绝不借钱行。借的背后，是个没底的窟窿，利滚利、息套息，还得起吗？在老一辈农民那里，考虑事体，一切都是从坏处着眼，从不相信那把握不住的好处，所以，皮树德坚定地认为，皮实是脑袋一热，干了一件坏事。于是从贷款下来那天起，他就抑郁了。岂止是抑郁，是惊惧，整天如坐针毡，惶惶不可终日。就病了。

最初两年，砖厂顺风顺水，收益是大的。皮实对病恹恹的父亲说："我想把咱们的这个四合院改造一下，盖成六层楼房。"皮树德跳起脚来说："屁，你赶紧去还贷款吧。"皮实说："不急。"他对皮树德解释说，现在的企业家，都是用银行贷款给自己生钱，没听说谁是靠埋头苦干积累起财富的，所以咱要沉住气，你要相信你的儿子还是有这个把控能力的。皮树德又跳了一次脚，"屁，你有的只是一身贼肉，脑子却像头蠢驴。俗话说，不听老人言，吃亏在眼前，哼，你且看吧。"

爷俩谁也说服不了谁，就各自任性——皮实盖他的楼房，皮树德生他的病。楼房就要建起来了，皮树德却死了。

皮实之所以执意地盖楼房，是因为知道父亲得了绝症，想让他生前看到儿子的本事、看到家境的辉煌。可就差那么一点点啊，他却不等了，就等于最后否定了皮实的本事。

皮实很泄气，常常喝闷酒，与媳妇过日子也没有热情。酒后常感叹：能见证自己价值的人不在了，我住这么好的房子有什么意思，我挣那么多钱又有什么用？

麻木不仁地过了两年日子，皮树德预言的结局终于到来。上边改变了政策，勒令制砖业关停。因为砖窑占用耕地、破坏环境，不仅是落后产能，还是掠夺式经营。砖厂关了，贷款还在，只好变卖，变卖之后还资不抵债，只好动用积蓄，终于堵上了窟窿。到了最后，他之所得，只剩下了那座六层的楼房。"还好。"他苦笑着对媳妇说，"只要还有地方住，就会东山再起。"

"那么吃什么、花什么？"媳妇可不像他那样想。

"有什么就吃什么，没钱可花就节俭。俗话说，不花钱就是有钱。"他说。

"你可真是心宽体胖，没心没肺。"

"有心有肺又怎么着？你得认命。"

媳妇可不陪他过未知的生活，不容分说地跟他离了婚。

人财两空之后，他不知所措，曾动过喝点农药一了百了的念头，但看看那么气派的楼房，再看看幽魂一样走在他身边的老母亲，他哀叹道，也罢，这两样，哪个不需要我伺候？

为了打发日子，他弄来一套金庸的武侠小说，躺在床上看。一看，竟被深深吸引，以至于看得昏天黑地。江湖险恶，生死无常，但雪山飞狐，峰回路转，却也快意恩仇，荡气回肠。嘿嘿，侠呀，不死之人也！

"吃饭。"给他打理家务的母亲来催他吃饭。

"你先吃，我再看会儿。"他说。

"看那东西有什么用？又不能当饭吃。"

"这是我爸让我看的，他看重。"

"他活着的时候让你看，你却不看，不管你了，你倒看，唉，你们爷儿俩总是唱对台戏。"

整部金庸看完了，他把一切都看开了、看淡了，觉得成与败都无所谓了，目前最大的使命是照顾好母亲，因为人这一辈子最重要的东西就两样：情与义。

意想不到的事，不知不觉地到来：这里的地被占了，一家大公司投资要建一座京西吉尼斯乐园。在拆迁补偿中，因为皮实拥有村里独一无二的高层建筑，他得到了最高的赔付，意外的，皮实手里又有了几百万。

几百万到手，皮实并没有过望之喜，反倒多了一丝忧愁。钱来得容易，去得也容易，这是老理。再加上父亲皮树德对他的所有咒念都灵验了，给他留下了巨大的阴影，他害怕，不敢再有妄念，今后的日子守成为要。

因为拆迁安置，皮实住进了小城里的经济适用房。自然就看到街道、商铺、饭店、酒吧、茶馆、影视厅和洗脚房等。初来乍到，他有些迷乱，忒闹得慌。

这怎么守成？

再加上他看金庸看得懒了，也不想忙忙碌碌地搞什么经营。他看着那堆金庸发呆，突然灵光闪现：金庸靠什么混？靠写书。那么，我就卖书吧。嘻嘻，这也正符合父亲皮树德的心意，他肯定不会再诅咒我，而是从冥界送来祝福。好，就开一家小书店。

3

皮实从朝阳区水碓子图书发行市场进来一批书。其中，旧书占大部分，因为旧书论斤卖，很便宜。

两间门脸的小书店就不声不响地开张了。书店也没有牌匾，只是模仿酒肆、当铺的做法，在门前挂了一个幌子，上边写了一个大大的字：书。

也许因为这是街道上唯一的一家书店，一经开业，来的人还真不少，有买书的，更多的是来看热闹的。来买书的，就静静地挑书；来看热闹的，看到书店这么雅致的地方，坐庄的，竟是一个脑满肠肥的大汉，真是不匹配，便不住地摇头。皮实知道他们的心思，便呆坐在那里，面色阴冷。哼，人不可貌相，知道不？哼，真正看书的人看的是书而不是卖书的人，知道不？

他很自得，因为他们看不起他，他也轻蔑了他们，两讫。

新鲜劲儿过去了，书店渐渐冷清，每天只卖出去十本八本的，到月底结算，勉强够房租，他苦笑一下，想再坚持一下看看。

坚持了一阵子，虽然还是不死不活，但他开书店的念头反而笃定了。人少，不需要费心打理，他正好可以读书。趁着读金庸的余绪，他读店里的武侠小说，武侠小说读完了，就读其他小说。故事总是吸引人，他读得每天都觉得很充实，懒着，充实着，不再有其他的想念。小说读完了，他开始读那些没有故事情节的，虽然有些难度，但是他还是坚持着读下去。既然满屋子的书，为什么不读？一如既然满屋子的酒，为什么不喝？读来读去，他真的爱上了读书，他向空蒙里说："老爸，这次你该满意了吧，你儿子顺应了你的心意，差不多也是个正经的读书人了。"恍惚中，他似乎看到，皮树德在笑着点头。于是他对自己说："我一定把店里卖不出去的书一本一本地读完，包子卖不出去，自己吃了，还落个饱，嘿嘿。"

一天，店里来了一个清瘦的老先生，白色眼镜一晃一晃的。他抱来一包书，书名叫《京西民俗风物》。他说："这是我自己花钱买书号印的，你能不能帮我代卖一下？卖出去之后，咱们五五分成。"他看到老先生满脸菜色，心里一动，"也甭五五分成，如果卖出去了，都是你的。"自从他看了那么多书之后，心里多了两样东西：同情和悲悯。老先生说："那得看情况。"他说："在我这里，没有情况。"

一天，店里又来了一个搞图书推销的，是一个涂脂抹粉的中年妇人。她推销的是中小学生辅导教材和课外读物。她说卖出去以后三七开，皮实三开，她七开。皮实一愣，"为什么你七开？"妇人说："难道你不知道，图书发行这一行，就属教辅卖得火，因为哪个家长也不想让自己的孩子输在起跑线上，所以都舍得给孩子买书。"妇人的脂粉气太浓，熏得皮实不敢张嘴，便从牙缝里挤出一句话，"既然是这样，必须五五开。"妇人一咧嘴，"给你送来财路，也不知感激，还宰人，你会不会做买卖？"皮实躲远了一步，"我还真不会做买卖，开书店只是为了一个目的：玩儿，哄自己开心。""算了，就依你。"撂下一句话，妇人把教辅一包一包地卸下来，之后，什么话也没说，梗着脖子走了。既然遇到了一个玩主，她可没工夫陪着玩儿。

教辅果然好卖，学生家长蜂拥而至。学生家长要求打折，他笑着说，不打。学生家长说你这是趁火打劫，他说，别急着给我扣帽子，我不打折，但是我送你一本书，叫《京西民俗风物》，这本书对孩子更有用。

过了不久，老先生来了，看到自己的书居然卖完了，很是吃惊，"这种书也有人买？"

皮实说："当然有人买，因为它可以让人们了解地域文化，活得有来路。"

"那好，我家里还有一堆，全给你搬过来。"

"好，你搬过来就是了。"

那天，他正埋头看这本《京西民俗风物》，突然听到有人用咬舌头的普通话问他："里（你）这里有没有埃林·鼻（比）林的书？"

他一抬头，眼前竟站着一个外国女人。

他下意识地想到，天哪，老爷子皮树德真的有显灵的法术，居然把外国人给他招来了！

那个女人身块很大，把他眼前都遮阴了，他赶紧站了起来。一站不要紧，原来她比自己还高，他的头顶不小心碰了人家的鼻子。他慌张，人家却从容——

"对不起。"

"没关系。"

外国女人笑着又把所要的书名说了一遍。

皮实没听进去，只是愣愣地看着人家。因为这个外国女人长得太奇特了，他收不回自己的目光。

别看她个子高，长得却很不合比例。屁股方展展地向周边扩，大得像个碾盘，腰却很细，一只胳膊就能抱得过来。还是个溜肩膀，肩胛骨向里缩着，一缩，就显得窄了。脑袋出奇的小，脸盘就显得很袖珍。小脸盘上，五官却很精致，圆眼睛、小隆鼻、薄嘴唇，好看，而且不是一般的好看。他忍不住惊叹了一声："袋鼠。"

没想到那个女子一笑，"袋鼠是我的昵称，里（你）怎么会知道？"

"嘿嘿，我也不知道。"皮实憨憨地笑。

女子也嘻嘻笑，不仅没有被冒犯的感觉，好像还很高兴。"我介绍一哈（下），我本名叫玛琳娜，来自保加利亚，在你们这里的一缩（所）贵族学校教英语。"

"这里？"皮实一愣，本地是京西的一个农业县，城市化水平是很低的，什么时候也有了贵族学校？

出于礼貌，他赶紧介绍自己，"我叫皮实，皮球的皮、皮蛋的皮，实在的实、实心眼子的实，嘿嘿。"他有些啰唆，为的是以这种幽默抵顶刚才叫人家袋鼠的冒昧。

"嘻嘻，我知道，皮球是拍的，皮蛋是吃的，我特别特别喜欢吃皮蛋。"

她可真逗！这样一来，他就不觉得她是外国人了。"欢迎光临皮蛋小店。"

"谢谢。"她耸了耸肩，挤了一个媚眼，"我以后再来的时候，我就叫你皮蛋，你就叫我袋鼠，OK？"

"OK。"怎么，她还要来？

他想起来，店里还真有一本《埃林·比林选集》，便从书堆里翻出来。那是一本二十世纪八十年代出版的书，黄色的封面，由于老旧，黄上加黄，就有了土的颜色。原价0.8元。他说："也不找零了，你就给一块钱吧。"

马琳娜摇摇头，"NO，NO，我知道，旧书是特别定价的，我给你50冤（元）。"

皮实一笑，五十就五十，跟外国人还讲什么价，别弄得跟大国寡民似的。

"里（你）知道我为啥（什）么买他的书？因为他是我们保加利亚的大作家，因为我有点想家了，他可以治我的思乡病。"袋鼠说。

她还真是逗，我又没问她为什么，她却主动回答为什么。不过，他觉得她是个热情、外向的人，有点儿喜欢她了。

袋鼠看了一眼他刚看过的书，趋前拿了起来，"噢耶，《京西民俗风物》，我很喜欢这本书，我买了，才19.8冤（元），太便宜了，我给你50冤（元）。"

"你不用给钱，我送你了。"

"NO，NO，里（你）又不是作者，没资格送我。"

过了不久，玛琳娜果然又来了。

她对皮实说："这本《京西民俗风物》太好了，为什么好？饮（因）为它让我知道，里（你）们京西的风俗、风情，与我们保加利亚有太多相似之处，很亲切，让我有了在家的感觉，你地明摆（白）？"

皮实一笑，说："我地不明白。"

"里（你）不要跟我开玩笑，我说的是真的。"玛琳娜急切地说。

皮实说："我没开玩笑，我说的也是真的，因为《京西民俗风物》我看了，但《埃林·比林选集》我还没看过，没有对比，就没有感觉，就没有发言权。"

玛琳娜摇摇头，好像有些失望，因为她这次来，有交流的愿望，而且还很急切。"皮、皮蛋，我希望你读一读埃林·鼻（比）林的小说。"

"好，好。"皮实感到有意思，一个外国人，居然不远万里来到中国，现身鸡毛小店，来指导他的阅读。

玛琳娜开始在书店的书架上、地上的书堆里寻寻觅觅。她仰身与俯身，送到他眼里的，全是她那显赫的臀部。他不禁在心里嘟囔："你干吗长成这样？多丑。"依他的审美，女人屁股大是对的，但要大得适度，而且要翘、要圆，这样，既让人看得见屁股，又能忽略屁股，就理想了。不过这是中国人的观念，起码是京西人的标准，不知他们保加利亚人怎么看。看来，我的确应该读读埃林·比林的书，瞧瞧他在小说里怎么描绘，嘿嘿。

他把目光收敛到眼前的桌面上，因为他觉得，即便这屁股不美，这样长久地看，也是不名誉的，甚至有些不厚道。他随便翻着桌面上的一本书，他根本看不进去，只是遮掩。

耳边响起了玛琳娜的声音："里（你）这里还有没有类似

《京西民俗风物》这样的书？我很干（感）兴趣。"

"没有了，即便是这本书，也是进货时偶尔的产物。"他说。

"偶尔？里（你）怎么能偶尔，里（你）应该有意识地进一写（些）这样的书，让书店成为了解京西的一个窗口，不然，里（你）的书店就胎（太）没有特色了。"

"看情况吧。"

"里（你）怎能看情况？里（你）要用心地去做。"

皮实一惊，怎么这个外国姑娘也跟本地姑奶奶一样，爱对别人的事儿指手画脚？看来，哪里的姑奶奶都是一样的，嘿嘿。这疑似重大发现，让一直孤寂着的皮实兴奋不已，便把她的话看重了。

他就真的网购了一本《埃琳·比林选集》。版本、版次是与玛琳娜的那本一样的，书款也是五十元。

4

接下来，皮实便很用心地读《埃琳·比林选集》。一读，果然发现保加利亚的风俗和京西有很多相似之处。嘿嘿，自己真是孤陋寡闻。皮实第一次有了惭愧的感觉。

比如京西有个说法：家有美妻，不出远门。因为美妻失怙，必招闲人惦记，会弄出风月事件。本村的游克立娶了一个东北姑娘，那姑娘个高、苗条、肤白、面庞清秀，眼睛异常明亮，而且盯在谁的脸上都热情似火。受那个说法的暗示，即便出去打工的人都有了高收入，活泛做买卖的人都发了大财，游克立也不为之所动，始终待在村里，侍弄几亩承包地，捎带手当个村里的保安，家境保持在温饱水平。这在外人看来，他是穷的，他媳妇也认为他穷，骂他不思进取，窝囊。他说："窝囊好，不生闲心，不生闲气，安稳。"为了安抚媳妇，他每天晚上都要陪她猜拳喝酒，喝得醉醺醺的，只想往热炕上翻滚。为什么会这样？皮实曾问过他，他说："东北女孩善酒，浪，既然我让你喝美了，又浪了，你还有什么不知足的？"皮实说："你真可怜，娶了一个漂亮媳妇，反倒成罪过了？"他说："用不着你对我假惺惺地关心，好像你混得多好似的。再说，甘蔗哪有两头甜的？"皮实觉得，他说的话夹枪带棒，类似揭短，但说得有道理——我富了，娘们儿来；我穷了，娘们儿跑。到头来，还不是光杆司令一个。他虽然不富裕，但家里养着个漂亮媳妇，像天天都能吃上一道大餐似的，你说谁可怜？

嘿嘿，埃林·比林的小说里居然也写着一个保加利亚版的"游克立"。那篇小说的题目叫《割草人》。故事是这样的——

拉佐由于娶了村里的美人潘卡，便总是担心她红杏出墙。在外出割草的路上，伙伴们围着篝火，也多是拿潘卡来插科打诨——既然是乡村美人，自然就会成为议论的话题。然而，伙伴们不经意的议论，就更增加了拉佐的疑心，他眼前总是出现这样一个情景：在一片茂密的矮树中，露出了潘卡雪白的漂亮脸蛋儿，一只男人的手——这是一个野汉子的手，抚摸着她的脸……于是，拉佐再也沉不住气了，悄悄地踏上了返乡的路。从此，即便是家里穷得叮当乱响，即便是潘卡的漂亮脸蛋因积聚了厚重的菜色而一天天变丑，拉佐再也没有勇气走向谋生之路。

于是，埃林·比林在书中感慨道——一个本该兴旺的家庭却陷入困境，不能不说是一种悲剧。这种悲剧的形成，不是因为"意外的变故"，而是因为"通常之人情"。是潘卡的美、拉佐的疑心、伙伴们的议论，这些"无罪之罪"共同制造的。悲剧中的人物，都可以被指摘，但又都没有理由被指摘，他们都陷在"无物之阵"中，身不由己。

这让皮实茅塞顿开：嘿嘿，你可怜，他可怜，我可怜，既然都可怜在可怜之中，就不可怜了。

我的书店开得很好。

玛琳娜再来的时候，皮实很亲切地叫了一声："袋鼠，你好！"

玛琳娜挑了挑眉毛，好像很快活，"你好，皮蛋。"

皮蛋说："袋鼠，埃林·比林的故事果然和京西很像，你让我大开眼界，所以，我要真诚地说一声，谢谢。"

袋鼠说："里（你）要是真的谢我，那就多进一写（些）《京西民俗风物》那样的书，它给了我一个七（启）发，原来我来到这里，是上帝的旨意，它是叫我来完成一部书：《保加利亚与京西》。那是一种比较文化烟酒（研究），你地明摆（白）不明摆（白）？"

"我地当然明白，烟酒不分家嘛，嘿嘿。"

"捞弯桶（老顽童）。"

接下来，皮蛋就问袋鼠到底为什么会来到这里。

袋鼠告诉他，她在保加利亚的时候，父母指定了她一桩婚姻，但是她的心却另有所属，便进行抗婚。父母说，你要是不从，我们就跟你断绝关系。她说，那对不起了。便于新婚的前夜，随那个男人偷偷地逃往中国。他们先在北京地区梭巡，各区县都转到了，他们发现，京西这个地方殊好，因为地形地貌、气候气象与她的家乡颇仿佛，就赁屋而居。没想到，这个男人本性轻浮，用京西人的说法，是个典型的小白脸，很快就看上了一个京西姑娘。无论如何劝阻，他笃定要跟这个女人一起生活，僵持之下，他带上那个女人回国了。她则不想回国，一是与父母已断绝关系，二是不想与那个男人再有什么纠葛。她说，小白脸的特性是，他能跟你逃，也能跟别人逃，到了最后，还会冲你逃回来。依京西人的话说，这种人很自私，没有常性，朝三暮四、喜新厌旧，或者干脆是吃着碗里的，看着锅里的，首鼠两端。这可让我受不了。我是谁？袋鼠嘛，袋子里装的是忠诚、信任和不变的感情。嘻嘻，所以我就留在了中国，并打算终老于此。

皮蛋心里说，你这个袋鼠的袋子可真是大，被人伤害了，还能"嘻嘻"，真是了不起。但是了不起又有什么用？"终老于此"可是个漫长的过程，得有什么东西来填补。看来她的文化比较研究是一件大事，我必须成全她，这等于是在救人嘛。嘿嘿，她被人甩了，而我也被人甩了，被甩了的人之间，就应该走近，就应该帮助，这几乎就是天理。

待那个写《京西民俗风物》的老先生再次到来，皮实急切地对他说："你告诉我，咱们这个地界，除你之外，还有没有写你那样书的人？"老先生不假思索地说："有啊，不仅有，还着实不少。"皮实说："那你能不能帮我联系一下，让他们都把书送到我这里，我替他们卖？"老先生说："那你可办了件大好事，他们的书差不多也都是自己买书号印的，成摞地堆在家里卖不出去，都把书香霉变成臭气了。"皮实大喜，在老先生瘦削的肩膀上猛地拍了一下，"那你还不赶紧去办。"

老先生很快就给他"联系"来几十种京西文化专著，而且都是那些作者亲自送来的。见书就那么堆在书店的地上，老先生摇摇头，说："这可不好，你应该设几个专架，把它们堂而皇之地摆上去。我这可不是得寸进尺，是物有所值，不能斯文扫地。"皮实说："好。"老先生又说："这还不够，你应该给书店起个正经的名字，而且还要镶一方硬木牌匾，因为你门前就随意地挂那么一块'书'的幌子，跟个当铺似的，好像这些书很不值钱似的，我这是不是真的有些得寸进尺了？"皮实一笑，"你这不是得寸进尺，你这是得寸进丈，嘿嘿，那么店名谁来起？"老先生说："店名我早就给你起好了，为了体现本地作家作品专卖的性质，就叫文友书店。"皮实感到这个名字好，"明天我就去做一块匾来给你挂上。"老先生说："匾上的字可不能用印刷体，那样很没品位，要有人来写。"皮实说："你真事儿多，那么找谁来写？"老先生说："我来写，要知道，我好歹也算是地区名人哩。"说完，那张苍白的老脸居然倏地就红了。

皮实心里想，这些为地区写书的人，温良、朴实，我要善待他们。

便搞了一个挂牌仪式，邀的人里边，有那些书的作者，还有工商局、文化局的主管领导，当然还有玛琳娜。

高高矮矮、胖胖瘦瘦、黑黑白白的一群人，均笑眯眯地站在小书店前，而且还有个高高大大、长相奇特的外国女人，便吸引了来往的行人，他们驻足观望，想看个究竟，就自然地形成了一个不小的阵势。

实际上是个揭牌仪式，因为那块牌匾是提前挂上去的，上边覆以红绸。

鞭炮响，红绸落，牌匾乍现。

那块牌匾很堂皇，大，而且硬木镶边，"文友书店"是敦厚的古魏碑体，不露声色中，有雍容华贵的气势，下边落款：丁善修谨题。

丁善修，就是那个白脸瘦身的老先生。

牌匾大而堂皇，就让小书店显得低矮而狭仄，好像书店就是为了这块匾而存在似的。

那个刚揭完牌的文化局领导心有灵犀，很感动，他慷慨激昂地发表了致辞，中心意思是说，文友书店是地区第一家也是唯一的一家本土作家作品专卖店，而且还引起了国际友人的关注，是个独特的文化符号，我们要倍加珍惜，文化局也要给予特别支持，云云。

从这天起，皮实心气大增，开始认真经营书店。

5

丁善修觉得既然是一家高雅的专卖店，那么就要把教辅和杂书清除出去，突出他们的地域文化专著，让书店雅在实处。皮实说，不可，教辅和杂书是经营的依托，可以保证你们的书真正能卖出去，这叫以俗养雅。玛琳娜则是真雅，她被那些书迷住了，起初是一日一书地浏览，之后是一本一本地精研。她说，皮蛋，我玛琳娜的好日子来了。皮蛋说，袋鼠，你有好日子也要让别人有好日子，你要泛爱。袋鼠说，我们欧洲人多信基督，就是讲泛爱的，你说让我怎么泛爱？皮蛋说，很简单，这些书既然你都浏览过，你就每本书都给我写一段评语，我要用它去做广告。袋鼠说，呃，我明白了。

皮实就搞了"每周一书"的推销活动，在店门口竖了一块易拉得的广告牌，上边印着所卖书的书影、玛琳娜的头像、身份简介和对该书的推荐语。书就源源不断地卖出去了。买教辅的学生家长、一般的读书人和从门口走过的行人，一看到玛琳娜的推荐语，不免觉得，连一个外国人都认为这书写得好、写得有价值，那么这本书肯定好，要赶紧买。

冷僻的书不仅卖出去了，还给书店带来效益，皮实感到眼前一片大好。

皮实对玛琳娜说："袋鼠，我要给你报酬，给你钱。"

玛琳娜说："我不要你的钱。"

皮实说："没钱你怎么养活自己？"

玛琳娜说："怎么养活自己是我自己的事，不用你操心，载（再）说，你皮蛋是我什么人，杆骂（干吗）为我操心？"

"你真是姑奶奶脾气。"

"姑奶奶？啊，我明摆（白）了，就是不讲理的大姑良（娘）的脾气。"

"既然你不要钱，那我就请你吃饭。"

"OK。"

晚上，他们到了街头。皮实看上了一家酒店，然而玛琳娜却说："还是到路边小店吧，那里很风情，里（你）地明摆（白）？"皮实让玛琳娜点菜，她点了炸花生米、葱拌猪耳丝、红烧豆腐和猪肉炖粉条。皮实一笑，"你怎么点得跟我们本地人一样？"玛琳娜说："我来这里已经有五年多了，差不多就是本地人了，嘻嘻。"让皮实吃惊的是，她居然还要了两头大蒜和一瓶二锅头。

"怎么，你也好这口儿？"

"我知道，这是京西小吃的表（标）配，猪肉炖粉条就大蒜才香，干炸花生米就二锅头才够味。"

真是一个标准的京西姑奶奶——大蒜嚼在嘴里也不皱眉，二锅头灌进嘴里也不眨眼，她很随俗、很惬意。只是店里的人总是往这里看，让他有些不自在。"哼，看什么看？"他心里说。

酒足饭饱，他们来到街上。一出店门，玛琳娜就很自然地挽住了他的胳膊，他下意识地躲闪了一下。玛琳娜笑了笑，不仅又挽紧了他的胳膊，还把头倚靠在他的肩上。他很难为情，对自己说："我怎么这么招摇？"看着玛琳娜很无心的样子，他又对自己说："我招摇一下又怎么了？"

这之后，隔三岔五两人就在小店儿里对酌一下。慢慢地，居然成了习惯，如果到时不聚，两个人心里都感到空落落的。

皮实说："我怎么总想请你吃饭？"

玛琳娜说："是啊，我怎么也总是在灯（等）？"

"嘿嘿，袋鼠，这里边是不是有点儿问题？"

"嘻嘻，皮蛋，你是想多了，一对古难刮女（孤男寡女），回到家里，冷天冷地，空落、寂寞，自然就想出去揍（凑）个热挠（闹）。"

"就这么简单？"

"就这么简单。"

挂了"文友书店"的牌子之后，皮实不仅卖文友的书，还不断地接待文友，事实上，书店成了一处小小的地域文化沙龙。"每周一书"的推荐活动不仅卖那本书，而且还要请几个作家与那本书的作者对谈。

那天，讨论《京西工匠考》，大家都热情洋溢地谈论，但作者本人却心不在焉、目光游离。大家就淡了兴致，想早早散场。那个作者说："再等等，玛琳娜还没有来，是不是要听听她的高见？"玛琳娜一到，他立刻就兴奋起来，"玛琳娜女士，我们京西的工匠是特别讲究的，比如木匠，锋刃不快，是不作业的——锯齿不快不锯、斧刃不快不砍。磨刀不误砍柴工，就是从这里衍生而出的道理。"见玛琳娜很感兴趣，他又说道："我的四祖父就是个木匠，斧子、锛子、刨子等带刃的工具，一旦钝了，他都是在磨刀石上边磨边用指头试快慢。'快慢'就是'利钝'，是京西状锋芒的一种口语。由于好奇，我便常簇在他的身边，也就跟他学会了用左手的大拇指试'快慢'，嘿嘿，我是不是示范给你看？"玛琳娜说，不用了，因为在我们保加利亚，不仅仅是木匠，只要是使用类似工具的人，都会用拇指试"快慢"。

"真有其事？"那个作者惊奇地问。

"确有其事。"玛琳娜说。

"有文本为证？"

"当然有文本为证。"

那个作者来劲儿了，目光剜在玛琳娜脸上，好像要剜下一块鲜肉来，"那我就要跟你好好讨论讨论了。"

他的这一"剜"，让皮实很不舒服，他没好气地插话道："玛琳娜，你可别打诳语，在埃林·比林的书里，我可一点儿也没看到。"

"虽然他的书里没有，但卡内蒂的书里却有详细的妙（描）述，他的书名叫《获救之舌》，有中文翻译版本，你可以网购一本看看。"玛琳娜说。

"卡内蒂不是埃林·比林，他的书不算数。"

"然而卡内蒂也是保加利亚人啊，这很好，它打破了古（孤）证，进一步证明了保加利亚与京西的习俗是相通的，嘻嘻。"

玛琳娜的"嘻嘻"，让皮实很难受，便生出犟劲儿，他气咻咻地说："我们京西有一样东西，你们保加利亚肯定是没有的，就是男人打老婆的习俗。京西有个说法，叫'老婆不打，上房揭瓦'，这里的道理，容我慢慢跟你说——"他瞪了一眼《京西工匠考》的作者（那意思是说，你少插嘴），开始卖弄——

在我们京西，如果男人爱自己的女人，就要舍得打她，打得她满地翻滚，打得她叫唤不止，一如在土炕上，那夜里的呻吟。只有这样，女人才觉得已真正被自己的男人疼起来了，在男人面前，或娇嗲或撒泼，都有了心安理得的资格！于是，在村里，对女人太温柔了，却常要惹起女人的疑心，女人会想一些个有效的办法，去激怒男人，让男人在愤怒中，暴露其真性情。那时，女人疼的是皮肉，熨帖的是心灵。为什么会这样？是山里女人从漂流而来的岁月里得到的一个启示：那情和仇其实是一个东西，爱得不深，就不会生仇；仇得不深，就不会有真爱——情情仇仇、仇仇爱爱，互依互生。嘿嘿。

玛琳娜见皮实很得意，困惑了一下，然后说道："皮蛋，你先别得意，因为你说的那点屁事耳（儿），我们那里也有，嘻嘻。"

这个保加利亚姑奶奶，居然也会说"屁事儿"了，在该文雅之处也流俗。他便瞪了她一眼，"拿出证据来。"

玛琳娜说，多米尼加的胡安·包什笔下的那篇《女人》你看过没有？没有的话你真应该好好看看。那里边有个女人，被自己的男人打得奄奄一息，并丢弃在路边。一个善心的过路男人救了她，把她送回家。她男人仍旧殴打她，那个善心人便替她给那个不讲道理的男人施以了一番拳脚以示教训。你猜怎么着？当善心人把野蛮人压在身下时，女人却捡起了石头，朝善心人的头上砸去："他是我丈夫！"接下来，胡安·包什沉痛地写道："奇科（善心人）顿时松开了对手的脖子，双腿一蜷，双臂一字张开，无声无息地仰面倒下。身下的泥土不断地吸吮着汩汩涌出的鲜血，血泊上闪着幽幽的磷光。"从善心人的角度说，这多可悲，但从当事人的角度说，你真活该。用你们京西人的话说，打是疼骂是爱，爱得不够拿脚踹，当事人就是爱这种方式，与你旁人何干？

皮实愣了一下，但很快就笑了，因为猛地一听，袋鼠说得言之凿凿，但细一思忖，她就不占理了，"不算，不算，多米尼加又不是你们保加利亚。"

袋鼠竟毫不尴尬，也笑着说道："皮蛋，里（你）真是个皮蛋，因为你很不学术，虽然多米尼加不是保加利亚，但用你们毛主席的话说，是不是都属于第三世界？怎么会不算？嘻嘻。"

皮蛋虽然被扣上了一顶"不学术"的帽子，疑似不学无术，但他心里是美的，因为他成功地岔开了那个作者与玛琳娜的对谈，虽败犹荣。"嘿嘿，免战，免战。"

皮实虽然"免战",但玛琳娜的兴致犹酣,她说:"我们的议论真好,让我在对比中明确了一个观念,大大的好。"

"什么观念?"

她说——

我感到,世界之大,不管是东南西北、古今中外,基本人性、生活习俗、物理风情大有相同、相通之处,阅读的所得或者享受,是在其中寻找到生命的"验证"和生活的"共鸣",以加固对真善美的信仰和"活着真好"的信念。所谓习俗,是天下的习俗;所谓风情,是天下的风情。这就告诉我们每一个人,不要活得太本位、太狭隘,要有全球观念和人类意识。那么,不管我是住在我们保加利亚,还是住在你们中国——你们京西,都是一样的。

"那么,你就赖在我们这儿不走了?"

"拿(那)要看情况。"

一个异地的袋鼠,居然也有了本地人的语气,有意思有意思。"袋鼠,你是吃我的请,吃馋了,不再思念草了。"皮实不禁调侃道。

"皮蛋,你苟(可)真小气。"袋鼠向他挤了挤眼、耸了耸肩,说道,"从今天起,一直到今后的一段时间,你就不要请我吃饭了,我要管(关)起门来写我的书,书名就叫《天下风情——保加利亚与京西民间文化比较研究》。"

6

嘿嘿,要是依着玛琳娜的逻辑,人间与阴间,那习俗和风情岂不也是一样的?

皮实在回想中又回到了祭奠的现场，他看着冥纸热烈地燃烧，突然想到，袋鼠的老家——保加利亚是不是也有烧纸钱送寒衣的习惯？嘿嘿，回头得问问她。

干吗"回头"？烧完冥纸我就去问她，这好歹也是个文化命题，我皮蛋现在也很有文化了嘛。

哎呀，还真是好久不见她本人了，她的书写得怎么样了？他心里一热，居然有了一种类似思念的感觉。

眼下无风，但纸钱燃烧后的青烟，却像遵从着一个命定的旨意，一股脑儿地飞向地上所画信封的缺口。皮实想，看来老爷子皮树德还真的把自己的叙述听清楚了，不仅原谅，还十分满意，便肯于花他送来的冥钱，肯于穿他送来的寒衣。呃，这就对了，你儿子不是菜货（皮蛋），也不是玩闹（皮球），他是个有出息，甚至有作为的人。你看看，他不仅看书，还鼓励别人看书，而且还交了一个看书、写书的外国友人，不，是外国女人。嘿嘿，不仅给你在本地圆梦，还把你的梦圆到世界去了，你老牛大了！

祭奠完毕，皮实拔腿就跑。因为他身宽体胖，即便是跑着，也没有跑的样子，只是蹭出来急切的碎步，像球在滚。但那也是速度，放大了对玛琳娜的思念。

玛琳娜的居所他没有去过，但在他们平时的谈话中，他无心地听到，她好像是住在"罗府街仓房胡同"，确切的楼号、单元号和门牌号就不得而知了。但到了那里，跟遇到的人一打听，人家竟直接就给他引到了她的住处。一个外国女人嘛，她的存在，早就进入了众人的眼目。既然她特殊，本身就是路标，她便无处可藏。

那是一间顶楼的单元公寓。

他轻轻地敲门。

没人应答。

再用力地敲，里边传出来一个有气无力的声音，"门开着，你推搡（就）是了。"

一声"搡"让他确认，玛琳娜就住在这里。

推门而进，一股囊气（霉味、臭味混杂的气味）扑面而来，噎住了他的喉咙，让他窒息。室内昏暗，他摸索着开了灯，立刻就呆住了——

这是个一居室的房子，沙发、饭桌、冰箱、床，都挤在一起，而且异常凌乱，无处下足。唉，真是一个窝，袋鼠的窝。

房间虽然逼仄，一张床却异常宽大，仰卧在床上的玛琳娜就显得很小，像被人丢弃的一只玩偶。玩偶的脸已经褪去了釉彩，露出惨白的底色，特别扎眼。

"我要死了。"玩偶居然还能说话，只不过，声音似有似无，像死亡之前最后的叹息。玛琳娜直挺挺地僵躺在床上，从头到脚都穿戴整齐，好像她知道那个时刻就要来临，要保持最后的体面。

这个阵势把皮实吓住了，他赶紧趋向前去，俯身问："你这是怎么了？"玛琳娜凄然一笑，有气无力地告诉他，一周以来，她浑身疼痛，发烧不退，头晕目眩，只想躺着，一躺下就昏迷，好像得了什么怪病。皮实摸了摸她的额头，烫得惊人，"赶紧去医院！"

他想把她扶起来，但她僵直的身子总也不弯曲，刚扶起来，就又弹回去，一不留神，竟把皮实压倒在身下。虽然经历了一周的高烧，她的身子还依然是重的，压得皮实喘不过气来。他苦笑一下，毕竟是袋鼠嘛，一如京西人所说，瘦死的骆驼比马大，嘿嘿，我必须把你扶起来，送到医院去。

较了半天劲，终于坐稳了。玛琳娜说："皮蛋，你先抱抱我，我冷。"

把袋鼠抱进怀里，他贴着她的脸说："有皮蛋在，袋鼠死不了。"袋鼠一笑，从干裂的嘴唇里发出一个咝咝啦啦的声音，"我直（知）道。"

虽然牙缝微启，却喷射出一股强烈的恶臭，皮实忍不住皱了皱眉头，赶紧捂住了口鼻。玛琳娜难为情地一笑，"对不起，我知道自己发炎了，搂（就）要烂掉了，家里又找不到可服用的药物，就依你们京西的偏方，每天吃几班（瓣）大蒜。"她说。

皮实背玛琳娜下楼。

虽步履艰难，但小心翼翼，生怕有什么磕碰。面对这特别的呵护，玛琳娜心中很热，眼前一黑，一句话脱口而出："皮蛋，你看袋鼠多苛恋（可怜），你、你就娶了我好不好？"

皮实身子猛地抖了一下，久久不说话。这来得太突然了，他根本就没有心理准备，惊愕之下，迷瞪了。

玛琳娜伏在他肩膀上哭了。因为这无声的态度，近似拒绝，她感到很羞耻。

淅淅沥沥的哭声让皮实心里很乱、很疼，他咬了咬牙，"你哭什么，我娶就是了。"

他咬牙的动作，不是无奈的发泄，而是一种思考的方式，他想，你虽然是个在旁人眼里高不可攀的外国大妞，却喷着满口的大蒜臭味儿，跟粗俗的京西姑奶奶有什么两样？那么，你既然敢嫁，我为什么就不敢娶？喊，不是西风压倒东风，就是东风压倒西风，谁怕谁呢，嘿嘿……

2022年11月1—11日

京西昊天塔下石板宅

偶

然

1

太阳还明晃晃的，却有大颗的雨滴落了下来。

仰望天空，仅几朵浮云慢慢地游弋，一会儿聚拢，一会儿散开，没有拨弄是非的样子。

却有了是非，雨点竟瞬间密集起来，有屋漏的阵势。行人不备，身体就意外地被淋湿了。

马文强刚参加完一个友人的开业仪式，礼品袋里正有一把品牌雨伞（现在的各种典礼，特别爱送雨伞，不知为什么），他一笑，随手打开了。生活有意外，但还有意外之上的意外，就像现在这样。

他打着伞到一个站牌下去乘车。站牌下有个牵着狗的女人。她戴着口罩，烫着发，衣裙时尚。但雨点密集，站牌的遮檐却小，雨滴毫不怜惜地打在她身上。肩湿了，前胸也湿了，而她只是拿两块面巾纸遮在头顶，不过是象征性地保护着脸面。因为离她很近，眼光便无处可放，他便干脆把雨伞打在她头上。女人口罩下嚅动出一个声音："谢谢。"

这个声音，好像触动了他记忆中的一根暗弦，他真诚地说：

"不客气。"

女人在雨伞下也不安静，她不停地看脚下的狗。那狗是金色毛发的柯基犬，脖颈处有一环雪白的毛发，像一条价格不菲的围巾。狗的毛发被淋湿了，却未凝聚成水滴，因为它毛厚，淋不透。它仰头望着主人，是乞怜的眼神。女人叹了口气，"这他妈的雨，说来就来，真没规矩。"这一声"他妈的"更触动了他记忆中的那根暗弦。他认识的女人中就有一个爱做"他妈的"的感叹的人，她是谁来着？

因为不能确定，所以他感觉自己应该更殷勤一些。他把雨伞递给女人，自己则抱起了地上的狗，把它贴在自己的胸前。女人很感动，把身子很自然地趋近，以便遮严了人和狗。居然弄得这么亲近，马文强心里突突地跳。

车来了，他们一同上车。

司机喊了一声："公交车上不让带狗。"

抱着狗的马文强不知所措，那个女人却说："它不是狗，而是人。"

司机说："你这是强词夺理。"

那个女人一把扯下口罩，"你看看我是谁？"

司机看了看，很困惑，"你是谁？我怎么想不起来了。"

"想不起来就赶紧开车，省得你想起来之后，会不自在。"女人说完，赶紧把口罩戴上，一是防疫需要，二是她并不真的想让司机确认她到底是谁。

司机迟迟疑疑地把车开动了，"你们可要把狗抱紧了，别让它跑，别让它叫，更别让它咬了乘客。"

那狗真温驯，就那么老老实实地伏在他的怀里，连拱都不拱一下。但马文强的心脏却不停地拱，因为在女人摘下口罩对司机喊"是谁"的时候，他依稀认出了她是谁。她好像是自己的高中同学杜美丽，虽然脸颊腴润了，面色也光白了，但旧时的模样还隐约可辨。他忍不住用肩膀拱了拱女人的肩膀，"你是不是杜美丽？"女人一愣，眼神瞟了瞟他，嘴唇在口罩下拱了拱，"你是谁？"他腾出一只手来摘下口罩，"你看我是谁。"虽然她盯着他看，却没辨识出来。马文强想，看来自己的变化有些大，烟酒、奔竞、焦虑，弄得脸相变了形，已失去了往日的特征。他只好自报家门，"怎么，不认识了？我是马文强啊。"

"怎么，你真是马文强，你确实是马文强？"

"我不是马文强能是谁，我又不是大人物，还能找个替身？"

没想到自己这么回答，一下子透露出身份的卑微，使接下来的对话，一点儿张扬的余地都没有了。他苦笑了一下。

女人竟在他的脸上捏了捏，好像在触摸往昔的底板，"你还真是马文强啊！"惊呼过后，她也摘下了口罩，"我说这个男人怎么这么绅士，原来你早就认出我了，嘻嘻。"

这疑似否定了他的行为品格，他撇了撇嘴，"那你就错了，一开始我还真没认出来你，只是你的一句'他妈的'，让我有了确认，嘿嘿。"

她觉得这话有贬损的意思，所以在马文强的脸上狠狠地拧了一下，"讨厌！"

"把口罩戴好了，别破坏防疫规定。"司机厉声说道。因为通过他们的对话，他确认，这个女人跟自己一点儿关系都没有。

他们只好把口罩戴上，不过，杜美丽还是在口罩下嘟囔了一句，"喊，这人哪，就是这样。"

"你在哪儿上班？"马文强问。

"上什么班，全职太太。"杜美丽说。

"看来你过得很好，全职太太可不是什么人都能当的。"

"这是必须的啊，那么你在哪儿高就？"

都老大不小的年纪了，还小女生一样嫩在网络语言之中，有掩饰不住的优越感。因而让他有些反感，所以他说："我能在哪儿高就？不值得一提。"

"咱们得有十年不见了吧？"

"岂止十年，少说也得二十年了。"

"所以你变化就那么大。"

"所以你就越变越有型，不仅是美女，还成了资深的。"

他说的是真话，没有谄媚的意思。这让杜美丽很受用，她笑着说（虽然有口罩遮挡，却也能显示出鲜明的笑意）："马文强，你可比以前会说话多了，嘻嘻。"

"我以前怎么了？"

"棒槌。"

车子停在一个站牌前，杜美丽说："我到了。"

"好。"马文强毫不犹豫地随她一起下了车。

"你也住在这里？"杜美丽问。

这里是文水公寓。文水的"文"通"温"，是有名的温泉公寓，这里的住户，非富即贵，普通人是住不起的。马文强没有直接回答，只是托了托怀中的狗，"嘿嘿。"

阳光下，雨还在下，看来他必须继续绅士下去，不，是要把同学情谊尽到家，把狗护送到她住的楼层上去。"走吧。"他说。

正在这时，一个胖大的男人朝这边急匆匆地走来，打着一把雨伞，手里还拿着一把。杜美丽说："他来了。"

那个男人走到跟前，"美丽，淋着没有？"

"没有，遇到了一个绅士。"杜美丽指指马文强。

两个男人一对视，竟同时惊叫起来——

"局长！"

"马文强！"

"怎么，你们认识？"杜美丽吃惊地问。

"岂止认识，还是一个单位的，他是我们局项目科的副科长。"局长说。

"那可就巧了，马文强是我的高中同学。"杜美丽说。

"怎么没听你说过？"

"嗐，都二十多年不联系了，如果不是偶然遇到，还真想不起来在同学中，还有他这么一位。"

"竟有这种事儿？"

"有。"

局长回过头来问马文强："文强啊，你怎么也不跟我说，美丽你们是同学？"

马文强说："您也没跟我说过，您的夫人是杜美丽呀。"

"我没说过吗？"

"您没说过。"

局长看看杜美丽，再看看马文强，满脸狐疑。

杜美丽的丈夫居然是自己的局长，又是意外之上的意外，这让马文强不知所措。局长的问话类似审问，更让他心中忐忑。他觉得眼下自己最应该干的事，是赶紧把杜美丽和狗移交给局长，然后毫不迟疑地走人。

他把狗托给局长，"你们赶紧上楼去吧，雨又大了。"

杜美丽说："你不上去坐坐？"

"改天吧。"

说完，马文强急匆匆地朝马路对过走去。因为他的家在反向的位置，他要往回乘车。

那边的一家三口还远远地望着他。只见局长招了招手，"谢谢啊。"声音虽然隐约，但他还是听到了，也招了招手，"不客气。"

2

局长叫童大林。

仅仅比马文强大一岁，却当了一个实权局的局长；而身为同龄人的马文强却还是个小小的项目科副科长——同龄而不同位，还相处在一起，命运真是捉弄人啊。

悬殊在最初，还让马文强不平和自卑，时间一久，也就无所谓了。人比人该死，货比货该扔，干吗拿自己决定不了的存在折磨自己？在他那儿一年是三百六十五天，在我这儿一年也是三百六十五天，嘻嘻，一天也没比他少过，有什么了不起的？还是以生活为上的好。

但是，突然出现了一个杜美丽。这就让马文强沉滓泛起，心态失衡了。

杜美丽是把尺子，她一登场，就量出了长短。

他强烈地感到，自己的确是短了。

于是他烦躁不安，开始失眠，但是他不忍辗转反侧，只是牢牢地把自己钉在床面上，久久地凝视着天花板。因为身边的女人很贤惠、很温顺，是嫁鸡随鸡、嫁狗随狗的类型，所以不愿把她吵醒。

天花板没有多余的装饰，一白覆面，边框也一点纹饰都没有。一盏节能的吸顶灯，简洁而耐用，静静地妥帖着。本来是在暗中，凝视得久了，居然有光线射出，而且是五彩缤纷，缭乱了他的眼眸。揉了揉眼再看，还是五彩缤纷。我这是怎么了，莫非是神经了？

虽然他静默，但身边的女人还是能感应到他的情绪。"文强，你是不是有心事？"她轻声地问。

"我能有什么心事？"

"你有，肯定是有。"

贤惠的女人往往敏感着男人的敏感，马文强觉得再遮掩就生分了，便说："惠英，你说我都四十好几了，还是个副科长，你不觉得我活得很失败？"

"失败？你这是哪儿来的词儿？"女人摸索着抓住他的手，说道，"人在单位上班，也就是端了一个吃饭的饭碗，能保证衣食无忧就什么都有了，什么科长、副科长、局长又怎么着？纯属多余。为多余的东西犯思忖，一毛钱都不值。"

他心里一热，攥牢了她的手，"这么说，咱们还是好好睡觉？"

"对，好好睡觉。"

但妻子体贴的安抚，还是没有产生效果，他依旧睁大了眼睛凝视着天花板。惠英说："看来你横竖也睡不下了，那么你就跟我说说，是什么原因让你这个从来不装心事的人有了心事。"

马文强与惠英，是那种无话不说的透明夫妻，既然妻子问到，也就不好再遮掩。马文强便把今天遇到杜美丽的事情说了。惠英呵呵一笑，"我说嘛，原来遇到旧情人了。"马文强说："你真会开玩笑，她算我什么旧情人？"

惠英、马文强和杜美丽同是高中同学，而且还都在一个班里。在班里，马文强是个亮眼的角色，他白脸长身、唇红齿白、英气、秀气、文气集于一身，每个女生都忍不住多看几眼。对他有特别心思的，是两个人：一个是惠英，一个是杜美丽。他最终选择了惠英，因为惠英静气，为人内敛，有嫣然一笑的妩媚；而杜美丽张扬，说话、做事都咋咋呼呼的，"他妈的"随时在她嘴边挂着。马文强出身于教师之家，家教里有文雅的东西，本能地拒绝粗蛮，自自然然地就跟惠英走到了一起。杜美丽也就不再纠缠，说："我他妈的就知道会是这个结果，要不然你也就不是马文强了。"马文强说："美丽，你可千万别生气，不能爱不成就成仇，咱的同学情谊还是久远的。"杜美丽说："你不用为我担心，俗话说，三条腿的蛤蟆不好找，而两条腿的人却遍地都是，我相信，我一定会找一个比你强的。不过，你且记住，以后你少搭理我，我怕我管不住自己。"那时的人朴实、单纯，不想把事情弄得那么复杂，所以马文强也就尊重她，远远地祝福她梦想成真。

"既然她不算你的旧情人，干吗一遇到，就内心难平？呵呵，你说实话，不许跟我耍滑头。"惠英当然知道杜美丽曾经追求过马文强，只不过时过境迁，她能放下，把有过的视为无有。

"问题是她先生。"

"她先生怎么了？"

"她先生居然是我们的局长童大林。"

"呃，这就有意思了。"

惠英知道，童大林一直不怎么欣赏马文强。童大林常有越轨的笔致，而马文强总是谨小慎微、循规蹈矩；童大林对人常是呼三喝六、颐指气使，而马文强对人总是体贴周到、礼让谦卑。童大林曾经直言不讳地对马文强说过，你怎么跟个娘儿们似的？说句实话，你还真不适合在行政机关。由于不是一路人，他们的关系很冷，见面点头，没有多余的话。马文强在副科长的位置上已经很有些年头了，但也不被提拔，他便硬着头皮找童大林表达心愿。童大林说，你着什么急？等你们科长晋升了，自然就轮到了你。等科长晋升了，却又来了一个新科长，马文强就又硬着头皮找童大林。还没容他开口，童大林就说，这是个意外，你就安心等职数吧。马文强说，物资科正有个科长的职数，您能不能给我调过去？童大林一听，拍了桌子，屁，调你过去很容易，但你干得了吗？我就纳闷了，都说知识分子清高，你怎么是个官儿迷？

正常的晋升却被粗暴地说成了官儿迷，马文强忍不住跟惠英诉说心中的不平。惠英说，你们之间只有点头礼那么点儿交情，他怎么会真心待你？咱们是不是拉下脸来，也给他送点儿礼？马文强说，这礼怎么送？送他办公室不合适，而他家住哪里咱又一概不知，送礼无门啊。惠英说，那索性就不送了，我是觉得，咱即便送了，也是白送。为什么？因为这人与人之间是有感应的：你不喜欢的人，虽然你没在他面前表露出来，但他心里也是知道的；同样，他也肯定不喜欢你，虽然他在你面前表现得客客气气。既然是这样，咱们干吗还要委屈自己？再说，我们是书香门第（惠英的父母也都是教师），不患位卑，只患不清白。不送了，不送了。

有惠英的理解和陪伴，马文强很快就心安了。

有个贤惠的妻子就是好，她涵养男人。俗话说得好啊，家有贤妻，夫在外不惹横祸；家有淑眷，夫在外不招闲言。我们活在清白里，很高贵，很体面。

"杜美丽的丈夫为什么是童大林？"马文强问惠英。

"杜美丽的丈夫为什么不能是童大林？"惠英反问道。

"如果是刘大林、李大林、张大林、欧阳大林、上官大林那该有多好。"

"看来，杜美丽说过的话，你一直就装在心里，时候一到，就起了作用。"

"她说的哪句话？"

惠英笑而不语。

马文强一下子就被点醒了，杜美丽说"我相信，我一定会找一个比你强的"的那句话，一下子就回响在他的耳畔。难道时过境迁，它还有暗示作用？

马文强嘿嘿一笑，"惠英，那么我问你，杜美丽眼下是不是很得意？"

惠英回答说："她得意不得意跟我们有什么关系？她当她的局长太太，我做我的副科长夫人，两两相宜，有什么贵贱高低？我们不能自己否定自己。"

惠英的话，虽然语气轻缓，但分量足够，让马文强羞愧起来，他赶紧又握紧了她的手，"嘿嘿，我怎么会自己否定自己，不过是情不自禁而已。"

惠英本能地抽出手来，因为她嗅到了"否定"的气味。马文强感到问题有些严重，复又把她的手抓过来，这只手从来是很温厚地握在爱情之中，岂能让它抽走？惠英也不再挣脱，任由他握着，只是轻轻地叹了一声，"你呀。"

3

第二天一上班，童大林那胖大的身子居然从项目科虚掩的门缝里挤了进来。他指了指马文强，"你到我的办公室来一下。"

进了童大林的办公室，他居然满脸堆笑，很热情地让座、沏茶，然后并肩地跟马文强坐在一张沙发上。马文强本能地往一边躲了躲，"局长，您有什么吩咐？"

"唉，能有什么吩咐，只是想跟你聊聊天。"童大林笑着说。

嘿嘿，马文强也紧张地笑笑，等着他破题。

"原来你跟我们家美丽是高中同学啊？"

"是，同级同班同座。"

"可你从来没跟我说过啊。"

"可您从来也没跟我说过杜美丽是您夫人啊。"

"是，是这样啊？"

"就是这样。"

"那么，你、你跟我说说，美丽在学校表现咋样？"

"表现很好，单纯、透明、泼辣。"

"那么，你、你跟我说说，她在学校里有没有什么要好的同学？"

"有，我们家惠英。"

"不，我是说、是说她有没有什么要好的男同学？嘿嘿。"

"那您得去问她。"

马文强下意识地觉得，他应该谨慎了，便埋头喝起水来。

杯子刚一放下，童大林就赶紧站起身来，给他往杯子里续水。

"文强，你、你看，接着我们家美丽，咱、咱们就不是外人了，你、你不要紧张，要开诚布公地说话，你、你说是不是？"

马文强发现，这童大林在台上讲话，口齿伶俐、语锋强健，一跟下属亲切了，就有些口吃，类似紧张。看来，他也不是一味地高高在上，不可亲近。不，可别这么看，他这是别有用心，在察言观色。他嘿嘿一笑，"您想问什么就问什么。"

"那我就不客气了，你们俩是不是也很要好？"

"对，我、惠英和美丽都很要好。"

"你们真的有二十多年不见面了？"

"不假。"

"怎么会这样？按理说，既然要好，就会一、一直好，怎么会间、间断呢？"

"道理很简单，高中同学关系单纯，在一起时好，一离开就忘，因为还要上大学、选择职业、组建家庭、为生存而战，而且是各自为战，自顾不暇之下，就顾不上要好的事了，就一切随缘了。"

"那么，你和美丽就是偶续前缘了？"

马文强觉得童大林的话说得有毛病，还有隐晦的东西，但也懒得纠正，漫应道，"就算是吧。"

童大林想了想，想到了一个话题，"你跟你们家惠英怎么样？"

"很好，相濡以沫、如胶似漆，好像从来就没红过脸。"马文强觉得，既然问到夫妻的事，他也应该对应地问问，不然就不识趣了，所以他问："您跟美丽怎么样？"

"她呀，你、你还不知道，张扬、任性，甚至还有些霸道，她说的话，你不能辩驳，她想干的事儿，你、你必须答应，不然的话，就跟你、跟你吵闹、耍脾气。嘿嘿，你别看我在外是局长，在内，她是局长，嘿嘿。"

"那是你们感情好，您有涵养。"

"好，好是真好，无可奈何的好，嘿嘿。"

局长的话，有话外的意思，马文强故作颟顸，依旧漫应道，"那就好，那就好。"

但他心里的真实想法是：这符合杜美丽的性格，既然要找一个"强"的，一旦找到了，就应该能够驾驭他，不然算什么"强"？

话说到这个份上，他觉得应该告辞了，便说："局长，您忙，我就不多打扰了。"

"好，好，你老弟以后有空就过来坐坐，可别再把我当成外人。"童大林也借势送客，目送他走到门外。远离房门之后，里面传出来一个声音，"这个人，真他妈的孙子。"声音虽隐约，但还是被马文强听真切了。他心里一顿，完了。

一声"真他妈的孙子"让马文强心绪难安，他回到家里，就跟惠英做了叙述。惠英说："他表面上是跟你套近乎，实际上是在做试探，看来他对你和杜美丽起了猜疑。"马文强说："你有没有猜疑？"惠英说："我跟了你这么多年，什么时候对你有过猜疑？"马文强点点头，说："我不过是跟你开句玩笑而已。"这是真话，因为他们之间，总是把复杂的事情弄得简单，把消极的东西弄得乐观，心中洒满了自信和信任的阳光。惠英一笑，说："我知道你没那么多贼心眼子，不过，我要提醒你一句，你今后再跟童大林交往的时候，就要多长些心眼儿了，因为杜美丽的出现，你和他之间，就不再是局长和副科长的关系了。"

4

惠英真的就言中了——一周之后，马文强被调到物资科，被任命为正科长。他与童大林之间，便晋级为局长和科长的关系。

太阳明晃晃的，却下雨；黑云阴沉沉的，却不下。目标凿凿地在情理之中，却远去；希望漠漠地在无望之中，却到来——物理与人情，为什么就这样在稀里糊涂中暗合在一起？

马文强给弄糊涂了。

那天，早晨一上班，童大林就把他找去，冷冷地给他让座，然后一屁股坐进阔大的老板台后边的阔大的转椅上，很有模样地转了一圈，以至于传出来咯吱咯吱碾轧的声音。"找你来，是通知你，经研究，决定调你到物资科去，任科长。"

这真是个意外的决定，马文强愣在那里。

"怎么，还不满意？"童大林点上一支烟，狠狠地吸了几口，然后肆意地吐出烟雾。虽然烟雾模糊了他的面目，但是，马文强还是能够看到，那是玩味的眼神。

马文强便不敢信以为真，嗫嚅道："您不是说过，调我过去容易，但我干不了吗？"

"你真是个棒槌。"童大林继续大面积地喷吐他的烟雾，"你干得了干不了不重要，问题是我想不想给你调。"

"这我知道。"马文强自然知道这背后的潜台词——说你成你就成不成也成，说不成就不成成也不成，决定权在领导。便识趣地说上一句必须要说的话，"那就谢谢您了。"

"谢就不必了，不过我问你，你跟杜美丽真的已经有二十多年不见面了？"

这跟我当科长有什么关系？马文强一头雾水，"您这是什么意思？"

"你应该知道什么意思。"

"您要是不相信，您就去问问我们家惠英。"

"不必了。"童大林站起身来，用粗大的拇指和食指把烟头捻灭，狠狠地扔在地上，虽然他眼前就有一只用汉白玉雕出龙头模样的巨大烟盅（烟灰缸）。"你去吧，准备准备，明天就到物资科去办公。"

意外之喜却换来意外的惊悚，马文强一整天都在犯嘀咕，这是怎么回事呢？

晚上乘公交回家，下车之后，他还在低头沉思。

"马文强，你低头捡什么呢？是不是捡了一块金子？呵呵。"伴随着一声爽朗的女音，他的后背被人重重地拍了一下。回头一看，竟是杜美丽。

杜美丽脸上涂得亮亮的，即便是夕阳的光线暗红而弱，也呈现出一片强烈的晶白，他忍不住赞美了一声，"你可真年轻。"

杜美丽很受用，竟踯躅着退后几步，"你看我这裙子怎么样？"

杜美丽身上穿的是流行的百褶迷你裙。露肩、瘦腰、显腿，整个人亭亭玉立，一如二八少女。马文强惊讶地说："你真是修炼成妖了，不让岁月留痕。"

杜美丽立刻欢悦起来，"文强，文强，你的名字真是没白叫，很会夸人。"

"哪里，哪里，不过是棒槌一支而已。"

杜美丽听出来这里有来自久远过去的影射和讽刺，便在他胳膊上掐了一下，"讨厌。"

"我说的是真话，你看你都是做母亲的人了，身材还是那么苗条、动人，简直是惊鸿照影。"马文强补充道。

"你说谁做母亲了？"

"当然是你。"

"你去问问你们局长，他有那个本事吗？"

看来自己说多了，出了意外，马文强嘿嘿地笑。

"我怎么什么都跟你说，嘴欠，呸呸。"杜美丽拍着自己的嘴，剜了马文强一眼。

"对不起。"

"少废话。"

"不过，这也挺好，美丽不打折。"

"但你们局长可不这么想，你别看他在人前人五人六的，其实他心里特自卑。"

人弄得这么热闹，好像二十多年的岁月从来就没有失联过。这惹得脚下那只被冷落了的柯基犬发出了抗议的叫声，汪汪。"你看，它都吃醋了，呵呵。"杜美丽说。马文强向它摆摆手，表达对它的关切。它居然就扑过来，抱住他的腿表示亲热，汪汪。"马文强，你可真有狗缘，它也知道你会说话，呵呵。"

"杜美丽，你这是什么话？"

"不开玩笑了，哎，马文强，你最近有什么变化？"

"你们家童大林早晨跟我谈话了，要调我到物资科当科长，弄得我很突然。"

"这就对了，看来，他还算听话。"

"怎么，我当科长跟你有关？"

"你说呢？"

杜美丽告诉他——

那天偶遇之后，马文强自然成了童大林与她议论的话题。童大林说，没想到马文强居然和你是同学，你怎么从来就没跟我说过？杜美丽说，没说过就没说过吧，再说，我们班的同学，尤其是男同学，又跟你说过几个？童大林说，那倒是，几乎是一个也没说。杜美丽说，能说到马文强，也是因为我们偶然遇见，而且他恰好是在你的手下，是偶然中的偶然。童大林说，你怎么会有他这样的同学？杜美丽说，我为什么不能有他这样的同学？童大林说，他这个人忒死性，亏他还是名牌大学毕业的，一点也不懂人情世故，至今还是项目科的一个副科长。杜美丽说，那么他工作能力、工作水平、群众基础咋样？童大林说，这都没问题。杜美丽说，既然都没问题，为什么不给人家提拔？童大林说，科长也算是局里的中层领导了，不是我说提拔就能提拔的，得集体研究决定。杜美丽说，你不要跟自己的老婆打官腔，我知道，一个小小科长的提拔问题，并没有那么复杂，既然你知道了我们是同学，你就必须提拔，不然的话，让我今后怎么见人？童大林说，你怎么总是这么任性，在家里一切听你的也就算了，局里的事你也干预，你觉得合适吗？杜美丽说，我管它合适不合适，今天我就任性了，你说怎么办吧。童大林说，我能怎么办？不过，我最后再问你一句……

叙述到此，杜美丽把到了嘴边的话又咽下去了，抿嘴笑笑，像浮云般的一朵妩媚的花。

马文强知道童大林那最后一问到底是什么，他也知道杜美丽做了什么样的回答，所以也就不再催问，既然是一清二白的同学关系，归于简单才好。"谢谢了。"他说。

"你就这么蜻蜓点水？"

"在碧波荡漾中，那蜻蜓点水的样子，难道不美吗？"

"美倒是美，但没用。"

没想到一个简单的提拔问题，居然弄出了别样的意味，甚至还附着了一丝暧昧，马文强心里沉重了，在杜美丽面前强颜欢笑，却内心抑郁。后来他们又说了什么，一回到家，一见到温婉地对着他微笑的惠英，他竟全都忘了。

"惠英，我告诉你，童大林同意我调物资科当科长了。"他毫无表情地说。

"真是没想到，他怎么突然就改变了对你的态度？"虽然意外，但惠英并没有激动，只是顺势地反问。

"还不是因为杜美丽。"

"呃，美丽这个人不错，为人大度、不记仇，更不势利，虽然都二十多年不见了，但还是看重同学情谊，她这个人可交。"

"你真这么看？"

惠英点点头，说："都当科长了，该高兴才是，我怎么看你反倒有点闷闷不乐？"

"有杜美丽的因素在内，我总觉得这个科长当得有些不名誉，心里抑郁，就好像太阳虽明晃晃地照着，雨却劈头而下，既没预备伞又无处躲，只能被淋湿，嘿嘿。"

"你是想多了，把本应该的事想成了不应该，我劝你，万事都应该朝着本应该的方向全力以赴，包括开心。"

那就开心。

还有开心的，就是当了科长之后，与童大林在机关里每一遇到，童大林总是笑眯眯的，主动跟他打招呼，"马科长，还好吧？"他赶紧堆出笑来，"好，还好，就是忙一些。"童大林说："难道比我还忙？"马文强赶紧说道："局长，您可真会开玩笑。"

童大林日复一日的热情让马文强难以承受，他隐约地感到，虽然自己有主管局长，但是，也要经常去到童大林那里，向他直接请示汇报，让他感到，我马文强心中是有数的，不仅感恩，更知亲疏，自己人嘛。

好像童大林对他汇报的内容并不关心，每到最后，他都会笑着问，你跟我们家美丽真的有二十多年不见了？

这就不开心了。

终于有一天，在童大林再次问起这个问题的时候，马文强不再绕弯子了，而是愤怒地说："您、您这个问题问得很无聊，一点也不符合您的身份，其实，这个问题背后，您还有一个说不出口的问题，那就是，杜美丽和我在校园里就没发生点什么故事？那么我就坦白地告诉您，假如、我说的是假如，请您听清楚，假如真的烧起过什么炭火，也是独自的燃烧，而且经过了二十多年的漫长岁月，也早成了一片灰烬，丝毫不影响您和杜美丽的夫妻生活。"

马文强的愤怒，让童大林脸上堆出来的笑立刻转化成一团痛苦的抽搐，"可是，可是，我就不明白，既然有二十多年不见面了，按理说，黄花菜都凉了，为什么她一遇见你，就那么卖力气地为你说话，这是'偶然'所说不通的。"他嗫嚅道。

马文强转身而去，因为他讲不出童大林所要的理由。

回到家里，马文强把这一切都告诉了妻子惠英。"看来，我得辞职了。"

　　惠英一笑，"别价，世上本无事，庸人自扰之，你一旦辞职，就好像这里边真的有什么事了。你和我倒无所谓，那你让美丽还怎么跟他过？就坦坦荡荡地当你的科长吧。科长、科长，一科之长，嘻嘻。"

　　……

2022年11月11—18日

京西昊天塔下石板宅

模
样

张广水出生在巴掌大的一个小山村。村子很闭塞，从村子走到外边的马路上，要走三十里的山路。所以他长到十四岁——初中毕业，从来就没有到过山外。

　　那时搞普及教育，开复式班，村大队部的边上有两排石板房，一排是小学教室，一排是初中教室。校长由村支部委员、大队会计张有德兼任。他也就四十岁出头，因为长得比较老，所以学生们叫他老校长。老校长算盘打得好，账目记得清楚，但对搞教育却一窍不通。因此他不怎么管学校的事，总是坐在大队部里，写写算算。他负责敲上下课的钟。所谓钟，不过是挂在门前矮树上的两块锈铁，锈铁声脆，叮叮当当的，满山环都是声音。他身边没有钟表，他敲钟都是估摸着时辰敲，竟前后差不了几分钟。那棵挂锈铁的矮树是杏树，仁是苦的，成熟了也没有杏肉，在山里人的概念里，它就是一棵废树。但张有德嗜酸，杏子刚长到指甲盖那么大，还没有坐出果仁，就被他一颗一颗地摘着吃了。他说，杏子在青的时候，只有酸脆，每颗都好吃。学校就两个老师，一男一女，都很年轻，模样也都说得过去。他们同时教着小学和初中的课程，一个上午教小学，一个上午教中学，下午就轮换过来，他们自己协调，合作得很好。他们和学生们也打成一片，下课的时候，男老师跟男学生一起磕房子，女老师跟女同学一起踢毽子。他们一起住在学校，一起吃在一个灶间，像一对夫妻。按理说，朝夕相处，米面油盐，自然会亲亲密密，但是，他们除了交流教学上的事，很少谈论家长里短，见面只是点头笑，客客气气的。即便是少小无猜的孩子们，也觉得他们之间，关系有点冷。对此，张广水有一次忍不住问老校长，他们怎么这样？老校长说，这样就对了。张广水又问，怎么就对了？老校长说，你一个小屁孩儿，问这个干什么？

张广水报名入学的时候，叫张蛋子。男老师一撇嘴，你这不是正经名字，因为是个长小鸡鸡的人就可以叫蛋子，我给你起个学名吧。男老师想了想，说，你就叫张广水吧。为什么？老师说，你看，你们村最缺的是什么？对，缺水嘛。你看，老师住在这里，近处都没处打水去，只能到对面山脚下，那口被废弃了的煤窑巷子里去挑水，而女老师身子弱，每次都是我去。既然缺水，就企望水，而广水，就是多水、到处有水的意思。张广水顿然觉得这名字很正经，便说，今晚放了学，我给你去挑水。老师说，不能，让别人看见了，会说我体罚学生。张广水很严肃地说，你就跟他们说，是我心甘情愿的。张广水说到做到，放学之后，他真的去给老师挑水。他的身高勉强能挑起扁担，一走起来，两只水桶一上一下的，为了避免磕着桶底，他把两只手托在扁担下，以保持平衡。桶里的水就不洒，挑回来的时候，还是满满的。男老师说，你真成，是块料子。这情景被女老师发现，她冷冷地瞥了男老师一眼，哼了一声。老校长也发现了，却无声地一笑，什么也没说。

由于男老师夸了他一句"是块料子"，张广水来就劲了，每天放学之后，他都想给老师们挑水。男老师觉得这使不得，就跟他抢扁担。竟抢不过他，任由他去挑。其实也不是真的抢不过，是因为男老师懒了，有些半推半就。那女老师看得清楚，鼻孔里不住地哼。男老师便当着女老师说，这有多不合适。他说，有什么不合适？我既然叫张广水，就要保证你们有水喝。女老师接过话头，这么说，你要是叫张来财，是不是要保证我们有钱花？他一笑，说，这我可做不到，因为我们家穷，买作业本还要靠抠鸡屁股，哪儿有富余的钱给你们？所谓抠鸡屁股，是靠鸡蛋换钱的意思。山里的鸡是散养的，从鸡窝里放出来的时候，人要把食指伸进它的肛门里去，探一探是不是会下蛋。一旦摸着蛋形，就加小心了，免得丢。

有一天，他给老师挑完水，男老师递给他一包东西，对他说，这米饭馊了，你拿回去喂鸡。回家的路上，他打开那包东西，看到一大团白花花的大米饭，他捏起来一撮送到嘴里，又甜又酸。往细里说，甜是主要的，真甜；酸是次要的，微酸。他长这么大，从来没见过大米，也从来没吃过大米饭，这么稀罕、金贵的食物却要给鸡吃，美得它们！再说，这个味道也是不错的，刺激胃口。他便一边走，一边往嘴里撮米饭。到了后来，他觉得这一点一点地撮太不过瘾，就大口大口地吞咽，没多大工夫，一大包馊米饭就都填到肚子里了。

真是他妈的好吃得要死！

到了半夜，肚子顿然绞痛，还伴着呱呱的青蛙叫。接着，下边就有东西急迫地想要向外喷射，他光赤赤地跑出门去，人还没蹲进茅厕，物质就不管不顾地喷射了，弄得满地狼藉。整个夜间他不停地往茅厕跑，弄得父母也无法入睡，焦急地催问，你这是怎么了？他说拉肚子。父母说，不过是吃了两只窝头和几根老咸菜，怎么会拉稀了？你额外吃了什么？他气哼哼地说，这么又穷又破的一个家，我能额外地吃什么？你们烦不烦？

第二天他就拉胯，腿像跛了一样，拖着走。晚上放学之后，他本能地拿起扁担，却叹了一口气，又放下了。男老师说，你今天好像有点儿不对劲儿。他说，你才不对劲儿呢，整天假惺惺的。男老师很困惑，你说我哪里假？他说，假的就是假的，伪装应该剥去。一边的女老师鸡采蛋一样咯咯地笑了起来，你终于看清他的本来面目了，她说。

回家的路上，他感到了巨大的耻辱，耻辱之下，他心里产生了一种叫"自尊"的东西，哼，长大之后，我一定长出足够的本事，自己去挣大米饭，新鲜的、热腾腾的、香喷喷的大米饭，绝不吃馊了的食物。

初中毕业，张广水就不再上学了。不是他不想上，是因为村里的观念不让他上。山里人普遍认为，能够上到初中，就已经是老喜鹊窝架在树梢上——高野了，再上就浪费了，因为无论你怎么上，最终不还得抢镐头子修理地球？

这时候，张广水已经出落得很有模样了：个子高高的，肩膀宽宽的，手儿嫩嫩的，而且眉清目秀、唇红齿白。甭说是大姑娘、小媳妇稀罕他，即便是村里的老妇女遇到他，也要多看几眼。这孩子怎么长得这么俊？不像咱山里的物件，山外肯定给他留着一个落脚的地方。

既然大家都这么说，父母就留心了，不让他干重体力活了。为什么？背背挎挎会压弯了他的腰，锄锄榜榜会粗糙了他的手，岂不就糟践了材料？

就让他跟祖父去放羊。

祖父长得也很有样，且身形高大，面白无须。

但右腮上，却孤零零地长了一根长毛，与净洁的额面不协调，家人说，还是拔去吧，因为它让人感到怪异。祖父说，不拔。问其理由，他说，这根长毛有说辞，它叫"玲珑须"，是仙人才有的物件。为什么独独长在我脸上？是造化让我与你们不同。

真是不同。

因为祖父虽一表人才，本可以派上大用场，但他一生只做了一件事：放羊。

他一九三八年就入党了，为了能顺利地搜集情报，并及时地传递出去，组织上给他配了一群羊。全国解放了，作为革命功臣，组织上给他安排了一个让人眼红的差事，让他当公社的武装部长。他居然辞了。理由是，他尽跟羊打交道了，跟羊有说有笑，跟人却谈不来。

他私下里跟家人说，你们看我这双脚，脚面弓着，脚心凹着，是天生走山路的。如果不放羊，这么好的一双脚，就废了。他还说，你们不要认为放羊就委屈了人，与其说是人放羊，不如说是羊放人，是羊让人懂得了许多天地间的道理。譬如，羊一撒出去，就争竞着吃草，以为只有眼前的草好，如果不赶紧吃进肚里，就失去机会了。可羊不知道，山场这么大，遍地是好草，然而羊只有一个胃，这搭吃饱了，那搭就吃不下了。为什么羊的眼里常汪着泪蛋子？因为羊拿遍地的好草没办法，觉得无奈。都说属羊的命不济，毁就毁在一个"贪"字上。他又说，村东的云上广其实跟我一样，本来都是雇农，半辈子都给地主扛长工，临解放的时候，地主低价甩地，他买进了不少。总以为近水楼台先得月，他赚了，没想到，一划成分，被划成了地主，成了专政对象。都说是地主把他陷害了，其实是他自己害了自己，因为他生了贪心。再说，土地自古以来就是大家的，属于自己的只是身后的一小座坟茔。所以，对于土地，你只需种，没必要占有。

组织上尊重祖父，依旧让他放羊。羊是集体的，给他记工分，且记最高的工分，年终结算的时候，他拿的钱就最多，日子宽裕。但大家也不嫉妒、也不眼红，因为他们觉得，且不说他是革命的功臣，就是他整天起早贪黑、跋山涉水，比谁都辛苦，也自然要多拿一些。

祖父育有六男二女，香火延续，半个村庄几乎都是他的人丁。但对子孙们的生活，无论顺畅，还是艰辛，他都不过问。即便是手里有钱，对贫穷者也从不接济。每到晚间，他都要喝上一杯，仅仅一杯。他只喝一种叫竹叶青的酒，酒色青碧，略带甜香，他喜欢这种绵软的滋润。他既享受又节制，从不胡言乱语、怨天怨地，从容自在，活得清明。

祖母对他说，子子孙孙可都是你的，无论如何也应该给一些关照，他们过得好与坏，可都连带着你的脸面。

他说，不，你看到羊没有，无论瘦肥，都是它们自己在啃青草。难道他们还不如羊？

祖母说，人毕竟不是羊，人有感情。

他说，羊也有感情——你如果偏袒哪一只羊，别的羊就朝你叫，声声如怨。那只羊再回到羊群里，别的羊就会用犄角顶它，从此就再也不能安生了。再有，病了的羊为什么也不能额外喂吃喝？因为你一旦喂了，它会真的以为自己病了，撒到山上，它也懒得吃草，它对人产生了依赖，知道你不会让它饿死，到了，它会连跑山的本事都比别的羊差了，不是掉队，就是被狼撵上。怜就是害，道理就在这里。你就说这鞭子吧，它不只是为那些调皮捣蛋的羊预备的，更多的是为那些偷懒撒贱的羊预备的，羊的勤快和矫健都是鞭子抽出来。如此说来，我对儿孙的不管不顾，反而是又管又顾，使他们及早懂得自立，自己活出尊严。

既然这样，为什么他独独就偏袒了张广水，让他跟自己一起放羊？

他说，我这么多儿孙里，就张广水遗传了我的相貌，简直就像从一个模子里刻出来的一样，这就有理由例外了。我岁数大了，羊快放不动了，就要提前物色一个继承人，既然他遗传了我的容貌，也就应该继承我的羊鞭，这就叫后继有人。

这近乎天理，家族里也就没人站出来反驳，都默认了。

在村里，放羊在人们的眼里，是不用卖笨力气的"轻省"活，是遭人嫉妒的。但张广水却不以为然，他不少次问自己，难道我一辈子就跟羊在一起？祖父天然地属于大山，这是没办法的，而我，不过是无法选择地出生在这里而已，要是终老于此，就太可怕了。

还有一个让他不能忍受的原因：村里的适龄女子，都稀罕他的俊美，不仅提亲的人一个接一个地来，还有胆大的姑娘自己主动贴上来。这弄得他心烦意乱。虽然山里的姑娘多朴实而美，还是过日子的好手，但她们的美都很短暂，即便是做姑娘时白嫩娇艳、温柔驯顺，一旦结了婚、有了孩子，就迅速黯淡苍老，腰也粗了，胸也塌了，性情也粗蛮了，很让人痛惜。

此期间，老校长死了老婆，过了不久便续娶。娶的人让张广水万万没想到，竟是学校的那个女老师。让他更为惊异的是，女老师过门才三个多月，就为老校长产下一子。老校长前妻也给他留下一子，正在学校的初中班上初二。女老师在讲台上上课，他则在下边搞小动作。他把手放在腋窝下，然后猛地击下胳膊，就响出扑扑的声音（山里管这叫"击榧子"）。这声音在学生们看来，像草驴放屁，所以他们哗笑不止。女老师脸子煞白，嘴唇抽搐，想严厉呵斥，又找不到合适的言语，为了立威，便把手中的粉笔头狠狠地扔过来。他一歪头就躲过了，随之骂道，骚货。教室里便一片哄笑。女老师羞耻难耐，掩面跑出教室，径直到了老校长的屋里，放声大哭。老校长好言相劝，依旧哭声不止。老校长便狠狠地抽自己的脸子，都怨我，都怨我。以为自虐能平息女人的心灵之痛，没想到却催生了女人更洪亮的哭声。情急之下，他猛地把女教师抱进怀里，在她的肩背上抚摸。女人的哭声竟戛然而止，还娓娓地说道，他爸，你也不用自责，我都能教两个班的学生，怎么就不能教他一个？我得给他吃点偏饭，多点课外辅导。老校长说，好，好，偏饭可以吃，但别太咸了。

老校长的旧儿子一回到家，锅里、碗里、灶里、厨里都不见饭菜，便知道，这是那个骚女人的招数，用饿饭调教他归顺。他冷冷地一笑，径直就到了里屋。在襁褓里的那个新儿子睁开眼睛冲他笑，他哼了一声，狠狠地在婴儿的胖腿上拧了一把。随着哭声，女老师闯进门来，大喊"畜生"。老校长也闻讯而进，虽然心里明白是怎么回事儿，但还是嘿嘿一笑，说道，兴许这孩子饿了。

在课堂上，老校长的旧儿子依旧在下边玩"击榧子"。当腋下的扑扑声刚一传出，女老师就笑着来到他面前，揪起他的一只耳朵狠狠地往外拽。因为脆弱的耳朵被揪着，他怕被揪掉，所以就乖乖地被她牵引出去了。但是到了外边，他们就撕打在一起。几个回合下来，女老师被掀翻在地上，背着地的时候硌上了硬物，她呃地叫了一声，就起不来了。那是在夏天，女老师跟村里女人究竟是不同的，她不穿裤子而是穿裙子。穿着裙子的她，人横躺在地上，两条大腿就白花花地裸露出来，一览无余。但女老师就那样躺在那里，毫无羞耻，且狞笑不止，好像大义凛然，坦然地面对生死。看着围观的同学，特别是男同学那异样的眼神，老校长的旧儿子陡然羞耻起来，而且是膨大的羞耻！他觉得，这白花花的大腿是属于老校长的，也是属于他们家的，当然也就包括他自己，岂能裸露给他人看？他猛地俯下身去，把她抱起来，急匆匆地抱回家里去了。老校长见状，恶狠狠地扇了旧儿子一记耳光，鼻血就蠕蠕地流了下来，儿子既不反抗，也不吭声，幽怨地看着他。那目光在女老师的心上剜了一下，她小声地说，你干吗下死手？老校长难为情地笑笑，说，你还说我呢，说让你给吃偏饭的时候别太咸了，还是咸了。女老师的腰虽然被伤得不轻，但是不能躺倒，她必须还去教课，因为这是他们家的私事，不能连带那群无辜的孩子。看着她痛苦坚持的样子，那个旧儿子心里很不落忍，嘟囔道，瞧这事儿闹。在恢复期间，便都是这个旧儿子把她从课堂到家背来背去。当她能自由行走的时候，他们之间好像有了某种和解，最重要的标志，是他每天放学之后，还能抱着她的新儿子出来转悠，还不时地叫一声"弟弟"，且不时地看一眼房顶的袅袅炊烟，等待着那一声召唤，"回家吃饭了"。

张广水对这事很不以为然，是与非，爱与恨，在这里就像一湾浅水，即便是被风吹动，也不过是微微地起伏一下子，掀不起什么波澜，长期就这么下去，周而复始，小小的恩恩怨怨，有什么意思？

更没意思的是那个男老师——

女老师出嫁之初，他闷闷不乐，从不沾烟酒的他开始纵情于烟酒。酒一喝多了，他就来找张广水，你来陪老师玩儿会磕房子。张广水说，天都黑了，看不清了，再说，我放了一天羊了，有点累。老师说，那么我问你，你的名字是不是我给你起的？张广水说，是，当然是。老师说，既然是，那么就别废话。这磕房子的游戏其实很简单，用土块在地上画个网格，然后每人选一个石块，单腿磕着往里踢，唯一的要点是石块不能压线、不能越线、不能出线，谁最先踢完全部网格，就算是胜了。这种游戏，连孩子们都觉得太简单，踢上一会儿就烦厌了。但是那个男老师却乐此不疲，踢得树叶子那微小的摇动声都能听得清楚了，还不放张广水走。张广水实在忍无可忍，说，你烦不烦？老师笑笑，呼了呼气，问道，你闻闻，老师嘴里还有没有酒气？还有。那么就再踢。你这是什么意思？只有把酒气散了我才能回去，不然会做出不规范的事来。你怎么不规范？这你就不用问了。到了最后，那个男老师居然有了意外的欢悦，他激动地对张广水说，你看，老师有了一双明亮的眼睛，天越黑，眼前的网格就越看得清楚，每一脚踢出去，都不会失误，嘿嘿，神了。

神了的结果，是他娶了初三毕业班的一个本村的学生。那个学生个子不高，但长得很有样，眼睛大大的，胸脯高高的，黑俊黑俊的，是让男人普遍动心的那种。他"就地取材"，就意味着他虽然是从外边的小城镇来的，但落户本地不走了。既然是娶了农村姑娘，养猪种地是必然的。他一边教课一边干农活，拿粉笔的手日渐粗糙，登讲台的腿也越来越弯曲，一颦一笑跟当地的农民没什么两样。后来女学生给他生了一个大胖小子，他笑得很憨厚，但憨厚里有看得出来的一层忧郁。那个女学生一生了孩子，就心满意足了，能吃能喝，欢天喜地，身子不停地胖大起来，且在村街上公然当着众人奶孩子。她的孩子很白很肥壮，一点也不像村里孩子那样又黑又小。也难怪，老师手里是有米票、面票的，家里不缺大米白面。由于个子矮，她抱不动孩子，便整天背着，孩子想吃奶了，便把脑袋探过她的肩膀咧着嘴巴哭哭啼啼，她便解开衣扣，掏出她的奶子。她的奶子很大、很长，沉甸甸得像个布口袋，她把口袋往肩上一扔，孩子就衔住了奶头，咕咕哝哝地吮吸起来。这一幕正被张广水看见，他觉得本来很圣洁的哺乳景象在她那里变得很丑、很悲哀。但他悲哀的不是这个乳母，因为她不知道悲哀；他悲哀的是那个男老师——是你给我起了张广水的名字，让我想到了远处、大处和广处这样有前景的东西，你自己却陷落在近处、小处、窄处，甘于过缺水的日子，可悲啊，可悲。他心里正悲哀着，却听到一个妇人的一声惊叹，你们看，她的孩子怎么长得跟老校长家的孩子那么像？另两个妇人闻声趋近，认真地看了看，说道，可不是，像，忒像，简直像一个模子里刻出来的一样。听到这么惊悚的议论，孩子的母亲也不生气，而是傻傻地笑着，一副没心没肺的样子。张广水也不禁看了两眼孩子，心中一震，愣愣地站在那里，联想了许多。

有一天晚上，他主动去找那个男老师，你出来，我要你陪我磕房子。男老师满嘴酒气地出来了，说，对不起，我已经没有兴趣磕房子了。张广水说，这可不由你，这做人要有来有往，既然我陪过你，那么你是不是也应该陪陪我？他把老师拽到教室前的空地上，开始用土块画房子。老师说，你也甭费事了，我知道你找我是有话要说，那么，你有话就说有屁就放，别绕弯子了。一个堂堂的人民教师，居然也变得很村俗了，这让张广水感到很可笑，便直截了当地说，你怎么就想到娶这么一个农村女子做老婆，是真心实意，还是有难言之隐？老师说，你这叫怎么说话呢，她长得那么俊，那么性感，是不是很让男人动心？张广水说，屁，我知道，做老师的都是心高气傲的，我就不相信你会真的看上一个柴禾妞。老师说，你既然这么说，我也就开诚布公了，对她我是既看得上又看不上——面对我失落和寂寞的人生时，我看得上她，她毕竟是一个鲜活的女人；而面对我返城的愿望和今后的前途时，我又看不上她，她毕竟是一条打着死结的绳索。嘿嘿，我跟你说这么多干什么？看来我真是喝多了。张广水说，那就是说，你跟她在感情上并没到非娶不成的地步，但是，你为什么又娶了她？老师说，我无意她有情啊，这就像你们山里人说的那样，不怕贼偷就怕贼惦记——东西被惦记上了，早晚会被偷走，这人要是被惦记上了，横竖不会失手。张广水说，这么说，是她扔出绳子套住了你？老师点点头，说，这可不是一般的绳子，是一条热腾腾的肉绳。你别看她表面上单纯质朴，没心没肺的样子，但实际上她很有心计，在我喝多了酒的一个夜晚，她在暗处等我，一见到我就说，老师，我陪你磕房子。磕房子的时候，她总让我赢，并且不停地咯咯笑，感染得我也很开心。送我回住处的路上，她突然抱住了我，居然低微却清晰地说，老师我稀罕你。一声"稀罕"弄得我很躁动，要命的是，我一低头就看见了她的前胸——不知什么时候，她把前胸上的两只扣子解开了，看到了她的乳沟很深很深，便灵魂出窍，忍不住伸进去在沟里试试探探。她呃了一声，瘫软在我怀里，便拥着我进了我的房间。你记得不记得，我曾经跟你说过，喝过酒之后必须把酒气散去，不然就会做出不规范的事情来，这天晚上，果然就应验了。不规范之后，我清醒了，很后悔自己的不规范。她这时还丝毫不知轻重地也乜乜笑，但说出来的一句话，却让我后悔都来不及，她说，我可是你的人了。你也知道，在你们山里，这句话可不是说着玩儿的，它是节操，它是戒律，它是道德，它是责任，便心中大呼，我他妈的完了。第二天去教室的路上遇到了我的女同事，她阴阳怪气地问了我一声早晨好，然后就意味深长地干笑，然后就匆匆地往前走。这让我心中不安，忍不住追上她，想问点什么。但看到她已经显形的肚子，我开始恨自己，为什么要问她，她有什么了不起的？既然你能嫁给老校长，我为什么不能娶自己的学生？既然你敢待在山里当农妇，我怎么就没有底气扎根山村当农夫？我陪定你了，倒要看看，最后是什么结局。听完老师的叙述，张广水沉重得有些喘不过气来，他说，她是个女的，你一个堂堂的大老爷儿们跟她较什么劲？老师说，这你不懂。张广水说，我也不想懂。老师说，对不懂的事儿，你就不要往外说，要烂在肚里。张广水郑重地点点头，这个我懂。撂下承诺的一刻，张广水突然感到，自己长大了，能自己做主了。

他便开始安心地跟祖父放羊。

祖父虽然是祖父，以前张广水对他不过是似有似无、人云亦云的了解，一旦朝夕相处了，祖父才真正走进他的心里。

比如，祖父虽然是老革命了，却非常信命，遇事不主张争竞。

他说，是你的东西，别人抢不去；不是你的东西，即便你抢到手了，也会从指头缝里漏出去。

这也难怪，他虽然一辈子随遇而安、听天由命，没有主动争竞什么，却该有的都有了——

到了娶妻的年龄，他对女色还是无所用心，整天赶着一群羊在山上跑。累了，就躺在细草上，唱歌。那山歌的词句很不完整，词意也暧昧，他高一声低一声地唱，很任性，很动情。比如：

> 风兮风兮风之上
> 大蓟荆蓁水之畔
> 粗盐疙瘩铜杆烟袋
> 草梢上的绳蛇
> 王二奶的卤水
> 熟透的柿子掉在地上
> 浑蛋的父亲细瓷的碗
> ……

他唱的都是山里的物事和自己的所闻所见，单说起来很具体、明确，但连起来，就看不出有什么意义了。

这个地界很怪异，别看它平时干旱缺水，一到雨季就泛洪水。那一年，一场罕见的大水，把上三村冲到下三村来。浊流中漂浮着死猪、死羊、仓板、木瓢、南瓜和半青不熟的谷穗。水中漂浮的东西很多，总称"水涝儿"。因为"水涝儿"是天赐之财，谁捡到就归谁，所以，祖父也跟着村里的人跑出村来，到水边捡拾。

祖父站在齐腰深的水里，发现了一丛毛发，他抓住毛发往起一提，竟是一个白脸长身的大姑娘。他下意识地探了探人家的鼻息，吓了一跳——那女子居然还活着。

他像扛木头一样，把人扛回家里，交给他母亲处置。那女子活过来之后，一声不吭地走了。过了两天，又不声不响地走回来，她说，我再也不走了。

洪水把她的家人都"收"走了，她已无家可归。便"归"到捡到她的这家人，做了祖父的媳妇。

当悲伤从脸上消退之后，像塘里擦去泥之后的藕，在滚烫的阳光下，这个女子竟异常的俊秀。祖父在很长一段时间，一句话都不说。后来祖母问他，老天平白无故地赐给你一房媳妇，你那时为啥一点高兴的样子都没有？

祖父说，我们山地上有一种叫"马跑儿"的大蘑菇，雨过天晴，一袋烟的工夫，就从指甲盖儿大小长到锅盖那么大了。你见到之后，千万别喊叫，它一听见声响倏地就变没了——你要悄没声地挪到它跟前，等你把它的根脉掐断了之后，你再咋喊它都跑不了了，嘻嘻……

这是祖父的一点小心机，再俊秀的女子一旦嫁做人妇之后，就像那被掐断了根脉的"马跑儿"，任你摆布了。

其实，祖父是信奉着山里的一个古训：在意外所得面前，千万不要张狂，要隐忍。

祖父和祖母不声不响地过日子，不知不觉间竟生出了六男二女，之后又蔓延了一大片后人，莫名其妙地就人丁兴旺了。

祖父放羊极为从容，甚至可以说，是慢慢腾腾的。他说，我放了一辈子羊了，跑过了，急过了，就剩下一个慢了。

羊急急地往前边跑，把他们甩下很远。张广水说，咱们还不赶紧去追？祖父说，不急，它们跑到一个地界会待在那里等你，你只需不紧不慢地走，看看云彩，想想心思。张广水说，都是相熟的人、相熟的地界，能想出什么心思？祖父说，那你就把自己摆在外边的一个地界去想。张广水说，我哪里都没去过，一生下来就落在这个巴掌大的地方，我怎么摆？祖父笑笑，也是，但是你上过学堂，书本上就没招引给你什么别的地界？你拿出来摆嘛。见张广水还在那里发呆，祖父说，你实在没地界可摆，那就听我给你摆。你看，我们每天放羊，不过是从山脚爬上山顶再从山顶出溜到山脚，一爬一出溜就是一天，一天天重复，没什么新鲜的。都是老路，你干吗着急走？走也像没走，没走也像是走，就似走不走地走呗。

羊们走到半山腰，自己就不走了，就待在那里懒洋洋地寻草、咀嚼。祖父说，你看看，我说什么来着，它们到了一个地界自己就停下来等你。羊就喜欢待在半山腰的阳坡上，你不赶它们都不走。但你知道是为什么吗？因为那地方风刮得小，水分存留得多，土质也肥，光照也暖，百草就繁茂。对羊来说，那简直是一处喜乐福地。接下来，你就应该知道，羊最不喜欢待的地方了，对，就是山顶。山顶上，无遮无拦，是个大风口，风刮得那么猛，水土都被卷走了，光秃秃的，只生荆棘和苦草。也就是说，山顶是瘦寒之地，绵性的羊是待不下去的。还有，羊们都知道，到了山顶，就意味着走下坡路，就意味着归栏，就意味着被关起来而远离了青草，它们便只剩下一个字：等。祖父又说，为什么关在羊栏里的羊常常咩咩地叫？那是它们在想念青草。想念是不好忍耐的，因为它是苦的。再有，你从羊身上又悟出点儿什么了吗？祖父这猛然一问，弄得张广水很懵懂，他傻笑着摇摇头。祖父说，这里就有做人的道理，人在低处，抬脚就是登高，人要是到了高处，伸腿就是低就。也就是说，人活在世上，不要急于得到，也不要匆匆忙忙地往上爬，日子一天一天地慢慢过，念头一点儿一点儿地满足，到了最后，该有的全会有，不该有的你急也没用。嘿嘿，都说羊是人放的，你看到了吧，羊也在放人。

祖父的话让张广水很震惊，他一个放羊的，一天学也没上过，却装着满肚子的道理，真让人想不明白。

到了山顶，羊们来回踟蹰，既想留下来又想走下去。山顶上的确光秃，没有茂草，只有荆棘和细草（即祖父所说的苦草）。所谓细草，就是长在土皮上的毛毛草，萎萎缩缩、稀稀拉拉，而且性苦，羊们不喜吃，只是闻上一闻，然后幽怨地看着祖父，好像去与留，都听他的决断。祖父对张广水说，甭管羊了，咱就在草皮上歇一歇、躺一躺，这是我的老习惯了。张广水就随他躺在细草上。细草虽然不能填乎羊，却能暖和人的背，刚躺上一会儿，后背就痒酥酥的，让人只想懒。耳边有风声，虽细小却真切，像母亲贴下身来的嘘声，有关切和问询的意思，很好听。躺在身边的祖父跷着脚、闭着眼、捻着他的"玲珑须"，看起来很惬意。突然他就唱起歌来，起初是低吟，唱着唱着就放开了喉咙。他唱的是——

风兮风兮风之上
大蓟荆蓁水之畔
粗盐疙瘩铜杆烟袋
草梢上的绳蛇
王二奶的卤水
熟透的柿子掉在地上
浑蛋的父亲细瓷的碗
不争气的儿子偷去了
村东大兰子端上了
哭丢丢的娃子攦上了
榆木的门槛踢翻了

满炕的绵绵土啊

耳啊耳啊，啊，啊啊，啊啊啊

……

　　唱到最后，他的眼角里居然淌出两行泪水，睁开眼，看到他的孙子正吃惊地看着他，难为情地一笑，狠狠地抹去了。是不是很酸？祖父问。张广水说，酸倒不酸，就是腻歪，这歌子你都唱过多少遍了，既不押韵又不合辙，你有没有新鲜的？祖父有些生气，说，你可真孙子，敢嘲笑老子，那么我问你，好女子是不是都从一而终？好汉子是不是都忠贞不贰？操，还要新鲜，一新鲜准闹出乱子来，不是伤风败俗，就是鸡犬不宁，有什么好？张广水说，您老人家唱的好像有点情歌的意思。祖父说，就算是吧。张广水嘻嘻一笑，那就新鲜了，奶奶是你捡来的，你既没谈过恋爱，又没听说过你有什么情人，为什么还唱？唱了也没用。祖父说，你真是榆木脑袋——死性，人一唱酸曲，就得有个实实在在的什么人？真要是有那个人，你反倒张不开嘴了。唱酸曲就是唱给你想象中的那个女人。你一合上眼，她就扭着身子向你走过来，眼睛大大的，嘴唇红红的，奶子抖抖的，臀子肥肥的，脚儿小小的，一笑就让你麻，一说话就让你酥，可是你就是抱不住她，一抱就没影儿了。嘿嘿，一着急就唱，一唱她就走进了你心里，美滋滋的，魂儿都飞了，比真的把女人抱进怀里还受用。你怎么会说唱酸曲没用？你这是小崽子只认得奶，小山羊只认得草料，喊，还没长大。张广水无话可说了，觉得这个人虽然是自己的祖父，但是很陌生，归结到一点，他不可小觑，应该敬重。

　　不知不觉间，年关就到了。一天晚上，老校长（他兼着村里的支委）推开了祖父的屋门，面无表情地说，老家伙，支书让我代表大队（村）支部来通知你，公社明天有人下来，来慰问建国前老党员。你明天就不要去放羊了，待在家里等着。祖父也不搭话，只是不耐烦地挥挥手，意思是说，老子知道了，你赶紧滚。第二天一早，张广水正懒懒地睡着，就听到祖父一声喝，还不赶紧给我起来，去放羊。张广水揉揉眼睛，说，不是有人来慰问吗？祖父说，慰问是他的事，放羊是我的事，不能因为他的事而耽误了我的事，赶紧起。在山上，祖父说，你看咱村支部那些人，一点都不懂情理，我是这村里唯一的建国前老党员，既然是上边来慰问，支部书记就应该亲自来通知我，却派人来，来人还不客气，直呼我老家伙，哼，我绝不给他们脸。爷儿俩便在山上待了一整天，天擦黑了才不紧不慢地下山。张广水埋怨道，你跟村支部的人较劲，却冷落了公社来的领导，是不是有点不公平？祖父说，俗话说得好，上梁不正下梁歪，村干部的态度，还不是跟上边的人有关？再说，如果他们真的有诚心，必然有等待的耐心，这才叫公平。

羊群临近了羊栏，在暗光中，就见一个五大三粗的人站在围栏前朝他们挥手。祖父也没反应，只是拿羊鞭轻轻地做着驱赶的动作。那个人快步迎上来，问道，您就是张怀仁同志吧？张怀仁是祖父的大号，一听到有人叫，他便本能地点头。那个人便急切地扑了过来，到了跟前，啪地就一个立正做郑重的敬礼，激昂地说道，报告张怀仁同志，我是公社党委书记张金，值此新春来临之际，我代表党中央，代表市委、县委、公社党委向您表示最亲切的慰问，并致以最崇高的革命敬礼！祖父旋即就被震撼和感动了，他颤抖着伸出手去，紧紧地握住了张金的手，张书记，我张怀仁失礼了，让您久等了。张金说，您这叫怎么说？羊不吃草它会饿，人不等人没真情，我必须等。祖父说，既然是亲人，快跟我回家去，让你老嫂子给你收拾两个菜，咱哥儿俩喝两杯，好好聊聊。进了祖父的家门，村支书和老校长也站在屋里，祖父哼了一声，越过他们直奔祖母，老太婆，快弄两个菜，我要跟张书记喝两杯。祖母说，早预备好了，就等你们上桌了。张金书记看到屋里人多，对村里的两个人说，你们先回去吧，我就在张怀仁同志家里吃派饭，喝喝小酒聊聊天，重温一下鱼水情深。

土炕上已放好了小饭桌，桌上已有了两盘家常菜，一盘炒鸡蛋，一盘炸花生米。祖母说，也没什么拿得出手的菜，不过是两个下酒菜，真难为情啊。张金书记说，对会喝酒的人来说，这就是最好的下酒菜了。哈哈，老嫂子，给我们吃什么？祖母说，豆角焖饭。张金书记问，是家里人都吃，还是仅仅给我准备的？祖母说，这你放心，当然都吃。张金书记挑帘子就进了里屋，拉开橱柜看了看，然后到了灶前，忽地就掀开了锅盖。嚯，豆角小米饭焖了整整一锅，的确是全家人都吃的架势，他便嘿嘿地笑了。欢悦之下，他问，老嫂子，咱家有腌酸菜没有？祖母说，腌酸菜当然有，这是山里人的保命菜，为了接短，哪户人家还不都腌上它一大缸？但你是客人，又是领导，哪好意思端上桌来，嘿嘿。张金书记说，老嫂子不好意思端，那么我就亲自下手了。他从腌菜缸里捞上来一根白萝卜，自己动手切。他把萝卜切成条状，长短粗细，一律并齐（一致，相同），看着就精致。祖母忍不住夸，你的刀工真好。张金书记一笑，真不好意思，我只有在切咸菜的时候，才有这么好的刀工，嘿嘿。腌酸菜一上桌，张金书记就说，依老理，三个菜就是一桌席，那我也不客气了，就和张怀仁同志一起喝两盅，也不怕你们笑话，我这个人平时就好这口儿，如果没有酒，再好的饭菜也无滋无味。

酒是张金书记自己带来的，居然是两瓶竹叶青。祖父说，你怎么知道我爱喝竹叶青？张金书记说，既然是慰问老党员，来之前还不做点儿功课？两个人相让着盘坐在炕上，张金书记指了指站在地上的张广水，这是您孙子？祖父说，是，初中毕业了，也没个正经差事，就跟着我一起放羊。张金书记说，这小伙子，人是人、个是个的，眉清目秀，长得真好看，绝对是一表人才，看着就让人喜欢。来，来，你也上炕来。张广水说，我叫张广水，广大的广，上善若水的水，喝酒是你们长辈的事，我就不上炕了。张金书记说，还上善若水呢，嘿嘿，这孩子书没白念，不仅词儿懂得多，还懂礼，所以你必须上炕来。见张广水还在犹豫，张金书记说，俗话说，没有三个菜不成席，没有三个人不开席，别不好意思，让你上来就上来。张广水心里也喜欢这个叫张金的书记，从他一见面就给祖父郑重地敬礼，一进屋就掀锅看灶，到一上席就自己备酒，觉得他虽然是当官儿的，却跟普通人一样，有朴素纯正的东西，心里也正乐意上炕去。三个人开席了，两个长辈喝酒，张广水看酒，因为他从来没喝过酒。张金书记劝他也喝一点，这东西没什么，一喝就会。张广水说，既然一喝就会，那我就不急着喝了，等到有一天特别想喝或者非喝不可的时候再喝也不迟。端起酒杯，张金书记对祖父说，我先敬您，一是对您的历史功绩表达由衷的敬佩，二是代表组织对您表示最亲切的慰问。敬完酒，张金书记从他的上衣兜里掏出来一个揉皱了的信封，递给祖父，这是组织上的一点心意，请您收下。祖父居然也不推辞，顺势就接过信封，也顺势就递给站在地上的祖母，老太婆，你千万要收好了，这是党的恩情。祖母赶紧去收藏，中间，悄悄地打开信封看了看，是五张十元面额的人民币，她眼圈立刻就热了，用力揉了揉。这时，在炕上的祖父也端起酒杯，书记我也敬你一杯。书记说，这可使不得，你是老革命、老前辈。祖父说，怎么使不得，你代表的是不是党和政府？既然是，你说该敬不该敬？书记喝下这杯酒，想马上回敬，祖父说，你别急，我还有一杯要敬，就是敬你本人。为什么要敬？是敬你对老党员有真心，往年慰问，来的都是公社的武装部长，可今年，你这堂堂的党委书记亲自来了，你说该敬不该敬？书记喝完这杯酒，又想回敬，又被祖父拦下了，他说，我还有一杯酒要敬，为什么？从你一见面就给我敬礼的架势，我就知道你原来是部队上的，我一九三八年入党后就借放羊做掩护给咱的队伍送情报，每次送完情报，首长都派战士们在后边悄悄地护送我，跟首长和战士们建立了生死感情，你既然是部队下来的，你说该敬不该敬？酒喝下之后，张金书记急了，您这么一弄，把我弄糊涂了，是我来慰问您，还是您来慰问我，这可不成，从现在开始，该轮到我敬了。祖父说，你敬，你敬，但你敬之前，我还要说一句话，为什么我今天这样激动？这还不是因为你，听说你上午就来了，没见到我这个人你很不甘心，足足等了我一整天，要是例行公事，你早就可以走了，干吗还等？你让我很不落忍哪。张金书记说，您瞧，您瞧，您为革命做了那么大的贡献，给个公社武装部长都不当，这是什么精神？眼下说斗私批修一闪念，如果心中没觉悟，斗也白斗。有您这境界比照着，既是来慰问，我就必须见着您本人，不然就说不过去，我也不落忍。就这样，两个不落忍的人越敬越亲、越聊越欢，说了一大堆真心话、知心话，感动得张广水耳热、心热，不停地给他们倒酒，极尽敬意。其间，祖父问张金书记，你在部队当的是什么官儿？张金书记说是副团长。祖父说，副团长可是大官儿，可以带警卫员了。张金书记说，是有警卫员，但是工作上、生活上，以至于安全保卫上，我一般都不用他，只是在我喝酒的时候，偷偷地让他陪一下。祖父说，你这就不破坏部队的规矩？张金书记说，怎么不破坏？但是不知怎的，我身体里就长着一条又大又滑溜的酒虫儿，只要是有机会，又不耽误军务，横竖都要喝两口。有一天师长找我，对我说，你们的团长就要被提拔重用了。他说你各方面表现都很优秀，建议由你接替他，我同意他的意见，不过有个前提，你要把酒彻底戒了。我一听让我当团长，脱口就说，好，好，我戒，我戒。师长严肃地说，空口无凭，立字为据，你得写一份承诺书。我觉得一写承诺书问题就严重了，就来不得半点儿儿戏了，我就冷静地往深里想，半天没说话。师长恼了，呵斥道，你还是不是军人，还有没有男子汉的血性？这一声断喝，让我清醒了，我对师长说，首长，这个团长就别让我当了，因为我怕一遇到酒，就管不住自己，给您丢人现眼，嘿嘿，您还是让我转业吧，到地方去，我会更自在些。这不，我就来你们的山区公社当了党委书记，哈哈哈哈……张金书记放声大笑，好像很得意于自己的选择。祖父说，咱们俩真是有缘分，我是因为这双弓形的脚适合放羊，毫不犹豫地辞了武装部长的工作；你是怕管不住肚子里的酒虫子，也不得不放弃了当牛逼的团长，哈哈哈哈……这人就是这样，没有两全其美的事。张金书记说，既然咱老哥俩这么对脾气，您也就别再见外，跟我说说，您家里还有什么困难？祖父指了指祖母，说，我跟她有吃有穿，一条大炕各睡半边，能有什么困难？张金书记说，说实话，为老党员排忧解难也是我们党委的责任，所以有困难就大胆地说，这跟咱老哥俩的私人感情无关。祖父看了张广水一眼，但他很快就把话头咽下去了，嘿嘿，真的没困难。在闸门就要关闭的那一刻，张广水喷发了，他说，张书记，我想问问，老党员子孙的困难是不是也是老党员的困难？张金书记愣了一下，但很快就答道，是，当然是。张广水说，就说我吧，初中毕业也没什么正经差事，就跟着老爷子放羊。老爷子跟我说过，放羊也是正经差事，等他老了（逝去），就把羊鞭交给我，让我继承他的事业。起初我觉得还可以，但现在我不这么想了，我是这样想的：放羊是老爷子喜欢过的日子，却不是他孙子所要过的日子，硬要接过他的羊鞭，就是在过重复的日子，日子也就不是日子了。祖父惶急地插进话来，你说的怎么这么绕口，还会不会说话？你跟我一起放羊，每天都是欢天喜地、有模有样的，我以为你是喜欢的，没想到，你小子心里还藏着活思想，张书记，你说说，这小子是不是有问题？张金书记笑笑，不急着下结论，让他把话说完。张广水说，我小时候不叫张广水，而是叫张蛋子，是入学的时候，老师给改的名，说是因为村里缺水，就得有企望，让生活多水、到处有水。改名之后，我就事事要强，事事都问个为什么，连老师都说我是块料子，让我往远处、大处发展。老师用心催促我，可他们自己却不争气，本来都是从城里下来的师范生，一个在当地娶，一个在当地嫁，折断了翅膀之后，比农民还农民。我不是说扎根农村就不好，而是他们扎根的原因和模样式有些上不了台面，让我既怜惜又厌弃。他们虽然很农民了，但毕竟有文化，会跟乡亲动心眼儿，会跟邻里论短长，有他们在，整个村子，还会有原来的淳朴和安静吗？所以，我不想再待在村里了，俗话说，不见不烦嘛。张书记，请您给我找个路子，让我走出这巴掌大的地界，往远处走走。孙子居然不知深浅地提出了框外的要求，这让祖父感到很羞愧、很没面子，便颤抖地戳点着张广水的额头，你、你有什么资格跟组织上提要求？这要是传出去，我一世的清名还不就断送在你这小兔崽子手里了！张金书记哈哈大笑，对祖父说，老同志，您把问题想得太严重了，这算什么向组织上提要求？这不过是一个晚辈向长辈寻求帮助，是人之常情。听张金书记这么一说，祖父紧皱的眉眼才舒展开来，欠起身来亲自给书记满酒，点头哈腰的。或许这就是惭愧的模样，让张广水心情复杂。张金书记把老革命满的酒一饮而尽，对祖父说道，真是虎门无犬子，打我一见到他我就说不出地喜欢，当兵的身材，俊美的长相，如果我还在部队，一定让他当我的警卫员。不过，我现在也不能糟践材料，明天就让他跟我到公社去，预备着给我开车。祖父一听，大惊失色，说道，张书记，你自己都是骑自行车来的，哪里来的汽车，你可千万别为难啊！张金书记说，我现在是骑车，过些日子就坐车了。我跟部队老首长说过，在山区公社工作，连部机动车都没有，出行很不方便。老首长说，那还不好办，把团里的吉普车支援你一辆。

张广水就这么容易地进了公社机关，村里人都感到很好奇，问祖父，你孙子能到公社去，是不是跟你有关？祖父说，跟我有什么关系？我又不认识公社书记。村里人说，既然不认识，还在你们家吃饭？祖父说，他吃的是派饭，临走的时候还给撂下了粮票和钱。村里人接着说，既不认识，又没吃请，怎么就偏偏看上了你孙子？这可就奇怪了。祖父说，这有什么奇怪的？因为我孙子跟我一样，人长得俊美，书记一见到，就喜欢上了他。村里人不相信，就这么简单？祖父说，人世间的事，尤其是正经事，有几件是复杂的？

祖父心里想，我即便是有过什么历史功劳，也从来不把它放在心上，只觉得自己不过就是个老羊倌儿而已，便没资格计较得到没得到的事、被尊重不被尊重的事，只埋头放羊，忘了别人也让别人忘了自己。可能是我太不拿自己当回事了，村里当官儿的也就跟着不拿我当回事，就惹得老天爷都体恤，裉节儿上就暗里相助，成全我一下子。但是，想到当时的情景，他嘿嘿一笑，这个张广水，关键的时候真敢说话，说到底，是他自己成全了自己。

张广水到了公社机关，就被派去学驾驶。驾照一拿到手，部队支持的那辆吉普车也就到了。种种巧合让他不免想到，就像祖父天生就是个放羊的，我可能天生就是个开车的。

张广水很珍惜、很感恩，心里只有一个念头：一定给书记开好车，不能出一点纰漏。这样一来，他就立住了，整个机关都很佩服他。张金书记便很得意，对人说，张广水的车开得很好，而且没有人比他开得更好，为什么这么说呢？因为他很听我的话，让他快他就快，让他慢他就慢，一切都对着我的心思，对着我的情绪。而且他还爱车如命——有空当就擦车，即便是整天在山路上跑，车身子也锃光瓦亮；有机会就学修车，即便是车在路上出了再难的故障，他一下车就能排除，让车接着撒欢儿。问他为什么这么爱岗敬业，张广水说，我祖父说过，别看是人放羊，其实羊也在放人，依此比照，别看是我在开车，其实车也在开我。哈哈，老革命怎么这么教孩子？把羊当人，把车当人。接着，张金书记居然说了一句很让人动容的话，他说，这个张广水比我要强，开车以来，一滴酒都不沾，把自己管得很严。

张金书记的话，让张广水很受用，比老师说他是块料子还受用。嘿嘿，如果那个男老师对自己管得严，也就不会把手伸进女学生的乳沟；如果那个女老师对自己管得严，也不会被人当众骂成骚货。这还没完，我觉得这一男一女之间还有一种说不清楚的东西，如果他们继续对自己管不严的话，很可能会弄出乱子，既败坏了自己，也败坏了村风。唉，真是让人发愁。

这种类似乡愁的东西，给了张广水一个意想不到的动力，他一路自律、一路周正、一路敬业，一些东西竟不请自来——

在后边的岁月里，从司机到工勤干部，从工勤干部到事务科科长，从事务科科长到主管副乡长，张广水的身份不断变化，混得越来越有模样了。用他祖父的话说，他真的是有本事了，不仅能给自己挣来大米白面，还能光宗耀祖，看来他真的不是山里的物件，是留也留不住的。

事情就这么简单，只要别人给了他一个起点，他便顺杆而上，步步登高了。

2022年11月21日—12月1日

京西昊天塔下石板宅

情

度

引　子

　　申富学自从与韩敏菲分开之后，心里就起了皱，并且随着时间的推移，皱褶越皴越厚，好像已成了死痂，再也不能平复了。

　　申富学与韩敏菲原来在同一个机关单位工作，是非婚的爱情让他们陷入了绝境，为了纾困，他们选择了疏离，韩敏菲就地留下，而申富学则申请外调，到下边的一个乡镇当了镇长。那一年，他刚三十岁出头，年富力强，前程大好。原机关的领导（包括他的岳父）也赞成他到基层任职，对他说，你的选择是对的，因为年轻干部要想成长进步，顺利地得到提拔，必须要有基层的工作经历，所以你下去以后，要好好干，干出点成绩来。但是，他身在基层，却心浮于上，每天想的都是韩敏菲，想着怎么跟她相见，或者干脆结俪，以便能整天缠绵在一起。他动不动就给韩敏菲打电话，敏菲，你还好吧，我想你，你还是让我回去吧。韩敏菲说，你弄得我的心里很乱，但是再乱我也知道，你回来是没有出路的，而且会把事情越弄越糟，你要是还珍惜我们的感情，你就把对我的思念藏在心里，好好在下边待着，你要坚信，时间对谁都公平，它会给我们所要的一切。

他只好在基层待着。

而且也只是待着。因为他身为镇长，却无担当之心，只有小我的温柔之念，他不思进取，不想作为，甚至什么事都不想干，只想混日子。混日子快啊，他可以早一点投入到情人的怀抱。问他在镇长的位置上到底干了什么，他支支吾吾，乏善可陈，他只知道他当镇长的感觉一天不如一天。他拿屁股底下的专车作譬：刚任职的时候，是奥迪，后来是豪华版桑塔纳，再后来是低配置的现代，到了近来，干脆就没专车了。一切都是随着反腐倡廉的进程，渐次生成，不容拂逆。所以他感慨道，这个镇长当的，一天比一天没感觉，到了最后，一点儿意思都没有了。

问题是，原单位的领导有时候到镇里来调研，自然要问到他的表现，党委书记厚道，只是笑笑，什么也没说。但一切都在无言之中了，所以领导临走时悄悄地在他的耳边说道，富学啊，你好歹也要干点儿事啊，不然我怎么替你说话？

本来有大好前程，现在却前途堪忧，他很颓丧，也很悲伤，本来是很有追求的人，却变成了这样。唉，都是爱情闹的。他便痛彻地感到，爱情这东西，真是一把双刃剑：既被我们伤害，也反过来伤害我们。

1

申富学是名牌大学毕业的，毕业之后被分配到这个地级市的政府机关，做了一位副市长的跟班。他身材好，长相好，口才也好，跟副市长出行服务也好，但跟了不到半年，副市长就叫他坐办公室了。为什么？副市长虽精明强干，却是个五短身材，申富学在他面前晃来晃去，有点那个。每到一个地方，工作之余当然要有应酬，底下的人往往借机说好话，先恭维副市长，而后自然就会轮到申富学，他也是副市长的一部分嘛。他们说，市长，您可真会选人，这小申同志既善解人意又才貌双全，跟着您，前途无量啊。这些场面上的恭维话帮了倒忙，因为副市长从中体味出一种暗示，就是说，申富学这么优秀的跟班，你做市长的应该用心提拔。在副市长看来，这种用心，是额外加给他的心理负担，便很反感。我为什么要提拔他？就因为他身材好、长相好？算了，我也不要跟班的了，就让他到机关坐办公室去，自自然然地进步，健健康康地成才吧。

申富学被安排在办公厅秘书处搞文秘工作。

他整天给领导写材料，什么致辞、讲话、调研报告、汇报文稿、政策草案，等等，总之，领导需要什么就写什么。

申富学干文秘工作的时间，是二十世纪八九十年代，那个时候还不具备自动化办公条件，起草材料靠手写，然后拿到打字室去，打字、校对、印刷。自然而然就跟打字员钟楚楚认识了。钟楚楚觉得他的字写得真好，验证了文如其人、字见其心的说法（这是钟楚楚的原话），就对他说，你教我写字吧。申富学不仅答应，还送了她一个布面绣花的笔记本，说，你就在这上面写，我也好在字下写出评语。钟楚楚不仅跟申富学学写字，还给他"透露"消息，让他从中受益不小。所谓透露，是因为打字室服务于机关各部门、各科室，他们都在写什么、怎么写，以至于领导感兴趣的、领导赏识的材料是怎么一个写法、是什么样的文风，钟楚楚都能传递给他。有的时候，她还会偷偷地留下一份打印稿，提供给他参考。

申富学的文秘水平遂脱颖而出，很快就当上了秘书处文秘科副科长。

钟楚楚借机向他表达了爱意，申富学犹豫了一下，还是答应了。

为什么犹豫了一下？

钟楚楚个子高，身条儿不错，但她长得不是那么出众。她眼睛小，鼻子大，禁不住端详。但她的皮肤很白，很细腻，眼神也流转有光，便整体给人一种青春之美。这也是很动人的，也是看得过去的。看得过去与很好看，还是有区别的，所以申富学本能地犹豫了一下。

钟楚楚带他到家里见父母，这一见，他吓了一跳，原来她的父亲是市政府办公厅主管后勤工作的副主任，是握有实权的人物。他暗自庆幸，幸亏他答应了，既免去了后续的麻烦，又无意间给自己找了一个候补的靠山。钟楚楚的父亲不苟言笑，他严肃地说，你就是申富学啊，我听我女儿小楚说，你在秘书处文秘科，是个副科长。我说她怎么看上了你，原来你长相不错，是个小白脸儿。小白脸儿一般比较聪明，但心眼儿活泛，我怕她管不住你，所以我开诚布公地说几句废话：既然要好，就赶紧娶，别搞那些花前月下的玩意儿，忒耽误工夫；既然娶，就忠于家庭，别动吃着碗里还看着锅里的心思。我想你是知道的，做了出乖露丑的事，是没有好下场的，尤其是在市委机关。

申富学的冷汗就下来了，不停地用手擦额头上的汗。钟楚楚的母亲笑着递给他两张面纸，说，别在意，他这个人不懂什么讲话艺术，管后勤的嘛。她笑得很慈祥，语气也温婉，但申富学明显地感到有绵里藏针的意味，后面是不客气的暗示。他赶紧做出承诺，钟主任，您放心，我会一辈子对小楚好的。钟楚楚的父亲冷冷地一笑，挥了挥手（申富学看到，他的手很大、很厚）说道，你怎么这么见外，叫叔叔。

在感情还没有热到沸点的情况下，他们俩就结婚了。夫妻之间虽也亲亲热热，但离销魂蚀骨还差那么一点点，更甭说色授魂与了。在床上，如果申富学表现得过于热烈，钟楚楚就吃惊，可怜楚楚的。所以，他必须掌握好震动的烈度，既爱，又不能放纵，既拥有，又不能忘我。申富学感到这很怪异，只好加倍地用心，探索分寸，让婚姻走向温厚与和谐，让外人看到，他们是真爱、真美满。

一年后，钟楚楚生下一个男孩，他的岳父便对他有了信任，跟主管秘书处的副主任打了个招呼，他就从文秘科的副科长变成了正科长。

2

正科长也算是官儿了。

因为可以管人、管事，可以上行、下达，可以左右联络、内外沟通，有了官场的雏形。这让申富学很兴奋，有了空前高涨的工作热情，既守正又创新，既敬业又人文。所谓人文，就是讲友爱、讲关怀、讲感情。

文秘科有个新来的女大学生叫韩敏菲，是北京大学外国文学专业的高才生。本来分配意向是中国社科院外国文学研究所，但毕业那年她参加了某个广场的静坐，就被分配到了基层。她长得很美，一旦走到你面前，会让你大吃一惊，心想，大演员王丹凤怎么上这儿来了？

貌如王丹凤，又学外国文学，就有了让男人致命的两样东西：美艳和浪漫。更要命的是，她本人并不觉得自己有什么了不起，毫不矜持，更不作态，自由自在、大大方方。她不讲美发，也不讲美容，更不讲究穿着，素面朝天，来去如风，好像她的青春与美就是自然之物，任由欣赏，禁得起浪费。

文秘科的人都是动笔的，虽然写的不是文学作品，而是应用公文，但只要是码字的，就讲究谋篇、布局、结构和语言，那么他们就属于思考、推敲一族，便有思想，有文采。于是，他们整体都内心温柔，有欣赏美的能力。或许就是这个原因，韩敏菲的出现，还有她异常随和的作风，让她成为文秘科人人都喜欢的一道风景，眼前有春色，心中有暖意，大家团结在一起，努力在一起，也欢悦在一起。文秘科的气象就殊好，该出色的出色，该出彩的出彩，领导们很满意。

韩敏菲在文秘科的如鱼得水，根本上，是得益于申富学的既敬业又人文的工作理念。如果在一个刻板的单位或机关，她的美或许就是异类，甚至是罪过，甭说是被欣赏，进而还得到自由的伸展，就是能够被接受、任你平静地生存也是一件相当不容易的事。是环境容纳和成就了她，而这一环境又是申富学营造的，所以韩敏菲对他很敬佩，并心存感激。

相处得久了，自然就有了表达的机会。

一天晚上，文秘科加班赶一个市长用的讲话稿。市长通过，已近子时，他对加班的三个同志说，你们三个都是住机关的单身族，都这么晚了，我请你们吃夜宵。这三个加班的同志都是女的，其他两个竟同时看着韩敏菲，韩敏菲一笑，难得领导请一回客，趁他还没后悔，赶紧走。

夜宵店虽然在室内，但吃食不过是大排档的货色，烤串、卤煮、麻辣烫之类。申富学感到不高雅，难为情地说，对不起，就请三位公主将就了。韩敏菲说，我们是准公主，山珍海味均不识，就喜欢吃这种地摊儿货。

烤串、卤煮、麻辣烫上来了，三个公主也不动手，只是看着申富学嘻嘻笑。他不禁问，你们这是怎么回事儿？韩敏菲说，既然吃摊儿食，就得有啤酒，这是绝配。申富学故作吃惊地说，反了，反了，你们被我惯得都敢要酒喝了，嘿嘿，这就叫作，你要讲随和，我就敢随便。不过我既然当好人，就当到底，服务员，上几扎啤酒。服务员问，到底上几扎？韩敏菲马上回应道，先上四扎。申富学知道，她这是按人头点的，每人一扎。三个女生（时髦的叫法）在机关里有职业女性的矜持与优雅，一吃上摊儿食，一喝上啤酒，就很没型了——咀嚼露齿，哈哈哈；喝酒发声，呱呱呱。申富学摇摇头，说，真有你们的。韩敏菲擦了擦嘴角的油腻，顽皮地一笑，说，这刚到哪儿？服务员，再上四扎啤酒。三个女生酒喝得很尽兴，因为她们拿出的，是男人喝酒的架势，高高地举起酒器往喉咙里灌。其他两个女生还稍有节制，韩敏菲却不管不顾了，酒液从嘴角溢出来，滴零到前胸，很快就洇湿了一大片。夏衫单薄，胸部的曲线蠕蠕地就放大了，勾勒得惊心动魄。被申富学看到了，便心跳加剧，眼神疲惫，觉得自己很不规矩。这个王丹凤，本来美艳是应该放在橱窗里的，可她却不在乎，拿来当饭吃，还不遮不拦地提醒旁人，我究竟是韩敏菲嘛。申富学莫名其妙地怜惜起来，心里说，不过，这也挺好，显得更美，而且是可以触摸的人间之美，可爱，可以爱。

三个女生喝高了，申富学只好送她们回机关。一路上，三个人跟申富学勾肩搭背的，好像他是她们必然的依靠。最让他没想到的是，韩敏菲借机在他耳畔热热地嘘了一下，说道，谢谢你了。

快到机关大楼了，三个女生竟倏地脱离开他的依傍，规范了步态，很自立地走了进去。唉，都是善解人意的女子啊，申富学很感动，心里灿烂地笑着，回家了。

3

后来就有了和三个女生喝啤酒到跟一个女生喝啤酒的转变，那个女生自然就是韩敏菲。

在心里，申富学承认，这个女下属的美丽是极打动人心的，他忍不住地往她身上看，已忘了遮掩和体面。申富学还承认，这个女下属的水平也是出类拔萃的，这个"类"，当然是指文秘科这一人群。她不仅文笔好，还能迅速地领会领导意图，写出来的材料，几乎都是一稿就过。业务能力到了如此程度，就已经让人佩服了，但她还博识，读了很多书，对事物总有自己的见解，他忍不住就想跟她谈点什么。人们说，既美艳又聪明的女人，是难以遇见的稀有之物，男人本能地就想跟她发生点故事，事实证明，他申富学也毫不例外。

有一天，他们聊到了环境决定论。申富学是从生态学着眼，认为环境里蕴含着一种神秘的自然力，它能决定人类的生命状态和生存方式，因而就产生了与之相适应、相匹配的性情和性格，譬如山人质直，水乡的人软柔。韩敏菲则从文化学切入，她说，我很信服法国著名学者斯达尔夫人的"文学地理"观念，自然地理环境不仅是生态的，也是文化的，它与社会风气、人文风尚有着巨大的内在关联性，譬如湖广有楚辞，京津冀有河北梆子。二人的谈论，都是从浅表进入内部，运用广泛联系的方法，做深刻的理性分析，因而两个人都认可对方的观点，而且还觉得是一种相互补充。

这就有意思了。他们都觉得，他们的心灵相遇了，可以相互探求，可以相互激发，可以相互共鸣。

有一天，他们又聊到狄更斯的《双城记》。几乎是不约而同地背出了开篇的那段话——

> 这是一个最好的时代，也是一个最坏的时代；这是智慧的时代，这是愚昧的时代；这是信任的纪元，这是怀疑的纪元；这是光明的季节，这是黑暗的季节；这是希望的春日，这是失望的冬日；我们面前应有尽有，我们面前一无所有；我们都将直上天堂，我们都将直下地狱。

申富学抢先说道，那个卡顿既是义士，又是情圣，因为他献身的动力来自爱情。然而，他对露西的爱，缘自露西女性的大美。她美丽而纯真，本能地躲避污浊；她善良而柔韧，既被伤害，也悲悯宽恕；她温暖清澈，面对冷漠她微笑，面对苦难她放歌。这就给卡顿孤冷、阴暗、僵硬的心灵洒进了阳光、注入了春水，他有了暖的感觉和向上的冲动，他回归了对这个世道的信任，他内心强大了。这让韩敏菲很吃惊，申富学是学理工的，却这么"文学"，她有些激动，情不自禁地对他说，遇到你，我是幸运的。申富学一愣，你怎么会有这样的感慨？韩敏菲说，套用狄更斯的语句，文秘科是一个最好的地方，也是一个最坏的地方。呵呵，为什么说最坏？因为我是学外国文学的，最好的归宿是在外国文学所搞理论研究，出版学术成果。而文秘科是写公文的处所，写出的材料，一旦用过，就是废纸一堆，所以，我再有水平，也是工具一只，只不过稍稍精致一些而已。为什么又说最好？因为我是身不由己地来到文秘科的，并没有过多的期许，却有了体面欢悦的工作环境，还遇到了一个满肚子文学情怀，很谈得来的顶头上司，而且他还面相出众、玉树临风。所以说，文秘科还算是个最好的地方。为什么说"还算"？因为是相对来说的好，是退而求其次的好，呵呵。

从此，他们的接触，就密切了。

就有了从吃大排档式的夜宵，迁移到有背景音乐、有闪烁灯光的酒吧、咖啡厅，坦然中有暧昧，多少有些约会的性质了。

好像是二月十四日，早晨一上班，韩敏菲就敲开了申富学办公室的门，嫣然一笑，科长，你今天晚上有没有工夫？这笑容里因为带着夜宿的倦意，有慵柔之美，很醉人，所以，申富学眉毛往上一挑，敏菲，有何吩咐？韩敏菲说，那咱就到独一处去喝喝红酒，还有，想着送我一束花。说完，转身就出去了。申富学挠挠头，嘿嘿，我哪儿来的一股暖意，居然脱口就一声"敏菲"，还答应到独一处，还答应送一束花，这是怎么回事儿？独一处是一处包厢式酒店，不仅位置偏僻，还价位很贵，非特殊消费而不取。为什么要去那里，还要送花？呃，对了，或许是她的生日，那么，送什么花才好？他坐在那里，久久思忖，虽然很困顿，但是很享受。

晚上，往独一处走的时候，他心里有些忐忑，给钟楚楚打了一个电话，楚楚，对不起，晚上还要加班，肯定会晚些回家。钟楚楚说，没关系，你们文秘科加班是很自然的，我正好也想到爸妈那里去看看，顺便叨扰他们一顿，改善一下伙食，嘻嘻。

4

房间是韩敏菲预先订好了的。

时有时无的音乐，时明时暗的光线，有一种钻隙而入的神秘，申富学有些慌乱。他觉得在这样的环境中，不可避免地要发生些什么。等待的时间好像有点长，他既焦灼，又忍耐，目光在菜单上划来划去。

随着一股淡淡的清香飘来，韩敏菲也飘然闪进。对不起，让你久等了。声音低婉，消解焦灼，他抬头一看，她的双唇异常的红润，还泛着亮光。一袭蕾丝短衫，让她的胸部明暗分明，有临海悬崖一般的陡峭。斜裙下，双腿穿着黑丝，让腿部线条既丰腴又节制。她在他对面落座的时候，把掀起来的裙摆向下扯了一下，复又盖上。本来是为了遮掩，却在乍隐中乍现，给了他一个性感的想象。

他莫名其妙地冲动起来，有了欲望。他有些烦躁，因为从来不讲究打扮的人居然打扮了，而且还打扮得有些刻意，这就别有用心了，就给了人一种心跳加剧的诱引，我是不是要矜持一些？他提醒自己。

他把一束粉红色的玫瑰花很得体地捧给她，祝你生日快乐。

韩敏菲用手遮掩着双唇咯咯笑了起来，说，你可真逗。她平常笑的时候，从不遮掩，兀自朝宽阔里笑，因而她这时的动作，让申富学觉得有故意弄娇的意味，便不快地问，难道不是你的生日？韩敏菲捧起花来很深很深地闻，之后就大口大口地呼气，很好，是我喜欢的那种带有水润滋味的香，哎，你怎么知道我喜欢粉红色的玫瑰？申富学说，我这个人一向单纯，喜欢纯洁、纯粹的东西，粉而不艳，可不正好？韩敏菲说，你这个人可真狡猾，你不会不知道，一般送给初恋的，才是粉红色的玫瑰。申富学吐了吐舌头，呃？他不知道说什么才好，索性就不辩解了，顺势说道，你喜欢就好。韩敏菲说，西方人最喜欢的节日，一个是圣诞节，一个是情人节，因为一个关乎信仰，一个关乎爱情，差不多就是这两样东西，支撑起了他们的全部生活。让他们在平常中浪漫，在浪漫中平凡，呵呵。申富学一拍脑门，瞧我，真是猪脑子，原来今天是情人节啊，嘿嘿。韩敏菲撇了撇嘴，装，你还装。申富学说，你可别冤枉人，我是京西土著，观念里只有七夕，不太关心西方的节日，从来就不懂浪漫，这是真的。韩敏菲说，那么我就教你如何浪漫，呵呵。

于是，在韩敏菲的主张下，他们吃牛排，喝红酒，还佐以日本寿司，虽然有点不伦不类，却趣味盎然，觉得这很好。

其间，他们谈到孤寂的话题。韩敏菲说，孤寂不同于孤独，孤独是一种自主的东西，是一个人有精神信仰，想听到内心的声音，便断然独处，不愿意让旁人打扰；而孤寂就不同了，它是很想有人陪伴却无人陪伴，就倍感孤单寂寞，内心有一种没着没落的感觉，难以承受，因为无法排解，甚至直想去堕落。申富学笑着打趣道，这么说，你现在感到孤寂了？韩敏菲说，岂止孤寂，还是很深的孤寂。申富学说，都是你学问太深，外国文学看多了，有了浪漫的底色，却要在机关过苍白而凡俗的生活，但是，没办法，这是你的命，你要耐心忍受，时间久了，就好了。韩敏菲说，你这是什么药方？毫无含金量，不过是让我逆来顺受而已。申富学说，真理未必有雅意，境界未必就高绝，你譬如，狗吐了还要把吐的吃进嘴里，猪洗干净了还要滚进泥水里——但是，你看，狗一旦吃下，就活力十足，蹦跳狂吠如霸主；猪一旦拔泥而出，又毛发光洁，如出浴美人。哈哈，哈哈。那么高雅的用意，他居然用俚俗的语言作譬，他自己都感到好笑，但是，却极其解颐，极其解忧——韩敏菲忍俊不禁，喝进嘴里的红酒噗地就吐了出来，正吐在申富学的脸上，他抹了一下，露出满脸的无辜，装出很委屈的样子，不停地摇头。韩敏菲笑不可支，两个肩膀不停乱颤，如花朵被春风拂过。拘束便被打破，自然而然地朝着动情时刻迈进了。

韩敏菲切牛排的时候，为了显示优雅，很俏皮地跷起了兰花指。如果放在别的女生那里，申富学肯定觉得庸俗，因为就他的观察，好像是个女生就会跷兰花指。但此时韩敏菲的跷，却代表着纯真与温柔。然而温柔是无力的，无力的把持之下，有时刀子就从指缝中滑落，敲响了盘子，溅起了肉汁，韩敏菲便笑着自嘲，我怎么这么笨。肉汁溅到她手上，申富学殷勤地递上面巾，看着她擦，但不巧也有溅到她胸上的，他就不知所措了，赶紧借口去卫生间，躲开了。等他再回到座前，韩敏菲难为情地笑笑，往端庄里直了直上身，满脸绯红。这疑似纯洁，他便被打动了，索性跨上去，在她的右腮上吻了一下。刚要逃离现场，腮的主人竟坦然地笑笑，把左腮转过来，嗯，还有这边儿。

这个意外，反而让申富学从慌乱中脱身，变得自在起来。便萌生了关心的情感，他把韩敏菲的盘子端过来，把里边的牛排全部切开，肉块切得大小适中、薄厚均匀，然后再递过去，疑似供养尊者。韩敏菲说，你这岂不是帮了倒忙，因为吃牛排吃的就是刀叉交错的形式感，你却给省略了，就没有情人节的浪漫了。申富学说，情人节的肉，是吃给情感的，既然心中有，就尽管吃，不必在意那铺排遮掩的过程。我祖父就说过，男欢女爱是天经地义，有了好感就一起聚，有了欲念就一起睡，一遮遮掩掩就假了，就凉了，就吹屎的了，哈哈。韩敏菲觉得很有趣，也跟着笑了笑，但她突然又觉得这不符合一个女孩子的端庄，便倏地收敛了笑容，端起已经空了的酒杯，做了一个往他脸上泼酒的动作，申富学，你怎么这么粗俗？怎么这么恬不知耻？哼。

申富学做了一个擦脸的动作，好像真的被泼到了，说道，敏菲敏菲你别恼，送你一件新棉袄，穿在身上正可好，东边走来西边跑，就是不把婆家找。为什么不把婆家找？因为她书读多了，心高了气傲了，眼里容不下土灶了，不是王子都不要了。哈哈，哈哈。本来就是佯装的端庄，申富学一连串的嬉戏，弄得韩敏菲忍俊不禁，她捂着嘴笑，说，你还有点儿正行没有？赶紧吃牛排。

对于满肚子外国文学理论和外国文学经典的韩敏菲来说，俚俗和嬉闹反而更能击中她情感中最柔软的部分，好像铠甲被打破了，她心中一片轻松，看着油汪汪的牛排，她动情了，大口大口地吃了起来。还不断地感叹着，嗯，这牛排的味道不错。她的嘴唇也因此变得油汪汪的了，还亮晶晶地发光，有了红润之上的红润。天，她可真鲜润！申富学心中暗叹。所谓"鲜润"，在他的京西语系中，是鲜活之美，是美上之美。他出神地看着，突然生出一股不可抑制的冲动，既然我已经吻了她的脸，为什么不能去吻她的唇？他冲上前去，托起她的脸颊，在她尚在嚅动的唇上，狠狠地吻了下去。因为出其不意，唇的主人本能地躲闪了一下，但敌不过外力的跟进，她顺从了，而且还有主动迎送的情节，这一点，连唇的主人也是没想到的。

唉，什么是情人节？是日历之外的意义，有预谋，更有预谋之外的预谋。是这样，就是这样。

5

申富学和韩敏菲就注定走上了不可收束的感情轨道。

他们爱了，而且是疯狂地爱了。

因为他们在思想上的交流、语言上的交锋是很惬意的，能够医治孤寂，带来欢悦，所以拥吻。一旦拥吻，就要靠身体本身发声了，这是无法预料的事，所以听之任之。

一天，在他们拥吻的时候，韩敏菲忍不住在申富学的后脑勺上抚摸了一下，就感到申富学猛地向上挺了一下，然后就朝下抽缩。她吃了一惊，手停了下来。他马上求救一样地喊道，不许停，不许停。事后，申富学说，她在他后脑上的抚摸，竟让他的脑际倏地生出一股热流，并随着抚摸的继续，这股热流沿着脖颈，迅速地流向脊椎，直至尾骨。这股热流让他有下坠和瘫痪的感觉，好像一瞬间他就急剧缩小成了一个婴儿。然而，这股热流麻酥酥、暖洋洋的，是一种陌生而彻骨的快感，是一种死也不想失去的快感。在当时，韩敏菲听到他"不许停"的喊声，便顺从地抚摸下去。申富学的头部就一点一点地向下抽缩，到了她的胸前，竟轻轻地叫了一声"妈哎"，就停住了。他好像很疲惫、很委屈，整个头就在她的胸部拱，好像急迫地找到最终的歇息。这一拱，竟把她触动了，她"呃"了一声，生出一种强烈的母性的爱怜，把他的头狠狠朝自己的胸部摁去。好像闻到了一股久违了的乳香，隔着亵衣，他竟噙住了她的乳头，拼命地吮吸起来。她忍不住地颤抖，心中有一股恣肆的春水汹涌而来，要行使浇灌的义务，她眼前一黑，把自己彻底摊开了。

这之后，他们省略了探索，因为身体本身给他们指引了方向。一有欲念，她就抚摸他的后脑，一旦抽缩，他就依偎在她的胸部，紧接着就是急迫的吮吸。当然，这时的吮吸，已经是实体的吮吸了，而且是更强烈的吮吸。因为她的胸房，是那么的饱满，是那么的光润，既洁白如玉，又欲望欲滴。吮吸之后，就是不由自主的摊开，他的依偎，也就变成了激情澎湃的极其深刻的依偎，他们就歌唱着上路了。

有一阵子，他们已经无法容忍生活的其余部分，只有他们躺在一起的那一刻才是生活的全部。申富学有些困惑，甚至还有些惶恐，他小心地问韩敏菲，你说咱们这是怎么了，莫名其妙地就看上了，稀里糊涂地就给了，咱们是不是有点儿问题？韩敏菲说，你这是东方式的发问，按照西方人的逻辑，看上了，就给，这是人性的自然所归，连上帝都笑而不问。申富学说，那我就踏实了，心里就不凄惶了。韩敏菲在他的脑门上摁了一下，笑着说道，我可记得你曾对我说过，你祖父有言，男欢女爱是天经地义，有了好感就一起聚，有了欲念就一起睡，一遮遮掩掩就假了，就凉了，就吹臭的了。难道你还不如你祖父？难道你的思维逻辑就是说说而已，知行不一？韩敏菲的发问，虽然包裹在微笑里，但申富学也感到有审判的味道，好像他出让了道德优势，他惭愧极了，傻笑着，嘿嘿。韩敏菲安慰道，其实这也没什么，波伏瓦的第二性，表面上说女性是弱的，其实她也反证了男性的缺憾，男人本质上就是个孩子，得靠女性安慰和宠爱。申富学说，你越说我越不好意思了。韩敏菲说，你大可不必，因为我觉得，人追慕灵魂是借口，是勉强的东西，贪恋肉体才是真的，它可以让人灵魂出窍，不能自已地放纵。所以，你也别有什么难为情的，我现在整个身心都是你的，你随时可以拿去，呵呵。

没办法，只要跟你单独在一起，我就总想拿，因为一偎进你的怀里，我忍不住就想叫妈。申富学说。

我也没办法，只要你一在我怀里拱，我就想叫你一声儿子，给你哺乳，然后就等着你伸手拿。韩敏菲说。

咱们这是不是有点乱伦？

胡说，这是人类的记忆。

6

一切事物，都有着自己产生、发展和存在的逻辑，是不以人的意志为转移的。

在这一点上，申富学和韩敏菲这时候有了切身的体会。他们的感情在私下里发展得越热烈，在公开场合的言谈与举动，就越收敛、越谨慎。这几乎是出自一种本能，是连他们自己都没有想到的，所以他们也自嘲，我们怎么会这样？是不是很虚伪？

在单位里，两个人保持着正常的，甚至是严肃的上下级关系，公事公办，不苟言笑。韩敏菲在工作上，表现得更加积极主动，不仅出色地完成自己的起草任务，还乐于助人，只要同事们有需要，比如要她提供个资料、查阅个论据、完善个观点什么的，她都会毫不犹豫地予以帮助。她的人际关系越来越好。

申富学在家庭关系的处理上，也是越来越小心翼翼，"模范"得几乎无可挑剔。

钟楚楚生孩子以后，就不适合在打字室工作了，靠着他父亲的运作，到了办公厅的档案室。这是个体面悠闲的去处，女士特别多，她很快就有了自己的闺蜜，说说笑笑，吃吃喝喝，心情很好。他经常给申富学打电话，分配家务，他都是百依百顺。比如，那一天，她又打来电话，我们几个姐们儿晚上想到大排档去吃吃小龙虾，你想着接孩子。申富学心里想，我们单位你不是不知道，常常有急件，几乎就无法脱身，你却有闲心去吃大排档，岂有此理！但嘴上却赶紧应承道，好，没问题，祝你吃得开心。到了接孩子的时候，还有个需要他审定的打印件没有送来，他只好先把孩子接到机关，被韩敏菲看见，她说，我帮你带一会儿吧。他说，不用，你把小肖叫来，让她带。他觉得，小肖作为文秘科的资料员，是个有机动性的岗位，可以抽出身来。但这只是个表面上的原因，深层的原因，是他不想让孩子跟韩敏菲接近，因为孩子虽小，也开始有记忆了。钟楚楚被纵容，应酬也就多了起来，居然学会了喝酒，回来的时候，常常是满嘴酒气。她一见到申富学就眼睛发亮，老公，你辛苦了，快让我啵儿一个。啵儿，就是亲吻，申富学下意识地就躲闪，瞧你那满嘴的酒气，味儿不味儿？钟楚楚继续追赶，不成，味儿也要啵儿。被逼无奈，只好接受，一只醉舌竟顺势伸进，黏腻腻的，让申富学直犯恶心。他不禁推了她一下，却马上觉得不妥，赶紧笑着说道，你干吗喝那么多酒？我去给你放洗澡水，赶紧洗一洗，早点儿休息。这听上去是关心，实际上是遁词，他很怕她有进一步的动作。这种因新的感情而起的躲闪，在今后的日子里是经常出现的，但因为躲闪得合情合理，并没有让钟楚楚生疑，她甚至一点也没有察觉。虽然夫妻间的亲热依旧，但总有敷衍的成分，感情渐渐地变浅了。他也不觉得内疚，因为人的心只有一颗，他不能分开来投入。用韩敏菲的话说，在这一点上，连上帝都体贴，都不闻不问。

　　这期间，申富学的岳父检查出结肠上有肿物，医生说，切片显示，是良性的，可以保守治疗，也可以马上手术。因为他就钟楚楚一个子女，便邀他们两口子一起拿主意。钟楚楚和她母亲有些迟疑不定，但申富学断然说道，必须赶快做这个手术，因为爸爸现在还是壮年，身体素质好，康复能力强，如果拖到今后，年龄大了，免疫力低了，很可能会朝着不好的方面转化。申富学的态度，让他岳父很感动，心里说，在关键的时候，亲生儿子也不过如此，便大手一挥，就听富学的。申富学对岳母和钟楚楚说，我陪爸爸到医院去，你们娘儿俩和孩子就放心待在家里，静候佳音吧。手术很成功，岳父恢复得很快，欢欢喜喜地出院。在医院里，对岳父，申富学极为悉心地照顾，接屎接尿、擦身子、刮胡子，把病人伺候得妥妥帖帖。能起身落座之后，他每天都给岳父泡脚，说是泡脚可以增进血液循环，提高抵抗力。泡脚的时候，他的做法就很有深意了，他不仅给泡，还修，串着趾缝抠去陈泥，托着脚掌搓去脚垫，捏着脚跟刮去硬皮，然后就不紧不慢地按摩。岳父说，你这么一弄，我好像新生了一双脚，不仅脚底轻松，还带得全身同泰。嘿嘿，我说富学啊，你让我说什么才好啊。申富学笑着说，爸，您最好是什么也不说。他说的是真话，因为一个人的好，一旦说出来，好像就已经感激过了。不让他说出来，才有长久的温度，会让他念念不忘，总感到欠你的。

在一次家庭聚会上，他的岳父说，富学是个好爷们，他在工作上很上进，对待老人很孝顺，对待家庭很负责，可以说，是无所挑剔的。就拿他对家庭负责来说，我原来还有个偏见，认为像他这样的有学历、有才华，又有长相的人，心眼浮泛，是个让人不放心的小白脸儿，事实证明我错了。他为人朴实、自律、稳健，虽然工作在文秘科那样的小娘儿们扎堆的地方，但也没惹出什么风言风语。所以，我说钟楚楚（因为严肃，所以他没有叫她的小名——小楚），你以后多顾着点儿家，别找什么借口在外边放任。就你们档案室，我还不知道，就是照顾领导干部子女的地方，有什么脱不开身的？你多给他一些时间，让他专心工作。也别整天缠着他，只想着二人小天地，有出息的男人，哪儿有一个是拴在女人裤腰带上的？钟楚楚一撇嘴，爸，您说得可真难听，我又不是传统老妇女，怎么会把他拴在裤腰带上？不过，您说的我都记住了，您就放心吧。

这时，文秘科也有了一个小小的变动，副科长心气高，觉得在机关这样一个密闭的狭窄环境里，他无法闪转腾挪，便申请到基层去任职。领导同意了，就副科长的继任人选，征求申富学的意见。他沉吟半天，最后鼓起了最大的勇气推荐了韩敏菲。领导严肃地点点头，我看可以。

7

两个人在机关单位、家庭社会的优秀表现，在人们的眼里，几乎是完美无瑕的，不仅被家人赞誉，被领导重用，还得到了人们的普遍信任，这也就给他们的私人生活开创了自由的空间。谁会对完美无瑕的人产生怀疑？

于是，申富学和韩敏菲纵情地爱着，利用一切机会缠绵在一起。

由于不被怀疑，有的时候，他们在谨慎中，也会有一点小小的放肆。比如在午休的时候，在申富学的个人办公室里，他们偶尔也会搞一次深刻的叠加。比如岳父出差了，钟楚楚带孩子去母亲那儿陪夜，申富学也斗胆把韩敏菲带回家，在鸠占鹊巢的微微歉疚中颠鸾倒凤。这种小小的冒险，反而增强了他们的情爱烈度，他们几乎满脑子盘算的都是，什么时候能够在一起，想什么办法才能在一起。

由于相聚得太频繁，在周密的谋划中，也有等不及的慌不择路，所以，频出意外，这期间，韩敏菲三次怀孕。每一次，都是她微笑着自行处理，不给申富学增添一丝压力和忧烦。申富学当然惭愧，在韩敏菲面前做很深的自责。韩敏菲安慰说，你不必自责，因为我并不虚弱，我的力量是来自我所学的专业，西方女人普遍笃信基督，她们相信，伟大的爱情，都是来自对苦难的承担，她们都有飞蛾扑火的牺牲精神，所以才有了马斯洛娃、安娜·卡列尼娜和包法利夫人。只要你不欺骗，放心爱就是了。

奇怪的是，每一次流产，韩敏菲都会增添一分丰韵和白润。三次叠加，她腰窝深陷、臀瓣挺翘，走路摇曳多姿，风情万种。而她的面庞，光滑如水，粉白如凝脂，再微弱的光线只要一打在上面，也乍现出惊人的美艳。

面对丰韵而美艳的韩敏菲，申富学既陶醉又惆怅。

陶醉立现立逝，而惆怅却久久萦怀。因为他知道，对于女人来说，丰韵过后是枯萎，美艳过后是凋零。是他们特殊的感情，或者说是非分的欲望，让韩敏菲女性之美的峰值过早地来到了，那么，对即将来临的枯萎与凋零，谁来负责？依情理来说，当然要由你申富学来负责，但就眼下的现实处境来说，你拿什么来负责，你又能怎样来负责？

于是，再陶醉在韩敏菲丰韵而美艳的怀抱里的时候，他竟有了一丝不安，不安使他挑剔，她是不是有点儿太胖了？

同时他们也感到，这种强烈的情爱放纵，享受得久了，心理和身体竟都有些不请自来的疲惫。不知从什么时候开始，在一起的时候，喋喋不休的热话、荤话少了，多的是亲切的、日常的絮叨与对话。性爱过后，他们裸裎相对，也不再像以前那样坦然了，居然还有了一些不自在，甚至是淡淡的羞耻。

为什么会这样？

在一次相聚中，韩敏菲无意间说出的一句话，似乎可以作为答案。她说，我怎么总觉得我们的感情一直就在空中悬着，什么时候才能落地呢？落地之后，心里才踏实、才自在啊。

什么叫落地？说白了，再伟大的感情，也要降落凡尘，再惊世骇俗的爱情，也要有现实的回归。所谓现实的回归，不言而喻，不过是婚姻、家庭而已。韩敏菲本人并没有想到这层意思，她只是表达了一种久久萦怀的愁绪，既有落地的期冀，又不知道怎样才叫落地。然而申富学却产生了联想，她是不是对我有什么暗示？既然爱，为何不娶？

有一次，他试探道，敏菲，咱们在一起这么久了，你就没什么想法？韩敏菲很诧异，说道，我要是有什么想法，也就不会跟你这么鬼混了。他说，你怎么说得这么难听？韩敏菲笑笑说，这不叫难听，这叫理性，你想啊，一个面如桃花、心高气傲的大姑娘竟跟一个已婚男人整天床上床下的，还无欲无求、无怨无悔，你说不是鬼混是什么？呵呵，鬼，在这里不是贬义词，而是圣化，跟"神"是一个意思，呵呵。

经受苦难，还笑，这就让申富学更难以自容，他说，既然是这样，就更应该给你个交代，不能让你没完没了地受委屈，所以，我常常想，我是不是应该想办法娶了你？韩敏菲哼了一声，我看你是想多了，还有些一厢情愿，你怎么不问问我，是否愿意嫁给你？申富学吃了一惊，说，这我倒没想到，难道你还有别的想法？韩敏菲说，你已经把我逼上了绝路，我还能有什么别的想法？你也不想想，就你和我在单位、在家庭、在社会的现实表现，已经给我们自己做了一个大大的茧，而且是异常坚固、异常华丽的茧，我们已经没有出路了。看到申富学一脸的困惑，韩敏菲解释道，你看，就你在家庭里的处境，既是模范丈夫，又是孝顺女婿，一派完美和谐的婚姻景象，那么，你还有什么理由提离婚的事？你再看，我在单位里，给领导和同志们的印象是，韩敏菲这个人有水平、有品格、有情怀，作风正派、积极向上、爱岗敬业、勇于奉献，这样一个好女子、好干部，怎么会搞第三者插足的事？事实上，我们已深度地融入了社会，而不知不觉地远离了自我，也先入为主地维护了婚姻，而没心没肺地悬置了爱情。我们已经作茧自缚，别无选择。如果非破茧而出，你知道意味着什么？申富学急切地问，意味着什么？韩敏菲凄然一笑，说，其实你也是知道的，不过是没勇气说出口，那么我就直言不讳了——身败名裂那是自然的，不过，这也没什么可怕的，而最可怕的是，我们会被定格在"伪君子"的形象上。相信莫里哀的《伪君子》你是读过的，伪君子已被钉在了历史的耻辱柱上，那是千夫所指的对象，因为他伪善、卑劣而腐臭，什么人都可以唾、可以骂、可以斥责。就我的心性来说，这么不堪的境地，我怎么能受得了？所以，我们就这样得过且过地爱吧，虽然痛苦，虽然绝望，但还能够体面地生存，这就很不错了。

8

很不遂人意，韩敏菲第四次怀孕了。

处理之后，就恶露不止，很长时间都稀稀拉拉地排放污血，还伴随着难闻的味道。她没有抱怨，只是向申富学凄然一笑，说道，女人怎么这么麻烦？

申富学满脸羞愧，很想说一句对不起，但又觉得这一声对不起反而有轻薄的味道，便嗫嚅道，亲爱的，我会对你好的。

韩敏菲摇摇头，说，对我好，就是还让我这么跟你鬼混，然后怀孕、流产，再怀孕，再流产？我已经被你用旧了，没有新生能力了，如果再用，就会被用破了，整个人就废了。

这话说得太直接了，跟他京西老家的女人在此种情形下所说的话没什么两样，所以他隐隐地有些不快，鼓了鼓勇气说道，难道你后悔了？

我后悔？我从来就没有后悔过，以前不后悔，现在不后悔，今后也不会后悔，因为跟你之间的这份爱情，是真实的，也是心甘情愿的，我没有理由否定。但是，我们的确遇到了不得不面对的现实问题，作为女人，我不得不在现实的困境面前止步。伏尔泰说过，决定历史进程的往往不是道路，而是硌在脚心下的沙砾。

怎么才能止步？

很简单，离我远点儿。

怎么才能离得远点儿？

你从文秘科调离，到别处去任职，最好到基层去，那才有"远"的概念。

有这个必要吗？我们减少接触，保持身体距离也就罢了。

你也太天真了，爱是一种习惯，它有着很强的惯性，不遇到外力的阻挡，它是停不下来的。就我们自己而言，是靠相互的吸引走到一起的，爱情本身并没有出现问题，而我们又那么好色、好冲动，在文秘科这么封闭和狭小的空间内，即便我们再有理智，也是很难管束住自己的，肯定会时不时地、情不自禁地纠缠在一起，说不定就又会怀孕，说不定就会彻底败露，变得难以收拾了。所以，你必须调走，用时间和空间保全我们的爱情。

自己的调离，已被对方赋予了爱情的名义，申富学就再也没有选择的余地了。但他还是嘟囔了一句，我一直就在机关工作，而且一直是纸上谈兵，真的到了基层，恐怕是很难适应的。

韩敏菲妩媚的面容立刻就阴出水来，忍了忍，还是厉声说道，你的副科长就决然地到基层去了，难道你的能力、气度和魄力还不如他？你可别让我瞧不起你！

申富学大吃一惊，说道，你怎么这么不温柔了？韩敏菲摇头一笑，请问，你还让我怎么温柔？

2022年12月1—10日

京西昊天塔下石板宅

416

笃

定

鲁国庆长相好，眉清目秀，且肤白，腿长，腰杆笔挺，动作也灵活。打人前走过，立刻就被众目瞩望，都心中感叹，"瞧这人长的！"

　　鲁国庆的父亲叫鲁汉。别看名字朴野，人却长得很单薄，顾长的身材显得很文弱，丝毫也不挺拔，走起路来疲疲沓沓，像怜惜脚下。虽然也是眉清目秀，却让人发不出感叹，因为他不打眼。

　　鲁国庆美得张扬，鲁汉则隐忍。

　　鲁汉是新中国第一代建设者。艰苦的环境，火热的时代，进取的精神，朴素的感情，让他顺势而为，建功立业，贡献突出，刚二十三岁，就当了管农业的副县长。那一年鲁国庆也正好出生，建国十周年庆典日，他呱呱坠地，遂取名国庆。因为成长于一个特殊的年代，他所受的教育很不完备，正经课程没读过多少，勉强取得了一个初中学历。由于是干部子女，响应上山下乡的号召，到一个叫青土港（读"讲"）的村子插队。虽然衣着破旧，但不掩英俊，村里的大姑娘、小媳妇都喜欢他，时不时地跟他眉来眼去。胆子大一点的少女主动贴上来，他从来不为之所动，给人家的答复只有两个字："没戏。"

虽然不问情事，但却涨了他心中的行市，他很高傲，瞧不上周围的一切。因为他觉得，他不属于这里，便用当时的一个流行语形容自己：勉从虎穴暂栖身而已。

他虽然不跟这里的人打成一片，却跟这里的农事打成一片，他热爱劳动，什么脏活累活都干，从不挑剔。他跟人讲，我爹是分管农业的副县长，他的儿子也要有土地上的功夫，绝不能给他丢人现眼。于是他不光劳动好，还在这里上演过"且说英雄惊煞人"的壮剧——跳进洪水里救过人，冲进人群拦过惊马。为此，他的前额上被划了一个很大的口子，鲜血涌流，他笑一笑，抓起一块泥巴敷在上面。伤好了之后，留下了一道浅浅的疤痕，大姑娘、小媳妇很心疼，不由得议论，"真可惜了，破相了。"被他听见，他很潇洒地捋了一下覆额的头发，笑着说道："这有什么可惜？好面相就是预备着被破的。"女人们心中大热，觉得他是男人中的男人，虽然不属于自己，但能够远远地看着也是一份福气。

这一年，北京毛纺厂支农，给青土港送了一台手扶拖拉机。讨论由谁来驾驶的时候，村里一致推举鲁国庆。他们的理由很简单，因为农机在农村是稀罕物，是骏马之上的骏马，俗话说，好马要配好鞍，只有俊美的人才有资格驾驶。知道是这个理由让自己当上了农机手后，鲁国庆摇头一笑，"村里的人真操蛋，在他们的眼里，原来我不过是一具马鞍子，把高人拉矮了，喊。"

其实真正的原因，是他知青的身份。初中毕业的他在那个时候也是高才生了，有技术含量的活计他掌握得快。但村里人也不说破，怕他更加骄傲。

拖拉机配上犁铧就在田里耕种，配上挂斗就在马路上拉运。因为没有替身，他很忙，整天累得跟孙子似的。但拖拉机突突地冒着青烟，他的嘴角总是挂着得意的微笑，他觉得很风光。嫉妒他的村里后生就说："他有什么可美的？不过是一个三孙子。"这话更让他得意扬扬，他说，做爷爷的，哪个不美得跟孙子似的？那是长辈的特征，哈哈。

村里有个姑娘叫二美，一有机会就趋乎在他身边。二美壮实，近乎胖，但全身的曲线分明，大眼睛双眼皮，黑俊黑俊的，特别是两条粗黑的大辫子长及臀腰，能衬托她身子好看的扭动。这种逼人的青春之美不禁让他心动，他警惕起来，对她说："你少跟我趋乎，趋乎也没戏。"二美一撇嘴，"你不要多心，我趋乎的不是你，我趋乎的是拖拉机。"

二美告诉他，你总有打盹的时候，也总有错眼珠的时候，或者生病的时候，再说，你作为插队知青总有返城的时候。没了你，拖拉机照样要耕田，照样要跑路，得有个替换你的人。所以，趋乎你，是为了跟你学学手艺，时刻准备着。

"这是不是你爹的主意？"

"是又怎么着？"

"你爹可真有心计。"

"不然他怎么会当了村里的支部书记？"

二美的坦诚让他敬重，"既然这样，那你就趋乎吧。"

当农机手是个"甜活"，因为其中有"捎带脚"的好处。而拖拉机在那时的农村，又是最先进的生产工具，干部子女不驾驭，谁驾驭？鲁国庆聪明的本性让他懂得事理，乐得顺水推舟，而且他返城的时候，还要由支书做出鉴定，所以，这里有成全背后的成全。

嘿嘿，可以说，秀外慧中这样的词，就是用来形容鲁国庆的。

二美趋乎了一段时间之后就不满足于"趋乎"了，有一天，拖拉机刚在田垄上停下，她就一把将鲁国庆从机位上拽了下来，

"瞧我的。"

话音未落，拖拉机就开远了。

虽然是第一次操作，但拖拉机走得稳稳当当，犁痕笔直，毫不走样。

鲁国庆看呆了，这丫头！

当她把眼前的地块独立地犁完之后，很内行地把拖拉机停在了地头的硬实路面上，看着鲁国庆发笑。鲁国庆把水壶递给她，"喝水。"

咕咚，咕咚，她喝水的声音很大，像骄傲的音符。鲁国庆忍不住盯着她看，见到她饱满的胸脯不停地（甚至有点夸张）起伏，于是就很快收敛了目光，脸红了。

他一脸红，二美就不自在了，嘟囔了一句，"讨厌！"

后来，二人就一起在土地上耕田、播种，形影不离，已分不出是你趋乎我还是我趋乎你了。

二美的父亲爱喝酒，几根腌酸菜、几粒花生米，就是上好的下酒菜，能把酒喝得津津有味、啧啧有声。有一天，有个村民送给他一块熟食——酱猪头肉，二美给他切得不薄不厚、不大不小，放在盘子里显得异常精致。二美现在心情大好，干什么都讲究、要样。看着这一盘子精致的肉片，父亲对二美说："去，把那小子叫来，让他陪我喝几盅。"二美去叫鲁国庆，鲁国庆本能地推辞，"不去，不去，你爹表面是请我喝酒，其实是别有用心。""我看你是想多了。"二美瞪了他一眼，不耐烦地说，"我爹他弄了一块猪头肉，觉得这么好的下酒菜，一个人喝着没劲。"

"猪头肉？"鲁国庆眼睛亮了一下，"既然是这样，我去。"

年轻人胃里亏肉，一听到"肉"字，舌头就不停地吧唧。

一老一少为了一盘子猪头肉，不停地推杯换盏，感情渐渐地热络，醉意渐渐地深厚。鲁国庆用醉眼望了一下身边的二美，忍不住在心里惊叹了一下：这个二美脸子真是黑，但也真是好看，难怪乡下有"黑俊"一说。所谓黑俊，就是美在俗与不俗之间。那么，就不一般了。

这一望，时间有点儿长，二美被望得有些不自在，跺了一下脚，转身走了。眼前没有了实物，熏然的陶醉就没有了附着，鲁国庆的心就有些空落，"没劲。"

他居然有了惆怅的感觉。

一天，他要翻耕一块玉米地，由于地块广阔，二美争抢着坐到机位上。笔直地犁上几垄之后，拖拉机突然就摇晃起来，犁得轮下的土地一片凌乱。鲁国庆大喊："停，停。"

他跑上前去，斥责道："你究竟会不会开拖拉机？"

二妹凄然一笑，把整个身子佝偻下去，最后干脆蹲在了地上。"我肚子疼。"

"怎么个疼法？"

"绞痛，肚子里像有好几把刀子在不停地搅。"

再看她的脸色，素日的紫红，现在是一片惨白，豆大的汗珠咕噜咕噜地向下滚。

鲁国庆赶紧把拖拉机开到地头，换上挂斗，拉着二美去公社卫生院。紧急地检查一番之后，医生说，她得的是急性阑尾炎，要赶紧做手术，虽然是个小手术，但院里的医生做不了，要转到县医院去。

鲁国庆二话没说，急火火地把二美抱到拖拉机上，踩大油门往前开。

虽然拖拉机的突突声很洪亮，但也掩不住二美的呻吟，她凄惨地号叫着，很折磨人。他很想呵斥，叫她忍一忍。但他又说不出口，什么人才可以被呵斥？关系最亲近的人。

听着这不能被喝止的叫声，他既心疼又心烦。奇怪的是，到了县医院门口，心中却只剩下心疼了。他抱起她，拼命地往他母亲所在的诊室跑。见了母亲，他急切地说："快给她开刀，她快死了！"

母亲正是诊室的外科医生，对儿子抱来的女子很是上心，二话不说，亲自操刀。手术完毕，母亲对他说："再晚一会儿，她就胃穿孔了，就有生命危险了。"听了母亲的话，他的眼泪居然喷涌而出，母亲见状，不禁摇了摇头。

他去病房看她，躺在病床上的二美立刻就要挺身而起，他赶紧制止，"不许动，别崩了刀口。"二美虽听话地躺平了身子，但双手却向空中抓挠，她乞求他的手。手一旦被她抓住，指甲居然狠狠地往肉里掐，好像抓牢了最后一根救命的稻草。她嘤嘤地哭起来，弄得他心里很乱，虽然指甲深深地掐在肉里，也不感觉疼。

二美虽住在医院里，但她的家里却没人来探望，鲁国庆只好尽照顾之责。照顾之中，有不可近之近，弄得一对男女，有了一种不请自来、莫名其妙的温厚。病愈出院之后，二美在家里静养，鲁国庆总想去探望。每次去探望，二美的父亲都会弄两个猪头肉类的下酒菜留他喝酒。到了后来，二美的父母总是用飘浮的、意味深长的眼光看他，原来的热络话、客气话也有了别有用心的味道。一旦察觉，鲁国庆就不舒服了，怎么我一个救人的人，反倒有了一种不名誉的歉疚，这是什么道理？

所以，二美重归田亩的时候，鲁国庆对她很冷，甚至整天都不跟她说句话。沉闷让女子难以承受，有一天，二美朝空蒙里大喊，惹得树鹊纷飞，农人耸耳，那边儿是怎么了？鲁国庆赶紧制止，"你疯了，就不怕招人猜疑？"

二美说："我就是疯了。"

"好好的，怎么就疯了？"

"还不是你害的。"

"我一个救人的人，怎么倒成了害人的人了，你还讲理不讲理？"

"你虽然救了我的命，却勾去了我的魂，你就是一个害人精。"

"既然这样，我不能再理你了。"

"你必须理我，不然你就解释不清楚了。"

"为什么？"

"你要是不理我，我就跳河、上吊、喝农药，把你救的命还给你。"

"天啊，我怎么这么倒霉？"

鲁国庆知道，二美所说的"理"，不简单是搭理的"理"，而是亲和、亲近、亲热的意思，说白了，就是接受她，跟她处对象，以至于发展到最终的迎娶。

虽然一个"抢救"的过程，让他与二美之间有了温厚的东西，但离他心中的爱情毕竟是远些，他很困惑，或者说是很不甘心，便回家跟父母讨主意。母亲说："这个女孩我不反感，她给我的印象是朴实又结实，人长得又不丑，能搁在咱们家里。"鲁国庆说："你这是典型的医生心理，只要是让你动过刀的，你都怜惜。"母亲蛾眉一耸，"你这叫怎么说话呢，我虽然是医生，更是母亲，知道她那样的女孩心地笃实，能一心一意跟你过日子，旺夫。"鲁国庆说："这我就更不同意了，因为你把她当成了风水，而一个男人，如果日子靠女人来旺，他还算什么男人？"母亲蛾眉又耸动了一下，不说话了。但就是这一耸动，让鲁国庆心里软了一下，因为二美眉头耸动的样子，跟母亲极其相似。

见二人冷场，在一边看报的父亲鲁汉插上话来，"依我看，那个女孩已经盯上了你，大有非你不嫁的阵势，那么，你就要小心了，别给我弄出个政治事件来。我可不是危言耸听，你想啊，你到农村去，是在接受贫下中农再教育，是让你成为根正苗红的接班人，你却嫌弃农村姑娘，弄了一个始乱终弃，还不成了县里的反面典型？你这让我一个堂堂县长的老脸往哪儿搁？"鲁国庆说："始乱终弃？你这是瞎说，我什么时候乱过？"鲁汉说："乱不乱你说了不算，得由贫下中农说。"父亲的话让他无法辩驳，因为这是时下不容置疑的社会伦理，便不免有些恼，恨恨地说："我要纠正一下，你不是县长，是副县长。"鲁汉哈哈一笑，"瞧你那点格局，在贫下中农眼里，正县长和副县长是没有区别的，都是县长。"

回到村里，他没好气地对二美说："祝贺你，你得逞了。"

"这不叫得逞，这叫感恩。"二美脸上竟然没有喜色，很凝重地说，"我的命是你和你妈救的，我便只能到你们府上去，给你们当牛做马，不然我一辈子都不会安生。"

二美说得这么质朴，有以身相报的味道，他便顿然觉得她很可怜。一遇到可怜的东西，他的高傲就无处扎根了，进而觉得自己也很可怜。他忍不住把她拥进怀里，"别说了。"

乡下的知青开始回城。一天晚上，他对二美的父亲说："支书，请你把我的返程鉴定写一下，这关系到我今后的前途。"二美的父亲木然地说道："不急。"鲁国庆一愣，"难道我表现得还不够好？"支书勉强地笑笑，"好，很好，好得不能再好，但是……"他一边说着，一边拉开家里三屉桌的抽屉，拿出村里的大印，在手里摆弄着，"把这个木头疙瘩往纸上戳一下子还不容易？但我说了不算数，要看你自己，看你能不能自己把它戳上去。"鲁国庆问："我怎么才能把它戳上去？"支书说："那还不好办？走之前，你先跟我闺女把婚事办了。"

鲁国庆哭笑不得，摇头说道："你老这是母主意（愚蠢），你想啊，我一旦先跟你闺女把婚事办了，那你做的鉴定就不算数了，因为我是支书的女婿，你再说我好，岂不就有了以权谋私的嫌疑？这样一来，不仅毁了我，也毁了你自己。"

"你小子说的还真是那么回事儿。"支书一愣，"那么，你说该怎么办？"

二美就坐在边上，此时也向鲁国庆送来期盼的目光。他心中一急，计上心来，"我看，这也好办——这回，你的木疙瘩要戳上两下了，一下戳在我的返程鉴定上，一下戳在我和你闺女的结婚介绍信上。我先交上返程鉴定，等工作安置好了，再拿着结婚介绍信去把结婚证领了，岂不是两全其美？嘻嘻。"

二美的父亲急了，"这可不成，中途你要是变卦了怎么办？结婚介绍信上虽然盖着戳子，也挡不住你撕。"

"你说的也对，我还真不敢保证我不会变卦，嘻嘻。"鲁国庆猛地收敛了笑容，很阴沉地说道，"为了自己的闺女，难道你连这么一点儿险都不敢冒？你可别让我看不起你！"

"这……"支书求救一般地看向自己的闺女。

二美沉吟了片刻，解开了脖子下的一粒纽扣，舒缓了一下紧张的心情，"爹，听我的，咱们信他一回。"

别看二美脸子又红又黑，颈窝却那么莹白，泛着圣洁而华丽的光芒。惊奇之下，鲁国庆放肆地欣赏着，"你们会看到，我是值得你们信任的。"他说。

鉴定写得好（他本身就好嘛），鲁国庆被安置到县城所在地的城关公社，当了机关干部。公社书记看他长得眉清目秀，一表人才，很是稀罕，再加上他开过拖拉机，便安排他当了自己的专职司机。鲁国庆说："书记，您错爱了，我开的是拖拉机不是汽车，给您当不了司机。"书记说："错不了，我的专车也是拖拉机，只不过是三个轱辘，上边还扣了个篷子，俗称三蹦子。因为烧的也是柴油，一开快了就突突的，声音很大，哈哈。"

鲁国庆内心欢悦起来，因为他感到，公社领导也很质朴，不贪图享受，身姿放得很低。便也随着书记放声大笑，笑过，趁着热乎劲，他对书记说："请您准我两天假，我再回青土港一趟。"

"去干什么？"

"去完婚。"

书记一愣，问道："就是说你从当地给自己找了一房农村媳妇？"

"是的。"他不假思索地回答道。

书记严肃起来，继续问道："你父亲知道不知道？"

"我父亲知道，他不仅不反对，还支持。"

"那么好，既然连鲁县长都支持，我还有什么说的，更支持。"书记意味深长地笑笑，"你回村里之后，不要急着回来，不仅要把婚事好好办办，还要跟媳妇好好亲热亲热，嘿嘿……"

书记的态度，让他感觉到，父亲虽然一贯低调隐忍，却有不可隐忍的力量。

到了青土港，天色已晚。夜幕厚重，压弯了村树，呈现出一片低矮的景象。在村口的矮树下，有个更矮的人影，那是二美。

"你怎么知道我今晚会回来？"

"自打你走了之后，一到晚上，我就站在这里。"

毕竟还年轻，心中没有被沧桑覆盖的坚硬，鲁国庆承受不住这决绝的等，他动情地叫了一声"二美"，便伸开双臂，快速地把胸怀送了上去。这一刻，他真的爱了。

被拥进怀里的二美，嘴里竟响起牙齿强烈的叩击声，得得，得得。那是惊惧过后下意识的释放，全因为一个不敢确定的信任。鲁国庆低声说："你要是这样，还不如哭出来。"二美从叩击的牙缝中挤出一个清晰的声音，"我就不哭。"

两人紧紧地抱在一起，久久也不作声。

鲁国庆闻到了雪花膏的清香，很好闻。他的呼吸突然急促起来，"二美，你摸摸，我的心怎么跳得这么厉害？"

二美伸出手来。不过，她不是去摸，而是把鲁国庆的手拉向自己，居然从领口拉进自己的胸怀，"你看看，看谁的心跳得更厉害。"

鲁国庆的手像被油烫了一样，本能地缩了回来。二美可不答应，又不容分说地把它拽了进去。手触看（摸）到的地方，庞大、细腻、饱满、结实，又坚挺，有金子一般的质地。手的主人被空前地震撼，惊惧地躲闪了一番之后，便贪婪地游走了起来。

二美颤抖着，身子不停地往下矮。怕自己被矮没了，她拼命向上挺了一下，把双手摞在男人的脖子上。"这样，我就放心了。"她脱口说道。

第二天他们就到公社扯了结婚证。不声不响地在一起住了两天之后，第三天一早，天刚蒙蒙亮，他就向村口走去。

村口居然黑压压地站着一群人，都是村里的大姑娘和小媳妇。她们挡住了他的去路，一起忧愤地看着他。"你们这是什么意思？"

一个曾经趋乎过他的女子站出来说道："你就这么走了？"

"我不这样走，还怎么走？"

"你必须给我们一个交代。"

"凭什么要给你们一个交代？"鲁国庆嘻嘻一笑，调侃道，"就因为你们都趋乎过我，而我一概拒绝，你们就对我有私怨，想难为难为我？可是我跟你们之间，清清楚楚、清清白白，不亏心、不该欠，你们拿我没办法。"

"你都下架了，还这么高傲，真是没皮没脸！"那个女子语锋凌厉，还带着讥讽的笑，她说，"我们虽然趋乎过你，但也没有私怨，因为我们知道自己配不上你，就没那么大的想念。没有过多想念的人，就不会有怨恨，所以你想错了。嘻嘻，可是你究竟是被拿下了，我们也就乐了，你到底是我们青土港的蚂蚱了，没跑到别的田地里去，嘻嘻。"

"拿下我的是二美，又不是你，你美什么美？"

"拿下你的是二美，这没错，但二美她代表的是谁？是我们青土港的大姑娘、小媳妇和全体妇女。所以我们要站出来给她撑腰，让你给她一个明确的交代。"

"我们结婚证也领了，婚也结了，已经给了她一个明确的交代。"

"你们不声不响、不明不白地在一个土炕上睡了两宿，就算交代了？屁，你必须给她置办一个像样的婚礼，在村街上摆上桌凳，让村里每个人都喝上你们的喜酒，嘻嘻。"

"哼，你们这是封建陋习。"

"甭废话，这是山里的规矩。"

"二美他爹都没给我立规矩，你们干吗多此一举？"

"支书他有顾虑，他老实巴交的一辈子了，他不想招来闲言碎语。但是我们可管不了那么多，我们代表的是村里的民意。"

"可我事先没有准备，烟酒茶糖、荤素吃食，我来不及操办。"

"这不用你操心，我们姐妹给你凑，姐妹们，你们说是不是？"

"是！"大姑娘、小媳妇齐声应承。声音虽然果断而响亮，眼神却都朝空蒙里瞭望，好像眼前没有他鲁国庆这个人，与天地伦理相比，他虽然有一副好皮囊，但什么也不是。

村街里喜气一片，大家都纵情地闹酒。那群大姑娘、小媳妇也端起酒杯——大呼小叫，夸张地说话；推杯换盏，放浪地嬉笑。

一个女子举着满满的一杯酒，晃动着身子来到鲁国庆身边，"姓鲁的，给你道喜，敬你一杯。"没等鲁国庆接话，她兀自把那杯酒一仰而尽，"不行，喝多了。"一边说着，一边在鲁国庆的脸上狠狠地拧了一下。然后，扭身而去，送来变了调的笑声。另一个女子也举杯而来，也是一个腔调，"姓鲁的，给你道喜，敬你一杯。"也是以喝多了为借口，在他的脸上狠狠地拧了一下。第三个、第四个……女子们接踵而来，如法炮制。鲁国庆当然知道她们的来意，当然要躲闪，但是，后来的女子说："你要一碗水端平，她们能拧得，我怎么就不能拧？小心我喊叫，说你对我无礼，嘻嘻。"

鲁国庆只好任由她们拧。

这是一种甜蜜的复仇，因为她们的未来没有了多余的道路。

鲁国庆的脸被拧得一片斑驳，有不可遮掩的肥厚的红肿。

欢场散去，回归床帏，二美用沾了清水的湿毛巾给鲁国庆冷敷脸面，心疼地说："让你受苦了。"

鲁国庆凄然一笑，反问道："什么叫苦？"

"我也不知道。"二美回答之后，突然委屈起来，愤愤地说道，"我只知道，你终于是我的男人了，我的男人，她们凭什么拧？你且记住，我饶不了她们！"

"既然是这样，我就不急着走了，多跟你住上几天，好让你消消心中的火气，哈哈……"

二美满心温柔，嘴上却不客气地说道："你甭要贫嘴，还不赶紧把灯关了。"

2023年4月23日

京西昊天塔下石板宅

431

文
玩

1

这是京西的一个山间盆地，很小。背后的山峦分两半，西南的叫笔架山，西北的叫睡女峰，都是想象的产物。

笔架山，当然是笔架的形状；睡女峰，则是仰卧的样子，平坦的肚腹延伸处，立刻就有胸脯状的凸起，也就有了性别。

盆地在两山的衔接处，因而叫夹户屯。屯里有三二十户人家，散落分布，均是石墙立屋，石板盖顶，掩隐在绿树之中。如果没有鸡叫、狗吠、猪哼哼，真看不出这里还有人家。

屯西口有个大土丘，上边长着棵大核桃树，果实在当地叫麻核桃。核桃表皮多皱，坚硬，如果吃里边的果肉，得施以斧头、锤子的重击。砸开之后，果肉破碎，需一点点捡起来，撮在手心，拿舌头去舔。味道真是香啊，咂咂嘴，有萦绕不去的回甘。

这样的果实虽然香，但摄取艰难，便不宜吃，宜作文玩。一对麻核桃握于掌中，摩擦与揉，用于舒筋活血，防止中风。揉摩久了，核桃的麻面变得光滑黑亮，像眼眸，像卵蛋，也像神物，有神秘之象、贵重之象。

先是城里人来找寻，因为城里人吃大鱼大肉，善膏腴，血脂高、硬化重，便特别需要文玩，把血瘀、动脉斑块驱散于揉捏之间。后来本地人也依样学样，握两颗麻核桃弄出稀里哗啦的声响，贫穷着也奢侈着。麻核桃的身价便大增，一对麻核桃，起初是三五块，之后是三五十块，到了眼前，已是三五百块了。

市值能改变人的意识。

刘记本是这棵大核桃树的主人，原来他一直不把它当回事儿，走过的人谁愿意摘两颗就摘两颗，还无须言谢。后来就不成了，他用铁丝网把树围了起来，按市价收钱。

高价核桃使夹户屯一举成名。

一天，来了三个人。

是两男一女。一个矮瘦，一个胖大，那个女的，身材高挑，白白净净、娉娉婷婷。

他们围着大核桃树指指画画、嘀嘀咕咕，面部表情均很庄肃。

刘记本见状，赶紧趋向前来，"怎么，你们也要弄几对文玩？"

他现在已经很雅致了，麻核桃这样的字眼他已经说不出口了。

那个胖大的男人龇了龇白牙，说："没那个雅好。"

"那你们为什么而来？"

"为了这棵树。"

刘记本心中一惊，"怎么，要砍？"

"那么你说说，为什么要砍？"

"见钱眼红，仇富呗。"

女子吐了吐鲜红的舌头，嘻嘻地笑了起来。

这样的笑，让刘记本心惊肉跳，他连忙说："这可是英雄树，我爷爷的血就洒在这棵大核桃树下。"

那个矮瘦的男人趋近了他，微笑着说道："那么，你就是刘本正的长孙刘记本了？"

"你怎么知道我？"

那个女子抢先回答道："这位是史志专家张文韬，那位胖高个子的是我们领导、区史志办主任谢民庆，我是史志办的干部于娜，嘻嘻，我们就是为你爷爷刘本正烈士而来。"

"来干什么？"

"来踏勘一下，想给他树碑立传、建一座小型纪念馆。"

刘记本不仅放心了，还立刻就兴奋起来，"那我的麻核桃就更值钱了，嘻嘻。"

"可悲啊，可悲。"谢民庆倒背着手，大声地感叹。

张文韬围着大核桃树转了一遭。由于倒背双手，让人看到，他的背有点儿驼。

因而刘记本望着他傻笑。

张文韬知道他是在笑自己，正色道："你表面上是在卖文玩，其实你是在卖英雄的血，你爷爷要是地下有知，他会扇你俩二帖子（耳光）。"

刘记本说："你这是胡说，明明是麻核桃，怎么会是英雄的血。"

"你爷爷是不是牺牲在这棵树下？"

"不假。"

"那么，他的血是不是也就流在这里？"

"那当然。"

"那岂不是在卖血？"

"我可不这样想。"

刘记本的爷爷叫刘本正，当时是夹户屯的支部书记，日本人扫荡到这里，在村里人的保护下，他逃出了包围圈。日本人就把全村人集合在大核桃树下，架起了机枪，说，如果刘本正不回来就范，他们就屠村。天黑了，日本人烧起了松明火把，燃烧的声音噼噼啪啪，很像连续的枪声。然而村里人沉默着，眼神空洞，他们不惧怕，也不抱希望。

后半夜，正当日本人失去耐心，准备动作的时候，从笔架山的山梁上走下来一个人，正是刘本正。他腰板挺直，步伐沉稳，踏在石凸、石凹上，也如履平地。

他径直走向日本人，笑着说，我来了。

日本人的头目也一笑，朝人群挥挥手，他地来了，你们地可以去了。

日本人要把刘本正捆到大核桃树上。他说，既然我自己来，何须再捆？简直是脱了裤子放屁，多费一道手。

日本头目说，我捆的不是你地身体，而是你地灵魂，不能让你地就这样轻松地来去。

日本头目知道，面对这样视死如归的人物，劝降、收买均无济于事，不必废话，便挥挥手，开枪地干活。

一阵机枪扫射，就把刘本正打破碎了。

鲜血迸射，落在土地上就立刻变得无影无踪。

然而山环里有哭声，且此起彼伏。日本人朝哭声响起的地方放了一排空枪，怏怏而去。

刘记本的名字是他父亲给起的，用意是让他记住爷爷。起初他还有"记"的意识，时间久了，就淡化了，以至于不会再有麻核桃树与爷爷的血的联想，麻核桃就是麻核桃嘛。

2

史志办的三个人经过一番踏勘，形成了一个共识：这棵麻核桃树已成为革命文物，是英雄地标，没有必要再行立碑。只需在大树上嵌一块标牌，上写"刘本正烈士殉难处"或"刘本正烈士就义处"就行了。活树毕竟比冷碑更有温度，更能深入人心。而且活化石承载着历史的记忆，立一块石碑，不过是后人制造的记忆，让人顿感隔膜。他们所需要做的，是精心建一座纪念馆。而麻核桃树的东侧，正有一块平地，可作为纪念馆的地基。它背靠睡女峰。睡女峰是母性的象征，也正好赋予它另一种意义，即缅怀先烈，孕育新生，代代相传，不忘初心。

三个人齐声说："这很好。"

俗话说，白露的核桃，立冬的菜（白菜）。纪念馆如果现在施工，到大地封冻，满打满算，也就两个月的工期。

张文韬认为，纪念馆是永久性建筑，是百年大计，要保证质量，需从容施工，放到明年开春施工也不迟。于娜也是这个意思，她说："明年开春施工，到党的生日来临之前竣工，正好赶上正经的节庆活动，纪念馆的剪彩也就隆重了，岂不更有意义？"谢民庆阴着脸想了片刻，摇摇头，"你们俩是我的老下属，也就实不相瞒——我明年三月退休，再后，就是别人的业绩了，所以，必须在我退休前完成这项工作，这样一来，我这个史志办主任，不，还有我个人的人生追求，就会画上一个最完美的句号，岂不快哉。"

张文韬和于娜已跟随谢民庆十余年，对他的为人处世了如指掌。一个史志办主任的职位，不过是个被边缘化的小官，但他有担当、有情怀，总是要求自己和下属，可以不当大官，但是不能不干大事，而且要在寂寞无闻中多干实事。于是，修了两千万字的革命史（党史）和地方志，可以说是超负荷地工作了。组织部门的领导曾经试探过他，难道你还有别的什么想法？他回答道，无他，只是有瘾。这个回答也让区主要领导大为感动，指示区委组织部、宣传部、民政局和财政局等相关部门，只要他想干事，你们就大力支持，要什么就给什么。这么一个没有个人野心而只想干事的领导，他们真心敬佩，也无条件地服从，那么，也就别再说什么，配合他把这个"句号"画好吧。

谢民庆找到财政局局长，做了汇报。财政局局长说，这不过是个小型纪念馆，也花不了几个钱，我支持。他又找到了建委主任，说："我们史志办负责展陈设计，你们建委负责纪念馆的建筑施工，咱们合作一把，好不好？哦对了，财政局那边我已经说好了，不用你犯难。"建委主任哈哈大笑，"横竖没几个钱，即便是我们建委白给你建也义不容辞，眼下，像你谢大主任这样的人不多了，我有自知之明。"

接下来，谢民庆负责展陈的整体策划，展陈设计的文案工作则交给了张文韬。

张文韬是个生活的极简主义者，他的住房有宿舍性质，标准的蜗居。但卧室、客厅，甚至包括厨房、卫生间，都被他塞满了书，留给生活的空间便极其有限，几乎是仅够容膝。书架之外是书垛，层层叠叠，翻检不易。但是，只要你说出书名，他总能从被覆盖、遮掩之处迅速找出，让人惊讶不已，觉得他真是个读书种子，一如劲草，地表之乱，乱不了他捕捉阳光的意志。他总能向上生长，且钻隙而出，站在明处。

他肚里装的书的确多，几乎是无所不包。

中国的古典名著，只要你说出篇目，他都能给你叙述出大致的概要；古典诗词的名篇佳构，只要你说出题目，他都能倒背如流；历史方志，只要你点出方向，他都能给你做一番清晰的勾勒；地理名胜，只要你有所问询，他都能给你做一番泾渭分明的描绘；文献典籍，只要你有所借用，他都能给你提供有关的影印、图像、版本、考据、索引。

张文韬的渊博，源于他的家学根脉。他的祖父和父亲，就好读，敬惜字纸。他的父亲，虽是工人，却喜钻研学问，遇到好的诗文，不仅研习，还恭恭敬敬地抄在本子上。他父亲留下的笔记，就有数十本。本子上的字迹，差不多都是小楷，很见功底。张文韬参加工作后，也是工人，他父亲先就开导他，做工人不意味着就远离学问，要学会用书香修身养性，以便活得超逸脱俗。他听父言，勤于阅读。但父亲还嫌不足，告诉他，书要能真正读懂，并且装进肚里，就要勤于抄，不仅摘句，要抄全文，且要用小楷，做到一丝不苟（后来张文韬成了书法家，入了北京书协，问他如何学书，他说，无他，抄书使然）。所以，张文韬与乃父一样，也留下了很多抄本。娶妻生子后，家里的这个气氛，也感染了母子，一家人都手不释卷。他的儿子刚小学毕业，就把成人需要研修的古典文学必读书悉数读完。他的妻子，因饱读诗书，悟性突出，从售货员的岗位被上调到公司党委宣传部，搞文案，做电视节目。他们家可谓是真正的书香门第。

张文韬由于满腹书香，写了大量的文史小品，除了在各大报刊发表之外，还在他所在的厂报上以专栏的形式经年连载，大光版面，他的读者可谓夥矣。这些文章应读者要求结集出版，名为《闻喜斋随笔》《闻喜斋续笔》，而且每篇文章之后，他都自绘一张插画，与文字相映成辉。读者都惊叹，他一个搞文字的，怎么画也画得这么好？

上世纪末，张文韬所在的企业进行改革，搞"一刀切"，四十五岁以上的职工都被分流。或买断工龄，提前退休；或自谋出路，实行转岗。恰在此时，区史志办扩编，由于相知，谢民庆突破种种阻力，把他顺势调来。

到了史志办之后，他真正进入了人尽其才、如鱼得水之境。

首先是谢民庆把他们俩的关系定位在兄弟、同道、知己的层面上，而不是世俗意义上的上下级——领导与被领导的关系，让他享受到被尊重的美好，做到尽展欢颜、知无不言。其次是给予他充分的信任和自由施展的空间，放手让他在自己最擅长的领域施展才华。他也珍惜天时，十几年来，兢兢业业，任劳任怨，埋头苦干，勠力而为——

譬如，他有很强的文献意识、档案意识，参加工作以来，积累了大量的历史文献和史地资料，包括文本、图像、原件，堪称是地区历史文化的私人资料库、档案馆。在市场经济条件下的今天，这些稀有资源，绝对是自己获利的独特资本。但是，在地区文化研究、英烈人物事迹挖掘等方面，只要是需要，只要是他有，他都会毫不犹豫地贡献出来，供有关单位无偿使用。即便是他个人的研究成果、文章著述，只要是别人想借鉴、引用，不管告知与否，他都慨然应允，决不计较所谓的版权与稿酬。许多人说他傻，说他不会经营，他却说，私人收藏如果不被利用，会烂掉；个人智识如果不发挥现实效应，会胎死腹中——只要被运用，就实现了我的个人价值，我深感欣慰和快乐。

因为他的文献意识、档案意识，他到史志办以后，特别注意信息、资料和文献的收集、存储和积累，详细编制了全区历年的大事记，建立了活动图像电子文库，责编印制了《地区改革开放四十周年图志》，使地区的发展历程有据可查，为今后正规志书的撰写提供了原汁原味的一手资料，被推崇为区内首席文献专家、史志专家。

既然谢民庆主任想要画好他履职的最后一个"句号"，张文韬便陡升豪迈，他觉得自己必须使出浑身解数玉成此事。这既是忠于事，也是报答知遇之恩。关键时刻不能尽显身手，我还是张文韬吗？

3

张文韬开始撰写文案。

他遍查了县志、地方英烈档案，但所获得的刘本正的事迹资料和信息却极其有限，最为遗憾的是，烈士生前居然没有留下一张个人照，形象展示就成了问题。

他只身再去夹户屯，跟刘记本住在一起。

近距离接触后，他发现刘记本面貌丑陋、身形猥琐，最可笑的是，他居然也是个驼背，而且比自己还要驼得厉害，可谓是驼上加驼。本来是想用他做模板，还原他爷爷的形象，这样一来，还怎么还原？

张文韬有些失望，不停地咂舌。

"你对你的爷爷有没有印象？"他问。

"当然有印象，因为我是他的大孙子。"刘记本说。

"即便你是他的大孙子，他牺牲的时候，你也还没出生呢，哪里会有印象？"

"但我爹是他的大儿子，他对我爷爷有印象。"

"你爹有印象不代表你也有印象。"

"这你就有所不知了。"刘记本鄙夷地看一眼张文韬，解释道，"在我们夹户屯有个风俗，就是家传老大，爷爷传给老大，就是我爹，我爹传给老大，就是我了。我爹总是在我耳边絮叨我爷爷长什么样，我爷爷的样子就活在我的眼前了，嘻嘻。"

"那么，你爷爷到底长什么样？"

"嘻嘻，你看看我，就知道我爷爷长什么样了。你要是不相信，就去问问村里的老人，他们准会对你说，我和我爷爷就像一个模子里刻出来的一样。"

"那就不符合逻辑了。"张文韬很困惑，"人们叙述你爷爷走向日本人的时候，可是腰板挺直，步伐沉稳，踏在石凸、石凹上，也如履平地。他既然是个驼子，怎么会'腰板挺直'？"

"那是他心情沉重，被压力压直的。嘻嘻，你没听说，我们这个地界有句歇后语，叫作'碾盘上躺着个驼子——碌子一过就直了'。嘻嘻，那是不得已的直。"

张文韬觉得这多少有一些道理，嘴上却打趣道："你这是谬论。"

刘记本也打趣道："在我们山里，除了牛粪、羊粪、猪粪、鸡粪和大粪之外，遍地都是谬论，信不信由你。"

他们是站在刘记本的屋地上说这番话的，这时，他的老婆从外边走进来，瞪了他一眼，愤愤地说了一句，"贵客进门，你也不让座，瞧你那点德行！"随着这一声呵斥，刘记本激灵一下，身子往上一挺，腰居然就直了，"嘻嘻，张领导，你请坐。"

这倏忽间的变化，被张文韬捕捉到了，他心中一动，看来，在大地之上，每束阳光都有照耀的理由，由不得你想当然地臧否。

落座之后，刘记本的老婆给客人沏茶。她从墙柜里翻出一罐自己舍不得喝的好茶，放在茶吊子里，用沸水冲泡。一系列动作，热情得有些笨拙。好像她也感受到这一点，羞得满脸通红。这让张文韬看到，她皮肤很好，容貌也很好，放在村里，肯定是个漂亮人儿。

沏过茶，女人对张文韬说："领导，你们慢慢喝，我去摘些丝瓜、豆角，顺便拧一只葫芦，凑几道菜。"

望着她的背影，张文韬觉得她很有型，情不自禁地说："你夫人长得不错，看来你很有福气。"

刘记本得意得有些脸红，"嘻嘻，歪打正着。"

"怎么个歪打正着？"张文韬问。

刘记本叙述道——

是男人就喜欢好看的女人。张玉兰在村里数一数二的好看，我自然就动了心思，就去死缠烂打。最后居然就弄到手了，岂不是歪打正着？也赖这女子单纯，对我们家的长辈尊重。我爷爷是烈士，我爹根正苗红，也当了支部书记，那天他带着村民扎沟垫地垒堰田，赶上山体塌方，他为了保护身边人，被砸死了，也就成了烈士。烈士加烈士，就让这女子的心酥了，她对我说，嫁你就嫁你吧，好女人不看面相，更重品行和家风。跟了我之后，起初她对我百依百顺，也贤惠体贴，到了后来就不成了，她嫌我不要求进步，也不积极争取加入组织，还好吃懒做，整天在麻核桃树下乱转悠，挣些黑心钱，毫无英烈之后的样子。便对我吆五喝六、指手画脚，不仅原来的柔顺跑得没了身影，而且对我一点也不尊重。不尊重也就算了，到了晚上，还不让我近身，让我当活光棍。你看她都那么大岁数了，还风骚得跟个大姑娘似的，为什么？都是不尽妇道，闲的。

"闲的"一词，让张文韬感到有意思，不禁往深里回味了一下。这一回味，让他觉得特别可笑，就笑喷了。茶水喷出，口腔空荡，新鲜空气就钻隙而入，他闻到了一股馊味。"你的茶是不是变味了？"

刘记本咂了咂自己杯中的茶，"真是他妈的馊了。"他恨恨地说，"这老娘儿们，有好茶叶也舍不得让我喝，说是留到关键时候拿给客人们喝。你倒是留啊，留到最后，发霉变味，谁他妈的也甭喝了，呸，厌气！"

张文韬知道，所谓"厌气"，是当地土语，系献媚、下贱的意思。而且，刘记本所说的"厌气"，还有引申的意思，是指他的夫人，好像她不让他近身，是想预留给别的什么人。但是，到了最后，谁也不会对她动心思，因为"闲的"太久，搁馊了。

张文韬在刘记本家吃过中午饭，就拽着刘记本来到大核桃树下。他让这个"模板"倚靠在树干上，自己则抻出速写纸坐着画画。也许是膝盖上的那个小画板过于小，动作受限，他画得很慢。刘记本站得腰酸腿麻，不耐烦地说："你能不能让我坐下来画？"张文韬反问道："你爷爷牺牲的时候，是不是就站在树下？"刘记本点点头。"那么，你就必须站着，而且还必须站出视死如归的样子。"刘记本龇牙咧嘴地挠头，张文韬呵斥道："你严肃点儿。"

刘记本打了一个激灵，下意识地往上挺了一下身子，居然就真的站直了。

张文韬吃了一惊，嘿嘿。

山里的太阳比平原的出来得晚些，所以，虽然是午后的时辰，但太阳正照在头顶，是正经的高光时刻，强烈的阳光弄得刘记本睁不开眼。"把眼睛睁大。"张文韬命令道。刘记本努力睁持，却还是弄得似睁似合。张文韬刚想纠正，却立刻就感到，他的这个样子，或许与当时的情状切近。因为已把生死置之度外的刘本正，面对强敌，必心生蔑视，眼睛一定是觑的，这样，挤出的目光才锋利，能刺穿敌人的魂魄。"也罢，就这么画。"

画了一下午，初稿终于完成。张文韬很满意，把画稿在手上抖了抖。

刘记本抢过画稿，"让我看看。"

画面上，高树、矮人、细眼、圆大的土丘、茂密的小草，怎么也看不出刘本正是其中的中心人物。刘记本忍不住说道："我爷爷就这个样子？"

"依你看，他应该是什么样子？"

“你应该把树画矮了，把人画高了，把土丘画小了，把小草画没了，我爷爷就显出来了。”

张文韬板着脸说：“那可就失真了，因为他毕竟只是个驼子。”

刘记本急了，把画稿扔在地上，“驼子怎么了？驼子也能顶天立地。”

张文韬心中一震，看不出，身边这个猥琐的人，居然也有舒展的气势，便笑着对他说：“你说得也有道理，但是，是一般的道理。我为什么把树画高？那是代表刘本正烈士心中的信仰，我为什么又把土丘画圆大了、小草画茂密了？那是代表他脚下的土地和身边的人民。没有信仰，没有脚下的土地和身边的人民，他的高大又能有什么意义？我讲的，是道理之上的道理。这一点，你不懂。”

“我说不过你，也就不想跟你多废话。”刘记本咽了咽唾沫，“拿回去让张玉兰看看，看她懂不懂。”

回到刘记本的家里，他老婆张玉兰正在案板上捏饺子。刘记本忙不迭地把画递上，“这是张领导画的爷爷，你给看看，你给判判，他画得怎么样？”

张玉兰用沾着薄面的一只手接过画来，看着看着，居然双手捧在眼前，反复观摩。之后，她瞪了刘记本一眼，“你说怎么样我不管，依我看，他正是刘本正的样子。”

4

晚上，张文韬就住在刘记本家里。

他晚上跟刘记本喝了几杯“井里醉”。

所谓"井里醉"，是刘记本自己泡的酒。他们院子里有口水井，村里统一通上了自来水之后，就闲置了。但刘记本可不让它闲，在井里放了一只坛子，放满了六十五度的散装二锅头，然后泡进去蜥蜴、蝎子、小蛇，还有人参、桂皮、枸杞子什么的，让它们滋养药性。井底冷冽，弥漫着一团清气，正好"熟"酒。

　　这种药酒，滋阴壮阳，所以，刘记本每天晚上都要喝上两杯。俗话说，人的器官都是用进废退，正因为张玉兰不让他近身，所以他才必须坚持不懈地喝，预备着一旦有用，即刻就能冲上阵去。不喝吧，担心"废"了；喝吧，又深受折磨——躺在炕上，时不时亢奋，它自己就支棱起来，便涎着脸子去乞求女人。女人说，你人不争气，它争气有什么用？恶心，你还是闲会儿吧。无奈之下，他冲黑暗的屋顶嘘酒气，骂道，厌气！不过很快他就平静了，因为即便"闲着"，也澎湃而硬，这就够了。

　　张文韬素日里不饮酒，但架不住刘记本过度的热情。刘记本说："领导，你辛苦了，我爷爷跟你不沾亲不带故，你却顶着个大老爷儿（太阳）画个不停，既让我感动又让我不落忍（不忍心）。你是个什么人？对自家之外的事儿，还这么上心，我真是猜不透。不过，你这样上心，还真是好，如果你不来翻腾他的旧事、揣画他的样子，我爷爷就真的被人忘记了。所以说来说去，你对我们家有恩，你就必须端酒杯，好让我敬你。"

　　但这一敬就不可收束，第一杯代表他自己，第二杯代表他父亲，第三杯代表他爷爷，就把张文韬敬多了。

　　他爬上刘记本家的土炕，昏过去了。

　　不知昏到何时，一种特别的动静，让他在昏沉中竖起了耳朵。

　　炕那头，一个女人的声音说："你别往我身边趋乎，满嘴酒气。"一个男人的声音说："今天不知怎么了，就想往你身边趋乎。"呜呜，呜呜，好像是嘴对嘴吹喇叭。女人说："你注意点儿，那边还躺着个人。"男人说："他早被我灌晕了，即便是敲锣打鼓，他也不会动一动。"推拒了一番之后，女人说："算了，算了，念你今天有功，就依你一次吧。"男人说："你得说清楚，我今天有什么功？"女人说："你顶着个毒日头，让他照着你画像，让祖上托身显灵，活在众人的眼目之下，为家族的荣耀传下去，也算是干了一件人事儿，让我心软（怜悯、怜惜）。"

男人也就不多说，赶紧趁着女人心软，但行好事就是了。

两个人便裹着被子叠加在一起。他们的动作激烈而深重，出奇的有力，但是却没有弄出一点儿声音。但一完事儿了，不担心惊动旁人了，他却摊开身子，一阵咬牙切齿。这是快活的声音。一如久旱了的土地，突然承接了雨露之后，一边欢快地渗透，一边发出滋滋的声音。

张文韬在暗夜里笑笑，因为他们既滋润了自己，也肯定了他的工作。他甚至觉得，他的画法是对的，刘文正的眼睛被画得似睁似合，恰是符合人性的特点。他有妻眷、有儿女，面对死亡，他自然有留恋，便不可能有断然的割舍。但他又是组织上的人，不能因私情眷恋而迷失了公义，在两难选择中，他自然会有迟疑和忧郁。

张文韬心中一热，对自己说，历史的现场，就应该这样还原出来。

接下来的几天，他带着刘记本踏遍了笔架山、睡女峰和夹户屯的角角落落。他对刘记本说，你眼下就是刘本正而不是刘记本，你要用你爷爷的语气说话，用你爷爷的表情走路，用你爷爷的动作坚壁清野，带着你爷爷的感情嘘寒问苦。

刘记本也真能入戏，他一旦这样做了，好像他爷爷已神魂附体，一招一式，均身不由己，都是他爷爷在身后推动。

几天下来，夹户屯的百姓眼里也只有刘本正，而不知道谁是刘记本了。

而张文韬的速写本上，已勾勒出连续的画像，且无不符合着当时的情景。

他心中大悦，正因为此，他的文案设计，已成竹在胸了。

5

张文韬回到史志办，谢民庆劈头就问："你的文案设计搞得怎么样了？"

张文韬也不回答，只是笑着反问道："你的建筑设计搞得怎么样了？"

谢民庆知道，这就是回答了，所以他不再追问，兀自回答道——

咱们京西，作为晋察冀的模范抗日根据地，像刘本正这样的英烈人物，上了册子的，就有两千多个，所以，建纪念馆时，不能大小划一、千人一面，而是要各具特色。再说，夹户屯屁大的一个地界，仅有三二十户人家，纪念馆不宜大，要依山依势而建，建得朴实、扎实、平实，不"跳出"水土。具体地说，刘本正纪念馆就是一个石头建筑，就是一座大石头房子。也可以说，它是当地民居的一个放大版，只不过多了一个石头门楣和石头广场，以便于游人参观而已。

张文韬笑笑，打趣道："英雄、狗熊所见略同，我也是这样想的。"

他说的是真心话。夹户屯几无平地，村西口大核桃树下有个大土丘，大土丘往东，有个小小的空隙，是刘记本为了老房子将来翻盖，申请预留的宅基地。嘻嘻，这就好办了，建纪念馆时，就省却了拆迁征地的麻烦。俗话说的好，羊毛出在羊身上，既然是为了他祖上而建，即便是痛，也得忍着。

谢民庆把建馆的理念，阐述给建委的领导，建委的领导说，这好办，你就赔好吧。

选址的时候，谢民庆亲自到了现场，他怕平生波澜。

刘记本果然出来阻拦，"那宅基地是预留给我建房子用的，你们建了死人的场馆，我们活人住在哪里？"

谢民庆说："正因为建了死人的场馆，你这个活人才真正活了。"

"你这是哪儿的道理？"刘记本问。

谢民庆在刘记本的后背上拍了一巴掌，那个驼的部分立刻就直了。他放声大笑，说道："纪念馆建成了，大小也是个事业单位了，需要有人看管、打扫、经营，上边就要给两个人员编制。这个编制给谁？是有条件的。你既然把活人的地界让给了死人，那么，上边就要考虑活人怎么活。你岂不就顺理成章地住进馆里，理直气壮地成了管理人员？你想想，是不是这个道理？"

谢民庆的话，让刘记本既明白又糊涂，他木在那里。这时，一旁的张玉兰狠狠地在他的驼背上踹了一脚，"你还犹豫什么？"

在山里，女人的踹，就是拿定主意的意思，男人即便是糊涂着，也得做出明白的回答，"听领导的。"

不过，刘记本还是怀疑这种天上掉馅饼的事儿，等有了一个机会，他把谢民庆拽到一边，偷偷地把一对麻核桃塞进后者的口袋里，"这是我把玩了多年的麻核桃，油亮油亮的，身上皴满了花纹，差不多就是文物了。"谢民庆"嗯"了一下，"是不是你爷爷留下来的那对儿？你要说实话。"刘记本说："俗话说，先人的遗物，后人的念想，我又不真傻，怎么会把它送给外人？我把它放在衣柜最底下，藏着呢。"谢民庆便笑着拍拍自己的衣兜，"既然是这样，你的这一对儿，我就收下了。"刘记本憨憨地一笑，"这我就放心了。"

这也是谢民庆收下麻核桃的用心。人家既然不安心，就要给他一个安心的理由。

当他走到众人面前的时候（这些众人，包括他的下属张文韬、于娜和建委主管领导、专业设计人员），居然把暗藏在衣兜里的麻核桃托到手心上，对大家说："这就是夹户屯有名的文玩，你们看，它的品相有多好。"

在阳光之下，麻核桃油彩熠熠地泛光，花纹缓缓地脉动，像灵物一样攫人眼目，大家齐声而叹，好物件儿！

谢民庆大声地对刘记本说："你一个看麻核桃树的，手里有的是这种东西，还不每人送上一对儿，让大家都欢喜欢喜？大家一欢喜，这纪念馆也就建得快了。哈哈，本来是不值钱的货色，生让你给忽悠贵了，别舍不得。"

刘记本看了一眼张玉兰，像得了什么暗示，他苦笑了一下，在舍不得中舍得。大家笑成了一片。

一行人，既选址，又丈量测绘，还勘察民居，与百姓座谈，忙到天色很晚。

回程的路上，张文韬一直就合着眼。或者是在冥想，为他的展陈设计打底稿；或者干脆就是睡了，蓄养精神。谢民庆本来也很疲惫，只想睡去，但他看到山路崎岖，车灯晦暗，开车的于娜又是个女的，他有些不放心，只好强打精神，大睁着眼。但毕竟快六十岁的人了，精神可嘉，皮囊趋瘦，在颠簸中，不由自主地就合眼。他猛地就打了一个激灵，这可不成，出门在外，做领导的，对一切都要负责，不能有一丝懈怠。为了对抗瞌睡，他拿出了那对麻核桃，不停地揉搓，哗啦哗啦。一路哗啦，以为车子会行得顺畅，没想到，在一个时刻，车子竟突然停了。谢民庆一愣，"怎么，有情况？"于娜回过头来，暧昧地一笑，"没情况。""没情况就走，可别耽误在路上。"车子行走，他又开始揉搓麻核桃，哗啦哗啦。他一边揉搓，一边观察开车的于娜，他竟然发现，于娜腰身不停地萎缩，肩膀不停地颤抖，他忍不住地问："你哪里不舒服？"于娜回答道："没有不舒服。"既然无恙，走就是了，所以他继续鼓捣文玩。走到一处宽阔的路面，车子突然靠边停下了。没等他发问，于娜颤抖着声音说道："领导，我求您了。"

"求我什么？"他惊异地问。一个女下属在暗夜里突然提出请求，情况复杂。

于娜回过头来，面色苍白，似乎有难言的隐痛。

"你说，你说，求我什么？"他催促道。

"求您别再揉那东西了，您一揉，我心肝就发颤，脑皮子就发麻，大腿就发软，就把握不住方向盘，就踩不牢刹车，只想把车开到山下去。"

"一路上哗啦哗啦的，烦不烦？我看你是闲的。"张文韬果然没睡，他毫不客气地插话道。

怎么，一个揉搓文玩的小小行为，居然在女下属那里引起这么大的生理反应，这是什么道理？而且，一个一贯驯顺的男下属，居然也为了一个文玩，不，为了女同事的奇怪反应而说出那么不客气的话，这又是什么道理？

他迷茫而愤懑，恨恨地说道："张文韬，你他妈的也别再装睡了，你把眼睛睁大了，给她看路，从现在开始，该我睡了。"

6

纪念馆如期竣工。

那个大房子很和谐地融汇在山村的怀抱里，既看得见，又不刺眼，静穆地矗立着。可它却成了百姓们的牵挂，他们自发地走进去，感受着从来没有用心品味过的光荣。

有关部门本来想搞一个隆重的开馆仪式，但是谢民庆主张，这个纪念馆，是百姓自我教育的基地，既然百姓不请自来，就说明它已有了自己的生命，不再需要外在形式的加持。

其实，他心中有个隐秘——

他是从揉搓文玩而引起于娜身体不适中得到启发，如果搞隆重的开馆仪式，那不啻是一种杂音，污染了纯粹，凸显了多余的用心，从而也就降低了品性。而他谢民庆是从来就没有什么额外的野心的，即便是为自己政治生涯、人生追求画上句号，也要用默默无声的方式，这样，才不会因张扬、炫耀而引起猜忌，从人格到作为便均无可挑剔，这样才完美。

他以一个普通参观者的身份走进纪念馆。

这期间，有刘记本和张玉兰殷勤的陪同。

他们如愿地做了管理人员。由于张玉兰是个很有型的女人，便成了馆里的解说员（不仅是唯一的一个，而且经过了张文韬悉心的培训）。她那天穿着一身藏蓝色的女式西服，由于贴身，曲线玲珑。且面上敷粉，白皙而有香气，秀美之姿，遮掩了村妇的底色。

谢民庆心里立刻就冒出一个念头，这个张文韬是怎么调教的，把她弄得这么脱胎换骨？他不好说破，只是朝她一笑，意味深长地点点头。

他不用她讲解，因为整个展线都是经他和张文韬设计的，他已了然于胸。

但此时他用旁观者的视角一看，心头不禁荡漾起得意的暖流，觉得张文韬与他真是天作之合。张文韬的画幅连缀起了一个生动的故事，使刘本正活着走进了人心。其中，主人公在大土丘上动员群众的一个画面，居然手里就把玩着一对文玩。他笑笑，心里说，这很符合人的出身，村里既然出产麻核桃，他农民的本性，必然会让他把它揉搓在手掌之中。这代表着坚定与从容。张文韬虽然是个学人，但毕竟也是在史志办里工作了多年的业内之人，他自然要从政治上考量。于是，他的展线布局，全遵循着客观的历史逻辑：全民族的抗战—晋察冀的抗战—京西地区的抗战形势—夹户屯的抗日斗争—刘本正的抗日风采—刘本正精神的历史影响—今日的夹户屯发展风貌。这样一来，就有了大局和局部，就有了群体与个人，就有了历史与今朝。其中，在"刘本正精神的历史影响"这一板块中，刘记本的父亲也上了展板，成了"革命自有后来人"的形象验证。这就使纪念馆呈现出复调，既是一部浓缩的抗战史，也是一部村史和家族史。

谢民庆对自己说，看来，我的这个句号，画得还算完美。因为句号变成了一字线，为今后纪念馆——乡史馆、村史馆的建设，提供了样板，那么，我谢民庆的影响就将变得持续、久远了。

嘿嘿，他有些心花怒放。难以自持之下，他喊道："刘记本，你过来。"

刘记本一直就尾随着张玉兰，一听到叫声，他擦着夫人的身子就蹿了上来，"我在。"

谢民庆指了指展墙，"这上边有你爷爷，有你父亲，什么时候也有你？"

刘记本只是傻笑，说不出答案。他求救一般看了一眼身后的张玉兰。

张玉兰跨过身来，说道："谢领导，您不用着急，他也快了。"

"嗯？"

"您看。"张玉兰回答道，"我们家的那棵大麻核桃树，这些年一直被他独揽着，充作发财的家什，可现在他变了，对我说，那是烈士留下来的，应该随爷爷归属给纪念馆，成为馆里的文玩产品，卖出钱来，贴补馆用。嘻嘻，您看他是不是有出息了？"

"就是，就是，我虽然还没上墙，其实我已经在墙上了，嘿嘿。"刘记本得救了，紧跟着豪迈了一下，夫人不踹，他也站直了。而且，他还顺势在女人的腰窝上摸了一把，"还是我媳妇懂我。"

他们走到一个玻璃展柜前，见柜面上放着一个大号的白晶托盘，托盘上有透明的罩子，里边就罩着两颗惊人大的麻核桃。麻核桃浑圆，油黑闪亮，其纹络四射，像血液喷溅。谢民庆本能地问道："这是不是刘本正烈士留下的那两颗？"

"正是。"张玉兰立刻答道。

一个村妇居然也会用简语，雅致了。

"这可是一件特殊的展品，它附着烈士的情感和体温，就吸引了观众。"谢民庆说。

"正是。"张玉兰也觉得自己说这样的字儿话有些可笑，便吐了吐舌头，把话说得很家常了，"人一来到这里，就赖着不走，且端详呢，他们老稀罕了，说，这颗是夹户屯的灵物，咱不能动，但他们不是给预备着许多颗吗？一定要请几颗回去，一来当作到此一游的纪念，二来回去舒筋活血治病，得英雄的保佑。嘻嘻，我们就坐地起价，卖出去不少。"

"坐地起价可不好，你们要明码标价。"

"喊，不坐地起价还能当圣物使？再说，他们买的是心气儿，主贵不主贱。"

"那么，麻核桃总有卖完了的时候，你们卖完了又怎么着？"

"轻易是卖不完的，因为先人留下的两颗是母的，它衍着后边的子孙呼啦啦地长，年年是旺年，年年成群结队。"

母的？这个女人可真会譬喻，好像她有了通灵的功力。

"哈哈，你可真不简单，快成精了。"谢民庆顺势夸了她一句，笑着说道，"不过，我还是建议你们，多栽几棵文玩树，让麻核桃能可靠地繁衍。"

"不栽。"

"为什么？"

"大核桃树就是刘本正，刘本正就是大核桃树，他已经牺牲了一次，不可能再牺牲第二次，更不可能牺牲第三、第四次，那就不严肃了。"

"有意思，有意思，有见地，有见地。"谢民庆连连称叹。

见领导这么赏识自己的媳妇，刘记本忍不住在她脸上啵儿了一下。"瞧你。"女人的脸唰地红了，是桃红的颜色。

再见到张文韬的时候，他说："纪念馆的那对儿可真有意思，本乡本土的山里人，却也不怵惋，当着外人就秀恩爱。"

"你是戴着有色眼镜看人，以为山杏不知风月事，不懂土地。"

其实张文韬想说的是，你的句号画得着实完美，不仅建起了纪念馆，而且还拯救了一桩婚姻。

但是，他不便把这话说出口，因为有奉承、谄媚、拍马屁之嫌。

2023年10月10日

京西昊天塔下石板宅

对谈：每个人都有一座村庄

凸　凹　郑丛洲

郑丛洲（北京密云人，作家、评论家）：作为著名作家，您在繁忙的事务性工作之余，潜心文学，浸淫经典，立足京西，登高怀远，写下了一千多万字的作品，创作出一个独具特色的"新乡土文学"世界，为京郊、为北京、为中国文学，立下了"新乡土文学"写作标杆，被评论界誉为继浩然、刘绍棠、刘恒之后，北京农村题材创作的代表性作家。我认为，您的"新乡土文学"是地理的，也是文化的、道德的、精神的，您是我们身边的"大家"，是著作等身的新乡土文学的高峰所在。您几十年坚守乡土文学创作，给乡土文学注入了令人瞩目也是毋庸置疑的新鲜血液，令人敬佩。听说您的最新短篇小说集《京西故事集》就要出版了，我极为期待。我想借机和您进行一次对谈，和广大作者分享您的创作经验。首先我想问，您是如何理解新乡土文学的？

凸凹：进行新乡土文学创作，我认为要做好以下几点把握——

1. 确立符合本质的乡土理念

乡土是一个巨大的存在，如果必须给它一个文学上的意象，那么，这个词就是"黑夜"。黑夜神秘而广阔，它一片空茫，无边无际，有无限的可能性。它既可藏匿什么，也可呈现什么，绝不像阳光下的物事，泾渭分明、一目了然。因此，温柔与坚硬，明亮与暧昧，恩情与仇怨，贞淑与猥亵，大度与褊狭，忠诚与反目，高贵与卑下，微笑与血泪……是相伴而生的。人与人之间，人与物之间，物与物之间，不是非此即彼的关系，而是不此不彼、既此既彼的关系。

王国维认为，人生总的来说是一场悲剧，悲剧的形成有三种样相——

> 第一种之悲剧，由极恶之人，极其所有之能力以交构之者。第二种，由于盲目的运命者。第三种之悲剧，由于剧中之人物之位置及关系而不得不然者；非必有蛇蝎之性质与意外之变故也，但由普通之人物，普通之境遇，逼之不得不如是；彼等明知其害，交施之而交受之，各加以力而各不任其咎。此种悲剧，其感人贤于前二者远甚。何则？彼示人生最大之不幸，非例外之事，而人生之固有故也……

事实上，土地上悲剧的形成也是如此。一切的悲情与怨事，都非由"蛇蝎之人"所造成的，也非盲目的命运使然，而是由乡土中的每一个人共同制造的——他们都不是坏人，也根本没有制造悲剧的本意，他们只是本分地扮演着生活"分配"给他们的角色，每个人都有为何如此行事、如此处世的理由，每个人的理由也都符合社会确立的人情与伦理——一切都是顺乎自然的发展，无可无不可，无是也无非，既无善恶之对立，也无因果之轮回；然而，正是这种自然状况下的"无罪之罪"，这些"通常之人情"毫无预谋地制造了一个又一个的悲剧。

换言之，在土地之上，每束阳光都有其照耀的理由。生活的真相，使世俗的道德标准和社会纲常常常处在无法指认、无法评判的地位。乡土上没有极端对立的存在，往往是善恶并存、美丑互容、悲欣交集。一句话，乡土是个极其复杂的存在，绝不是简单的官民对立、家族情仇、善恶转换，决不能主观化、概念化、简单化。也就是说，新乡土文学的着眼点，一定要立足于呈现大地道德。

2.要建立既接续本土的优秀传统又与世界乡土文学接轨的创作坐标

一是要重新认识鲁迅乡土文学的优秀品质，自觉地接续这一伟大的文学传统，让理性审视、人文关怀回归并照耀我们的写作，使我们的乡土文学作品，有历史的眼光，人性的温度。

二是要有开放意识，建立与世界乡土文学接轨的创作体系，提升与世界经典乡土作品对话的能力。诺里斯的小麦三部曲，怀特的《人树》、胡安·鲁尔福德的《佩德罗·巴洛莫》《平原烈火》和保加利亚埃林·彼林的土地故事等经典乡土作品，它们有着一个共同的特征，是都从人与土地的关系这一根本性主题入手，揭示出土地开发与人性成长，是个相辅相成、共同演进的过程，土地上的一切，都是在这一前提下，生成和展开的。也就是说乡土生活，是土地道德和人类伦理互相作用的结果。因而，人类既不能匍匐于乡土，又不能凌驾于大地万物之上，应该平等相待，在人的生命本质与文化本源等根本性问题上努力叩问与追索，呈现真相，提供经验，以裨益于世道人心。

3.呼唤以人道主义的立场，进入土地内部，真实书写

基于以上两点认识，中国的新乡土文学创作，应该避免观念先行、概念图解，更要摒弃书斋里的主观想象和凭空臆造，应该立足于土地上的阳光雨露和"原生态"的乡土情感，老老实实地抒写从大地的血管里流淌出来的，令人类感同身受的乡土经验。

也就是说，先做农村生活的进入者、亲和者、体验者、在场

者，再做农村题材的写作者，换句话说，先做土地上的亲人，再做对土地书写的文人。要进入土地内部，对乡土世界进行本真的、全息式的描绘，揭示出乡土世界的丰富性和复杂性。或者说，要按照土地的"逻辑"写作，而不是自以为是的主观评判，把自己的理由强加给生活，因而努力挖掘、探求和呈现土地上的种种"理由"。

这样的写作姿态，看起来好像偏于"原始"、偏于质朴，但是，它恰恰可以给读者提供一个超越世俗的是非、善恶的道德评价，而直逼经验内部、人性深度的"黑夜"一般的文本，因而在"共同的作用"下，在我们的心灵深处，建立一种道德之上的"道德"、伦理之上的"伦理"，即土地道德或大地伦理。这就与"天理""良知"接近了，使我们的乡土经验真实而准确，既不欺天地，也不欺人心，从根上提升了创作的文学品质。

这种写作，其核心点有二：一是人道主义的写作立场，二是悲悯万物的人文情怀。大地花开，万物复苏，文学在场，呈现真相，这样的写作才是真好！

4.要自觉地摆脱乡土的"催眠"作用，引进城市经验的人文关照

我发现，乡土是个温情厚地，从那里走出的人，容易产生本能的眷念，甚至陶醉其中，处处以为好。这种"催眠"作用，反而遮蔽了发掘"准确性"所应必备的眼光。纵观当代的乡土文学创作，为什么品格上整体趋于低，就是因为写作者"匍匐于乡土，醉倒于村俗"，感性泛滥，理性缺失。而鲁迅乡土文学，为什么有那么丰沛的理性和那么宏富的内涵，是因为他着眼于"立人"，从民族历史和国民性的层面上"审视"乡土，获取乡土之外的意义。所以，处理乡村经历，绝不能一味缅怀，写乡土物事，也绝不能一味沉醉，要有现代眼光和城市经验的关怀和关

照，一如蚂蚁爬行得再努力、掘进得再深入，总是向下的，头顶上的风光它是看不见的。如果插上一双小小的翅膀，飞上一个小小的高度，看世界的维度就会发生根本性的变化，就会从线性思维、平面思维、传统思维，上升到理性思维、立体思维和现代思维，如此一来，写作的"准确性"就会达到更高程度。虽然屠格涅夫很动人地说，我只有在俄罗斯的大地上才能写得好，但那是他在欧法羁居得太久之后的一种文化乡愁，至于我们个人，如果只盘踞在脚下这块小小的乡土上，而不跳出"三界"之外，站在北京城的制高点上进行回望，肯定是写不好。因为批判、审视和反观眼光的缺失，只会让我们写出起点过低的乡村挽歌。

坦率地说，北京的乡土文学写作，特别是区县的农村题材写作，还普遍地以浩然、刘绍棠为标杆，这是文学的传承，也是发展的制约。因为他们二位的观念老旧，技法落后，是过去时。如果想让北京的农村文学有个大的历史超越，写出与时代合拍，与世界优秀的乡土文学传作接轨的作品，就要把他们扔在脑后，用现在的观念、时代的观念写作。

另外，我们搞农村题材创作，也要融入高度的文化自觉，立足于揭示人与土地的关系、人性生成的路径和文明进化的得失——让不同的文明状态，从对抗走向有机的相互融合，让不同的生存方式，从隔膜走向内在的相互涵养。简而言之，既立足乡土，又不匍匐于乡土，写出面向未来、面向城市的大地道德和乡村寓言。

郑丛洲：早期乡土文学中，有揭露黑暗落后的、有牧歌式温情悲悯的，有歌颂式紧扣时代脉搏的，更多的是关注乡村疾苦，褒扬纯洁善良的作品，而您的作品是关注乡村乡民精神气质的决绝和走向。您的小说《土灶》以及《京西故事集》中的各篇作品都有天然素朴的诚意。一如继往的京西语言风格，有娓娓中的坚韧。在农业文明向工业文明转型的过程中会有人心的变异，但是，仍会有拙朴、耐用、久长的"土灶"留下来，这是抵御寒凉的依靠吗？这是最后的精神家园吗？就像您坚守并创新的新乡土文学作品，这是您不断付出心血构建的村庄吗？

凸凹：在农业文明向工业文明或者是城市文明的转型中，既有政策和体制的推动作用，也有乡土社会自身"根性"的作用，"土灶"就是这一作用的象征物。事实上，乡土文明是一个永远有意义的存在，因为乡土是人生的起点、人性的基点、情感的原点和伦理的支点。大地乡风淳朴、人文深厚，有"驻留"和"过滤"的功能；土地上的人，具有自我审视、自我否定、自我矫正、自我净化、自我完善的品格特征。那么，写的是乡土，也是给当代人的人性启示录、给城市的现代寓言，它对善化人心、淳化风气有不可替代的作用。所以，我笔下的的乡村，不是最后的精神家园，而是永远的精神家园；我纸上的村庄，有不变的乡愁，是美好人性不断成长的地方。

进一步说来，农村城市化进城，必然是乡土文明和城市文明交相作用的过程，人的生活方式和感情状态，便有自然而然的彼此交集和相互影响。这就让我眼前一亮，便把京西人的情爱作为案例，浓墨重彩地拿来描摹、剔滤。我欣喜地发现，乡村爱情（传统爱情）和都市爱情（现代爱情）之间，存在着一个路德维希·费尔巴哈所说的"双重矫正"关系——乡村爱情矫正着都市爱情的内容，都市爱情矫正着乡村爱情的形式——稳固、忠贞矫正着善变和背叛，优柔、平等矫正着粗糙和专断。这样的概括，或许有些不准确，但总的感觉是：两种情感样式的相互反拨、相互补充，让爱情这一永恒的主题，在新的城市样态下，有了内在的完善、内在的和谐。

另外，这几年，我向福克纳、诺里斯、怀特等乡土文学大师致敬，立足京西——构筑我的"约克纳帕塔法"世系，完成"京西三部曲"及《美狐》等长篇小说写作，其立意是：让世界读懂了京西，就是读懂了乡土中国。写得太累了，也有了重复之嫌，便想转向短篇小说创作，写一些"精粹"的东西。这也是丛洲兄你的建议，在这里郑重地谢谢你。《土灶》是这一转型的开篇之作，之所以经你交密云的《渔阳文艺》发表，也有"献芹"之意。不过，好久不写短制，脑中混沌，笔下凝滞，写得并不理想，还需后续发力。

郑丛洲：《土灶》中看似平常的故事，也有着明显的"时代烙印"，富起来的农民被外面的花花世界侵蚀，变质且变心，故事很淡，但您的语言独到，视角陡峭。您小说中的乡下女人郑小婵，有别于早年路遥笔下的"刘巧珍"式人物，有一种艰深的操守，是一方土地赋予的精神，是自己点燃的一盏灯笼，照亮自己，这是生长在大山里的一座安稳存在的村庄。您的小说文字中常出现带有京西特点的语言，这些文字融入到文本之中，使故事好看而耐嚼，我们知道这些约定俗成的语言像一把双刃剑，弄不好就会使文本变得肤浅，请您对京郊作者谈谈新乡土文学创作中方言的使用需要注意哪些问题？

凸凹：毋庸讳言，我一直在用京西方言写作。这与我的创作理念有关。我不想让我的作品仅仅有文学意义，而且要有人类学、民俗学、文献学，也就是文化学的意义。雨果的《巴黎圣母院》开头用了几万字的篇幅写教堂的建筑，当时的读者和批评家认为是缀笔，甚至是败笔，想让他删去；但是他坚持了自己的立场，保留了下来。实践证明，他做对了。因为那几万字，成了后人研究宗教和宗教建筑艺术的重要文献，在艺术价值之外，是

"独立"的一部名著。《巴黎圣母院》因而成为"两部"经典，这是多么令人景仰的境界！

使用方言土语，我并不仅仅着眼于文字的乡土味道，还别有"企图"。孙犁和汪曾祺都说过，文字不是工具，文字本身就是文学。如果不用京西土语，就不会有京西的生活氛围，就不会有京西物事的特征，就不会是京西文学。这不是个技术问题，而是个文学的"根本问题"。至于这些土语，我负责地说，现在人们还在用，而且会长期用下去。外来的现代文化，从根本上取代"根性"的东西，很难。

不过，用方言写作，切忌为了展示方言而堆砌方言。方言写作的确是把双刃剑，恰如其分地"嵌入"，可呈现地域特色，并有一种在场的亲切；但是，要照顾到地域外的读者，尽可能不用已过时了的或者非常僻陋的方言，要"通俗化"，也就是要注意选取人人都能懂的或者稍一沉吟就能意会的方言，以避免对阅读和理解产生隔膜甚至阻断。

郑丛洲：文字的组合使用与创新上您有着独树一帜的引领作用，比如著名的"盈满"等等，感谢您的传经送宝。借这个难得的机会我还想让您谈谈不久前出版的长篇小说《美狐》，《美狐》的语言更是简洁有力，古典的表述方式融入了跳脱的现代汉语，读来让人耳目一新。

您在《美狐》中讲述了京西大山里一个叫"巴掌峁"的小山村所发生的故事，向我们描摹了生命与生命之间的对抗和轮回。玄秘美艳的狐狸，似乎没能逃过贪婪诡诈的猎手，但人们在与土地万物依存之中，谁又能是真正的胜利者呢？小说引发了读者深层次的思考。您在美狐的写作中塑造的郑秋兰和史双兰，饱满而丰富，充满觉醒中的冷静和惨烈，和《土灶》中的郑小婵遥相呼应，有异曲同工之妙，能看出您对笔下这些乡村女性人物由衷的喜爱和尊重，也正是这些鲜明美丽的形象，让您构建的村庄坚实、深邃、广阔，也给乡土文学重新定义了高度。

凸凹：谢谢丛洲的肯定，但说"给乡土文学重新定义了高度"实在不敢当，我不过是以深刻的文体自觉，在新乡土小说的写作上，立足于"突围"，融入了现代意识，做了多方面的尝试和探索。这些努力，得到你和许多业内同人的认可，让我感到欣慰，坚定了走下去的信心。你在《寂寞的自由》中认为，"凸凹的《美狐》，好读而多义，像被人拿起放下的蒲松龄、汪曾祺，话本拟话本章回，彰显民族自信，具有一种被忽视的美。很多时候，简练简洁不是偷懒，动物生灵之存在，有一种最原始的法则，像是有一条红线，多好的伪装只能蒙蔽人类自己。为无言者代言，唯有汉语有最丰沛的表达，当下作家紧跟时事、心口不一，为稻粱谋者众，用心倾力忘乎所以地关照生命者寡。好在，我们能欣喜地看到凸凹的作品中，貌似轻松实则沉重的哭泣，凄冷之美体现在他所塑造的每一个或对或错的人物、动物之中"。因此你得出结论："古典的表述方式融入了跳脱的现代汉语。这才是当代乡土文学应有的样子。"你说的真好，不仅懂我，还"定义"了我，因此我很感动，觉得丛洲兄很了不起，具有很高的专业品质。并且，我在京西写作，你在京东评论，让人感到，北京的乡土情感是一脉的、北京乡土文学作家的心是相通的。这也证明了，北京的乡土文学创作是大有希望的。

还有一点让我兴奋的是，评论界对我的创作也有呼应。著名评论家李林荣认为，《美狐》这部长篇小说，是凸凹在他已经深耕30余年的京西乡土叙事的田园山林里，所做的一次全新的开拓和探索。其取向所指，是以往凸凹在小说和散文等多种体裁创作中，已经浓墨重彩反复描写过的乡土人情和世态风物这一层面背后，历史纵深更为开阔、精神意义更为丰富、价值根基也扎得更深更牢固的自然生态伦理。他以往小说力作中特别出神、出彩的人物塑造和情节刻画，延展到了《美狐》这里，和既写实又带有隐喻和象征色彩的动物、景物，关联、糅合为统一的生存情境。《美狐》演绎的故事，突破了不是乡土赞歌和田园牧歌，就是人性沦为兽性、伦理人情扭曲成丛林法则的两极化套路。它生动、细腻地展现了具体鲜活的乡野之民和他们生息所依之地的紧密关联。在代代相传的日常风习中，即使是山乡深处最质朴最平凡的男女，也会从自小任性、随性的情思和行为状态中，逐渐萌发出懂得欣赏优美、珍重生灵的良知雅意，并且能够在他们遭遇情仇爱恨的严重纠葛之际，为了守护自己的这份良知，而毅然决然同时又是从容愉快地有所付出、有所牺牲。从叙事架构和叙事境界上讲，这是凸凹小说世界里升级版和升华版的京西人文风土志。从近年新出的乡土题材长篇小说的全局中看，这又是一部扎根稳、开掘深，虚实两面浑然灌注、颇见空灵感和通透感的特色鲜明之作。

依李林荣先生评价的余韵，如果我的新乡土文学传作能给北京的文友一点有益的启示，我是非常高兴的。

郑丛洲：李敬泽说，"凸凹是一个有'根'的作家，他的根是永远扎在京西这块土地上的，与京西的农民乡亲们那么熟悉、那么有感情，他就是他们中的一位。他的写作是从'根'上生长出来的，本真而自然。但凸凹又不仅仅是一个乡土作家，他也'洋'得很，他对于世界文学有着广阔的视野，他阅读了大量的外国文学，并写下了相关的随笔、书话。既立足于乡土，又有着那么广阔的世界文学的视野和背景，这就是凸凹的复杂性"。

借用李敬泽先生的这段话请您给我们的作者和读者，讲一讲如何写出丰沛、复杂多义的优秀新乡土文学作品。

凸凹：要想达到你所说的创作目标，我认为，除了我在回答你第一个问题时提到那几点之外，还应该特别注意以下两点——

一、以学问做支撑，为乡土书写提供现代视野和文化关照

为了获取超越性的眼界和功力，我觉得，仅仅靠深扎在泥土中，是不够的，还要眼界向外，向世界的乡土经典致敬。要做到这一点，没有他途，只有潜心阅读。

纵观当代的乡土文学创作，为什么品格上整体趋于低，就是像我刚才说的那样，因为写作者"匍匐于乡土，醉倒于村俗"，感性泛滥，理性缺失。而通过阅读，可以使写作者获取到世界眼光、现代襟怀和城市经验的关怀和关照，让理性登场，让"审视"在场。一如蚂蚁爬行得再努力、掘进得再深入，总是向下的，头顶上的风光它是看不见的。如果插上一双小小的翅膀，飞上一个小小的高度，看世界的维度就会发生根本性的变化，就会从线性思维、平面思维、传统思维，上升到理性思维、立体思维和现代思维，如此一来，写作的"准确性"，就会有更高程度的到达。所以，我要求自己，即便是写自己熟悉的生活，也要取法乎上，跳出小我，写出普世的意义。

我的阅读是有规划的，就是要把所有汉译的世界名著都悉数读到。为此，我启动了一个"西典新读"的阅读工程，坚持了二十余年，终有所得。不仅让我认清了世界文学的思想高度、情感深度、人性广度，给我的写作建立了超越的坐标，而且给我提供了一个丰赡的写作资源，让我认识到，乡土是一个永远有意义的存在，它有生生不息的情感元素、人性元素、伦理元素，这让我的写作生态，在土与"洋"之间纵横，享受着读书人和写作者的双重幸福，因而有了不竭的创作动力，让我的创作旨归有了灵魂的维度，即永远做大地道德、乡村哲学的呈现者和阐释者。

二、敬畏自然，顺应人情物理，努力呈现环境规定下的人类生活

先锋批评家敬文东说，我们的日常生活本身就具有一种神秘性——尽管在冥冥之中有无限的可能性，而且各种可能性在其中都具有均等的机会，但是，偏偏就只有一种，占有了决定性的地位，成为现实中的主导性存在，于是，便有了"命中注定"的味道。那么，这种神秘性，就给人以回味，感受到了命运的力量。

他的说法，在我这里产生了强烈的共鸣，因为在我的生命体验中，有太多不可思议的生活现象，虽然穷追就里，终不得解，便只好推给命运。譬如，为什么我偏偏就出生在京西山地一个贫瘠的村落？那陡峭、狭窄的山路，成了我终日必走的路途。每天都能感受到"跌落"的恐怖，和无法摆脱的凄惶。这特别煎熬人的心智，意志脆弱者承受不得"恐怖在恐怖中"的周而复始，绝望之下，索性自觉"跌落"，得到彻底解脱。为什么山场上偏偏就有雪狐？雪狐机智，且逗弄人类，有灵异样相，疑是百年修炼而成，便诱发了人与之较量的本能冲动。最终虽然人居上风，但也留下狐疑——男女失和，婴儿畸形，神经错乱，种种舛运，找不到根由，便归于迷信，觉得狐是"仙儿"，是神灵化身，不该招惹。不敬之下，必遭"报应"，禁忌的力量在人们的心里留下了巨大的阴影，也让人们懂得了敬畏。

这种神秘的自然力，始终决定着人们的生命状态和生活的走向，因而也产生了与之相适应、相匹配的性情、性格和性命，一如江南产稻米，京西产谷黍，不由分说地，人们呈现出被土地和环境所规定的心路历程和生活样相。

所以，我一直认为，人与土地、人与环境的关系，是一种相互依存、相互作用的关系。还是以人与狐为例：狐狸虽弱小，却

狡猾，妩媚，足可以惑乱人们的心智，使人们的行为失据；山人虽强健，却偏狭、刻薄，也足可以祸害狐狸，使其陷入生存的仓皇——人与狐，均处在"罪"与"非罪"、"恨"与"非恨"之间。这就唤来"悲悯"的情怀，强化众生平等的意识，确信世间万物都有不可剥夺的生存权利，"每束阳光都有公然照耀的理由"。

我的写作，也验证了法国著名学者斯达尔夫人的"文学地理学"观念：自然地理环境和社会人文风尚，与文学存在着巨大的内在关联性，对文学的发生与发展，起着关键性的作用。那么，我的书写，也就有了先天的规定，即便是有了大量的阅读，有了种种"如何写"的观念指引，实际作用也是微乎其微。正如人们总想改造自然，大言"人定胜天"，而最终不得不与之和谐相处一样，我无论如何想往"高明"里写，最后也不得不听任万物根植于地面的自然诉说，因为乡村伦理、大地道德有自己的节律和定义，容不得我自以为是地主观指点和意气用事地展翅飞翔。

或可以说，大地上的物事，既有自然性、必然性，又有神秘性和偶然性。那么，理性的写作，就是要顺应大自然的人情物理，注意做到让偶然性寓于必然性之中、让神秘性寓于自然性之中，让文本有复合品质——既混沌，又清晰；既神秘，又自洽；既地域，又普世，呈现丰沛和复杂的气象，有无限的张力。

不过，这只是我自己的个人体会，权作抛砖引玉，不妥之处，敬请批评指正。谢谢。

郑丛洲：溽热难耐中和您对话，您的回答像是一场透雨，清凉而快意。这不仅是一场对谈，也是一次难得的关于新乡土文学的理念梳理。

乡土文学走到现在，不能还停留在李锐和曹乃谦的高度。根植于农村题材的作家，更不能局限于浩然和刘绍棠，也不能异变成莫言，他们的作品或多或少都有图解的意味，文学要发展，乡土文学不去创新，定是乡土文学的末路。

想来也不是不想创新，是很多作家的先天不足。

您的对答居然像是檄文，这是乡土文学发展至今开宗立派的气象，有博览群书后的恣肆，从作品到理论支撑，拨云见雾，底蕴之深厚，文法之翔实，这是我所阅读过的文论作品中，最为扎实可靠的洞见，文理呼应"照拂"（这个词也是您惯用的）。可见，大美是不怕被漠视的，积蓄到此，自然天崩地裂。我们携起手来让"每束阳光都有公然照耀的理由"，让见识长上翅膀，发现更广阔的世界维度。

渔阳早期为秦郡，乡土文明延宕至今，请您多做东北望，我等不敢不文学。感谢您的精彩对答，让我们一同开始，从一砖一石做起，建造我们理想中的村庄，永远的精神家园。

2022年7月31日郑丛洲整理初稿

2024年2月16日凸凹校阅修订